대인
기피증이지만
탐정입니다

대인기피증이지만 탐정입니다

니타도리 게이 소설 — 구수영 옮김

내 친구의 서재

차례

대인기피증

사회공포증이라고도 하며, 원래는 다양한 사회적 상황을 회피하고 이로 인해 사회적 기능이 저하되는 정신과적 질환을 말하지만, 현재는 단순히 '다른 사람과의 대화에 서투른 사람', '다른 사람과 잘 사귀지 못하는 사람'을 표현하는 말로 사용될 때가 많다. 대인기피증인 사람은 대인관계에서의 압박감에 민감하기에 대화를 거북해하며 낯을 가리는 일이 많고, 특히 다른 사람들 앞에서 말하거나 처음 대면하는 상대와 대화하는 것에 대해 강한 공포심을 품는다.

제1화

논리의 우산은
쓰더라도 젖는다

"지바케이 다로라고 합니다. 변호사를 지망합니다. 이와테현 모리오카 시에서 왔습니다. 고등학교 때까지는 쭉 축구를 했지만, 대학교 축구팀은 수준이 높기에 그냥 친목 축구 동아리에만 가입할까 합니다. 잘 부탁드립니다."

"사이토 아이나예요. 어, 그러니까 이 근방 출신이에요. 진로는 미정이에요. 미하마 구의 마쿠하리 멧세 근처에 살고 있어요. 집에서 스타디움의 불꽃놀이가 보입니다. 어, 친구를 많이 만들고 싶어요. 잘 부탁드려요."

"요시다 소지입니다. 저도 이 지역 출신입니다. 사법시험은 보지 않을 예정이니 아마도 일반기업에 취업하지 않을까 싶습니다. 주오 구의 신지바 역 근처에 사는데 신지바 역 주변에는 아무것도 없어요. 아, 물론 술집이나 편의점 정도는 있지만요. 핸드폰 게임인 '드래곤 핸들러'를 하고 있는데, 혹시 이 게임 하시는 분 있으면 같이 게임해요. 잘 부탁드리겠습니다."

"가네코 하야토라고 합니다. 사이타마 현 사이타마 시 출신입니다. 사이타마 현과 지바 현은 전부터 적대 관계라서 친구들이 '지바에 있는 대학에 가서 괜찮겠어?'라는 걱정을 하더군요. 지금까지는 무사합니다. 그리고 사이타마 현민은 이케부쿠로에서 지바 현민을 만난다고 해서 습격하거나 하지 않습니다. 하하하. 아, 그리고 검사를 지망합니다. 잘 부탁드립니다."

어느새 앞줄까지 와버렸다. 가네코 하야토라는 녀석이 솜씨 좋게 분위기를 띄운 탓에 뒷사람이 말하기 곤란해져버렸다. 지금 오른쪽에서 왼쪽 순서로 진행되니까, 가장 왼쪽 자리까지 가면 다음 줄에서는 왼쪽에서 오른쪽으로 돌아올 터. 그렇다면 앞으로 여섯 명 다음은 내 차례가 돼버린다. 어떻게 해야 하나. 시간이 없다. 얼른 생각하지 않으면 순서가 돌아온다. 앗, 이 요시카와 나쓰미라는 사람, 그렇게 짧게 끝내버리다니 도대체 뭐야. 치사해. 앞으로 다섯 명밖에 안 남았잖아. 조금 더 끌어주지 않으면 곤란해. 나는 아직 무슨 말을 할지 못 정했다고! 마음의 준비도 되지 않았고 말이야. 긴장한 탓에 심장이 아까부터 쿵쿵 뛰고 있어서 관상동맥이 찢어질 것만 같다. 호흡도 가스미가우라 호 _{이바라키 현 동남부에 위}치한 호수. 면적은 비와 호의 뒤를 이어 일본 2위지만 평균 수심은 4미터밖에 되지 않으며, 최

대 수심이라고 해도 7.3미터. 빙어나 뱅어 등이 잡히지만 겨울이 되면 바람이 너무 심하게 불

어서 매우 춥다처럼 얕아지고 만다. 이런 상태에서는 말이 제대로

나올 리가 없다. 입을 열면 분명 '후, 후후후후후이무라 미나

오, 입입니다'라고 버그가 난 Alexa^Amazon이 제공하는 음성인식 어시

스턴트. Echo 단말에 탑재된 서비스로, 말하는 것만으로 음악을 재생하거나 가전을 켜고 끄는

등 미래적인 생활을 가능케 하는 편리한 아이템. 열심히 농담을 말하거나 갑자기 웃음을 터뜨

리는 등 다양한 에피소드가 세상을 떠돌지만, 이와 같은 버그를 보였다는 정보는 없다나 임

종할 때의 HAL9000(영화 〈2001: 스페이스 오디세이〉에 나오는 인공

지능 컴퓨터-옮긴이)처럼 말하게 될 것이 분명하다. 그럼에도 다

들 전혀 기다려주지 않는다. 앞으로 네 명. 싫다. 이런 것이

질색이란 말이다. 너무 너무 너무 싫다. 나만 건너뛰어주면

좋으련만. 아니, 애초에 왜 대학생이나 돼서 한 명 한 명 일

어서서 순서대로 자기소개 같은 걸 해야 하는 걸까. 주변에

있는 건 그저 '같은 학과의 사람'일 뿐, '앞으로 1년간 함께

지낼 같은 반 친구'는 아닌데 말이다.

　나만 말하지 않고 넘어갈 수는 없을까. 가령 꾀병. "아야야

야야야. 아이고 배야! 미안합니다, 화장실 좀!" 아니다. 그쪽

이 훨씬 더 주목받을 테고, 앞으로 네 명밖에 없는데 이 시

점에 배가 아프다며 화장실에 가면 '자기소개하기 싫어서

도망갔다'라는 사실을 강의실 안의 모두에게 들켜서 대대

손손 비웃음을 사리라. 그렇다면 닌자처럼 책상 아래로 뿅

하고 가라앉아서 조용히 숨어버리는 건 어떨까. 지금 모두

의 시선은 강의실 반대쪽에서 말하는 변호사 지망이며 오사카 출신인 야마모토 기리카에게 모여 있다. 가라앉아도 들키지 않으리라. 하지만 양옆의 사람들에게는 확실히 들킨다. "저기, 교수님. 여기 있는 녀석, 지금 숨었어요", "닌자가 있습니다", "아마도 스파이인 것 같습니다", "이놈, 수상하군. 이리 나와", "죽어!" 이것도 틀렸다. 분명 들켜서 웃음거리가 되리라. 그렇다면 양옆 사람에게 "자기소개를 하기 싫으니 숨었다는 사실을 말하지 말아줘" 하고 말해볼까. 하하하하하하하하. 첫 대면인 상대에게 갑자기 그런 부탁을 할 수 있을 정도로 사교적이라면 80명이 지켜보는 이 강의실에서 한 명씩 일어서서 자기소개하는 것 정도는 무섭지 않았겠지. 어리석기는. 그러지 못하니까 이렇게 오들오들 떨면서 자기소개를 하지 않고 넘어갈 방법을 찾는 것 아니겠느냐. 어째선지 영주님 같은 말투로 내가 나를 혼내는 사이에 앞으로 세 명. 옆의 옆의 옆까지 와버렸다. 구로키 스미야라고 합니다. 망고로 유명한 미야자키 현의 미야자키 시에서 왔습니다. 앗, 저 구로키, 또다시 레퍼토리를 늘려버렸다. 그러면 다음부터는 출신지와 지망에 더해서 출신지의 자랑거리 같은 것도 넣어야만 하잖아. 무슨 그런 쓸데없는 짓을. 네놈은 주목을 불러 모을 생각이었을지도 모르지만 뒷사람에게 폐가 된다는 걸 생각하라고. 그리고 미야자키라면 망고라든지 프로야구 캠프라든지 솔라시드 에어(일본의 저가항공사-

옮긴이)의 본사라든지 진무 천황 설화(진무 천황은 일본의 초대 천황으로, 미야자키에는 그와 얽힌 설화나 유물이 다수 남아 있다-옮긴이)라든지 뭐든지 있겠지만 이쪽은 지바 현 가토리 시란 말이다가토리 시민에게 죄송. 다른 현 출신자라면 현 단위여도 좋지만, 아까 사이토 아이나나 요시다 소지가 그랬던 것처럼 이곳 지바 현의 인간은 어째선지 출신지를 읍리 단위까지 말해야만 한다. 일본 헌법 제14조 제1항에는 '모든 국민은 법 아래에 평등하며 (중략) 차별받지 아니한다'라고 명기돼 있는데, 지바 현 출신자에 대해서는 명백한 차별 아닌가? 국립대학이라는 국가기관이 그러고 있는 것이니 헌법소송감이다. 하지만 가령 소송을 한다 해도 지금 이 자리는 어떻게든 넘겨야만 한다. 출신지 관련 자랑거리, 뭐라고 하면 좋을까. 지바 현을 기준으로 "디즈니랜드로 유명한 가토리 출신입니다"라고 말하면 다들 어이없어하겠지. 디즈니랜드는 지바 현 우라야스 시에 있으니까. '물水의 고장'이라고 말하면 통할까. 가토리 신궁은 너무 마니악하고 가시마 신궁은 도네 강 저편이니까 반칙이라고 생각하리라. "아무것도 없는 가토리입니다"라고 말하면 웃음을 불러올지 모르지만 고향을 팔면서까지 웃음을 사는 스타일에는 의문을 품지 않을 수 없고, 지금 막 말하는 중인 아키타 현 요코테 시 출신의 하타케야마 쇼가 "눈 말고는 아무것도 없는 아키타 출신입니다"라고 내 대사를 먼저 빼앗아갔다. 똑같은 말을 하면 '대사가 겹친 지질한 녀석' 취급을 받을 게 뻔하다. 하타케야마 네놈, 왜 아키타 출신 주제에 아무것도 없다고 한 건데? 무형문화유산인 나마하게 님들께 사과해나마하게는 오가 지방의 행사이기에 오가를 제외한 다른 아키타 지역의 현민은 그다지 자신이 사는 지역의 것이라고는 생각하지 않는다. 아키타 미인에게 사과해. 요코테의 가마쿠라한테 사과해. 애초에 하타케야마가 구로키의 '출신지 자랑'을 성실하게 승계하지 않고 무시했다면 다음 사람도 나도 그것을 하지 않아도 됐잖아. 성실한 사람이라는 점은 알겠지만 이쪽도 좀 생각해주라고. 으앗! 그런 증오의 말을 늘어놓고 있는 사이에 옆 사람이 일어섰다. 나가노 현 마쓰모토 시 출신 사누키 가오리. 사누키? 사누키인데 나가노야? 하고 생각했더니 그야말로 그 이야기를 했다(우동으로 유명한 사누키 시는 가가와 현에 위치한다–옮긴이). 친구들은 사누키가 아니라 다누키라고 부릅니다. 그렇게 불러주세요. 조금 웃겼다. 제길. 이 사람의 이건 단골 멘트겠지. 드문 성 덕에 그것을 말하면 어디서든 프리패스이리라. 부럽다. 나 따위 후지무라 미사토라고. 어떻게 말하면 좋아. 아하하하하하. 제길. 내 차례다. 제대로 말을 못 하고 턱 막혀서 이곳의 분위기가 순식간에 가라앉는 모습이 머릿속에 떠오른다. 실컷 흥을 깨 놓고서 '잘 부탁드립니다'라는 말밖에 못 해서 "뭐야 저 녀석", "재미있는 거 말하려고 너무 뜸을 들였어", "잔뜩 기대하게 해놓곤 저것뿐이라고?"라며 남자도 여자도, 노인도 젊은이도 내게 모멸의 눈길을 향하겠지. 혹은 기세 좋게 이상한 말을 던져버릴까. "후지무라 미사토라고 합니다. 미사토지만 무교라서 미사 같은 건 참여한 적 없지만요. 아하하하하." 내 공허한 웃음이 79명의 동기와 교단 위에 있는 교수의 귓가를 스쳐 지나가고, 몇 명인가는 손발이 오글거리다 못 해 고개를 숙이고, 반응하기 곤란한 사람들의 '배려의 웃음'이 봄 들판에 핀 털별꽃아재비처럼 산발적으로 드문드문 파문을 넓히리라. 그리고 곤란한 듯 일어서는 다음 사람. 나한테는 '무리해서 재미있는 걸 말하려다 실패한 녀석'이라는 평생 지워지지 않는 낙인이 찍힌다. 이제 끝이다. 나는 누구와도 시선이 마주치지 않도록 최대한 고개를 숙인 채 일어섰다. 싫다. 수많은 눈이 이쪽을 보고 있다. "변호사 지망인 후지무라 미사토입니다." 앗, 출신지와 순서가 반대가 됐다. "아, 저기, 지, 지바 출신입니다. 가토리 시입니다. 잘 부탁드립니다." 레퍼토리의 이것저것을 다 뛰어넘고 정해진 마지막 대사인 "잘 부탁드립니다"라고 말해버렸다. 곧장 자리에 앉아버리려다가 아무리 그래도 이건 너무 짧다고 생각해 공중에서 엉덩이를 멈췄지만, 그렇다고 해서 말할 게 곧장 떠오르지도 않아서 서둘러 고개를 숙이고 덜컹 자리에 앉았다. 다들 한순간 엉거주춤 멈췄던 저건 뭐였지, 하고 생각하리라. 그리고 너무 짧은 데다가 내용도 빈약해서 '뭐야'라고 생각할 것이 분명했다.

그래도 어쩔 수 없지 않은가. 나는 대인기피증이니까.

옆 사람과 시선이 마주치지 않도록 주의하면서 고개를 돌려 창밖을 바라봤다. 지금 지바는 이상기후로, 봄임에도 일기예보에서 말한 것처럼 아침부터 계속 눈이 내리고 있었다. 저녁에는 비로 바뀐다는 것 같지만.

다른 사람과의 대화가 불편하다. 주제가 있는 대화라면 몰라도 종잡을 수 없는 잡담이 특히 불편하다. 말하는 동안 시선을 어디에 두면 좋을지 모르겠다. 맞장구를 어느 타이밍에 넣으면 좋을지 모르겠다. 목소리가 작다는 말을 자주 듣지만, 음량 조절이 어려워서 알아듣기 어려운 작은 목소리 아니면 상대를 깜짝 놀라게 하는 큰 목소리밖에 나오지 않는다. 볼륨의 눈금이 둘밖에 없는 것이다. 애초에 화제로 삼을 만한 두서없는 이야기가 바로 떠오르지 않는다. 그리고 누군가에게 말을 걸지 못한다. 뭐라고 말하며 말을 거는 것이 상식적인지 모른다. 같은 반의 안면 있는 사람과 복도에서 마주칠 때 말을 걸어야 할지 아닐지 일일이 고민한다. 어떤 인사를 건네면 좋을지도 모른다. 뒷줄 사람이 자기소개를 이어가는 강의실에서 나는 책상에 엎드리듯 존재를 최대한 숨겼다. 애초에 자기소개라는 상황이 거북하고 싫어서 견딜 수가 없다. 다른 사람 앞에서 나만 일어서서 주변 사람 모두에게 주목을 받으면서 가볍게 뭔가 재미있는 주제를 섞어가며 자리를 이끈다. 거기다가 대본도 없이 말이다. 신만이 가능한 일이리라. 아니, 애초에 왜 이런 일을 겪게 됐지?

대학 신입생 오리엔테이션 시간이다. 강의안만 나눠주고 끝나리라 생각했다. 고등학교 졸업과 함께 간신히 이런 이벤트에서 해방됐다고 생각했건만. 하지만 이것으로 이미, 방금 전 18초 정도의 발언으로 이미, 내가 대인기피증이라는 사실이 79명 모두에게 알려지고 말았다. 그것도 아니면 이건 일부러 그런 걸까? 쓸모없는 대인기피증을 한시라도 빨리 밝혀내서 배제한 뒤, 커뮤니케이션 능력이 있고 문제없이 취업할 수 있을 만한 학생에게만 효율성 있게 자원을 나눠줄 생각인 걸까.

자기소개 순서가 끝나가는 중이었다. 나는 말하는 사람 쪽을 돌아보지 않고 책상에 매달리듯 시간을 견뎠다. 효고 현 고베 시 출신 오니시 야스타카. 지바 시 이나게 구 출신 하야시 린타로. 어째서 모두 아무렇지도 않게 다른 사람들 앞에서 말하고, 거기다가 준비할 시간도 따로 없었는데 그 자리의 흐름에 따라 적절한 답을 말할 수 있는 걸까. 지금까지 동기라고 생각했던 79명의 학생들이 갑자기 정체를 알 수 없는 괴물처럼 보인다. 그러는 사이에 자기소개 시간이 끝났다. 교단 위에 선 교수가 "그럼 여러분, 이메일 주소, 아니 요즘에는 이메일이 아니죠. 메신저 아이디 등도 교환해두세요. 친구를 만들 기회니까요"라고 웃는 얼굴로 말하고는 해산을 명령했다.

모두 평범하게 고개를 숙이며 인사했고, 한순간의 정적 후

순식간에 강의실 전체가 소란에 휩싸였다. 오른쪽 사람도 왼쪽 사람도 핸드폰을 꺼내더니, 근처 사람에게 말을 걸고 모두 일제히 시끄럽게 연락처를 교환했다. "저기, 친구 등록할래요?", "앗, 저도 사이타마에서 왔어요. 어느 쪽이세요?", "저, 여기 두 명과는 같은 고등학교에서 왔어요", "아, 지금 등록됐네요. 고마워요"…….

갑자기 시작된 대화의 격류 속에서 나 홀로 모래톱 상태로 남겨져 있었다. 위치적으로 가장 말을 걸기 좋은 오른쪽 사람은 자기 오른쪽을 바라보고, 왼쪽 사람은 왼쪽을 바라보고 있었다. 애초에 어느 쪽이건 여자이기에 내 쪽에서 말을 거는 건 무리다. 앞 사람은 오른쪽 대각선 사람들과 핸드폰을 꺼내 들고 말하는 중이었다. 뒤에 있는 사람은 어쩌고 있을까 생각했지만, 돌아봤다가 눈이 딱 마주치기라도 하면 아무에게도 말을 걸지 못하고 어쩔 수 없이 뒤를 돌아본 걸 제대로 들켜서 비웃음 살 것이 분명했다. 그렇다고는 해도 지금 도대체 무슨 상황인 걸까. 옆에서 보면 '앗, 저 녀석 혼자 뒤처졌네'라는 점이 명백하다. 그도 아니면 이미 벌써 누군가에게 들켜서 웃음거리가 돼 있을까. 저 녀석, 굳어 있어. 누가 말을 걸어줬으면 하는 표정으로 힐끔힐끔 보고 있잖아. 대인기피증이다. 불쌍해. 아하하하하하. 뭔가를 바라는 표정으로 이미 여기저기서 만들어지고 있는 그룹에 가까이 다가가면 점점 더 비웃음을 살 것 같아서 자리에서 일어설 수조차 없었다. 하지만 이대로 두리번거리면서 앉아 있는 것도 너무 괴롭다. 누군가 말을 걸어주면 좋을 텐데, 곤란하게도 앞도 좌우도 이미 나에게 등을 돌리고 그룹을 만들기 시작한 상태였다. 저 등을 보고 말을 걸 용기는 없고, 돌아보게 만들기 위해서는 꽤 큰 목소리를 내야만 한다. 그렇게 하면 깜짝 놀랄 테고, '필사적이네'라고 속으로 비웃으리라. 자리에서 일어날까. 일어나서 비슷하게 그룹에 들어가지 못한 채 우왕좌왕하고 있는 떠돌이별 같은 사람을 찾아볼까. 하지만 모두 행동이 빨라서 이미 몇 개인가의 그룹은 담소를 나누면서 강의실을 나가는 중이었고, 깨닫고 보니 강의실 내의 사람 수도 줄어들기 시작했다. 떠돌이별은. 고객님 중에 떠돌이별님 안 계신가요? 한 명 찾았지만 멀다. 다른 한 명은 여자니까 무리. 나는 주변을 둘러보고 소름 끼치는 상황을 깨달았다. 아무와도 말하지 않고 혼자서 멍하니 자리에 있는 건 이제 나 혼자뿐이었다.

이 상황에는 기시감이 있다. 사실 몇 번이고 경험했다. 중학교에서도 고등학교에서도 입학식이라는 행사가 있을 때마다 이렇게 뒤처져서 어떤 그룹에도 들어가지 못하고, 즐거운 듯 지내는 주변 사람들을 곁눈질하면서 나 홀로 말할 상대도 없이 지낸다. 다시 그런 일이 벌어지는 것이다. 끔찍하게도 오늘은 첫째 날에 정해지고 말았다. 아니, 대학생쯤 되면 다른 사람들도 경험이 많아져서 첫날의 이런 시간이야말로 승부처라는 점을 이해하고 있기에 더더욱 빨리 대세가 정해진 것이 아닐까.

입 안에 점액이 섞인 쓴맛이 퍼졌다. 지금 우산꽂이에서 각각 우산을 꺼내 들고 나가는 그룹 사람들은 웃고 있었다. 분명 혼자만 창백한 얼굴로 앉아 있는 나를 보고 '아, 불쌍해'라고 웃고 있겠지. 나는 내가 불쌍하지 않다는 사실을 표현하고자 오리엔테이션을 하는 동안 꺼내 뒀던 필통과 결국 아무것도 적지 않은 노트를 가방에 넣었다. 하지만 그것 말고는 딱히 할 일이 없기에 핸드폰을 꺼내서 친구에게서 메시지가 왔다는 설정의 연기를 하면서 스마트폰 게임을 켜고 화면을 봤다. 하지만 그런 필사적인 연기도 주변의 담소 중인 그룹 사람들에게는 벌써 들켜버려서 '저 녀석 혼자야', '아무렇지 않은 척 연기하는 데 필사적이네'라고 쿡쿡 웃고 있을 것만 같았다. 나는 코트를 입었지만 일어날 결심을 하지 못한 채 등을 둥글게 말고 점점 더 핸드폰에 집중하는 시늉을 했다. 일어서서 나가고 싶었지만 입구 근처에는 네댓 명의 그룹이 모여 있기에 "아, 실례합니다"라고 말하며 비켜달라고 하지 않으면 나갈 수 없다. 하지만 그렇게 말을 거는 것이야말로 두렵고, 그룹 사람들이 길을 터준다고 해도 혼자서 풀 죽어 나가는 모습을 보이는 건 너무 괴로운 일이다. 어차피 이후의 예정 따위 없었다. 마지막까지 여기서 가만히 있어도 좋을지 모른다. 그렇다고는 해도 나는 뭐 하고 있는 걸까. 턱을 괸 채 핸드폰을 보다 보니 난방과 코트의 따뜻함에 졸음이 몰려왔다.

시간이 얼마나 흘렀을까. 문득 추위가 느껴져 고개를 들었다. 어느새 강의실은 조용해진 상태였고 다리가 차갑게 식어 있었다. 화이트보드 위의 시계를 바라봤다. 12시 17분.

깜짝 놀랐다. 나도 모르게 잠이 들어버렸다. 왼손 팔뚝이 저리고 엉덩이도 아프다. 창밖으로는 아직 함박눈이 펑펑 내리고 있지만, 오리엔테이션이 끝난 것이 11시 20분 무렵이었으니 한 시간 가까이 잠을 잤다는 말이 된다. 분명 어젯밤 늦도록 잠을 자지 않은 탓에 졸리기는 했지만 입학 첫날부터 이래서는 완전히 이상한 사람이다. 춥게 느껴진 건 강의실에 그만큼이나 많던 사람이 없어진 탓이리라.

……것 참, 뭐 하고 있는 건지.

말할 상대가 없었고, 그렇다고 해서 책을 읽을 결심도 서지 않아서 그저 잠을 자는 척하며 매일 쉬는 시간을 버텨냈던 중학교 시절이 떠올랐다.

주변을 둘러보니 목제 책상과 의자가 균등하게 빼곡히 놓여 있을 뿐인 적막한 공간이 있었다. 책상 위에 한 장, 두 장, 그리고 바닥에 두 장, 누군가가 떨어뜨린 프린트물이 흰색 뒷면을 보이고 있었고, 그것만이 살짝 인간의 체온을 드러냈다. 아무도 없는 강의실. 혼자 있더라도 아무도 쿡쿡 웃지 않는 강의실. 이곳은 나의 공간이다……. 초등학교 이후의 그 감각이 되살아나서 한숨을 내쉬었다. 이런 상황에서 오히려 차분해지는 건 뼛속까지 대인기피증 체질인 탓이다. 결국 나는 초등학교 이후로 무엇 하나 성장하지 않았는지도 모른다.

어느샌가 글자가 깨끗하게 닦인 정면의 화이트보드. 3인용 책상이 3열로 나란히 나열돼 있으며 접이식 의자의 좌면座面이 위로 올라가 있는 것과 그대로 내려진 채 있는 것이 6대 4의 비율로 랜덤하게 뒤섞인 책상과 의자. 열린 채인 뒷문. 나는 일어섰다. 이 이상 이곳에 있더라도 의미가 없다. 구내식당에라도 가볼까. 하지만 시간상 지금 구내식당에 가면 앞서 갓 만들어진 그룹이 그곳에 있을 가능성이 있었다. 그곳에 또다시 혼자 들어가는 모습을 보이는 건 너무 부끄럽다. 그렇다고 캠퍼스 안을 산책할 만한 날씨도 아니었다. 눈은 아직 펑펑 내리고 있었고, 우산을 쓰고 걷는 것 자체를 애초에 좋아하지도 않는다.

그렇다면 이대로 집으로 돌아가려고 일어선 참에 마지막 줄 의자 위에 검은 물건이 놓여 있는 것이 보였다.

입구로 향하는 길에 그쪽을 바라봤다. 검은 물건은 우산이었다. 의자의 좌면은 제대로 세워져 있지만, 그 좌면과 등받이 사이에 끼어 있는 형태로 우산이 놓여 있었다. 그러고 보니 오리엔테이션이 끝난 후 주변을 돌아봤을 때 이 우산을 본 기억이 있다. 그때 이미 이 자리에 사람은 없었으니, 이것은 분실물이다.

그래, 분실물이구나, 하고 끄덕이고 강의실을 나가려던 나는 어떤 사실을 깨닫고 뒤돌아봤다.

그리고 놓인 우산으로 다가갔다. 손은 뻗지 않았다. 손을 뻗은 순간에 누군가가 들어와서 훔치려고 했다고 오해할지도 모르기 때문이었다. 하지만 깨닫고 말았다. 깨닫지 못했다면 그대로 방치했을 텐데.

핸드폰을 꺼내 우산 회사의 공식 사이트를 확인했다. 책상 옆에서 몸을 앞으로 내밀어서 화면에 나온 이미지를 놓여 있는 우산과 대조해봤다. 신품처럼 깨끗하게 감긴 네이비색 우산. 틀림없었다. 말라카 등나무 스틱으로 만든 폭스엄브렐라제 우산. 검색해보니 가격이 34,560엔이라고 나왔다. 손잡이나 몸통의 질감만 봐도 이미 좋은 소재를 사용했다는 걸 알 수 있다. 고급품이다.

그렇다고 하면.

나는 주변을 둘러봤다. 입구 근처에 놓여 있는 우산꽂이에는 바닥에 물이 고여 있을 뿐, 단 한 개의 우산도 남아 있지 않았다. 책상 아래나 벽 옆에도 없는 듯했다. 하지만 이 우산은 입구에서 들어오면 바로 눈에 띈다. 즉 어딘가의 누군가가 훌쩍 가지고 가버릴 가능성이 크다는 말이다. 하물며 이정도 거리에서도 알 수 있을 만큼의 고급품이다. 사이트에 따르면 손잡이에 각인도 할 수 있는 상품인 듯했지만, 그런 각인도 없었다. 복도를 지나던 사람이 우연히 이 강의실을 들여다보고, '좋아 보이네' 하며 가볍게 가지고 가서 중고거래 앱을 통해 돈으로 바꿔버리는 일도 충분히 생각할 수 있다. 절도죄다. 10년 이하의 징역이라도 받는 게 좋다(한국에서는 6년 이하의 징역-옮긴이).

핸드폰 화면을 보면서 팔짱을 끼고 신음했다. 여기가 교수들이 드나드는 카페테리아였다면 무시하고 돌아갔으리라. 다시 사면 그만이기 때문이다. 하지만 학생의 분실물이라고 하면.

이곳은 학비가 저렴한 국립 보소대학이다. 학자금 대출을 받아 다니는 사람의 비율도 꽤 높고, 대부분의 학생은(나로서는 불가능할 것 같기에 그것도 지금 머리가 아픈 일이지만) 아르바이트를 해서 학비와 생활비에 충당한다. 다들 가난하다는 말이다. 이 우산 주인이 35,000엔에 가까운 우산을 잃어버려도 아무렇지 않은 귀족 계급이라고는 생각하기 어렵다. 더욱이 가난한 학생 주제에 이렇게 좋은 우산을 가지고 있다면, 그것은 다른 사람에게서 받은 선물일 가능성이 크다. 부모나 조부모, 혹은 그 밖의 소중한 사람. 간단히 잃어버려도 괜찮을 리가 없다. 소중한 물건이라면 애초에 잃어버리면 안 된다고 말하는 사람도 있겠지만 나는 안다. 인간은 때때로 소중한 물건이어도 아무렇지도 않게 잃어버린다.

주인은 나중에 분명 곤란해질 테고, 어디에 두고 왔는지 살살이 찾으러 돌아다니면서 아, 왜 까먹었지, 하고 죽을 만큼 후회하게 되리라. 그것을 알면서 이대로 모르는 척하기는 쉽지 않다.

주인에게 우산을 찾아줘야 한다. 하지만.

아무도 없는 어둑한 강의실에서 나는 계속해서 신음했다. 이 강의실이 텅 빈 이후 벌써 한 시간 이상이 지났다. 우산 주인이 돌아올까. 그렇다면 내가 일단 회수해서 '우산을 잃어버린 사람은 여기로 전화주세요'라고 내 전화번호라도 붙여놓아야 할까. 그건 무리다. 개인정보가 다양한 위험에 노출되는 현재, 자신의 연락처를 만천하(강의실 안)에 공표해두는 바보는 없다. 가령 그렇게 해서 주인에게서 전화가 온다 해도, 나는 '모르는 사람에게서 온 전화를 받는다'라는 핸드폰 구입 이래 절대 못 한다며 피해 왔던 행동에 나서야만 한다. 불가능한 일이다.

그렇다면 안내데스크 같은 곳에 전달하면 좋지 않을까.

하지만 실제로는 그것도 거의 가망 없는 이야기라는 사실을 깨달았다. 이 건물은 '문과 대학의 B동'이다. 어느 대학이나 마찬가지겠지만, 이 보소대학에서는 인문학과는 한곳에 모여 있으며, 법대, 상경대, 문과대 이렇게 세 단과대의 연구실과 강의실은 전부 이 A~C동에 들어와 있다. 세 개의 커다란 건물이 구름다리로 연결된 이 문과대는 라운지나 매점 같은 것도 없는 오래되고 살풍경한 장소로, 생협이 있는 중심지에서도 멀고 기분 탓인지 더 춥다. 안내데스크가 있는 곳은 분명 A동뿐이었지만, 이 강의실에서 우산을 잃어버린 사실을 깨달은 신입생이 A동의 안내데스크에 분실물이 도착해 있을지도 모른다고 깨달을 수 있을까. 강의실로 돌아왔을 때 없어진 상태라면 포기해버리지 않을까. 그리고 분실물로 우산은 너무 흔하다. '폭스엄브렐라제 우산'이라고 하면 다른 착오는 생기지 않을지 모르지만, 잃어버린 본인도 브랜드를 제대로 파악하지 못한 채 그저 '좋은 우산'이라고만 생각하고 있는 경우에는 오히려 주인 찾기가 더 곤란해질 수도 있다.

아름다운 실루엣을 보이며 아무 말 없이 놓여 있는 우산을 가만히 바라본 후, 내 300엔짜리 비닐우산과 비교해봤다. 적어도 누구의 우산인지 알게 되면 좋으련만. 우산 주인의 이름을 알면 가령 방송으로 호출할 수도 있고, 법학과 게시판 등 반드시 그 사람이 볼 법한 장소에 몰래 전언을 붙여놓을 수도 있다.

하지만 우산에는 이름이 적혀 있지 않았다. 손잡이에 남은 지문을 핥으면 주인의 혈액형을 알 수 있다거나 하는 특기가 있다면 좋겠지만, 공교롭게도 나는 단순한 대인기피증에 불과할 뿐 그런 능력은 없다. 애초에 손으로 쥐고 싶지도 않았다. 다른 사람이 보면 도둑이라고 생각할 테니까.

나는 기억을 되짚었다. 이 강의실에서 자기소개가 있었음에도 불구하고 이 자리에 앉아 있던 사람이 누구였는지 나는 알지 못한다. 귀로는 들었지만, 내 차례가 끝난 후에는 계속해서 책상에 달라붙은 채 뒤를 보려고 하지 않았기 때문이었다.

강의실을 둘러봤다. 세어 보니, 3인용 책상이 창 측, 한가운데, 복도 측 총 3열. 하나의 열에 앞뒤로 14줄이다. 다만 복도 측은 입구의 동선 확보를 위해 가장 뒷줄과 그 앞의 줄이 존재하지 않아 총 12줄밖에 없었다. 내가 본 바로는 공석 없이 모두 3인용 책상의 한가운데를 비우고 오른쪽과 왼쪽에 한 명씩 앉아 있었기에, 3열×14줄×2인에다가 복도 측은 2줄이 없으니 2줄×2인에 해당하는 4명을 빼는 계산식으로, 자기소개 시간에 강의실에는 나를 빼고 79명의 학생이 있었다는 말이 된다. 이 우산의 주인은 79명 중 한 명일까. 기억력에는 자신 있지만, 자기소개 정보만으로 우산 주인을 알 수 있을까.

우선 우산이 놓여 있는 건 한가운데 열이다. 그 마지막 줄. 교단에서 볼 때 오른쪽 의자다. 그러니까 꽤 마지막 순서에 자기소개를 한 사람이라는 말이 된다.

하지만 복도 측 책상이 두 개 적은 이 강의실의 구조가 문제였다. 자기소개는 가장 앞줄의 왼쪽 끝부터 시작해서 오른쪽 끝까지 가면 다음 줄의 오른쪽 끝부터, 라는 흐름으로 진행됐다. 하지만 마지막 즈음이 돼 뒤쪽에는 복도 측에 책상 두 개가 없기에 순서가 흐트러져버렸다. 귀로 듣기에는 그때까지와 같은 방식으로 진행하지 않은 듯하지만 실제로 어떻게 됐는지는 눈으로 보지 않았기에 알 수가 없었다.

즉 이 자리의 사람이 몇 번째로 자기소개를 했는지조차 나로서는 알 도리가 없었다. 마지막 여덟 명 중 누군가일까. 아니, 위치적으로 볼 때 여덟 명 중 처음이나 마지막 소개자가 되지는 않을 테니까 그 둘을 제외한 여섯 명 중 누군가이리라. 아는 건 거기까지다.

나는 기억을 더듬었다. 뒤돌아보지 않은 대신 귀로는 집중하고 있었다. 여섯 명의 자기소개는 다음과 같았다.

① 지바 출신인 아베 고타입니다. 지망은 아직 정하지 않았습니다. 이 지역 출신이기는 해도 지바 시의 미도리 구이기에 정말로 주변에 나무가 많아서 집 창문에 사슴벌레가 날아오곤 합니다. 아, 마작을 좋아해서 함께 할 사람을 찾고 있습니다. 잘 부탁드립니다.

② 눈 축제로 유명한 홋카이도 삿포로 시에서 온 사이토 지카예요. 사이토라는 성이지만 흔히 쓰는 한자가 아니라 나이를 말할 때 쓰는 '해 세歳'에 '복숭아 도桃'라고 씁니다. 지바에는 어렸을 때 살았던 적이 있어요. 하지만 4월에 눈이 오는 건 처음이어서 깜짝 놀랐습니다. 잘 부탁드려요.

③ 아카시 해협대교로 유명한 효고 현 고베 시에서 온 오니시 야스타카입니다. 제 고향에서는 '계란말이'라고 하면 다코야키처럼 안에 이런저런 재료가 들어 있는 느낌이라서, 지바에 와서 그저 계란만 들어 있는 것이 나와서 놀랐습니다. 계란말이라더니, 이거 그냥 계란을 만 것뿐이잖아! 어라? 그럼 문제없는 거네, 하고 생각했습니다. 아, 판사를 지망합니다. 잘 부탁드립니다.

④ 세타가야 구 세이조 지역에서 온 하세가와 유야입니다. 변호사 지망입니다. 저기, 세이조에 살기는 해도 부자라거나 그런 게 아니고, 저희 어머니도 무슨 사모님 그런 게 아니라 평범한 아줌마입니다(세이조는 도쿄 유수의 고급주택가로 유명하다-옮긴이). 실은 마술을 하고 있어서 이미 마술부에 들어갔습니다. 대학 축제에 나갈 거니 보러 와주세요. 잘 부탁드립니다.

⑤ 어, 그러니까 만두로 유명한 도치기 현 우쓰노미야 시에서 온 가고시 미하루라고 합니다. 연구직을 지망하고 있어요. 동아리 같은 건 아직 딱히 정하지 않았습니다. 아르바이트도 아직이기에 지금부터 천천히 생각해보려고 합니다. 잘 부탁드려요.

⑥ 아, 지바의 이나게 구 출신이고, 일반기업에 취업을 희망하는 하야시 린타로입니다. 어, 그러니까 사이좋게 지내고 싶습니다. 잘 부탁드립니다.

한 마디 한 구절까지는 정확하지 않겠지만 주의 깊게 듣고는 있었다. 내용 면에서는 거의 틀림없으리라.

하지만 이렇게 세세히 들을 거라면 왜 잠시라도 뒤를 보지 않았을까. 여섯 명의 목소리는 기억나지만 복장이나 얼굴 등은 전혀 알지 못한다. 따라서 끝난 후, 언제 누구와 나가버렸는지도 알 수 없다. 당연히 누가 어디에 앉아 있었고 누가 우산을 잃어버렸는지도 모른다.

현시점에서 정보는 바로 이 자기소개밖에 없다.

나는 핸드폰을 주머니에 넣고 팔짱을 꼈다. 뒤쪽 의자의 좌면을 내려서 앉았다. 무리인가.

아무리 그래도 자기소개의 레퍼토리 문구 몇 문장만으로 우산 주인을 알아내다니, 무슨 셜록 홈스도 아니고.

하지만 이대로 포기하고 돌아가고 싶지는 않았다. 왜냐하면 아까 나는 우산 주인이 이 우산을 그냥 놔둔 채 강의실을 나가버리는 걸 아마도 '봤을 것'이기 때문이다. 나는 오리엔테이션이 끝나고 얼마 되지 않은 시점에 힐끔힐끔 주변을 둘러봤다. 그때는 아직 이 자리 주변에도 사람이 있었다.

그때 말을 걸었다면 좋았으련만. "저기, 누군가 우산을 잃어버리신 것 같은데요?"라고. 그랬다면 겸사겸사 이야기하는 그룹에 들어갈 수 있었을지도 모른다.

다만 갑자기 그렇게 말을 거는 건 내게 불가능에 가깝다.

……그때 그 위치에 있던 게 대인기피증인 나 따위가 아

니라 평범한 사람이었다면 우산 주인은 우산을 잃어버리지 않았을지도 모른다.

물론 이것은 내 책임이 아니다. 두고 간 쪽이 나쁘다. 하지만 일단 이런 식으로 의식해버리면 먼 훗날까지 계속 신경 쓰일 게 분명했다. 내가 사소한 일로 언제까지고 오래도록 괴로워하는 성질이라는 사실은 실로 잘 알고 있다.

초등학생 때, 학교 근처 도로에 떨어져서 발버둥치는 비둘기를 본 적이 있었다. 차에 치인 것인지 피도 나오고 있었다. 이대로 놔두면 죽는다는 사실도 알았다.

하지만 나는 무척 고민한 끝에 결국 아무것도 하지 않고 집으로 돌아갔다. 그러고는 구해줄 걸 그랬다며 그 후 며칠이고 괴로워했다.

본래는 처음부터 고민하지 않아도 좋을 일이었다. 나와는 관계도 없는 야생 비둘기고, 애초에 비둘기는 어느 쪽인가 하면 유해조수에 가깝기에 개체 수가 감소하는 편이 좋다. 그렇기에 고민 따위 하지 말고 서둘러 돌아갈 걸 그랬다. 만약 구할 거라면 얼른 근처의 동물병원으로 데리고 갔으면 됐다. 오래 고민한 끝에 결국 내버려두고는 그 후 오래도록 괴로워한다는, 가장 비효율적인 짓을 했다. 그것이 내 성격이라는 사실을 지금은 안다. 아마도 대인기피증으로 인해 친구가 거의 없는 점도 그것과 관련돼 있으리라.

그렇기에 움직일 수가 없었다. 이 우산을 내버려두고 돌아가면 분명 신경 쓰이리라. 그리고 신경이 쓰일 것이라는 점을 알고 있는 채로 다시 어설프게 판단을 내린 자신에게 혐오감이 들 테고, 결국 나중에 침울해지리라.

하지만 이대로라면 우산 주인이 누구인지 알 수 없다. 평범한 사람이라면 평범하게 택할 수단이 있을 터였다. 이 강의실의 누군가와 연락처 교환을 했을 테니까 그 사람에게 연락해서 주인을 찾아달라고 부탁할 수 있다. 하지만 나는 누구와도 이야기하지 않았기에 누구의 연락처도 알지 못한다. 때문에 우산 주인은 내 머릿속으로 추리할 수밖에 없다.

그럼에도 단서가 전혀 없었다. 주변은 물론, 우산 자체에도 특별한 흔적은 전혀 없다. 그저 가만히 놓여 있을 뿐인 하나의 우산을 가지고 여섯 명 중 누가 우산 주인인지 추리할 수 있을까?

껑껑대고 있어도 달라질 건 없기에 뭔가 없을까 하고 전등이 꺼진 어두운 강의실 안을 둘러봤다.

강의실 안에 다른 우산은 없었다. 우산꽂이도 바닥에 물이 고인 채 텅 비어 있고, 벽 근처와 의자 아래에도 하나도 없다. 의자에서 내려와 쭈그리고 앉아 책상 밑을 둘러봤지만 쓰레기 말고는 아무것도 없었고, 우산이 있는 자리 주변에 특별한 흔적도 없었다. 아니다. 벽의 고리가 단 하나뿐이지만 이쪽을 향해 있었다.

나는 일어서서 벽에 몸을 기댔다. 강의실 뒤쪽 벽은 내 머리 정도의 높이에 정체를 알 수 없는 고리가 나란히 붙어 있는데, 아무래도 이것은 코트 걸이인 듯했다. 아무도 사용하지 않는 듯 대부분의 고리는 세워진 채로 있었지만, 하나만 펼쳐져 있었다. 즉 하나만 누가 사용한 것처럼 보였다.

고리를 손으로 쓰다듬어 보니 손끝에 먼지가 묻었다. 역시 이 코트 걸이는 평소에도 전혀 사용되지 않는 것이다. 분명 오리엔테이션 때도 나를 포함한 학생들은 전부 코트를 입은 채이거나, 벗어서 무릎 위에 올리거나, 옆 사람의 동향을 확인한 후 비어 있던 가운데 자리에 올려놓거나 했다. 그리고 위치를 통해 볼 때, 이것은 우산 주인이 앉아 있던 자리다.

그 점이 신경 쓰였다. 평소에 전혀 사용되지 않는 코트 걸이가 우산이 있던 자리에서만 사용됐다는 점. 이것을 그저 우연이라고 볼 수 있을까? 고리는 열 개 가까이 있기 때문이다. 마지막 줄 의자는 벽에 가까웠고, 만약 코트 걸이를 사용했다면 등과 뒤통수에 코트가 닿을 것 같았다. 그렇다고 하면 가령 우산 주인이 코트 걸이를 사용했다고 해도, 타인의 머리 위에 자신의 코트를 치렁치렁 걸거나 하지는 않았으리라. 코트 걸이를 사용한 건 우산 주인이 틀림없다.

그렇다면 왜 이것을 사용했을까. 그 사실과 우산을 놓고 간 것에 뭔가 관계가 있을까.

벽의 고리를 몇 개쯤 펼쳤다가 세웠다가를 반복하고는 머리를 감싸고 신음했다. 알 수 없다. 그것 말고는 달리 이상한 점도 없다.

……이래서는 추리의 진도가 나아갈 것 같지 않다.

나는 우산을 바라봤다. 이제는 도둑 취급을 받는 걸 두려워하지 않고 의자 등받이에 손을 대고 얼굴을 가까이 대고 바라봤다. 이 우산은 사이즈가 크다. 내 우산을 주워들고 옆에 놓고 비교해봤다. 60센티미터도 더 되는 듯했다. 네이비라는 색을 생각해봐도 이것은 남자용이다. 고급 브랜드라면 더더욱 남자가 여자용을 쓰거나 여자가 남자용을 쓰는 일은 많지 않으리라.

그렇다고 하면 범인은, 아니 우산 주인은 남자일까? 그럼 ②의 사이토 지카와 ⑤의 가고시 미하루는 제외.

"아, 아니야."

나도 모르게 입 밖으로 나와버렸다. 꼭 그렇다고 단정 지을 수는 없다.

아니, 그보다 나는 멍청하게도 가장 확실히 처음부터 보이던 힌트를 계속 놓치고 있었다.

'애초에 우산 주인은 왜 우산을 이곳에 놓고 갔는가' 하는 점 말이다.

고개를 들고 창밖을 바라봤다. 눈 크기는 조금 작아진 듯했지만, 솜먼지처럼도 보이며 그다지 예쁘지는 않은 지바의 눈은 아직도 내리는 중이다. 바로 앞의 나무에는 벌써 확실히 쌓여 있다.

아직 눈이 이렇게나 내리고 있다. 가령 주인이 우산을 놓고 강의실을 나갔다고 해도 건물에서 나갈 때는 깨달을 터였다. "아, 우산이 없어" 하고.

팔짱을 꼈다. 이것은 무슨 의미일까. 주인은 건물에서 아직 나가지 않았다는 말일까. 그렇다고 하면 도대체 어디에 있을까. 강의실 정면 화이트보드 위의 시계를 봤다. 벌써 한 시간 이상 지나 있었다. 친구와 서서 이야기라도 나누는 걸까? 아니 오늘 처음 만나는 사이다. 분명 "구내식당에라도 갈까요?"라는 이야기가 나왔으리라. 애초에 이 건물은 조용한 데다가 목소리가 울려 퍼진다. 다른 강의실과 연구실도 있다. 느긋하게 서서 이야기하기에 적합하지 않은 곳이다. 매점도 없고 어두운 데다가 복도는 춥다. 한 시간 이상이나 계속 있을 리가 없었다.

혹시 화장실에서 아파서 신음하고 있지는 않을까. 그렇다고 하면 다른 걱정도 들지만, 그래도 강의실을 나갈 때 그렇게 다급해 보이던 사람이 있었던가. 일어선 후에 갑자기 배가 아파지기라도 한 걸까. 갓 친구 사이가 됐는데 "미안, 화장실 좀. 나중에 갈게"라고 말하고 자신 혼자 화장실에서 신음한다. 도중에 우산을 놓고 온 걸 깨닫지만 돌아가지도 못하고 이대로 우산을 방치하면 지금쯤 누가 가져가진 않았을까 불안해지지만 배 상태가 그것을 용납하지 않는다.

나도 모르게 하복부를 눌렀다. 최악이다. 불쌍한 걸로 치면 나보다 위다.

하지만 다들 강의실을 나가기 전에 서로 연락처 교환을 했다. 가령 그런 상황에 빠지면 누군가에게 부탁해서 우산을 가지고 와달라고 하지 않았을까. 화장실에 갔다고 해서 친구라는 사람들이 기다려주지도 않고, 한 시간 동안 오지 않는데도 상태를 보러 오지도, 핸드폰으로 물어보지도 않고 우산 주인을 내버려두고 있을까. 그것도 아니면 나처럼 우연히 외톨이인 녀석이 배까지 아파진 걸까.

……어느 쪽이라고 해도 가엽다. 하지만.

복도를 둘러봤다. 아직 정규 강의는 시작되지 않은 탓에 건물 안은 조용하고 인기척이 없었다. 그렇게 때마침 화장실에서 쩔쩔매는 사람이 있을까. 그리고 제아무리 배 상태가 나쁘더라도 한 시간이나 화장실에 있다는 건 말도 안 된다. 어느 타이밍인가에는 일단 나와서 어떻게든 집에 돌아가려고 하다가 우산이 없다는 사실을 깨달을 것이다.

하지만 그런 가능성을 부정하면 나머지는 이해되지 않는 상황만이 윤곽을 드러내게 된다. 우산 주인은 왜 우산이 없다는 사실을 깨닫지 못했을까. 이 폭설 속을 우산도 없이 걷고 있다는 말인가.

쩍쩍, 하는 소리가 들려서 창문 쪽을 보자 통통한 참새 두 마리가 나무 위에서 통통 움직이고 있었다. 추워 보이지만 새이기에 아무 표정이 없었다.

……아니, 그게 아니면.

나는 또 하나의 가능성을 깨달았다. 주인이 우산을 두 개 가지고 있었을 가능성이다. 하나는 다른 학생과 마찬가지로 우산꽂이나 의자 밑에. 그렇기에 다른 하나는 의자 위에.

"아, 그런가."

중대한 사실을 놓치고 있었다. 의자의 저런 위치에 우산을 두면 의자가 젖어버리고, 그 의자에 앉으면 엉덩이가 젖는다. 보통은 그렇게 하지 않는다.

그 말은 곧. 우산을 바라봤다. 오리엔테이션 개시 때부터 두 시간이 지났기에 그 사이에 말라버렸을지도 모르지만, 우산은 전혀 젖은 것처럼 보이지 않았다. 무엇보다 판매하는 상품처럼 단단하게 말려 있었다. 오리엔테이션 시작 전, 강의실에 들어왔을 때는 주변에 사람도 많았고, 천천히 정성껏 우산을 다시 말아둘 여유는 없었을 것이다. 영국에는 우산을 예쁘게 마는 전문 장인이 있다고 하지만, 우산 주인이 그럴 것이라는 가능성은 낮았다. 적어도 이 우산은 오늘은 사용하지 않은 상태.

"……어라?"

거기까지 생각하니 다시 뭔가가 마음에 걸렸다. 머릿속을 뒤져본다. 이 감촉은 무엇이란 말인가.

짹짹짹, 하고 울며 창문 밖에 새로운 참새가 찾아왔다. 나는 강의실을 둘러보다가 벽의 고리에서 시선을 멈췄다.

그래, 이 코트 걸이다. 범인, 즉 우산 주인은 어째선지 혼자만 이 코트 걸이에 코트를 걸어두었다.

보통 그렇게 할까? 주변 학생은 아무도 그렇게 하지 않는데 남들에게 맞춰야 한다는 압력의 바다에서 생활하는 것에 완벽히 적응한 심해어, 다시 말해 일본인 학생이 아무도 쓰지 않는 벽의 코트 걸이용 고리를 펼쳐서 혼자만 당당히 벽에 자신의 코트를 건다는 눈에 띄는 행동을 할 것인가. 그것도 벽에 걸면 강의실 전체에서 보인다. 자신의 코트 하나만 벽에 걸려 있는 것이.

고리를 세운 뒤에 펼쳐봤다. 끼익, 하는 귀에 거슬리는 녹슨 소리가 났고, 손끝에 먼지가 묻었다. 역시 이것은 오랜 시간 아무도 사용하지 않은 듯했다. 먼지도 그렇지만 코트를 상하게 할 것 같기도 하고, 무엇보다 벽에 붙어 있기 때문인지 '이것은 대학의 물건'이라는 분위기가 났다. 입학해서 처음 들어온 강의실에서 당당히 이것을 사용할 수 있는 사람이 있을까. 나는 화장실을 사용해도 될까 고민했을 정도인데.

하지만 우산 주인은 이것을 사용했다. 주변이 모두 코트를 입은 채로 있거나 무릎 위에 올려놓거나 했는데도 말이다. 여기에는 뭔가 분명 그 나름의 이유가 있다.

코트가 젖어 있었다?

분명 그것밖에 생각할 수 없었다. 우산 주인이 코트를 어딘가에 놓지 않고, 그렇다고 해서 입고 있을 수도 없었던 이유는 바깥에 내리는 눈으로 코트가 젖어 있었기 때문이다. 접어서 무릎 위에 놓으면 무릎이 흠뻑 젖어버릴 테고, 입은 채로는 옆자리나 의자에 물방울이 묻어서 폐가 된다. 벗어서 어딘가에 두어야만 했지만, 그것이 가능한 장소는 이 코트 걸이 정도밖에 보이지 않는다.

하지만 그렇게 되면 상황은 점점 더 불가사의해진다. 우산 주인은 왜 젖은 채였을까. 이렇게 훌륭한 우산을 가지고 있었는데. 이것 말고도 또 하나의 우산을 가지고 있었을 텐데. 옷이 젖는 것도 신경 쓰지 않고 우산을 펴지 않았다는 건 무엇을 의미할까.

우산을 봤다. 새것처럼 보이는 우산.

이것을 놓아둔 사람은 '우산 주인'이 아니었을지도 모른다. 이 깔끔하게 말린 모습이며 새것에 가까운 상태를 보면, 가령 이것은 누군가에게 줄 선물이었을까. 아니, 그렇다면 포장하지 않은 채로 가지고 다니는 건 이상하고, 좌석 뒤쪽에 놓아두진 않으리라. 아니면 빌린 걸까. 비싼 우산을 빌려서 쓴 후에 예쁘게 말아서 돌려주러 가던 길이었을까.

짹짹짹짹짹짹, 하는 소리가 들렸다. 창문 밖을 보니 나무가 참새로 가득 차 있었다. 보이지는 않지만 뭔가 먹을 것이 있는 듯했다. 눈이 내리고 있음에도 복슬복슬 날개를 부풀린 채로 즐거워 보였다.

우산으로 시선을 되돌렸다. 오리엔테이션에 참석할 겸 빌린 물건을 돌려주러 갈 수 있고, 그것이 고급품이라면 예쁘게 말아두고 눈이 오더라도 쓰지 않았을 가능성도 있다. 자신이 사용해서 젖어버린 채 "자, 잘 썼습니다"라고 돌려주는 건 나로서도 절대 할 수 없다.

하지만 그렇게 되면, 우산 주인—은 아닌 듯하니 이제 '범인'이라고 불러도 될까—은 어째서 젖어 있었던 걸까. 자신의 우산은 따로 가지고 오지 않은 걸까. 하지만 오늘의 눈은 일기예보를 통해 어젯밤부터 예보돼 있었다. 막 이사 온 참이라 우산이 집에 없었을 수도 있지만, 어젯밤의 비는 일시적으로 그쳤었다. 그사이에 편의점이든 어디든 달려가서 비닐우산을 하나 사면 되는 것 아닌가. 나는 책상에 걸쳐 세워둔 내 비닐우산을 바라봤다. 어설프게 세워뒀었는지 바라보기만 했는데 풀썩 쓰러졌다. 주워서 다시 세웠다.

"……영국인?"

폭스엄브렐라도 영국제다. 그리고 영국 문화에서는 우산은 지팡이 같은 액세서리일 뿐 실제로 쓰는 물건은 아니라고 한다. 영국인이라거나 영국에서 이민 간 사람이 많은 호주인 등은 실제로 일본인이 편의점으로 도망칠 듯한 비가 와도 우산을 쓰지 않고 걷는 일이 많다고 한다.

……그럴 가능성은 적다. 나는 한숨을 내쉬었다. 그렇다

면 자기소개에서 말했을 것이다. 용의자 여섯 명 중 아무도…….

그때 겨우 깨달았다. 영국인이 아니라.

"……'홋카이도 사람'인가."

전에 인터넷에서 읽은 적이 있다. 홋카이도 사람은 눈이 올 때는 우산을 쓰지 않는다. 홋카이도의 눈은 살랑살랑한 파우더 스노인 경우가 많고, 기온도 낮기에 머리나 코트에 묻어도 '쌓일' 뿐 녹지 않는다. 그렇기에 건물 안에 들어오기 전에 어깨나 머리에 쌓인 눈을 '털어낸다'고 한다.

물론 지바의 눈이라면 그럴 수는 없다. 하지만 홋카이도 출신인 범인은 그 사실을 모른 채 자신도 모르게 습관적으로 우산을 쓰지 않고 나온 것이다. 한편, '저녁에는 비로 바뀐다'라는 일기예보를 알고 있었기에 우산을 가지고 나가지 않은 누군가에게 우산을 전달하려고 했을지도 모른다. 그리고 도중에 지바의 눈이 '예상외로 젖는다'라는 사실을 깨달았지만, 어찌됐든 그대로 학교에 와서 젖은 코트를 벽에 걸었다.

눈 축제로 유명한 홋카이도 삿포로 시에서 온 사이토 지카예요. 사이토라는 성이지만 흔히 쓰는 한자가 아니라 나이를 말할 때 쓰는 '해 세'에 '복숭아 도'라고 씁니다. 지바에는 어렸을 때 살았던 적이 있어요. 하지만 4월에 눈이 오는 건 처음이어서 깜짝 놀랐습니다. 잘 부탁드려요.

"······찾았다."

범인은 ②의 사이토 지카다. 놀랍게도 겨우 몇 문장에 불과한 자기소개로 범인이 좁혀졌다. 그녀는 분명 '홋카이도 삿포로 시'라고 말했다.

나는 기쁨에 가득 차서 우산을 집어 들려다가 불현듯 손이 멈췄다.

지바에는 어렸을 때 살았던 적이 있어요. 하지만 4월에 눈이 오는 건 처음이어서 깜짝 놀랐습니다.

아니다. 이 사람은 아니다. 이런 식으로 말한 걸 볼 때, 사이토 지카는 지바의 눈을 경험한 적이 있다. 처음에는 삿포로에서의 습관으로 우산을 놓고 나왔을지 모르지만, 그런 경우라도 나와서 바로 깨달았으리라. 그러고 보면 지바의 눈은 이랬지, 라고. 그리고 우산을 가지러 집으로 돌아가리라.

나는 이번에야말로 정말로 벽에 부딪힌 기분이 들어서 팔짱을 끼고 신음했다. 어째선지 추리하면 추리할수록 불가사의해지고 만다. 용의자 중에서 '홋카이도'라고 말한 건 그 사람 한 명뿐이었다. 하지만 범인은 홋카이도 주민일 것이다. 즉······.

쩍, 하는 소리가 들리고 창문 바깥의 참새가 일제히 날아올랐다.

나는 내 우산을 집어 들고는 놓여 있던 우산을 집었다. 마른 천의 고급스러운 감촉이 느껴졌다.

그리고 그것을 가지고 강의실을 나섰다. 운이 좋으면 범인에게 곧장 이것을 전해줄 수 있을지도 모른다.

이것은 '운이 좋다'라고 말해야 할까. 분명 찾고 있던 방이 있었다. 하지만 그 말은 곧, 신입생임에도 전혀 모르는 이 대학 연구실을 노크하고 처음 대면하는 사람을 상대로 사정을 설명한 후에 이 우산을 건네지 않으면 안 된다는 말이다. 분명 놀라리라. 어째서 갑자기 전해주러 왔는가. 왜 그렇게 아래를 바라보고 알아듣기 힘든 목소리로 중얼중얼 말하는가 (그렇게 될 것이 분명하다). 이래저래 수상하게 생각하며 기분 나빠 할지도 모른다. 때에 따라서는 우산을 내가 훔친 건 아닐까 의심을 살지도 모른다. 그리고 애초에 이 방에 범인은 없을지도 모른다. 내 추리가 틀렸을지도 모르고, 틀리지 않았다고 해도 이미 귀가했을 가능성이 있다. 그 경우, 무모하게도 전혀 알지 못하는 연구실의 문을 노크해서 돌입한다는 내 대모험은 전부 쓸모없어지고 만다. 그럴 거라면 게시판에 종이라도 붙이는 쪽이 무난하게 넘어갈 수 있지 않을까? 범인의 이름은 알고 있다. 성이나 이니셜과 함께 우산의 특징을 써두면 바로 알아차리리라. 우산 자체는 안내데스크 같은 곳에 맡겨두고, 그곳으로 찾으러 가라고 하는 쪽이 안전하지 않을까.

나는 손에 들고 있는 두 개의 우산을 꽉 쥐었다. 내 비닐우산과 그다지 손때가 묻지 않도록 손끝으로 살짝 쥐고 있는 폭스엄브렐라의 고급 우산을 고쳐 들었다. 눈앞의 문은 닫혀 있지만, 불빛은 살며시 새어 나오고 있고, 이야기하는 소리도 때때로 들려온다. 방에 두 명 이상이 있다.

가고시 연구실

대학 교수치고는 톡톡 튀는 서체로 그렇게 적혀 있었다.

찾던 것은 이 방이었다. 범인은 ⑤의 가고시 미하루다. 그리고 그녀는 대학에 있는 누군가에게 우산을 건네주러 왔다. 하지만 신입생이기에 동기인 친구가 있을 것이라고는 생각하기 어렵다. 그렇다면 그녀가 우산을 빌린 상대는 누구일까. 학교 안에 아는 선배가 있을지도 모르지만 우산이 고급품이라는 점과 그녀가 아직 우산 없이도 괜찮았다는 점, 즉 이 건물 안에 있을 가능성을 생각하니 이런 추리가 나왔다. 그녀가 오리엔테이션 후에 우산을 돌려주러 갈 만한 '우산 주인'은 교직원이다. 그리고 그 사람의 연구실에 방문해 있다고 하면 오리엔테이션 후 한 시간이나 우산을 잃어버린 채로 깨닫지 못할 수도 있었다. 그리고 이 시기에는 사람이 있는 연구실은 많지 않다. 연구실을 갖고 있다고 하면 교수일 거고 그 교수가 그녀와 친한 사이라고 하면, 친척일지도 모른다. 그렇다고 하면 '가고시'라는 이름의 연구실이 있을지도 모른다. 그렇게 기대했다.

예상은 적중했다. 하지만 오히려 용기가 필요한 상황이 돼버렸다.

고민하고 있는데 안에서 뭔가 허둥대는 듯한 소리가 들리더니 남자 목소리가 이쪽으로 다가왔다. "아니, 네 평소 성격을 보면 분명 그 근처에……."

방심하고 있었다기보다는 움직이지 못했다. 갑자기 눈앞의 문이 '끼이이이익……' 하고 애절한 쇳소리를 내며 열리더니 키가 크고 정장을 갖춰 입은 영국 신사 같은 느낌의 사람이 나왔다.

"어라, 우리 연구실에 용건이 있으신가요?"

사람과 눈을 마주치고 말하는 것에 익숙하지 않다. 하지만 가고시 교수로 보이는 신사는 똑바로 나를 바라봤다. "어라, 그 우산은."

"아, 그게." 나는 고개를 숙인 채 우산을 내밀었다. "딱히, 그러니까."

"정말 감사합니다. 일부러 전해주러 와주신 건가 보네요." 신사는 우산을 받아들고 제대로 예를 갖춰서 인사했다. "저도 지금 막 깨달은 참입니다. 제 조카가 오리엔테이션에 참석할 겸 제 우산을 가져다준다고 했는데, 아무래도 강의실에 놓고 온 것 같다고요."

영국 신사, 다시 말해 가고시 교수의 뒤에서 스콘을 우물우물 먹고 있던 여학생이 일어나더니 눈을 동그랗게 뜨고 이쪽으로 다가왔다. "어? 가져다주신 거예요?"

가고시 교수가 그녀에게 우산을 보였다. "벌써 좋은 친구가 생긴 모양이네."

"앗, 그래도 저, 아직 딱히." 교수가 옆으로 비켜줘서 여학생이 방에서 나왔다. "고맙습니다. 그런데, 그게."

미하루를 본 순간 나는 '위험해. 세상에서 가장 나랑 안 맞는 타입이다'라고 생각하고 고개를 숙였다. 전혀 부끄러워하지 않고 처음 대면하는 사람에게 말을 거는 용기. 당당히 상대방의 얼굴을 바라보는 자세. 사양하거나 주저함이 전혀 느껴지지 않는 목소리. 거기다가 힐끔 본 것뿐이지만, 뭔가 모델이라고 할까, 외국 배우 같은 볼륨감 있는 미인이다.

반사적으로 위험하다고 생각했다. 동물은 본능적으로 눈앞의 상대가 '자신보다 강한지 아닌지'를 판단하는 능력이 있다. 평범한 인간은 사회생활을 하는 동안 쇠퇴하고 말지만, 대인기피증인 사람 중에는 야생동물에 버금갈 정도로 이 능력을 유지하는 자도 있다. 나는 바로 알았다. 엔진 소리만 듣고 불도저라고 인식할 수 있는 것처럼 확실히 알았다.

이런 미인은 피라미드의 정점에 서는 타입이다. 언제나 반의 중심에서 커다란 목소리로 말하고, 패션 잡지 같은 걸 교실로 가져와서 펼치고, 쉬는 시간에는 자신이 움직이지 않아도 친구가 그 주변에 모여드는 그런 타입이다. 나 같은 최저 등급의 대인기피증을 바보처럼 취급하거나 하지는 않지만, 그것은 요컨대 길거리에 굴러다니는 돌이나 비닐봉지를 굳이 바보 취급하지 않는 것과 같은 수준인 그런 계급의 사람이다.

하지만 미하루는 느긋한 태도로 물었다. "저기, 어떻게 여기를?"

"그게." 하지만 질문을 받고 말았다. 권력자의 질문에는 솔직히 답해야만 한다. "그게, 가고시 연구실, 이라고."

고개를 들려다가 멈춘 채, 설정을 제대로 숙지하지 못한 영화의 좀비 같은 움직임으로 손을 들어 상대를 가리켰다. "가, 가고시 씨 맞죠?"

"네. ……아, 6호실에 계셨던 분인가요?"

법학과는 인원수가 많기에 세 개의 강의실로 나뉘어 오리엔테이션을 진행했다. 분명 6호실이었기에 "네"라고 말하며 끄덕였다.

"아, 그렇군요……. 어라, 그래도." 미하루는 잠시 틈을 두었다. "……어떻게 '가고시 연구실'이 여기에 있다는 걸 아셨나요?"

우와아, 날카로워, 쓸데없이 날카로워, 하고 감탄했다. 반의 중심에 있을 법한 이런 타입의 사람은 한 가지 사실에 그다지 깊게 파고들지 않을 것 같은 이미지였는데. 나는 우산만 얼른 건네고 물러나고 싶었지만 설명할 책임이 생기고 말았다.

"아니, 아직 바깥에 눈이 내리고 있어서 건물 안에 있지 않을까 하고."

"아." 미하루는 연구실 쪽을 돌아봤다. 창문 바깥으로는 아직 잿빛 눈이 내리는 중이었다. "……아니, 그래도."

미하루는 가만히 나를 관찰하는 듯했다. 그리고 말했다.

"……구로키 씨, 였던가요?"

"아니요."

"아, 하타케야마……, 아닌가."

"아, 후지무라…… 미사토, 입니다."

성만 말해도 충분했다. 그리고 "아,"도 필요 없다. 하지만 나도 모르게 입에서 나오고 만다. 언제나. 그리고 이름을 말해버린 것이 묘하게 송구해진다. 주제넘게 나서버린 것만 같다.

"아, 가토리 시에 사는."

"네."

놀랍게도 미하루는 경이적인 기억력으로 나에 대해 기억하고 있었다. 내가 우물쭈물 뜸을 들이며 전혀 말하지 않다가 레퍼토리 이하의 자기소개밖에 하지 않은 채 자리에 앉아버린 것도 기억하고 있다는 말이다. 얼굴이 뜨거워지면서 바닥을 뚫고 아래층으로 도망치고 싶어졌다.

"어라, 그래도." 미하루는 말했다. "어째서 제가 가고시 미하루라는 사실을 아셨나요? 실례지만 후지무라 씨, 제가 자기소개를 할 때 계속 앞을 보고 있지 않았던가요?"

우와아아아아아아아, 하고 마음속에서 소리쳤다. 도대체 어떤 관찰력과 기억력을 가지고 있는 거야. 그리고 어째서 그것을 그런 쓸데없는 걸 기억하기 위해 사용하고 있는 거람. 네, 앞을 향한 채 아래를 보고 있었습니다. 실례였지요, 죄송합니다. 그도 그럴 것이 돌아보다가 바로 뒷자리 사람과 눈이라도 맞으면 어떡하란 말인가요.

"아니, 그건." 마음속에서 아비규환에 빠진 채 최소한의 목소리를 냈다. "……추리해서 어떻게든."

앗, 비일상 단어를 사용하고 말았다. 전부터 자주 있는 일이었다. 가령 '추리'. 그 밖에도 '탁견', '끽긴', '로지컬', '지엽', '테제', '규합', '리리시즘'. ……뭐, 뭐든 좋다. 요컨대 반의 중심에 있는 사람들이 쓰지 않는, 일상 대화에서 나와서는 안 되는 어려운 단어를 말한다. 입에서 이런 단어를 꺼내면 대화가 멈추고, 무슨 뜻이야? 라는 질문을 받고, 설명하면 '흐음……' 하고 희미한 반응이 돌아오고 '분위기 깨네', '왜 그리 어려운 말 하는 건데?', '아, 그래, 너 머리 좋다고 어필하는 거야?'라는 시선을 받게 되는 단어다. '추리'라는 단어 자체는 그렇게 어렵지는 않지만, 일상에서는 전혀 나오지 않는 단어인 데다가 호들갑스러운 인상도 있다. 말하지 말 걸 그랬다.

하지만 미하루는 "……대단해"라며 무척이나 놀란 듯 말했다. "어떻게 추리한 거예요?"

그리고 어째선지 뒤에서 가고시 교수가 쑥 앞으로 나섰다. "아니, 이건 놀랍네요. 후지무라 군, 자네는 놓여 있던 우산을 보고, 그곳에 누가 앉아 있었는지도 모르는데 그 주인을 추리했다는 건가요? 이건 대단하네요."

교수에게 밀쳐진 미하루는 필사적으로 벽에 손을 대고 넘어지지 않으려 애썼다. 교수 쪽은 흥미진진하게 콧김을 내쉬더니 반짝이는 눈으로 나를 바라봤다. "저, 추리소설을 엄청 좋아하거든요. 설마 실생활에서 '추리'를 하는 학생이 있다니. 자네, 유망하군요."

"삼촌, 괴로워요." 미하루가 찌부러져 있었다. 아니 저런 미인을.

"아, 미안. 아니, 자네. 무척이나 흥미롭군요. 놓여 있던 우산을 무시하지 않고, 누구 건가요? 하고 물으며 다니지도 않고, 추리로 주인뿐만 아니라 그 현재 위치까지 맞히다니! 일반적인 학생은 그런 행동은 하지 않지요. 올해 신입생은 성공이네요. 정말로 유망해."

아니, 그저 물으며 돌아다니지 못하니까 그렇게 한 것뿐이다. 하지만 교수는 손을 내밀고 있었다. 어이, 뭐야, 그건, 이라고 생각했지만 어쩔 수 없이 손을 마주 내밀자 교수는 힘있게 양손으로 내 손을 꽉 잡았다.

"실로 흥미롭군요. 헌법에 관심 있나요? 아니, 없어도 좋아. 그보다 제가 자네의 추리에 관심이 있어요. 시간 괜찮은가요? 그럼 부디 안으로."

미하루도 고개를 끄덕였다. 나는 "아니"라고 목소리를 내지도 못하고 교수에게 끌려가듯 연구실로 들어섰다. 처음으로 들어서는 대학교 연구실은 따뜻했고 의외로 좁았으며, 그리고 어째선가 홍차 향이 났다. 생각한 것 이상으로 꽤 가정적인 느낌으로, 다른 사람의 집에 들어선 듯한 안락함이 느껴졌다. 천장까지 이어진 벽 한 면, 아니 반대쪽도 포함해서 두 면이 책장. 창가에 포토스 화분. 문 안쪽에는 어째선지 드라마 〈셜록〉의 포스터. 응접세트에 영국식 티 스탠드가 놓여 있고, 두 개의 찻잔이 황금색 액체를 품은 채 뜨거운 김을 내고 있었다. 애프터눈 티라 불리는 그것이다. 시간대가 너무 이른 듯한 기분은 들지만.

"자, 앉아요, 앉아. 페이스트리는 아직 있으니까 더 꺼내오죠. 자네의 추리를 듣고 싶군요."

아니, 그게, 라고 우물쭈물 말하려 했지만, 선생은 활발하게 몸을 움직이며 물을 끓여 홍차를 우리기 시작했다. 건너편 소파에는 이미 미하루가 앉아서 스콘을 우물우물 먹으면서 기대로 가득 찬 눈초리로 나를 바라봤다. 아까 '삼촌'이라고 말했으니 예상대로 그녀는 가고시 교수의 친척이었단 말이다. 그렇기에 연구실에도 거리낌 없이 들어왔으리라. 하지만 나는 명백하게 타인의 영역인 이 소파에 앉을 용기가 좀처럼 나지 않았다.

"저기, 그래도, 방해하는 게."

"말도 안 돼요! 모처럼 홍차와 함께 새 학기 최초의 즐거운 이야기를 들을 기회입니다. 한 잔의 차를 위해서라면 세계 따위 멸망해도 좋죠." 가고시 교수는 스기시타 우쿄TV 드라마 〈파트너〉 시리즈의 주인공. 연기하는 건 미즈타니 유타카. 경시청 특명계 계장으로, 체스를 좋아하며 홍차를 높은 위치에서 따른다마냥 홍차를 높은 위치에서 따르면서 말을 던졌다. "답례로 2학점을 드리죠. 이야기가 재미있다면 추가로 2학점."

도저히 발을 뺄 분위기가 아니었다. 나는 코트를 벗고 소파에 앉았다. 선생은 찻잔을 내 앞으로 건네주고는 당연한 듯 미하루를 옆으로 밀치더니 자신이 내 정면에 앉았다. "자, 자네의 추리를 들려주세요."

옆에서는 미하루가 미니케이크를 우물우물 씹으면서 고개를 끄덕였다. 조금 전까지 스콘을 먹고 있었는데 어느새.

나는 어쩔 수 없이 우산 상태나 벽의 코트 걸이를 보고 이 우산이 잃어버린 사람의 물건이 아니라 빌린 물건을 돌려주고자 가져온 것이며, 그 자리에 놓은 본인은 우산을 가지고 있지 않아 젖은 채였다고 생각했다는 점을 말했다.

솔직히 말해서 처음 대면하는 사람을 상대로 이렇게 길게 말하는 것이 얼마 만인지 기억나지 않는다. 나는 말하면서 몇 번이고 '싫어하지는 않을까'라고 건너편 두 명의 기색을 살폈다. 전부터 이야기가 길어지면 자주 듣곤 했다. "너무 길어", "짧게 해"라고, 질린 듯한 목소리로 요청받는 일도 잦았다. 대화할 때는 한 명이 너무 길게 말을 해서는 안 된다는 것이 이 사회의 매너인 것이다. 하지만 둘은 흥미로운 표정으로 나를 바라봤고, 미하루는 새로운 미니케이크를 우물우물 먹으면서, 고개를 끄덕이며 당연한 듯 내 이야기를 오랜 시간 가만히 듣고 있었다.

"……그래서 홋카이도 사람일지도 모른다고."

가고시 교수가 갑자기 손뼉을 쳤다. 모양만 흉내 내는 박수가 아니라 그야말로 짝, 하고 손바닥을 마주치는 소리가 나오는 진짜 박수였기에 깜짝 놀라 뛰어오를 뻔했다.

"멋지군요! 학생 제군이 일상적으로 이렇게 머리를 써서 생각했으면 할 정도입니다. 올해 입학시험도 솔직히 논술에서 합격점을 줄 만한 건 두세 개 정도였거든요."

입학시험 채점 담당이었던 듯하다. 칭찬받는 건 나쁜 기분은 아니었지만, 그래도 보니까 옆의 미하루는 미니 샌드위치를 우물우물 씹고 있으면서도(이상하다. 케이크를 먹고 있었는데)

고개를 갸우뚱거렸다.

"······저기. 저, 우쓰노미야 출신이라고 자기소개를 했는데······."

가만히 바라보기에 고개를 들 수 없었다. "······아니, 뭐, 그건. 삿포로 시 출신인 사이토 양이 들어맞지 않는 듯해서."

"······그래서 제가 거짓말을 했다고?"

"아니, 그게 아니라."

화나게 한 건 아닐까 생각했지만, 미하루는 단순히 흥미진진한 듯 샌드위치를 우물우물 먹었다. 이상하다. 미니 샌드위치는 아까 분명 네 개가 있었다. 그녀가 손에 하나를 들고는 있지만, 티 스탠드에는 한 개밖에 없다. 계산이 맞지 않는다.

"누군가가 출신지를 속였을 가능성밖에 없다고 생각했다는 거군요." 교수가 집게손가락을 세웠다.

나는 끄덕였다. "그래서, 이 지역 출신이라는 아베 고타 군과 하야시 린타로 군은 아니라고 생각했죠. 그리고 사실은 홋카이도 출신이면서 간사이 출신이라고 말하지는 않을 테니 오니시 야스타카 군도요. 그래도 도쿄라고도 말하기 어려울 테니 하세가와 유야 군도 조금······."

구체적으로 말하지는 않았지만 둘 다 이해한 듯했다.

그렇다. 사실은 홋카이도 출신임에도 다른 지방의 이름을 댄다. 그렇다고 하면 우선 이 근방인 지바라고 위장할 리 없다. 세세한 지명을 자세히 말하지 않으면 안 될뿐더러, 지바 출신들은 모두 실생활을 통해 얻게 된 마니악한 정보를 말했다. 더군다나 주변에는 이 지역 출신이 잔뜩 있다. 언제 거짓말을 들킬지 알 수 없다.

동시에 간사이로 속이는 것도 있을 리 없다고 생각했다. 간사이 출신은 그 밖에도 있었다. 간사이 출신은 도호쿠 방면 등과 다르게, 도쿄 방면의 언어를 사용한다고 해도 간사이 특유의 악센트가 반드시 남는다. 출신을 간사이라고 위장한다면 그런 부분까지 연기해야만 하지만, 진짜 간사이 출신을 앞에 두고 그것을 가능케 하는 건 무척이나 어렵다.

그리고 도쿄 출신인 하세가와 유야도 역시 아니라고 생각했다. 나는 최근 안 사실이지만, 지방 출신에게 '도쿄'란 조금 특별한 울림이 있는 듯하다. 애초에 우리 대학에는 도쿄 사람도 많기에, 도쿄 출신이라고 속이는 건 심리적인 장벽이 높다. 자기소개에서 일단 그렇게 말해버리면 졸업할 때까지 4년간 도쿄 출신이라고 속이지 않으면 안 된다. 하물며 하세가와 유야 군은 '세이조'라고 말했다. 거짓말을 하는 데 쓸데없는 이미지가 붙어 있는 지명을 굳이 꺼낼 것이라고는 생각하기 어렵다.

소거법으로 가면 남은 건 '우쓰노미야 출신'이라고 말한 이 가고시 미하루뿐이다. '우쓰노미야의 만두'라면 누구든 말할 수 있다(우쓰노미야는 만두 가게 수나, 소비량에서 일본 내 1, 2위를 다투는 도시다-옮긴이).

"하하하. 제가 실은 계속 우쓰노미야에 살고 있거든요. 이 아이도 몇 번이고 놀러 왔지만, 그러고 보니 눈이 내리던 시기는 경험하지 못했군요."

가고시 교수의 말에 미하루가 끄덕였다. "이쪽의 눈, 거의 비 같아서 홀딱 젖었어요."

"하지만 핵심적인 부분인데, 미하루." 가고시 교수는 내가 아니라 미하루에게 물었다. "왜 출신지를 속인 거야? 경주마로 유명한 니카쓰부에서 왔다고 하면 뭔가 문제가 되나?"

"할망…… 할머니가 그랬거든요. 무서운 얼굴로." 미하루는 나를 바라봤다. "저, 외할머니 쪽 가계가 아이누로, 저는 쿼터예요. 할머니의 본가 쪽은 아직 꽤 전통이 남아 있어서 어렸을 때는 진짜 이오만테(아이누족의 의례 중 하나로, 곰을 죽이고 그 영혼을 신들의 세계로 돌려보내는 의례-옮긴이)를 본 적도 있어요."

"굉장해." 나는 아이누에 대해서는 만화나 게임 지식밖에 없다.

"그런데 할머니가 엄청 무서운 얼굴로 이렇게 말했어요. '내지에 간다면 아이누 사람인 걸 들키지 마. 네 얼굴 생김새라면 들키기 쉬울 테니 홋카이도 출신이라고 말하지 마'라고요." 미하루는 어깨를 움츠렸다. "엄마도 결혼할 때 그런 말을 조금 들은 것 같지만, 할머니가 젊었을 무렵에는 아직 차별이 심했다고 해요. '아, 개 냄새나지 않아?' 같은 말

을 들었다고."('아이누'의 '이누'는 일본어로 '개'와 발음이 같다-옮긴이)

너무 생생해서 듣기 괴로운 이야기였다. "죄송합니다."

곧바로 고개를 숙이고 말았는데, 가고시 교수가 타일렀다. "자네가 차별한 것도 아니잖아. 무의미하게 사과하는 건 좋지 않아요."

"전 오히려 자랑스럽지만요. 선주민의 피가 흐른다니, 조금 멋지지 않나요?" 미하루는 웃는 얼굴로 말하더니 마지막 샌드위치를 먹었다. 언제 최후의 샌드위치가 돼 있었지?

어떻게 반응하면 좋을지 알 수 없었다. 하지만 생각했다. 계속 지바에 있었기에 알지 못했지만 다른 지역, 다른 지방에 가면 내 고향과는 다른 상식이 있으며 자신의 출신지를 숨기고 싶은 사람은 그 밖에도 있을지 모른다. 나는 아직 사는 세계가 좁다.

가고시 교수는 홍차를 한 모금 마시고는 "뭐, 이미 할머니의 면은 세웠다고 생각하고, 더는 숨기지 않아도 되겠지"라고 말했다.

"그래도 대단해요, 후지무라 씨. 명탐정이네요." 미하루는 웃는 얼굴로 포크를 내려놓고, 핸드폰을 꺼냈다. "아, 친구 등록하지 않을래요? 스마트폰 맞죠?"

"엇!" 한순간 움직이지 못했고, 그로부터 그 늦은 행동을 만회하고자 서둘러 셔츠의 가슴 주머니를 뒤지다가 스웨터 안으로 떨어뜨린 핸드폰이 배 쪽으로 미끄러져 나와 바닥에 떨어졌다. 서둘러 주우려다가 테이블에 머리를 부딪혔고, 홍차가 넘치기 직전까지 갔다.

"아, 아."

한바탕 소동이 벌어졌지만 나는 사실 그에 대해 신경 쓸 틈 없이 허리케인의 모래바람이 휘몰아치는 상태처럼 돼 있었다. 친구 등록이라고? 여자랑? 그것도 이렇게 상류 계급과? 엇, 가고시 교수도 핸드폰을 꺼내 들었다. 갑자기 교수와 연줄이 생겨버렸다. 혹시 나 지금, 중류 계급이 된 거야? 아니야, 침착해. 어차피 써먹을 기회 따위 없을 거야. 아니, 그건 슬프지. 하지만 명백하게 신분이 달라. 친구로 등록해도 괜찮은 걸까.

그렇기는 해도 거절할 이유는 전혀 없었다. 나는 둘과 메신저 친구가 됐다. "아, 이 nightowl at the bottom이 접니다."

"너무 비굴한 거 아닌가요? 좋지 않아요, 그런 건. ID를 바꾸도록 하세요." 갑자기 가고시 교수에게 혼이 났다.

그렇기는 해도 뭐가 어찌 됐든 핸드폰 메모리에 대학 사람이 등록됐다. 소심한 나로서는 그것이 대학의 통행허가증처럼 느껴졌다.

가고시 교수는 미소 지었다. "미하루. 입학하자마자 재미있는 친구가 생겼네."

"네."

미하루는 놀랍게도 웃는 얼굴로 끄덕였다.

"잘 부탁해, 후지무라."

제2화

니시지바의
프랑스

1

"맞아요. 보세요, 커팅 형태도 이런 식으로 조금 둥글게 돼 있죠? 이걸로 인상이 전체적으로 좀 부드러워진답니다. 이 형태가 올해 유행이에요."

"네에."

"이 상품은 뒤집으면 뒷면이 이렇게 돼 있어요. 움직일 때 살짝 보이는 느낌이 세련됐죠. 같은 형태라면 이쪽은 이렇게. 이건 오버사이즈로 나와서 안에 이렇게 겹쳐 입는 것도 추천해요."

"네에."

"고객님은 평소 이런 느낌으로 입으시나요? 어, 그러니까 튀지 않는 심플한 계열. 그렇다면 옷감의 질감 면에서 이런 건 어떠세요? 아니면 이거나 이런 느낌으로 셔츠를 매치해서 소매 끝 버튼을 이렇게 하면. 이 셔츠, 저도 가지고 있는데 다양한 스타일과 매칭할 수 있어서 편하답니다."

"네에."

"모노톤을 좋아하신다면 이쪽보다 이런 색도 좋겠네요. 예를 들어 소매 뒷면에 살짝 원 포인트로 색이 들어간다거나. 깔끔한 인상을 주고 싶을 때는 이렇게 한다거나. 여기에 이렇게 매칭하고, 러프하게 하고 싶을 때는 이쪽 버튼을 이렇게 여기까지 여는 것도 가능하고요."

"네에."

상대에게 들리는지 어떤지조차 알 수 없는 미묘한 음량으로 맞장구를 치면서, 실은 나보다 꽤 키가 작은 점원의 머리 너머로 재빨리 시선을 돌려서 가게의 안쪽을 바라봤다. 피팅룸의 갈색 커튼을 향해 저주를 날린다. 사토나카, 언제까지 옷을 입어볼 거야. 이야기가 다르잖아. 얼른 나오라고. 아니, 그보다 얼른 도와줘.

"이 상품은 실루엣이 좀 재미있죠? 이거, 저희 말고는 그다지 갖추고 있지 않을 텐데, 가까이에서 보면 어라, 하는 생각이 들고 재미있어요. 버튼은 이거인데 예를 들어 이쪽의 이거에 가까운 거랑 바꿔 끼워도 좋고, 이쪽으로 갈아 끼울 수도 있고요."

"네에."

맞장구를 '네에' 하나로 유지하는 것도 슬슬 한계라고 생각했지만 점원의 이야기가 너무 매끄러워서 다른 맞장구를 생각할 여유가 없었다. 분명 이 사람은 이미 알고 있으리라. 내가 제대로 이야기를 듣고 있지 않다는 사실을. 그러고 보니 버튼 다운이란 무엇을 말하는 걸까소매 끝에 버튼이 달린 옷. 커트 앤드 소운재단하여 봉제하는 옷을 말하는데 이게 대체 무슨 뜻이람?이란 구체적으로 뭐지? '꾸안꾸'라고 말해도 내가 입어서는 그저 '잔뜩 멋 부린 느낌'이 되는 것이 아닐까. 하지만 끼어들 수 없다. 말을 끊는 방법을 모른다.

애초에 나는 중학 시절부터 옷은 언제나 유니클로나 무인양품에서 사는 타입의 인간이다. 옷가게보다 서점이 더 마음 편한 타입. 봄과 가을에 입는 옷이 전혀 다르지 않고, 봄옷에서 한 겹 벗으면 여름옷이 되고, 가을옷 위에 겉옷을 입으면 겨울옷이 되는 그런 타입이란 말이다. 무채색의 둥지에서 나오는 건 엄청난 모험으로, 무늬가 있는 옷은 이너라면 몰라도 아우터는 불가능, 팬츠는 말할 필요도 없다(이 정도의 용어는 알고 있다). 따라서 매일 교복만 입으면 됐던 고등학교에서 갑자기 자기 책임으로 사복 센스를 시험당하는 대학교로의 진학이 정해진 후, 대학교는 매일 사복으로 가야만 한다는 사실을 깨달았을 때는 새파랗게 질렸었다. 고민한 끝에 결국 수학여행을 위해 샀던 옷을 전부 동원해서 어떻게든 넘긴다는 적극성 제로의 작전으로 일단락됐다. 내 옷은 지금 입고 있는 이 패턴 하나밖에 없으며, 동일한 형태인 채 검은색, 다크그레이, 그레이처럼 '명도'가 순서대로 달라질 뿐인, 디즈니 리조트 라인지바 현 우라야스 시내를 달리는, 오직 디즈니 리조트 내를 일주하기 위해 통행하는 모노레일 순환선. 주행 중인 열차 내에 음악이 흐르거나 열차 양 옆 창문이 미키마우스의 형태로 돼 있는 등 재미있는 요소가 많지만, 돌아오는 열차는 조금 쓸 쓸하다보다 더 빠른 로테이션으로 순환하고 있다. 그리고 어느 하나가 너덜너덜해지면 그 부분만 다시 비슷한 것으로 사서 바꾼다는 윤회 전생형 쇼핑 스타일이기에, 윤회에서 벗어나는 옷은 무엇을 사면 좋을지 전혀 알 수가 없다. 혹시 잡지에서 내 '한 달분 코디'를 전부 기록해서 늘어놓는다면 명도만 살짝 다른 타일 같은 지면이 완성될 것이 분명하고, 그렇다면 서른 장이나 되는 사진을 찍을 필요는 전혀 없이 첫날 찍은 내 사진 한 장을 갖고 명도만 보정하면 한 달 치 이미지를 만들 수 있다. 이것이야말로 에너지 절감이 아닐 수 없다.

그런 인간이 니시지바 역 부근의 가게라고는 하지만 왜 셀렉트숍에 들어와 있는가 하면, 친구에게 끌려온 것이다. 대학에서 새롭게 만든 친구가 아니다. 애초에 그런 친구는 한 명 있을까 말까로, 그저 우연히 초등학교가 같았던 녀석 이 같은 학과에 있어서 재회한 것뿐이었다. "너도 여기 다니 는 거야?"라고 놀란 것이 조금 전의 일이다. 초등학교 때 같 은 반이었던 건 5, 6학년 때뿐으로, 딱히 친했던 것도 아니기에 '그동안 쌓인 이야기'라는 전개가 벌어지지도 않았고, 구내식당에서 잠시 이야기를 나눈 후 자전거를 끌며 함께 집에 돌아갈 생각이었다. 하지만 사토나카는 그 도중에 어째선지 "아, 저 가게 한번 가보자"라고 말을 꺼내더니 내 답도 듣지 않고 들어가버렸다. 전부터 이런 녀석이었나. 기억나지 않는다.

가게 앞에서 기다리거나 외따로 돌아갈까 했지만, 이런 세련되고 가게 내부가 잘 보이지 않는 느낌의 가게에는 평생 들어갈 기회가 없다고 생각하던 내게 악마가 속삭였다. '사토나카에게 편승하면 이 가게에서 쇼핑할 수 있어. 유니클로와 무인양품 이외의 옷을 살 수 있을지도 몰라.' 나도 나름대로 내 복장에 위기감을 느끼고 있었고, 인터넷 쇼핑은커녕 H&M에도 GAP에도 ZARA에도 혼자서 들어가지 못하는 나는 나도 모르게 훌쩍 사토나카의 뒤를 이어 가게에 들어서고 말았다. 혹시 사토나카가 "이거 너랑 어울리니까 사지 그래? 70퍼센트 세일도 하네"라고 적당하며 저렴한 물건을 골라주지 않을까 기대했지만, 사토나카는 가게에 들어오자마자 자신의 쇼핑을 시작하더니 "입어보고 올게"라고 말하고 사라져버렸다. 이 배신자.

결과적으로 세련된 셀렉트숍에 전신 무인양품을 입은 대인기피증이 혼자서 남겨지게 된 것이다. 펭귄 무리에 외따로 남겨진 닭, 아이돌 그룹의 무대에 혼자 섞여버린 고릴라 같은 상태다. 그렇다고는 해도 이 점원은 왜 굳이 나 따위에게 말을 거는 걸까. 이 녀석은 바지락이 삼킨 모래라거나 실수로 편의점 도시락에 들어가버린 플라스틱 조각과도 같은 존재라고 왜 깨닫지 못하는 걸까. 장사니까 밑져야 본전으로 뭐라도 하나 파는 게 낫겠다고 생각한 걸까. 그것도 아니면 오히려 나 같은 플라스틱 조각을 패션에 눈뜨게 하는 것에서 삶의 보람을 느끼는 전도사 같은 걸까.

"맞다. 고객님, 청바지는 좋아하시나요? 이거는 이대로라면 조금 딱딱한 느낌이지만, 아, 죄송합니다, 잠깐 저쪽에 있는, 영차, 이거라거나. 버튼을 채우지 않고 이렇게 해도 되고요. 이렇게 매칭하면 멋지게."

벌써 몇 장째 전혀 살 생각이 없는 옷을 가지고 오게 만든 걸까. 지금도 점원은 왼쪽 팔에 재킷 세 장, 셔츠 세 장을 걸친 데다 지금 그 위에 청바지를 하나 더 걸쳤다. 합한 무게가 꽤 될 텐데 무겁지는 않을까.

"네에. 저기."

나는 고개를 조금 숙인 채로 시선을 눈앞의 재킷에서 옮겨서 벽 근처의 티셔츠 선반을 바라봤다. 이 점원에게 의미 없는 영업 토크를 그만두게 해야만 한다. 딱 봐도 한 명밖에 없는 점원에게 쓸데없는 접객을 계속해서 시키는 건 괴롭다. 어차피 아무리 권한다고 해도 한 장에 7,800엔이나 하는 셔츠나 20,800엔이나 하는 재킷에 손을 내밀 마음은 들지 않았다. 소고기덮밥 55그릇분의 큰 금액을 내고 세련된 재킷을 샀다고 해서 내가 그것을 제대로 맵시 있게 입을 리가 없고, 애초에 내가 가지고 있는 다른 옷과 매칭했을 때 이상하진 않을까 판단도 서지 않는다. 그렇다고 해서 위부터 아래까지 세트로 한 벌 산다면 무지막지한 비용이 들고, 그래서는 두 달간 저녁이 인스턴트 라면이 된다. 무엇보다 그렇게까지 해서 샀다고 해도 어차피 부끄러워서 대학교에 입고 갈 수도 없다. 입고 가면 '갑자기 너무 힘을 준 게 짠하다', '안 어울려', '무리한 게 너무 뻔히 보여'라고 뒤에서 비웃을 게 뻔하고, 어떻게 다른 옷과 매칭하면서 돌려 입으면 좋을지 알지 못해 언제나 같은 차림이 될 테니 '저 한 세트만 가게에서 한 번에 산 거겠지'라고 들켜서 비웃음당하리라. 그렇기에 처음부터 살 마음이 들지 않았다. 나는 사토나카의 덤이라고 할까, 사토나카의 니트에서 풀려서 삐져나온 털실 같은 것처럼 취급해주면 좋을 텐데. 그런데 점원은 사토나카가 피팅룸에 들어가고 내가 혼자 남자, 단 35초 만에 "재킷 찾으시나요?"라고 말을 걸었다. "네에"라고 답한 것이 실패였다. 점원에게 쓸데없는 영업 토크를 계속하게 만들었다. 가지고 온 옷을 원래 자리로 돌려놓는 것만으로도 꽤 귀찮을 것 같았다. 그리고 서두르지 않으면 이 점원은 옷을 더 가져오리라.

"저기." 나는 시선으로 티셔츠 선반을 가리켰다.

"아, 티셔츠를 찾으시나요? 이 옷들은 자리에 돌려놓고 올 테니 천천히 보세요."

나는 점원에게 등을 돌리고 티셔츠 코너로 도망쳤다. 과연 접객의 프로. 시선만으로 알아챘고 일체 속박하지 않았다. 하지만 내심으로는 '뭐야, 티셔츠야', '살 생각 따위 없구만'이라고 생각하겠지. "돌려놓고 올 테니"라는 대사를 굳이 말한 건 역시 '네놈 탓에 이거 전부 돌려놓으러 가야만 하잖아'라는 의미로, 억누른 화가 새어나온 건 아닐까. 물론 알고 있다. 티셔츠가 필요하다면 어째서 재킷 주변에 있었느냐고 말하고 싶겠지. 그것은 내 실수가 분명하다. 사토나카가 사라진 순간 어쩌면 좋을지 알 수 없게 돼 일단 어딘가에서 상품을 둘러보는 척하려고 적당한 선반으로 이동했는데, 뭔가 이상해서 잘 보니까 여성복 구역에 들어가버렸던 것이다. 전신 무인양품을 입은 채 셀렉트숍에 와서 여성복을 물색하는 남자는 너무 위험한 거 아닐까 당황해서 일단 명백히 남성복이라는 점을 알 수 있는 구역으로 도망쳤다. 그곳이 우연히 재킷이었을 뿐이다. 덕분에 폐를 끼쳤다. 나는 팬츠나 재킷보다는 가격이 저렴하고, 뭐 이거라면 가령 입고 가더라도 그렇게 나쁜 식으로 눈에 띄지 않을 거라고 안심할 수 있기에 조금은 볼 마음이 드는 티셔츠 선반에서 후우, 하고 한숨을 내쉬었다. 정말이지, 왜 옷가게라는 곳은 남성복과 여성복 파는 곳을 알아보기 어렵게 만들어 놓은 걸까. 화장실처럼 빨간색과 파란색으로 칠해서 구분하거나, 그럴 수 없다면 반대로 남성복과 여성복을 나누지 않으면 좋으련만. 나누니까 여성복 구역에 있는 남자를 기분 나쁘게 바라보는 것이다. 스커트를 입고 싶어 하는 남자도 있는데 말이야.

딱히 지금 이 가게에서 말한들 어쩔 수 없는 보편성이 담긴 저주를 마음속으로 내뱉으면서 천천히 티셔츠를 들춰봤지만, 아까의 점원은 이미 계산대 안으로 돌아간 상태였다. 다시 말을 걸어도 곤란하니 이제 밖에서 기다려도 좋지 않을까, 하고 입구 쪽을 봤더니 방금 들어온 듯한 여자 손님이 눈에 들어왔다.

아무래도 본 적 있는 사람이라고 생각했지만 그것이 실수였다. 누구였지, 라는 생각에 나도 모르게 가만히 바라보고 말았고, 상대방이 시선을 깨닫고 내 쪽을 본 것이다. 나는 당황해서 시선을 피했지만, 마음속은 저질렀다, 하는 후회의 마음으로 가득했다. 상대방은 확실히 이쪽을 시인했다. 가만히 자신을 바라보는 모르는 남자를 기분 나쁘게 생각했으리라. 아니, 어딘가에서 만난 적 있는 사람일까. 대학교에 입학한 지 어느덧 3주. 동아리에는 들지 않았고 아르바이트도 하지 않고 매일 멍하니 강의를 듣고 집에 돌아갈 뿐인 생활이지만, 필수 교과인 뭔가의 강의 시간에 가까이에서 마주친 사람은 있을지도 모른다. 만약 그렇다면 이 또한 역시 좋지 않다. 상대방 입장에서 보면 아는 사람이 가게에 있었고,

눈이 맞았음에도 무시당한 상황이 된다. 대인기피증 주제에 나를 무시하는 거야? 라고 생각할 것이 분명하다. 하지만 누구인지 모르니 말을 걸 수 없다.

그때 상황이 바뀌었다. 피팅룸의 커튼이 절반 열리더니, 배신자, 즉 사토나카가 이제야 나온 것이다. "어, 후지무라. 오래 기다렸지."

점원이 그쪽을 바라봤다. "어떠셨나요?"

"아, 역시 이번에는 그만둘게요."

사토나카는 팔에 걸치고 있던 셔츠 두 장과 팬츠 한 개를 아무렇지도 않게 점원에게 건넸다.

"후지무라 살 거 있어? 없으면 가자."

나는 마음속으로 우와아아아아아, 죄송합니다, 죄송합니다, 라고 점원에게 외치고는 머릿속으로 무릎을 꿇었다. 이렇게 오래 있었는데, 팬츠나 셔츠까지 입어보며 시간을 끌었는데 아무것도 사지 않고 나간다는 만행을 어째서 사토나카는 아무렇지도 않게 저지를 수 있는 걸까. 점원은 분명 지금 내심으로 '쳇, 뭐야 어린놈이'라고 생각할 것이 분명한데, 어떻게 신경 쓰지 않는 걸까. 그것도 입어보려던 옷이 사이즈가 맞지 않아서 입어보지 못한 거라면 몰라도 특단의 이유 없이 하나도 사지 않고 나갈 생각인 것이다. 분명 매매계약은 아직 성립하지 않았지만 계약 체결상의 과실로서 신뢰이익의 손해배상 책임이 발생하지 않나<small>계약 성립 전이라고 해도 계약을</small>

위해 상대가 준비하고 있었는데 과실에 의해 계약이 성립하지 않은 경우, '계약 체결상의 과실'

이 있다는 이유로 손해배상 책임이 생길 수 있다. 잘은 모르지만, 잡지의 페이지를 준비해둔 채

였는데 소설가가 원고를 빵꾸냈다, 같은 경우의 이야기이리라. 하지만 사토나카는 전혀 신경 쓰지 않는 듯한 태도로 가방을 고쳐 맸다. "이대로 돌아갈래? 아니, 그보다 재회를 기념해서 저녁 먹으러 안 갈래? 아, 그래도 일단 역의 서점에."

"응."

그보다 얼른 도망칠 수 없을까, 라며 서둘러 가게를 나서려는데 사토나카가 조금 전의 여자 손님에게 갑자기 말을 걸었다. "아, 안녕하세요. 혹시 같은 학과 분 아니신가요? 이름 뭐였더라."

나는 경악했지만 여자 쪽도 수상한 듯 이쪽을 바라봤다. 아무래도 반응이 둔하다고 생각했는데 여자의 귀에는 이어폰 코드가 매달려 있었다. 음악을 들으면서 상품을 보고 있었던 듯했다. 과연, 그런 수법이 있었구나, 하고 감탄했지만, 가게에 대해 실례가 되는 건 아닐까 하는 의문도 샘솟았다.

자신에게 누가 말을 걸었다는 사실을 깨닫고 이어폰을 귀에서 뺀 여자 손님에게 사토나카는 가볍게 말을 걸었다. "안녕하세요. 보소대학 분이시죠? 어딘가에서 만난 적 없나요?"

여자는 놀란 것처럼 눈을 크게 뜨더니 몸을 지키듯 보고 있던 스커트를 가슴 앞으로 올려서 대비했다. 하지만 사토나카를 보자 납득한 얼굴로 끄덕였다. "아, 저기", "사토나카

예요. 일본근대법 역사 듣고 있죠? 이 녀석은 후지무라. 초등학교를 같이 다닌 소꿉친구."

그 부끄러운 단어를 잘도 아무렇지도 않게 말하는구나 싶었고, 중학교와 고등학교는 달랐기에 그다지 적절하지 않은 말 아닐까 생각했지만, 사토나카는 아무렇지 않은 듯 보였다. 대학교에도 이미 친구가 꽤 있는 듯했지만, 그 이유는 이런 면에 있는 것일지도 모른다. 노을을 배경으로 강가에서 서로 주먹다짐을 할 것 같은 남자인 것이다. "아…… 전 요시카와 나쓰미예요." 요시카와는 나와 사토나카를 번갈아 바라보더니 내 쪽에서 시선을 멈추고 아, 하고 눈썹을 추켜올렸다. "분명, 오리엔테이션 때."

"아, 네."

떠올랐다. 오리엔테이션 때 같은 강의실에 있던 사람이다. 나보다 조금 앞서 자기소개를 하고, 용케도 짧게 끝냈었다. 무기질적인 데이터는 금방 기억나는 주제에 사람의 얼굴은 제대로 기억하지 못하는 내 대뇌가 한심하다. 뭐, 평소에 사람의 얼굴을 제대로 보지 않는 탓일지도 모르지만.

"아, 쇼핑 중에 미안. 지금 한가해? 지금부터 이 녀석이랑 저녁 먹으러 갈 건데, 같이 안 갈래?"

사토나카의 발언을 듣고 만약 내가 개였다면 온몸의 털이 곤두설 정도로 놀랐다. 꼬셨다. 방금 이름을 확인한 것뿐인, 그것도 여자를. 이 녀석의 정신구조는 어떻게 생겨 먹은 걸까. 그게 아니면 사토나카처럼 의외로 키가 크고 얼굴도 괜찮은 인간에게는 놀랄 정도의 일은 아닌 걸까.

"아, 아니, 그게." 요시카와는 스커트를 투우사의 망토처럼 나풀나풀 흔들었다.

곤란해하는 게 당연하다고 생각했지만, 그녀는 뭔가를 깨달은 것처럼 이쪽으로 몸을 내밀었다. "저기, 아까 사토나카 군, 피팅룸에 있었죠? 괜찮았어요?"

작은 목소리로 갑자기 그렇게 물어서 사토나카가 의아해했다. 표정이 알기 쉽게 변하는 녀석이다.

"아니, 딱히……. 좁아서 팔꿈치를 부딪히긴 했는데."

"당연히 그렇겠죠? ……아닌가, 남자라서 괜찮은 건가."

"무슨 이야기야?"

"이 가게의 피팅룸, 들어가면." 요시카와는 그 타이밍에 점원에게 신경 쓰듯 시선을 돌리더니 스커트를 들어 올려 자신의 입가를 가리려고 했다. "……여자가 사라지거든요."

2

연이어 뭔가 말하려던 요시카와는 목소리가 커져서 점원에게 들릴까 걱정한 것인지, 잠깐 밖으로 좀, 하고 우리를 데리고 나섰다. 서두르다 그랬는지 스커트를 든 채 나가려고 하다가 사토나카에게 제지당하긴 했지만, 일단 사정을 설명하려는 것 같았다. 가게 앞 노지는 트럭이나 배달 오토바이가 다녀서 서서 이야기할 수 있는 분위기가 아니어서 결국 우리는 역 앞 교차로까지 침묵한 채 이동했다.

"무슨 말이야? 피팅룸에 들어간 사람이 사라지다니. 납치당했다거나 그런 것 말이야?"

마치 조금 전까지 대화가 계속됐던 것처럼 싹싹하게 사토나카가 묻는 걸 신호로 요시카와는 멈춰 서서, 맞아요, 라고 답하면서 어째선지 도로표지판 기둥을 붙잡았다. "아니, 납치당했다는 건 소문이지만요. 그런 게 아닐까 하고."

"무슨 말이야? 몸값을 목적으로 한 유괴나 그런 거야?"

"모르겠어요. 그래도, 그럴지도 몰라요."

"오를레앙의 괴담."

나도 모르게 입에 담고 말았지만, 그 순간 둘이 동시에 이쪽을 바라봤다.

"뭐?", "뭐라고요?"

"아, 미안해요." 비일상 단어를 말해서 대화를 멈추고 말았다. 자주 있는 일이다. "아, 계속하세요."

"아니, 후지무라, 지금 뭐라고 했어? 지명이야?"

"아니, 정말로 아무것도 아니니까 계속해. 미안."

"일주일 정도 전의 일인데요." 다행히 요시카와가 말을 이었다. "그게, 우리 학과에 아는 사람이 있는데, 니시지바 역에서 발견해서 어디 가나 해서 따라가 봤더니 우연히 아까 그 가게에 들어가더라고요."

가게가 있던 쪽을 돌아봤다. STRUTTIN'이라는 넓지도 않지만 좁지도 않은 요소요소에 나무 소재를 사용한 표준적인 세련된 셀렉트숍이다. 가게 디자인에 관해서는 잘 모르지만, 그럼에도 유괴라거나 인신매매 같은 암흑가의 냄새가 날 법한 분위기는 아니다.

"그래서 그게, 나중에 저도 따라 들어갔는데." 요시카와는 도로표지판 기둥에서 손을 떼고 대신 옆에 있는 다른 도로표지판 기둥을 붙잡았다. 뭔가를 잡으면 마음이 차분해지는 듯했다. "말을 걸 타이밍을 못 잡아서. 저 대인기피증이거든요."

이 사람은 도대체 무슨 말을 하는 거지? 도대체 이 사람의 어디가 대인기피증이야? 거의 처음 대면하는 우리 둘을 상대로 평범하게 말을 하고 있고, STRUTTIN'에 당당히 들어가서 쇼핑을 하려고 했다. 대인기피증이라는 건 나처럼 상대의 얼굴을 제대로 보지 못하는 레벨의 인간을 지칭한다. 이런 수준으로 대인기피증이라고 한다면 나는 외계인이 돼버린다. 살짝 통통한 수준인데 "나 돼지라서"라고 말하는 사람도 그렇지만, 발언에는 신중을 기했으면 한다. 자신을 낮추는 건 자신보다 낮은 사람들을 제멋대로 더욱더 아래로 밀어버리는 일이니까.

물론 진짜 대인기피증인 나는 그런 불만을 목소리를 내어 말할 수 없다. 시선을 둘 곳을 잃고 가만히 우물거릴 뿐이다. '네 녀석 정도가 대인기피증이라고 내뱉지 마!'라고 고함치며 대인기피증 내부의 분단을 부르는 듯한 어리석은 짓은 범할 수 없고, '모든 장르는 마니아가 망친다'예를 들어 A라는 마니악한 장르에 소수의 애호가가 있다고 치자. 나중에 A가 주목을 받아 신규 팬을 획득하기 시작하면, 원래 A를 좋아했던 고인물 팬이 "갑자기 팬이 된 사람은 A의 겉모습밖에 보지 않아서 싫어", "지금 유행하는 건 A의 표층뿐. 진짜 A와는 달라" 같은 말을 꺼내며 거만하게 굴 때가 있다. 그러면 신규 팬은 기분이 나빠져서 결국에는 A로부터 떠나가고 새로운 팬이 늘어나지 않는 A는 쇠퇴한다. 이런 구도는 생각보다 어디에서든 벌어진다라는 이야기도 떠올랐다. 하지만 지금 요시카와는 신경 쓰이는 이야기를 하는 중이었다.

"사라졌다니, 구체적으로 어떤 상황이었는데?" 이럴 때는 사토나카의 성격이 고맙다. 나 대신 질문을 해주는 것이다. "설마, 갑자기 휙 사라졌어?"

"아니, 그런 건 아니지만요." 요시카와 나쓰미는 적극적으로 말할 마음이 든 것처럼 손으로 도로표지판 기둥을 쓰다듬었다. "저, 대인기피증이라서. 말을 걸지 못하는 사이에 그 사람이 피팅룸 쪽으로 가버렸어요. 쫓아가는 것도 수상하니까 입구 근처로 이동해서 계속 거기 있었거든요. 그 사람이 나올 때 말을 걸 수도 있겠다고 생각해서요. 그런데 좀처럼 나오지 않기에 피팅룸에 직접 가보기로 했어요. 피팅룸에 자리가 나는 걸 기다리는 척하면 상대방이 나올 때 말을 걸 수 있으니까요."

"응." 사토나카가 끄덕였지만 이 녀석이라면 그러기 전에 이미 말을 걸었으리라. 아니, 그보다 나아가서 커튼 너머 피팅룸 안쪽으로 말을 걸었을 것이 분명하다.

"그런데 좀처럼 나오지 않기에 이상하다고 생각해서 피팅룸의 커튼을 조금 열어봤어요."

잘도 열어봤구나 싶다. 이 사람의 어디가 대인기피증이라는 건가.

버스가 바로 뒤를 지나갔기에 요시카와는 목을 조금 움츠리고는 이렇게 말했다.

"그랬더니, 안에는 아무도 없었어요."

갑자기 호러물이 됐다. 이 말에는 사토나카도 입을 닫았다. 4월의 온화하고 먼지가 뒤섞인 바람이 길거리에 떨어져 있던 비닐봉지를 날렸고, 시야 끝에서는 소부 선 일반 열차가 역에서 출발하는 중이었다.

"사토나카, 무슨 말인지 알겠어? 난 계속 입구 근처에 있었고, 그 가게 입구는 하나밖에 없잖아. 난 기다리는 동안 몇 분쯤 눈을 떼기는 했지만 다른 손님도 거의 없었고 나갔다면 놓쳤을 리 없어. 그런데 그 사람은 어디에도 없었어. 피팅룸도 안에 들어가 제대로 살펴봤는데 아무도 없는 건 물론 아무것도 남아 있지 않았어."

갑자기 요시카와의 존댓말이 사라져버렸다. 말하는 사이에 겸손보다는 의문이 이겨버린 것이리라. 사토나카와의 거리도 좁혀져 있었다. 분명 기묘한 상황이었다. 마술을 떠올리게 하는 인간 소실.

"……한 가지, 확인하고 싶은 게 있는데." 사토나카가 손을 들었다. "그 사람은 무사해? 행방불명이 됐다거나, 그런 이야기 들었어?"

"……모르겠어. 대학교에서도 보지 못했어. 나, 그다지 강의가 겹치지 않아서."

사토나카가 주머니에서 판형 초콜릿을 꺼냈다. 주머니에 껍질을 벗긴 초콜릿을 넣어둔 건가 싶었는데 잘 보니까 리얼한 형태의 초콜릿 무늬 커버를 씌운 핸드폰이었다.

"그럼 일단 그 사람이 무사한지 확인해볼까? 연락처 같은 거 알아?"

"아니."

"본인이 아니라 사이좋은 사람이어도 좋으니까."

"그것도 몰라……."

요시카와는 안타까운 듯 고개를 저었다.

"그럼 이름은?"

"……미나키. 사토나카, 알아?"

"흐음……. 이름은 들어본 것 같긴 한데. 얼굴은 기억나지 않네. 후지무라는?"

가만히 고개를 저었다. 기억나지 않는 걸 보면 오리엔테이션 때도 다른 강의실이었으리라.

사토나카는 판형 초콜릿을 고쳐 쥐었다. "어떤 느낌의 사람이야?"

"키가 크고, 안경 썼어. 헤어스타일이 예쁘고 뭔가 엄청 지적인 이미지야." 요시카와는 그 미나키의 팬이라도 되는 것처럼 말했다. "항상 판다가 그려진 토트백을 가지고 다녀."

"알았어. 조금 정리해서 애들한테 물어볼게. 학교랑 동아리 사람들이랑, 그리고 얼마 전에 알게 된 경제학과 사람들한테도." 사토나카는 그렇게 말하면서 이미 초콜릿을 조작하기 시작했다. "키가 크고 안경을 썼다. 여자 맞지? 판다 토트백을 가지고 있고, 음, 지적인 이미지."

요시카와의 주관을 그대로 전하면 오히려 혼란을 부르지 않을까 싶었지만, 사토나카는 바로 메시지를 보냈다. 이미 아는 사람이 참 많기도 하다. 지금도 이렇게 요시카와와 연락처를 교환하고 있다. 이 상태대로라면 이 남자, 졸업까지 전교생을 제패하는 것 아닐까. SLR카메라를 흉내 낸 거대한 커버를 씌운 핸드폰을 꺼낸 요시카와도 사토나카에게서 나와 비슷한 걸 느꼈을지도 모르지만.

"아, 그리고 엄청 조용하고 쿨한 이미지야. 그래도 이쪽이 위기에 빠졌을 때는 무표정인 채로 도와줄 것 같은 느낌."

"알겠어. 조용하고 쿨한 이미지이고, 그래도 이쪽이 위기에 빠졌을 때는 무표정인 채로 도와줄 것 같은 느낌……."

그대로 보내는 거야? 하지만 요시카와의 말투를 볼 때, 애초에 왜 그녀가 '같은 학과 사람'을 발견했다고 해서 가게 안까지 따라갔는지 알 수 있었다. 요컨대 가까워지고 싶었던 것이다. 분명 나도 오리엔테이션 때, 저 사람 괜찮네, 친구 되고 싶다, 라는 생각이 드는 사람이 몇 명 있었다. 하지만 1학년 강의는 대부분이 대규모 강의 형식이기에 대인기피증이 아니라고 해도 어떤 계기 없이 말을 걸 기회는 그리 많지 않다.

사토나카는 노상에 주차돼 있던 자전거 안장에 제멋대로 걸터앉아서 핸드폰을 양손으로 조작하기 시작했다. 상당히 많은 상대에게 메시지를 보내는 듯했다. 빠르게 손을 움직이고 있음에도 끝날 기색이 없었다. 그러는 사이에도 착신음이 삐로리, 삐로리, 하고 들어왔다. 벌써 답을 보내주는 사람들이 있는 듯했다.

사토나카가 입을 닫자 자리가 조용해졌다. 요시카와는 습관인지 도로표지판 기둥을 손톱으로 까드득 까드득 긁으면서 사토나카의 손가를 가만히 바라볼 뿐이었고, 사토나카는 메시지 송신과 답에 대한 감사 메시지로 전혀 고개를 들지 않았다. 나는 어디를 보면 좋을지 알 수 없어서 시선을 돌렸고, 일단 교차로 중심에 있는 수풀 주변에서 구구, 하고 평화롭게 울고 있는 비둘기를 노려보기로 했다. 오해받기 쉽지만 대인기피증은 자신 스스로는 아무 말도 하지 않지만 자리가 조용해지는 건 신경 쓰인다. 오히려 일반적인 사람보다도 침묵을 견디기 어려워하는 사람이 많고, 조용하면 마음이 차분해지지 않는다. 하지만 스스로 입을 열지도 않기에 얼른 누군가 무슨 말이든 해달라고 바라는 일이 많다.

곰곰이 생각해보니 심각한 상황이었다. 만약 그때 이후, 아무도 미나키라는 사람을 본 적이 없다면 경우에 따라서는 '실종' 가능성이 생긴다. 비둘기는 구구, 하고 평화롭게 울고 있지만, 이 거리에서 그야말로 지금 농담으로는 끝나지 않는 일이 벌어지고 있을지도 모른다.

그렇게 생각하자 어쩐지 등골이 서늘해졌고, 이대로 침묵하고 있는 것도 괴로웠기에 나도 핸드폰을 꺼내서 STRUTTIN' 니시지바 역으로 검색했다. 가게와 관련한 어떤 소문이 있다면 검색에서 뭔가 나올지도 모른다고 생각했지만, 검색 결과에 딱히 이상한 건 없었다. 3년 전 쯤 생긴 가게로, 원래는 중화요리점이었던 점포에 들어선 듯했다. 넓이는 100제곱미터 정도. 가게 주인은 양 씨라는 중국인. 가격은 저렴한 편이고 보소대학 학생이 자주 이용하지만, 교직원의 모습을 봤다는 사람도 있다. 피팅룸은 넓고 화장실도 깨끗하지만 변기는 좌식. 가게에서 QUEEN과 같은 옛날 록이 흘러나오는 건 점주의 취향인 듯하다…….

3년 전에 만들어진 셀렉트숍 치고는 정보가 많았다. 그만큼 보소대학 학생들이 친근하게 여기는 가게이리라. 앞으로 혼자서 들어가는 일에 도전해봐도 좋을지도 모른다. 하지만 검색 결과를 스크롤하다 보니 이런 글이 나왔다.

안쪽에 있는 피팅룸에 들어가면 여대생이 사라진다고 한다. 안쪽 벽이 숨겨진 통로와 연결돼 있으며, 그곳으로 나온 점원이 약을 맡게 해서 잠재운 후 데리고 가서 감금하고 강간한 뒤 죽인다. 학과 선배한테 들은 이야기.

아무래도 보소대학 관련 주제를 다루는 익명 게시판에 있는 글인 듯 보였고, 또한 어느 정도 오래된 글인 듯, 링크를 탭하여 게시판을 스크롤해도 그 글 자체는 보이지 않았다. 하지만 조금이나마 깜짝 놀랐다. 정말로 그런 소문이 있는 모양이다. 살짝 맡게 하는 것만으로 피해자를 손쉽게 잠재울 수 있는 약 따위 현실에는 존재하지 않기에 명백히 날조된 이야기였지만, 그 바탕이 되는 사건이 존재했을 가능성도 있다.

하지만 희미하게 생겨난 불안을 사토나카가 깔끔하게 부정했다.

"학과 사람한테 연락 왔어. 미나키라는 사람, 어제도 오늘도 강의에 제대로 참석했대."

나는 요시카와를 봤지만 그녀는 사토나카를 보고 멍하니

한숨을 내쉬었다.

"……그렇구나. 고마워."

"내 친구 중에는 미나키랑 사이좋은 사람이 없어서 연락처는 모르지만 말이야. ……어쨌든 한숨 났네." 사토나카는 말하면서 다시 핸드폰을 조작했다. 답이 이어지고 있는 것이리라. "그렇다면 어떻게 사라진 걸까."

"그러게. 어제 오늘 평범하게 강의에 나왔다고 한다면 가게 안쪽으로 끌려갔다거나 할 가능성도 없는 듯한데."

나도 모르게 그렇게 말을 하자, 우선 사토나카가, 그리고 이어서 요시카와가 놀란 표정을 지었다. 나는 그것을 보고, 저질러버렸다고 생각했다. 그런 '불온'한 건 가령 당연히 생각날 만한 상황이더라도 가볍게 입에 담으면 주변의 분위기를 얼려버리기도 한다. 그것을 잊고 있었다. 서둘러 "미안"이라고 말했지만, 목소리가 너무 작아서 둘이 제대로 들었는지 알 수 없었다.

"일단…… 한숨 놓았지만." 요시카와 나쓰미가 도로표지판의 기둥을 쥐었다.

"그래도, 그렇다면…… 미나키는 어째서 사라진 걸까. 어떻게 사라진 걸까."

바로 그것이다. 미나키는 사라졌다. 하지만 유일한 입구 부근에는 요시카와가 있었고, 피팅룸도 비어 있었다. 그리고 미나키는 점원의 손에 의해 가게 안쪽으로 끌려간 것도 아닌 듯 평범하게 대학에 오고 있다.

오히려 수수께끼는 깊어지고 말았다. 이게 도대체 무슨 일일까.

3

"……의 판례에서 말하는 권리능력 없는 사단입니다. 이 건에서는 골프 클럽이 권리능력 없는 사단으로 여겨지고 있습니다. 이 건에서는 총회의 의결로……."

교단에서는 민법의 누마이 교수가 계속해서 말하는 중이었다. 억양도 강세도 없이 어떤 의도도 느껴지지 않는 자동음성 같은 강의인 데다가 군데군데 알아듣기 힘든 단어가 있는 탓에 전체의 의미를 알 수 없게 돼버렸고, 듣다 보면 늪의 깊은 곳으로 가라앉듯 졸음이 쏟아졌다. 나는 뒤쪽 자리에서 강의실 안을 둘러봤다. 필수 과목임에도 강의실은 텅 비어 있는 것에 가까운 상태로 자리가 비어 있었다. 이 강의는 들어도 의미가 없고, 나중에 스스로 교과서를 읽는 편이 좋다고 판단한 학생들이 서둘러 '강의를 째버리는 것'이다. 누마이 교수는 이런 사실에 대해 아무렇지도 않은 건가 싶지만, 그는 출석 체크도 하지 않고 조용히 들어와서 서두도 없이 떠들기 시작하고 아무 말 없이 돌아가버리는 사람이었다.

"권리능력 없는 재단이라는 것도 있습니다. 사단은 사람의 모임이며 재단은 재산의 모임. 구별할 필요는 없습니다. 권리능력 없는 재단이란 일정한 목적을 위해……."

입학 전까지는 대학 강의라고 하면 해외 방송에서 본 것처럼 '지적인 토론의 장'이라는 이미지를 품고 있었지만, 실제로 입학해보니 그렇지도 않았다. 누마이 교수는 토론은커녕 시선을 허공에 띄운 채 학생을 보려고도 하지 않는다(본인은 들키지 않을 셈일지 모르지만 학생들은 이미 다들 알고 있다). 학생들도 이 자동음성을 진지하게 듣는 사람은 한 명도 없었고, 출석한 사람도 잠을 자거나 핸드폰을 만지작거리거나 연못의 잉어처럼 뻐끔뻐끔 입을 벌린 채 멍하니 있거나 했다. 이어폰으로 다른 강의를 들으며 다른 강의 노트를 적는 사람조차 있었다. 내 자리에서 두 칸 옆에 있는 사람은 과외 아르바이트 준비인지, 중학교 과학 문제집을 풀고 있다.

이런 상황에서 강의가 제대로 귀에 들어올리 없으니 나 또한 펼쳐둔 백지 노트와 일단 손에 든 심이 나오지 않은 샤프펜슬을 전혀 움직이지 않은 채 다른 걸 생각하고 있었다. 어제 요시카와에게 들은 '셀렉트숍 STRUTTIN' 인간 소실 사건'이다.

도대체 어떻게 된 일일까. 하룻밤 내내 생각해도 전혀 알 수가 없었다. 어제 본 바로는 분명 가게에는 입구가 하나밖에 없었고, 또한 기둥이나 높은 선반에 의해 사각이 만들어질 만한 공간도 아니었다. 요시카와가 입구 근처에 있었다고 치면, 발각되지 않은 채 밖으로 나가는 일은 불가능해 보인다. 하지만 미나키는 피팅룸에 들어갔고, 좀처럼 나오지 않는 걸 이상하게 생각한 요시카와가 커튼을 열었더니 안에는 텅 비어 있었다고 한다. 그런 마술도 분명 있을 법하지만, 그런 일이 이루어진 건 무대 위가 아니라 평범한 가게의 피팅룸이다.

물론 요시카와는 "기다리는 사이에 몇 분인가 눈을 떼기는 했다"라고 말했다. 즉 그녀가 보지 않는 사이에 미나키가 피팅룸을 나와 가게 안을 이동했을 가능성은 있었다. 하지만 가령 그렇다고 해도 입구를 통해 나갈 수 없으니까 역시 인간 소실이다. 피팅룸에는 숨겨진 통로 같은 건 없었다고 하니까.

어제는 그 후, 결국 사토나카 요시카와와 함께 셋이서 역 앞의 백반집에 들어갔다. 카운터 석에 나, 사토나카, 요시카와 순으로 앉았기에 당연한 귀결로서 사토나카는 거의 오른쪽을 바라보며 요시카와와 이야기했고, 요시카와도 사토나카 어깨 너머로 나한테 말을 걸거나 하지 않았기에, 세 명이 아니라 두 명과 한 명이 따로 간 것 같은 상황이 됐다. 돌아오는 길도 사토나카와 요시카와가 나란히 걸었고, 나는 익숙한 '역삼각형의 꼭대기' 위치에서 둘의 등을 쫓을 뿐이었다. 연락처는 교환했고 사토나카도 도중에 몇 번인가 나를 신경 써주며 뒤를 돌아봐주었지만, 요시카와와의 대화는 제대로 집계해보면 제로이리라.

그렇기에 이미 그녀의 궁금증 따위 내버려둬도 좋을지도 모른다.

사토나카와 요시카와가 말하는 도중에는 사건이 다시금 화제에 오르는 일은 없었다. 하지만 아마도 요시카와는 고민하고 있으리라. 거의 처음 대면하는 사토나카에게 갑자기 질문을 던질 정도였고, 애초에 어제 STRUTTIN'에 간 것 자체가 수수께끼의 단서를 찾고 있었던 것이다. 그리고 어제 헤어질 때의 표정을 보건대, 아마도 그녀는 미나키의 '소실'에 대해 한 가지 가설을 세워둔 듯했다.

미나키는 요시카와가 눈을 뗀 사이에 피팅룸에서 나왔다. 그리고 점원에게 납치당한 것이 아니라 스스로 점원에게 부탁해서 창고나 화장실로 숨었거나, 뒷문으로 나가버렸다.

현재 생각할 가능성은 이 정도밖에 없는 듯했다. 그렇다고 하면, 미나키는 요시카와가 자신을 따라온 걸 알고 있었고 다소나마 과감한 행동을 해서까지 그녀에게서 도망쳤다는 말이 된다. 거기에서는 잔혹한 결론이 도출된다. 요시카와는 미나키와 가까워지고 싶다고 생각했지만, 미나키는 요시카와를 상당히 싫어한다는 것이 된다.

어제저녁 시점에서 이 가능성을 생각하지 않은 건 아니었지만 물론 입에는 담지 않았다. 하지만 나조차도 사건의 줄거리를 듣고 한 시간도 걸리지 않아 떠올린 가설이므로, 일주일 전부터 사건에 대해 생각하던 요시카와가 떠올리지 못했을 리 없다. 그리고 만약 요시카와가 그럼에도 다른 결론을 구하며 사토나카에게 말을 걸었다(자청이기는 하지만 대인기피증임에도)고 친다면, 그녀의 현재 심정은 물어보지 않아도 뻔하다. 자신이 미움받는 건 아닐까. 상대는 그것을 깨달아주기를 바라고 있는 것 아닐까. 그런 불안감은 아플 정도로 알수 있었다.

그렇다면 수수께끼는 풀지 못한다고 해도 이 가설만은 검증하고 싶다.

실은 이 '민법총칙 기초' 강의가 끝난 직후라면 그럴 기회가 있다. 왜냐하면 강의 시작 5분 만에 발견했으니까. 가장 앞줄에 바로 그 미나키처럼 보이는 사람이 있음을.

나는 잠을 자는 대각선 앞 사람의 어깨 너머로 가장 앞줄을 바라봤다. 대학 강의는 고등학교 때까지와는 다르게 자신이 원하는 자리에 앉을 수 있지만, 그렇게 되면 다들 가장 앞줄에는 앉지 않고 뒤쪽부터 순서대로 자리가 채워진다는 사실을 대학교에 들어와서 알았다. 가장 인기가 있는 것이 뒤에서 두 번째나 세 번째 줄 부근으로, 중앙이 아니라 왼쪽 끝이나 오른쪽 끝. 즉 다들 앞쪽은 무섭지만 가장 뒤에 앉는 것도 노골적이기에 피하고 싶다는 마음인 듯했다. 나도 뒤에서 네 번째 줄의 왼쪽 끝 부근에 앉아 있고, 이 줄은 반 정도 채워져 있다. 그에 비해 가장 앞줄에는 여자 두 명이 앉아 있을 뿐이었다.

그중 한 명은 미하루였다. 첫 강의 때부터 그녀는 당연한 듯 가장 앞줄에 앉았다. 언제나 뒤에서 바라보고 있을 뿐이지만, 다른 강의에서도 그녀는 반드시 가장 앞줄, 그것도 중앙에 앉는다. 왜 다들 강의를 들으러 왔는데 가장 좋은 자리에 앉지 않는 걸까 의심스러워하는 것처럼도 보였다. 그리고 더 놀라운 일은 그녀는 현재 가장 앞줄에 앉은 채 턱에 손을 괴고 때때로 꾸벅, 하고 노를 젓고 있다. 즉 교수 코앞에서 자고 있다. 도대체 무슨 짓을 하고 있는 걸까.

그리고 그 두 칸 왼쪽 자리에 앉아서 제대로 필기를 하는 여자가 분명 미나키이리라. 그러고 보니 지난주에도 같은 위치에 앉은 사람이 있었다는 사실을 기억하지만, 그것도 미나키였을까. 그녀가 미하루와 마찬가지로 '가장 앞에 앉는 타입'이라고 하면, 요시카와가 주변을 둘러보고 못 찾았던 것도 이해가 간다. 나도 '항상 미하루와 함께 가장 앞줄에 앉는 여자'를 제대로 시인한 건 이번이 처음이었다. 대각선 뒤쪽이므로 얼굴은 잘 보이지 않지만, 꼿꼿이 세운 등으로 흐르는 검은 머리카락은 확실히 아름다웠고, 무엇보다 그녀 오른쪽 자리에 놓여 있는 토트백이 등받이 너머로 희미하게 보였는데 거기에 판다 같은 그림이 그려져 있다는 점을 알 수 있었다.

미나키 본인이 앞쪽에 있으니 나는 강의가 끝난 후 곧장 움직여야만 했다. 1년 차 4월임에도 이미 도쿄지하철 노선도처럼 실로 복잡한 양상을 띠고 있는 사토나카 네트워크를 구사해도 그녀의 연락처를 아는 사람은 나오지 않았다. 따라서 직접 붙잡을 수밖에 없고, 기회는 이 강의밖에 없다. 놓치게 되면 다시 일주일을 기다려야 되고, 그렇지 않아도 공석이 많은 이 강의에 미나키가 다음 주에도 착실하게 출석하리란 보장도 없으며, 다른 강의에서 그녀를 찾을 수 있다는 보장도 없다.

하지만.

사토나카라면 아무 문제도 없겠지만 나에게는 어려운 일이었다. 무엇보다 나는 미나키를 알지 못하고, 상대방도 나를 알지 못한다. 처음 대면하는 여자와 어떻게 대화하면 좋다는 말인가. 그뿐만이 아니다. 가능하면 요시카와의 이름을 꺼내지 않고 STRUTTIN'에서 어떻게 사라졌는지, 그리고 요시카와에 대해 어떻게 생각하는지를 알아내야만 한다.

나는 흰 노트에 샤프펜슬로 해바라기 그림을 그리고는 꽃 한가운데에 웃는 얼굴을 그려 넣었다.

무리다.

애초에 어떻게 말을 걸어야 좋을지 모르고, 갑자기 일주일 전의 STRUTTIN' 이야기를 꺼내면 '어째서 알고 있는 거야, 기분 나빠'라고 생각할 것이 분명하다. 그렇기에 몰래 핸드폰을 조작해서 사토나카에게 'SOS, 바로 와줘'라는 메시지를 보냈지만, 한 시간이 지나도 답이 없다. 메시지를 확인한 흔적도 없다. 그쪽도 수강 중이기에 어쩔 수 없지만, 강의가 끝난 후에 읽으면 시간을 맞출 수 없다.

그렇다고 하면. 나는 시선을 살짝 움직였다. 마지막 믿을 구석은 지금, 목을 꾸벅, 하고 떨어뜨리더니 깜짝 놀라 자세를 바로잡은 미하루밖에 없다.

강의 중에 뭔가 대화를 나누는 기색은 없지만, 저 두 명만 가장 앞줄에 앉고, 두 칸 떨어진 자리에 있는 이상 미하루와 미나키는 친구 사이일 가능성이 크다. 혹은 둘은 다른 강의에서도 둘만의 '가장 앞줄 동지'일지도 모른다. 그리고 미하루는 사토나카 외에 유일한 내 '대학 친구'다. 미하루에게 말을 걸고, 그 김에 미나키를 소개해달라고 하면 강의 후에 잠시나마 대화를 나눌 수 있을지도 모른다. 멈춰 세워두고 있는 사이에 사토나카가 와준다면 그 녀석이 어떻게든 해주리라. 사토나카와 연락처를 교환하게 만든 후, 나머지는 그 녀석이 물어보게 놔두어도 좋고, 아니면 사토나카를 통해 요시카와를 직접 소개하면 적어도 요시카와의 문제는 저쪽에서 어떻게든 해결된다. 거의 타인에게 떠넘기는 것이고, 자신의 소극성에 혐오감이 들지만 스스로 직접 캐묻는 건 불가능했다. 사토나카를 상대로 할 때조차 화제에 고민하는데, 처음 대면하는 여자와 이야기를 해서 사건을 해명하기란 절대로 불가능하다. 펭귄에게 달까지 날라고 말하는 것과 마찬가지다.

책상 아래로 핸드폰을 봤다. 사토나카는 아직 메시지를 확인조차 안 했다. 강의가 끝날 때까지 이제 몇 분밖에 안 남았는데 어째서 그 남자는 중요할 때 의지가 안 될까. 내 제멋대로의 증오의 말을 무시하고 핸드폰의 시간이 흘러간다. 더는 시간이 없다. 사토나카에게 의지할 수 없다면, 내가 직접 미하루에게 말을 걸고 거기서 실마리를 찾을 수밖에 없다.

하지만.

실제로는 너무 무서워서 그것도 가능할 것 같지 않았다. 애초에 어떻게 미하루에게 말을 걸면 좋단 말인가.

오리엔테이션이 있던 날, 분명 나는 그녀와 조금 대화도 나눴고 연락처도 교환했다. 삼촌인 가고시 교수가 우리를 보고 '친구'라고 표현했고, 미하루는 부정하지 않았다. 하지만 그 이후 3주간, 나는 한 번도 미하루와 만나지 않았다. 메시지 교환도 하지 않았다. 왜냐하면 그녀에게 말을 걸 구실이 될 법한 어떠한 용건도 떠오르지 않았기 때문이다.

사토나카라면 이런 일로 고민 따위 하지 않으리라. 강의에서 발견했다면 끝난 후에 "안녕" 하고 말을 걸고는 나로선 상상도 할 수 없는 즐겁고 무해한 뭔가의 화제를 통해 대화로 돌입할 수 있을 테고, "민법 강의 졸리지 않아?" 정도의 가벼운 말투로 메시지도 보낼 수 있으리라. 나로서는 어느 쪽도 불가능하다. 분명 기분 나빠하리라. 미하루 같은 미인은 이렇게 음침한 대인기피증과는 사는 세계가 다르다. 저쪽 입장에서는 우연히 흐름에 따라 친구 등록을 했을 뿐이며, 진짜로 메시지를 보내리라고는 생각도 하지 않으리라. 만약 메시지를 보내기라도 한다면 '그때는 그런 분위기였기에 사교적 행위로 연락처를 교환했을 뿐인데 진짜로 메시지를 보내다니 기분 나빠'라고 생각할지도 모른다. 그런 고약한 성격으로 보이지는 않지만 그럼에도 곤란하게 할 가능성은 충분하다. 내 탓에 미하루를 곤란하게 만들고 싶지 않다고 할까. 어느 쪽인가 하면 만에 하나라도 내가 기분 나쁜 남자로 여겨지고 싶지 않다는 마음이 더 컸다.

그렇기에 수 분 후, 미하루에게 말을 거는 건 상당히 어려운 일이었다. 나는 핸드폰의 시계 표시를 보고는 잠그는 행위를 반복하면서 빈손을 쥐었다 폈다 했다. 아무래도 손에 땀도 나기 시작한 듯하다. 하지만 이번에는 가능할 테다. 그도 그럴 것이 인간 소실 수사라는 구실이 있다. 미하루는 전에 나를 명탐정이라고 불러주기도 했고.

참 한심해서 쓴웃음이 나왔다. 수수께끼 그 자체보다 조사를 위한 청취 쪽이 더 어렵다니. 왓슨의 눈을 보고 말하지 못하고 레스트레이드 경감에게 말을 걸지 못하는 셜록 홈스다. 꼴불견이다.

자신의 겁쟁이 기질을 한탄하는 사이에 벨이 울렸고, 누마이 교수가 늪 속에서 말하는 것처럼 우물쭈물 뭔가를 말하면서 강의실을 나갔다. 사토나카에게서는 답장이 없다. 직접 나설 수밖에 없었다. 미하루와 미나키의 자리는 멀었고, 그들 주변에는 사람이 없었다. 저 녀석, 저렇게 뒤에 있었는데 일부러 돌진해왔어, 라고 기분 나빠하는 모습이 머릿속에 떠올랐기에 미하루와 미나키에게 다가가는 걸 눈치채지 못하게끔 은밀한 걸음걸이가 됐다. 몸을 옆으로 돌려 다른 학생을 피해 빠른 걸음으로 가장 앞줄로 향했다. 입 안이 말라 있어서 혀로 입술을 적셨다.

"저기."

하지만 예상외의 일이 벌어졌다. 미나키는 강의가 끝나자마자 미하루와 시선조차 맞추지 않고 쑥 일어나 나가버린 것이다. 어라, 친구가 아니었던 거야?

"아……."

얼빠진 소리를 흘리며 입을 벌린 해태 같은 표정을 짓고 있는데 미하루가 돌아봤다.

그리고 놀랄 만한 일이 벌어졌다. 그녀는 내 얼굴을 인식하고는 활짝 웃어 보인 것이다. "후지무라! 오랜만이야."

"아." 해태 표정을 지은 채로 고개를 숙였다. "아니, 조금."

조금, 이라니 도대체 뭐야, 하고 스스로 격하게 딴죽을 넣었다. "저기, 미안. 옆에 있던."

"옆?" 미하루는 두리번두리번 주변을 바라봤다. "아, 미나키?"

"아, 응. 잠깐." 시선을 돌리고 강의실 입구 방향을 봤다. 당사자인 미나키는 이미 나가버린 상태였다.

"미나키한테 용건 있어?"

"아니, 그게." 조금 더 확실히 말해야만 한다. "미……하루 양, 그녀랑 친해요?"

"저기…… 딱히 존댓말 안 써도 돼." 미하루가 쓴웃음을 지었다. "미나키랑 이야기하고 싶었어? 미안. 나, 연락처 모르는데."

매주 둘이서 가장 앞줄에 앉아 있는데, 정말로 그저 근처에 앉아 있었을 뿐인 듯했다. 계산이 어긋났다. 내 머릿속에서 '다음으로 말할 예정의 말' 항목이 전부 삭제됐고, 대신 '대책 없음'이라는 문자가 표시됐다. 하지만 "그런가요. 그럼"이라며 자리를 뜨는 건 실례다.

고민하는데 미하루가 신경을 써줬다. "뭔가 급한 일이야? 쫓아갈까?"

"아니, 그렇게까지는." 나는 말문이 막혀서 머리를 긁었다. "아니, 뭐. 다음 주에도 괜찮아."

"다음 주, 공휴일이라 강의 없는데?"

"아……." 딱히 예정 같은 것도 없는 탓에 연휴의 존재를 잊고 있었다.

"아, 그래도. 잠깐만 기다려."

미하루는 내 옆을 지나쳐 창문으로 향하더니 무거운 미닫이창을 양손으로 잡아당겨 열고는 베란다로 나섰다. 고등학교 교실과는 다르게 대학교에서는 쉬는 시간에 베란다로 나가는 사람 따위 본 적이 없었고, 애초에 고등학교와는 다르게 '우리 교실'도 아니기에 제멋대로 나가도 되는 건지, 그전에 저 미닫이창을 열어도 되는 건지조차 알지 못했지만 미하루는 아무렇지 않아 보였다. 그녀는 탁, 하는 발소리를 내며 베란다에 발을 내딛더니 난간에서 몸을 내밀고 아래를 바라봤다.

내가 뒤를 따라 베란다로 나서자 미하루는 아래쪽 길을 가리켰다. "아! 있다!"

어디, 라는 생각에 난간에 다가섰다. 미나키를 발견했다고 뭐를 어찌할 셈인가 생각하는데 미하루가 외쳤다.

"미나키이이이이이이이이이잇! 거기, 법학과 1학년 미나키 이이이이이잇!"

나는 미하루의 큰 목소리에 문자 그대로 얼어붙었다. 외쳤어. 놀랍게도 직접 외쳤다고.

"아, 멈췄다." 미하루는 쓰읍, 하고 크게 숨을 들이쉬더니 다시 외쳤다.

"미안! 미나키, 잠깐 거기서 기다려줄래? 이야기하고 싶다는 사람이 있어서!"

아래를 걷는 사람들이 가던 길을 멈추고 뒤를 돌아봤고, 몇 명인가는 우리를 올려다봤다. 나는 갑자기 무대에 올라와버려서 경직했지만 미하루는 기쁜 듯 말했다.

"기다려줄 건가 봐. 잘됐다."

미하루를 뒤따라 강의실로 돌아왔다. 고마워, 라는 한 단어가 나오기까지 2분이 걸렸다.

미하루와 나란히 종종걸음으로 법대 건물을 나서자 미나키는 돌아본 자세 그대로 그 자리에서 멈춰 서 있었다. 이름이 불린 시점에서 한 발짝도 움직이지 않은 듯, 나와 마찬가지로 미하루의 외침에 얼어붙어 있었을지도 모른다.

"고마워, 기다려줘서." 미하루가 먼저 말을 해줬다. "저기, 이쪽의 후지무라가 너한테 중요한 용건이 있는 듯해서."

미나키가 무표정인 채 이쪽을 바라봤다. 안경 너머의 예리한 시선이 제대로 나를 향했고, 나는 시선을 돌렸다. "저기, 그게."

그러고 보니 3교시의 90분 동안 그렇게나 고민했는데 직접 미나키에게 질문하는 경우 어떻게 물어보면 좋을지는 전혀 생각하지 않았다. 일단 미나키가 요시카와를 피하고 있었고 그래서 지난주의 STRUTTIN'에서는 뭔가의 트릭을 써서 그녀로부터 숨겼는지, 아니면 그게 아니었는지, 그것을 물어보지 않으면 안 된다. 하지만 정면에서 질문한다고 한들 솔직히 답해줄지 어떨지 모르고, 제멋대로 요시카와에 관해 말해도 되는 건지 어떤지도 알 수 없었다.

"아니, 그러니까⋯⋯."

고개를 숙이고 있자니, 미하루가 팍, 하고 등을 쳤다. "힘내."

미하루는 슬쩍 속삭일 생각이었겠지만 분명 미나키에게도 들렸으리라. 애초에 뭔가 오해하고 있는 듯했다. 하지만 그것에 딴죽을 걸 여유는 없었고, 미나키는 이쪽을 계속 바라보고 있었다. 곤란해 하는 건지, 경계해서 긴장하고 있는 건지, 혐오감을 참고 있는 건지. 갑자기 2층 강의실 베란다에서 큰 목소리로 불러 세우더니 달려온 정체도 모르는 학생이 '중요한 용건이 있다'라고 말한다면 이 셋 중 하나이리라. 하지만 어떻게 말을 이어야 할지 알 수 없었다.

내가 부자연스럽게 좌우로 시선을 돌리며 우물쭈물하고 있자, 뒤에서 구세주가 다가왔다.

"후지무라. 앗, 거기, 미나키?"

사토나카 등장. 핸드폰 메시지를 읽고 찾으러 와준 듯했다.

사토나카는 가볍게 미나키에게 자기소개를 하더니 미하루와도 웃는 얼굴로 서로 자기소개를 나누고는 "4교시 강의 있어? 괜찮으면 카페테리아 가지 않을래? 잠깐 미나키에게 묻고 싶은 것도 있고"라고 우리 세 명을 함께 초대했다. 신은 자애와 함께 사토나카를 지상으로 내려보냈나이다.

4

3교시 종료 후라는 어중간한 오후 시간대이기에 카페테리아에는 사람이 적었고, 카운터 안에서 종업원 아주머니들이 식기를 씻는 소리 외에는 거의 조용했다. 그 때문에 사토나카의 소리는 잘 울려 퍼졌고, 사건의 설명을 듣는 미나키도 되묻거나 하지 않았다.

하지만 내가 여러모로 고민했던 점을 뛰어넘어, 요시카와의 이름까지 꺼내면서 사정을 전부 그대로 설명한 사토나카에게 미나키는 고개를 갸우뚱했다.

"……난 숨거나 하지 않았는데."

미나키는 그렇게 답했다. 무표정이기에 알기 어렵지만 희미하게 당황하는 것이 느껴졌다. "그리고, 요시카와라는 사람도 몰라. 나를 따라왔다는 거야?"

"뭔가, 미나키랑 사이좋게 지내고 싶다고 생각한 듯해." 사토나카는 아예 거기까지 떠벌리더니, 카페오레를 마시는 동시에 핸드폰을 꺼냈다. "그럼 일단 요시카와 연락처 교환하는 건 어때? 잠깐 요시카와한테 물어볼게. 미나키한테 연락처 알려줘도 괜찮은지."

미나키는 푸딩 접시를 옆으로 치우더니 아무 말 없이 핸드폰을 꺼냈다. 커버를 씌우거나 하지 않은 검은 핸드폰이 이 사람다웠지만, 우리 모두와 연락처를 교환하는 건 딱히 싫지도 않은 듯 사람을 싫어하는 성격은 아닌 듯했다.

"그래도, 이상하네." 네 명 중에 유일하게 제대로 밥을 주문한 미하루가 게살 볶음밥을 우물우물 먹으면서 말했다. "미나키는 딱히 숨거나 하지 않았단 거지? 그렇다면 어째서 요시카와는 미나키를 놓친 걸까."

"……난 딱히 이상한 거 하나도 안 했어." 오해받고 싶지 않다는 태도로 미나키는 안경을 고쳐 쓰며 말했다. "그냥 평범하게 옷 구경하고, 입어보고, 점원에게 옷을 건네고…… 아무것도 안 사고 나왔어."

의외로 다들 잔뜩 입어보고는 아무것도 사지 않는구나. 내가 너무 소심했나 싶지만 그건 제쳐두고.

기묘한 일이 돼버렸다. 사토나카의 파인플레이 덕인지 우연인지 알 수 없지만 미나키는 정말로 요시카와에 대해 알지 못했고, 그녀에게서 도망치고자 뭔가의 트릭을 쓴 것도 아닌 듯했다. 만약 미나키가 요시카와를 피한 것이라면 요시카와에게 연락처를 알려주는 걸 이렇게 아무렇지도 않게 승낙했을 리 없기 때문이었다.

그렇다면 눈앞에서 푸딩을 떠 먹고 있는 이 사람이 어째서, 어떻게 소실된 것인지 알 수 없게 된다. 요시카와는 분명 미나키가 '사라졌다'라고 말했다. 우연히 만났을 뿐인 나나사토나카에게 그렇게 복잡한 거짓말을 할 이유는 없을 테고, 적어도 우리가 입학하기 전부터 게시판에 글이 있었던 것처럼 STRUTTIN'의 피팅룸에서 사람이 사라진다는 소문은 실제로 존재한다. 즉 요시카와가 가짜 인간 소실 사건을 날조했을 가능성도 적다. 미나키는 정말로 사라진 것이다. 하지만 당사자인 미나키 자신도 사라졌다는 자각이 없다.

……그렇다면 어떻게 사라진 거지?

미스터리는 좋아하기에 '인간 소실'이라는 주제를 사용한 작품도 몇 편인가 읽어본 적이 있다. 하지만 이런 케이스는 경험하지 못했다. 점원이 뭔가 한 것도 아니다. 사라진 미나키 본인도 아무것도 하지 않았다. 그 누구도 아무것도 하지 않았다. 사라지려고도 생각하지 않았는데 사람이 사라진 것이다. 그렇다면 일반적으로 떠오르는 트릭은 거의 전부 '사용 불가'가 돼버린다. 이래서야 해결 방법이 과연 떠오를 수 있을까?

무표정인 채 왼손으로 스푼을 써서 푸딩을 먹는 미나키를 바라봤다. 이 사람에게 뭔가 이상한 특수능력이 있는 것처럼도 보이지 않는다.

"뭐, 이상한 건 이상하지만. 어쨌든 잘 된 거 아니야?" 사토나카가 밝게 말했다. "요시카와 입장에서는 미나키가 피한 게 아니란 걸 알게 된 거잖아? 일단 그 점에서는 괜찮다는 걸 알았으니까. 미나키, 그런 거 맞지?"

미나키는 꾸벅 고개를 끄덕였다.

"그럼 일단 다 좋은 걸로 치자. 곧 요시카와에게서 연락올 거고, 처음 만나는 데 둘만 있으면 뻘쭘할 테니 그때 우리도 같이 있을게."

옆의 사토나카를 바라보면서 이 녀석은 역시 대단하다고 생각했다. 일단 말을 걸고, 일단 같이 놀자고 꼬신다. 그 자연스러운 '일단'이 나로서는 불가능하다. 정말로 같은 인간이 맞나. 그게 아니면 옆에 있는 것 같지만 나와 사토나카는 다른 평행우주를 살고 있는 걸까.

그 이후로는 사건에 관한 이야기가 나오는 일도 없이, 사토나카 8, 미하루 2 정도의 느낌으로 떠들며 별 대수롭지 않은 잡담이 이어졌다. 미나키가 거의 말하지 않는 것이 신경 쓰였지만, 말하는 사람 쪽은 제대로 바라봤고 끄덕이거나 고개를 젓거나 하는 반응은 보이고 있기에 아무래도 그저 말수가 적은 사람인 듯했다. 만약 요시카와가 직접 말을 걸었다면 그건 그것대로 마음을 졸이는 일이 벌어졌을지도 모르고, 먼 길을 돌아오기는 했지만 결과적으로는 그녀에게 가장 좋은 형태로 수습된 것일지도 모른다.

하지만 사토나카와 미하루가 이야기하는 걸 들으며 나는

아직 사건에 대해 생각하는 중이었다. 분명 요시카와의 문제는 이것으로 해결됐다. 하지만 사건 그 자체를 '잘 모르겠지만 뭐 어때'라고 끝내서는 안 될 것만 같았다. STRUTTIN'과 관련해서는 이번 일보다 훨씬 전부터 인간 소실에 대한 소문이 있었다. 그것도 신경 쓰였다.

그렇기에 약 40분 후, 동아리에 용건이 있다며 사토나카가 자리를 일어나는 걸 계기로 모두가 헤어지게 됐을 때, 나는 사토나카를 쿡쿡 찔렀다.

"저기, 조금 신경 쓰이는 게 있는데."

"응."

"미안, 아직 사건에 관해서야."

"오오." 사토나카가 몸을 가까이 기대듯 다가왔다. 나는 쓰레기통에 쓰레기를 버리는 미나키를 가리켰다. "미나키한테 좀 물어봐주지 않을래? 일주일 전, 피팅룸에 얼마나 들어가 있었는지."

"오케이. 저기, 미나키. 이야기 되돌려서 미안한데, 일주일 전에 피팅룸에 얼마나 들어가 있었어?"

사토나카는 내가 말한 그대로 물었다. 미나키는 조금 고개를 갸웃거리더니, 사토나카에게 "꽤 오래 있었어. 아마 15분 정도"라고 답했다.

나는 사토나카를 다시 찔렀다. "그럼 무슨 옷을 몇 벌 정도 입어봤는지."

사토나카는 미나키에게 물었다. "무슨 옷을 몇 벌 정도 입어봤어?"

"흐음, 꽤 많이." 미나키는 왜 그런 걸 묻는지 궁금해 하는 표정으로 사토나카를 보면서 답했다. "잘 기억은 안 나는데, 청바지랑, 셔츠랑…… 니트도 입어본 것 같아."

"그렇대." 사토나카가 나를 봤다.

"직접 물어보면 될걸." 미하루가 이상한 듯 웃었다. "후지무라, 임금님 같아."

그런 비유를 들은 건 태어나서 처음이었지만 사실 나는 미나키와 아직 한 번도 직접 대화하지 않은 상태였다.

미하루에게는 꽤 한심한 녀석으로 보일지도 모른다고 내심 침울해지긴 했지만, 그건 뭐 어쩔 수 없었다. 대인기피증에게는 '집단 속에서라면 말할 수 있지만 일대일로는 말할 수 없다'라는 성질도 있는 것이다.

하지만 수확은 있었다. 예를 들어 미나키가 적어도 청바지와 셔츠와 니트, 세 벌을 가지고 피팅룸에 들어갔다는 점. 그 사실과 그때까지의 기억을 합쳐본다. 그렇다. 요시카와의 핸드폰에는 SLR 모양의 거대한 커버가 씌워져 있었다. 이것도 중요한 단서다.

가설은 성립했다. 아무도 트릭을 설치하지 않았는데 어째서 미나키가 사라졌는지. 나머지는 현장을 확인하면 끝이다.

사람들과 헤어진 나는 혼자서 니시지바 역 반대편에 있는

STRUTTIN'으로 향했다.

……그랬지만 그 현장이 가장 난관이었다. 그도 그럴 것이 셀렉트숍인 것이다.

길을 자전거가 가로지른다. 그것을 앞지르듯 배달 오토바이가 지나간다. 그들이 떠나가자 쇼윈도 안에 늘어선 세련된 마네킹들이 다시 눈에 들어온다. 전부 같은 방향을 바라보고 있지만, 모두 함께 이쪽을 보고 있는 건지 무시하고 있는 건지 마네킹에는 표정이 없기에 알 수 없다. 외여닫이 유리문에는 벨이나 화관 같은 장식이 돼 있고, 그것이 시야를 방해해 안은 그다지 보이지 않는다. 그것도 진입장벽을 더 높였다.

나는 안다. 가게에 들어가서 현장 검증을 하면 단번에 해결된다는 사실을. 하지만 그것이 도저히 불가능했다. 누군가와 함께라면 '겸사겸사 같이 온 것뿐이에요. 나한테 어울리지 않는 곳이라는 건 알고 있어요'라고 어필할 수 있지만 단독으로 들어가는 건 무리다. 나는 오늘도 무인양품과 유니클로가 반씩 섞인 차림이다. 들어가면 다시 점원이 말을 걸 것이다. 점원은 내 차림을 보고 '슬슬 세련된 모습이 되고 싶은 건가'라고 미소 지을지도 모른다. 부끄럽다. 그게 아니면 장소를 잘못 찾은 녀석이 와버렸다고 마음속으로 비웃을까. 가게에 들어가면 어차피 두리번거리며 진정하지 못

할 것이 분명하다. 가게 손님과 점원이 힐끔힐끔 쳐다보면서 '저 녀석 수상해', '차분한 척하지만 익숙하지 않은 게 너무 훤히 보이네'라고 마음속으로 비웃는 걸 느끼면서 가게를 둘러보는 일은 불가능하다. 내 추리가 맞는지 어떤지 확인하고 싶지만, STRUTTIN'의 세련된 문이 나를 거절한다.

도무지 혼자 들어갈 용기가 나지 않아 결국 다시 사토나카에게 도움을 청하려고 했지만, 녀석은 동아리에 용건이 있다고 말했기에 바로 올 수는 없으리라.

그렇다면 일단 안에 들어가지 말고 할 수 있는 일을 해야겠지. 나는 좌우로 이동하며 목을 뻗어서 유리문 너머로 보이는 범위에서 아슬아슬한 정도까지 가게 안을 관찰했다. 안에서 점원이 나를 본다면 수상한 녀석 취급을 하겠지만, 지금 상황에서는 점원이 상태를 살피러 이쪽으로 오는 것 같지는 않았기에 괜찮아 보였다. 유리문 너머로 보이는 부분과 어제 들어갔을 때의 기억을 조합해서 STRUTTIN'의 평면도를 만들어봤다.

창고 안까지는 확인할 수 없지만, 대충 이런 느낌이었다. 이렇게 보니 이 가게에는 뒷문이 없고, 그 점에서도 미나키가 몰래 탈출했다는 가능성은 없다는 말이 된다.

나는 핸드폰을 조작해 어제 막 등록한 요시카와에게 메시지를 보냈다.

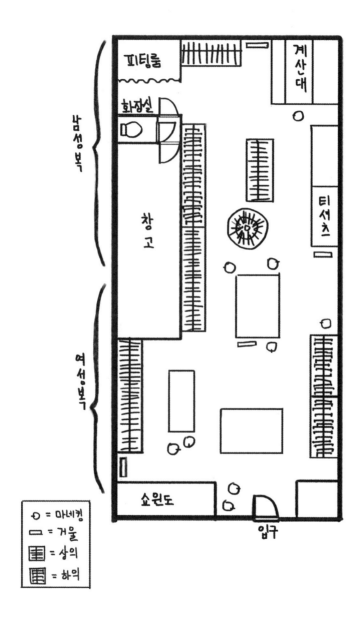

후지무라(ID: nightowl at the bottom)

어제 만났던 후지무라 미사토입니다. 어떻게든 지금 확인하고 싶은 게 있어서 무례를 무릅쓰고 메시지를 보냅니다.

확인하고 싶은 건 지난주의 STRUTTIN'에 대해서입니다. 몇 번이나 귀찮게 해서 미안하지만, 질문 몇 개만 하면 미나키 양이 왜 '사라졌는지' 확인할 수 있을 것 같습니다.

그럼 질문인데, 요시카와 양이 피팅룸을 봤을 때의 행동입니다.

① 피팅룸을 들여다봤을 때, 그리고 안에 들어가서 확인했을 때, 핸드폰을 보고 있었나요?

② 피팅룸은 어느 정도로 꼼꼼히 확인했나요?

③ 피팅룸에서 나온 후, 곧장 가게를 나왔나요?

이렇게 세 개입니다. 귀찮겠지만 답변 부탁드립니다.

송신 버튼을 누르기까지 몇 번이고 망설였다. 어제 막 만난 남자로부터 갑자기 이런 복잡하고 긴 메시지가 오면 기분 나쁘게 생각할지도 모른다. 내용도 이걸로 괜찮은 걸까. 뭔가 실례가 되지는 않을까. 반대로 너무 바보처럼 정중해서 기분 나쁘지 않을까. 알 수 없다. 갑자기 질문을 받고 기분 나쁘게 생각할까. 수수께끼를 구실로 메시지를 보내는 거 아니야, 라고 무서워서 답을 하지 않은 채 나를 차단할지도 모른다. 그리고 요시카와는 미하루나 미나키에게 말하는 거다. "그 후지무라라는 사람이 장문 메시지를 보내서 기분 나빠.” 눈앞에 떠오르는 듯해서 머리를 감싸 쥐었지만 과연 그렇게까지 반응할까. 혹은 그보다는 가볍게 ‘어, 이거 뭐야, 기분 나빠’라고 무시할지도 모른다.

하지만 고민만 하고 있으면 그 무엇도 시작되지 않는다. 가령 기분 나쁘게 생각하더라도 치명상이라고 할 정도는 아니겠지, 라고 자신을 북돋고는 간신히 송신 버튼을 눌렀다.

그리고 놀랍게도 불과 몇 분 만에 답이 왔다.

요시카와(ID: natsu-yoshikawa)
엄청 정중해서 깜짝 놀랐네요.
① 핸드폰은 보고 있었어요. 음악을 듣고 있었기에 화면을 보고 조작하면서.
② 나름대로는 제대로 봤다고 생각합니다. 좁았고, 놓친 부분은 없었을 거예요. 겸사겸사 저도 옷을 입어봤기에 5분 정도는 들어가 있었어요.
③ 바로 나왔어요. 밖에 있을지도 모른다고 생각해서.
이런 답으로 괜찮을까요?
그리고 아까 미나키와 연락처 교환했어요. 사토나카가 소개해줬거든요. 고마워요!

이미 둘은 연락처를 교환한 모양이다. 내 메시지에 곧장 반응한 것도, 요시카와는 그야말로 지금 미나키와 대화를 하고 있던 참이었기 때문일지도 모른다. 그건 참 잘된 일이지만.

내 쪽도 아무래도 예상 이상의 답변을 얻게 됐다. 역시 추리는 틀리지 않은 듯했다.

그래서 요시카와에게 다시 메시지를 보냈다.

후지무라(ID: nightowl at the bottom)
인간 소실 수수께끼가 아마도 풀린 것 같습니다. 현장을 보면 바로 알 수 있을 것 같으니 혹시 괜찮으면 STRUTTIN'으로 와주세요. 지금 바쁘다면 나중에 다시 연락드리겠습니다.

답이 왔다.

요시카와(ID: natsu-yoshikawa)
정말요? 대단해! 4교시 강의는 없으니 바로 갈게요. 10분 정도면 도착할 거예요.

오는 건가, 하고 생각하고 한숨 놓았다. 메시지를 몇 번이나 그것도 와달라고 보내는 건 솔직히 나로서는 너무 정신적으로 힘든 일이다.

하지만 한 줄이 더 적혀 있었다.

후지무라는 메시지로는 곧잘 말하네.

네, 그렇습니다. 이렇게 말할 수밖에 없다. 대인기피증에게는 자주 있는 일이다.

5

무척이나 운이 좋았다. 믿음직스러운 사토나카가 아마도 동아리를 중간에 빠져서까지 달려와줬기 때문이다.

현재 STRUTTIN' 앞에는 세 명이 있었다. 나와 미하루, 그리고 문자 그대로 달려온 듯 아직 조금 호흡이 거친 듯한 사토나카였다. 아까부터 사토나카와 미하루가 계속 대화를 나누고 있었고, 갑자기 내 호출에 달려온 미하루는 내 쪽을 힐끔힐끔 바라보기는 했지만 일단 자리에 불편한 침묵이 충만하는 사태는 벌어지지 않았다. 그건 정말로 고마운 일이었다.

그리고 역 쪽에서 막 미나키와 요시카와가 걸어왔다. 무사히 친구가 된 듯해서 한숨 놓았다. 그렇다면 이것으로 해산, 이라는 마음이 샘솟지만 나는 찾아온 둘에게 고개를 숙였다.

"와줘서 고맙습니다."

정해진 문구로 괜찮다면 생각보다 잘 말할 수 있다. "저기,

메시지에 쓴 것처럼……."

"미나키가 어떻게 사라진 건지 알아낸 거지?"

요시카와가 반응하자 옆의 미나키는 '나보고 다시 사라지라고 해도 못 할 것 같은데?'라고 말하는 듯한 곤란한 표정으로 내 쪽을 바라봤다.

"오, 여전히 대단해, 후지무라." 사토나카가 내 어깨를 두드렸다. "벌써 만사 해결된 거라고 봐도 돼. 나, 이 녀석이 초등학교 때부터 알고 있는데, 진짜 명탐정이라니까."

사토나카가 자랑스러워하는 게 부끄러웠다. 그 말 그대로야, 라고 말하고 싶은 듯 미하루도 살짝 미소 지었다. 네 명분의 기대는 솔직히 무겁지만, 추리에 잘못은 없을 터였다. 가게의 평면도도 확인했고, 미나키는 지금도 판다가 그려진 토트백을 오른쪽 어깨에 메고 있다.

"그래서? 안에서 설명하는 거야? 그럼 들어가자."

사토나카는 마치 추리쇼의 진행자라도 된 듯 멋지게도 내가 아무리 힘을 내도 열 수 없었던 STRUTTIN'의 문을 가볍게 열고 안으로 들어갔다. 나도 다른 사람들에 뒤이어 안으로 들어섰지만 다섯 명이나 함께 손님이 들어온 탓인지 점원이 우리 쪽을 바라봤다. 추리가 끝나면 쇼핑을 할게요, 죄송합니다, 죄송합니다, 라고 마음속으로 외쳤다.

"그러니까, 지난주 상황을 재현하면 같은 일이 벌어질 겁니다. 즉 미나키 양이 사라집니다." 나는 미나키를 손으로 가리킬까 가리키지 말까 고민하다가 결국 오른손이 의도를 알수 없게 어설프게 까딱까딱 움직였다. 대인기피증은 목소리뿐만 아니라 동작도 애매하다. "요시카와 양이 있던 건 입구근처의 이 부근이죠. 그럼, 미나키 양. 지난주와 마찬가지로옷을 들고 피팅룸에 들어가 줄 수 있나요? 좋다고 할 때까지나오지 마시고요."

거들먹거리는 말투가 돼버렸지만, 미나키는 무표정인 채고개를 갸웃거렸다. "……무슨 옷을 입어봤는지 지금은 기억 안 나는데."

"그건 대충이어도 괜찮아요. 셔츠와 청바지와 니트였죠."

미나키는 수상쩍다는 표정을 지었지만, 일단 고개를 끄덕이더니 가게를 돌아다니며 옷을 골라 팔에 걸쳤다. 딱히 진짜로 살 마음이 있는 것도 아님에도 어떤 걸 고를지 고민하는 듯해서 생각보다 시간이 걸렸다. 하지만 사토나카는 그렇다고 해도, 미하루와 요시카와도 각각 수수께끼를 푸는듯한 표정을 지었고, 관찰당하는 미나키로서는 부담스러운듯했다.

"……그리고 요시카와 양은 미나키 양이 피팅룸에 들어가는 장면은 보지 않았다, 였죠. 그러니까 요시카와 양, 저쪽을보지 말고 쇼핑을 해주세요."

아, 이상한 부분에서 말을 잘랐다. 역시 길게 말하기는 어렵다. 하지만 요시카와는 끄덕이더니 곧장 옆의 선반에 있는 모자를 보기 시작했다. 미하루도 흉내를 내며 옆에서 빵모자를 쓰고, 챙모자를 쓰고, 베레모를 썼다. 어떤 것이든 다 어울리는 게 대단하다고 생각하는데 사토나카가 말했다. "미하루는 다 어울리네. 예뻐." 나도 이럴 때 아무렇지도 않게 말할 수 있으면 좋으련만.

나는 가게 안쪽으로 시선을 돌려 미나키에게 고개를 끄덕였다. 미나키는 전해진 건지 전해지지 않은 건지 모르지만 피팅룸의 커튼을 열고 안으로 사라졌다.

나는 살짝 주먹을 쥐었다. 예상대로였다. 그녀는 '왼손으로' 커튼을 열었다.

아까 카페테리아에서 미나키는 왼손으로 스푼을 사용했다. 그것만으로 반드시 그렇다고는 할 수 없지만 그녀는 왼손잡이다. 그리고 강의 때, 그녀는 오른쪽 자리에 가방을 놓아두었다. 왼쪽 자리도 비어 있었는데 오른쪽에 놓아두었다는 말은 그녀는 항상 판다가 그려진 그 토트백을 오른쪽 어깨에 메고 있다는 말이다. 지금도 그랬고, 강의가 끝나고 나갈 때도 그랬다.

가방을 어느 어깨에 메는지는 사람에 따라 다르다. 나는 주로 쓰는 손으로 내용물을 꺼내고 싶기에 주로 쓰는 손 쪽인 오른쪽에 메지만, 주로 쓰는 손 쪽은 비워두고 싶다는 이유로 반대쪽에 메는 사람도 있다. 미나키도 그런 것이리라.

그리고 주로 쓰는 손을 비우기 위해 반대쪽에 가방을 메고 있는 것이라면, 손을 뻗어서 뭔가를 할 때 비어 있는 손 쪽으로 할 테다. 그렇기에 미나키는 이 가게에서도 왼손으로 옷을 집었다. 한 벌이라면 그대로 왼손으로 쥔 채로 피팅룸에 갈지도 모르지만, 세 벌, 거기다 서로 떨어진 위치에 있는 물건을 손에 집어 드는 이상, 그녀는 왼손으로 옷을 집어서 일단 오른팔에 걸치게 된다. 이에 따라 오른팔은 가방과 옷으로 가득 찬다. 따라서 미나키는 왼손으로 피팅룸의 커튼을 열게 될 것이라 예상했다. 그 생각 그대로였다.

이어서 요시카와에게 말했다. "지난주와 같은 느낌으로 피팅룸을 보러 가주세요. 핸드폰을 꺼내든 채로요."

"응." 요시카와는 핸드폰을 꺼냈지만, 뭔가 떠오른 듯 주머니에서 이어폰을 꺼내서 빙글빙글 복잡하게 말려 있는 코드를 미하루의 도움을 받아 풀어낸 후에 귀에 꽂았다. "음악을 듣고 있었지만, 노래는 기억 안 나는데?"

"아, 그건 괜찮아요. 그대로 지난주처럼 피팅룸에서 미나키 양을 찾아봐주세요."

초등학교가 같았던 사토나카보다 미하루 쪽이 먼저 깨달은 듯했다. 어째선지 빵모자를 쓴 채였던 그녀는 아, 하고 말하며 손을 짝 마주쳤다. "혹시."

요시카와 쪽은 아직 모르는 듯했다. 지난주 가지고 있던 걸 떠올려 보는 듯 고개를 갸웃거리면서 원피스를 손에 들고 핸드폰을 쥔 왼손에 걸치고 피팅룸으로 향했다.

이것도 예상대로였다. 어제, 정식집에 갔을 때 요시카와는 오른쪽에 앉았다. 왼손잡이는 보통 옆 사람과 팔이 닿지 않게끔 신경을 써서 왼쪽 끝에 앉는 일이 많기에, 그러지 않았던 요시카와는 아마도 왼손잡이가 아니라 오른손잡이다. 그리고 요시카와는 핸드폰에 SLR 모양의 커버를 씌우고 있다. 여자 손 크기로는 한 손으로 들고 엄지손가락으로 조작하기 어렵기에 요시카와는 한 손에 핸드폰을 들고 다른 한 손으로 조작했을 터였다. 그리고 스마트폰은 '한 손으로 들고 같은 손의 엄지손가락으로 조작'하는 경우에는 어느 손으로 할지 그때그때 다르지만, '한 손으로 들고 다른 손으로 조작'하는 경우, 대부분이 주로 쓰는 손의 집게손가락으로 조작한다. 엄지손가락의 경우 그렇지도 않지만, 집게손가락으로 조작하는 경우에는 주로 쓰는 손이 아니면 화면을 누르기 어렵기 때문이다. 요시카와는 '소실 사건' 때, 왼손으로 핸드폰을 들고 오른손으로 조작했다. 그리고 왼손은 핸드폰을 쥐고 있기에 오른손으로 옷을 집어 왼팔에 걸쳤다. 왼팔은 꽉 차 있고 오른팔은 비어 있다. 즉 요시카와는 오른손으로 피팅룸의 커튼을 열었다는 말이 된다.

이것이 중요했다. 미나키는 아까 본 것처럼 왼손으로, 요시카와는 지금 하는 것처럼 오른손으로 피팅룸의 커튼을 연다. 그러면······.

"어라?" 피팅룸 쪽에서 요시카와의 목소리가 들렸다. 가보니 그녀는 커튼을 연 채로 이쪽을 돌아보았다. "없는데?"

"진짜로?"

"역시."

사정을 모르는 사토나카와 사정을 아는 미하루가 요시카와 쪽으로 가서 그녀가 들추고 있는 커튼을 열고 안을 들여다봤다. 피팅룸에는 아무도 없었다.

"어째서?" 요시카와가 나를 바라봤다.

나는 피팅룸을 가리키며 답했다. "저기, 열어보세요. 반대쪽을."

"어······?" 요시카와는 피팅룸의 왼쪽을 바라봤다. 그리고 "앗" 하고 말하면서 커튼을 왼쪽에서부터 활짝 열었다. "그런 거구나!"

짧은 비명이 들렸고, 놀란 모습으로 안경을 고쳐 쓰는 미나키가 보였다.

"······어떻게 된 거야?" 미나키는 그렇게 말하면서 몸을 내밀었지만, 사토나카가 커튼을 오른쪽에서 열고 안으로 들어가는 걸 보고 아아, 하고 끄덕였다.

그렇다. 고작 이것뿐이었다. 아무도 트릭을 설치하지 않았는데 인간 소실이 일어난 이유.

미하루가 양손으로 피팅룸의 커튼을 가운데에서부터 좌우로 열었다. 망가지는 것 아닐까 생각했지만 커튼의 한가운데는 자석으로 붙어 있을 뿐이었다. 오른쪽에서 사토나카가 왼쪽에서 미나키가 나왔다. 그리고 둘 사이에는 흰 벽이 있었다. 명백하게 나중에 덧붙여 만든 파티션처럼 보인다.

피팅룸 공간은 두 개였던 것이다. 한 장의 커튼으로 가려져 있는 듯했기에 한 곳으로 보였을 뿐이었다. 하지만 실제로는 커튼도 두 장으로, 한가운데 부근에서 좌우로 나뉘어 있다. 그렇기는 해도 한가운데는 자석으로 붙어 있기에 보통이라면 각각 좌우 끝에서 열게 되겠지만.

사건 때, 미나키는 왼손으로 커튼을 열었다. 보통 왼손으로 굳이 오른쪽에서부터 열려고는 하지 않기에 왼쪽에서 열고 왼쪽 공간으로 들어갔으리라. 그 후 요시카와가 오른손으로 커튼을 열었다. 이때도 역시 오른쪽에서 커튼을 열었을 것이다. 커튼이 한 장으로 연결된 것처럼 보이기에 둘 다 피팅룸이 두 개 있다고는 생각하지 않았다. 그 때문에 요시카와가 '오른쪽 피팅룸'에 들어가서 안을 확인하는 사이에 미나키가 '왼쪽 피팅룸'에서 나와버린 걸 깨닫지 못했던 것이다. 소리는 났겠지만, 요시카와는 이어폰으로 음악을 듣고 있었다.

현장을 잘 살펴보면 곧장 깨달을 수 있었으리라. 하지만 현장을 보기 전부터 예상이 가능했다. 평면도를 그려보니 화장실과 비교가 돼 확실히 알 수 있었다. 피팅룸은 가로로 길었고, 결코 좁지 않았다. 하지만 실제로 피팅룸에 들어간 사토나카와 요시카와 모두 "좁았다"라고 말했다. 그리고 어제, 피팅룸에 들어간 사토나카는 커튼을 절반만 열고 나왔었다. 사토나카로서는 전부 열었다고 생각했을 터.

한가운데에 있는 파티션의 형태를 보면, 애초에 이 가게의 피팅룸은 하나뿐이었으리라 추측할 수 있었다. 그것을 나중에 두 개로 나눈 것이다. 조사해봤지만 매장 면적이 66제곱미터를 넘는 경우, 피팅룸은 두 개 이상 있는 것이 바람직하다는 내용이 있었다. 이 가게는 100제곱미터 정도니까 피팅룸이 하나밖에 없다고 생각하는 것이 애초에 이상했다. 게시판에는 '피팅룸은 넓고 화장실도 깨끗하다'라는 글이 있었는데, 이것은 피팅룸을 나누기 전의 이야기이리라.

혹은 점원이 미나키를 피팅룸으로 안내할 때 설명했다면, 적어도 미나키는 이 사실을 깨닫고 있었을 터였다. 하지만 하나하나 피팅룸으로 안내할 정도로 커다란 가게는 아니었고, 점원도 기본적으로는 한 명밖에 없는 듯하다. 미나키가 말이 없는 편이라는 점을 볼 때, 피팅룸을 바라보고 아이 콘택트를 하는 등의 방법으로 서둘러 들어가버렸을 것이다.

결과적으로 아무도 트릭을 설치하지 않았는데 인간 소실이 벌어져버렸다.

"아아." 요시카와가 오른쪽 피팅룸을 보고 왼쪽 피팅룸을 보더니 감탄한 모습으로 끄덕였다. "그렇구나."

그때 뒤에서 소리가 들렸다. "저기, 손님."

"아." 그건 그렇다. 화를 낼 것이 분명하다.

하지만 사토나카가 빙긋 웃으며 응했다.

"아, 죄송해요. 실은 지금, 이 피팅룸 때문에 친구들과 들떠있었어요. 여기 재미있네요." 사토나카는 커튼을 좌우로 움직였다. "지난주였는데요, 여기 이 친구가 피팅룸에 들어가서……."

사토나카가 웃는 얼굴로 사건의 줄거리를 설명하자 점원은 "아, 죄송합니다"라고 중국어 악센트로 말하며 웃었다. 점장인 듯했다. "마술처럼 돼버렸군요. 뭔가 표시라도 해둬야겠네요."

이런 모습을 보면 사토나카는 이길 수 없다고 항상 생각한다. 그는 가슴에 품고 있는 것이 아니라 솔직히 대놓고 말한다. 간단한 듯 어려운 그 일을 이 녀석은 항상 가볍게 해낸다.

결국 사토나카는 "동아리로 돌아갈게"라고 말하더니 아무것도 사지 않고 나가버렸고(역시 중간에 빠져나와 준 것이었다. 고맙게도), 그와 함께 미나키와 요시카와도 나갔다. 나는 미하루와 함께 쇼핑을 했고, 놀랍게도 셔츠를 하나 사서 나왔다. 미하루가 느긋하게 쇼핑을 시작했기에 나는 그것을 기다리고 있었지만, 별생각 없이 셔츠를 보고 있는데 그녀가 "이게 잘어울릴 것 같아"라고 골라준 것이다. 애초에 사토나카에게 옷을 골라달랄 셈으로 가게에 들어왔던 것이기에 결과적으로 만사 오케이다. 너무나도 오케이였기에 4,800엔의 지출도 딱히 아프다고 느끼지 않았다.

"재미있었어."

가게를 나와 걸으면서 미하루가 먼저 꺼낸 말이 그거였다. "역시 명탐정이야."

그녀는 조금 전에 산 빵모자를 이미 쓰고 있었다. 잘 어울린다.

"……아니, 조금 주제넘었어."

"그래? 엄청 대단했는데." 미하루는 빵모자에 아직 태그가 하나 달려 있는 걸 발견한 듯, 손으로 툭 떼어냈다. "거기다가 후지무라, 일부러 그렇게 모두의 앞에서 추리를 선보인 거지?"

갑자기 그렇게 말하기에 깜짝 놀랐다. 동작이 하나하나 커서 그쪽으로 눈이 가서 잊고 있었지만, 미하루는 꽤 날카롭다.

걸으면서 고개를 숙였다. 니시지바 역을 통과하는 전철 소리가 들려왔다.

"……아니, 딱히 그런 건."

"나도 아까 핸드폰으로 그 가게를 검색해봤는데, 피팅룸에 들어간 학생이 사라진다는 소문, 전부터 있었더라." 미하루는 모자의 최적 각도를 찾는 듯, 걸으면서 벗었다가 다시 쓰기를 반복하는 중이었다. "오를레앙의 괴담 그대로네. 니시지바인데."

딱히 시치미 뗄 생각은 없었다. "……내버려둬도 괜찮았겠지만 말이야."

미하루가 깨달은 그대로였다. 이번 건은 1960년대의 프랑스에서 벌어진 '오를레앙의 괴담'과 똑같았다.

1965년 5월, 프랑스 중부의 도시 오를레앙에서 어떤 괴담이 퍼졌다. 한 부티크의 피팅룸에 들어간 여자가 사라진다는 괴담이었다. 소문에 따르면 그 가게의 피팅룸에는 숨겨진 통로가 있고, 피팅룸에 들어간 여자는 약물을 투여당해 납치당하고 외국으로 팔린다고 했다.

피팅룸이라는 공간은 화장실이나 엘리베이터처럼 밖에서는 보이지 않는 공간으로, 들어갈 때 희미하게 불안감을 느끼게 된다. 생각하는 건 다들 똑같은 듯, 동일한 소문은 1950년대부터 이미 존재했다고 한다. 또한 1965년 단계에서는 부티크라는 형태는 아직 새로운 문화였고, 이에 익숙하지 않은 여자들이 소문의 확산 장치가 됐다고도 전해진다. 그것 자체는 자주 있는 일로, 여기까지라면 평범한 도시전설이라 할 수 있다.

하지만 소문이 일반화되자 '피팅룸에 들어간 여자가 사라진다'라는 이야기가 떠도는 가게가 여섯 곳으로 늘어났다. 문제는 그중 다섯 곳이 유대인이 경영하는 가게였고, 나머지 한 곳도 가게의 전 소유자가 유대인이었다는 점이었다.

여학교 학생들이 속삭이는 별 뜻 없는 소문이 사회에 침투함으로써 헤이트 스피치화 돼버렸다. 여자의 납치가 보도되지 않는 건 유대인이 경찰이나 매스컴을 매수했기 때문이라는 음모론도 퍼졌고, 가게를 폭도들이 둘러싸는 사태도 벌어졌다. 그리고 인종차별반대단체나 언론이 소문을 정정하며 진정시키자, 이번에는 '그 소문은 반유대주의자가 퍼뜨렸다', '신문사가 자작으로 일으키고 자작으로 진정시키는 자작극이었다'라는 소문이 다시 퍼졌다. 틀림없이 최초의 소문에 반유대인적 요소를 더하여 헤이트 스피치화시킨 사람들이 자신을 정당화하기 위해 퍼뜨린 것이리라.

처음에 STRUTTIN'의 소문을 들었을 때, 내 머릿속에 우선 떠오른 것이 이 배알이 뒤틀리는 이야기였다. 점주가 중국인이었기에 반세기를 거쳐 오를레앙의 망령이 니시지바에서 되살아날 가능성도 없지 않았다. 현대 일본에서도 사회적 약자를 노리는 유언비어는 떠돌고 있으니까.

"예를 들어 메시지로 '진상은 이렇습니다'라고 보내는 것뿐이라면 요시카와도 미나키도 '흐음' 정도로 끝나버렸을 테고 말이야." 미하루는 겨우 모자의 각도가 정해진 듯 "어때?" 하고 물었다. 감상을 요구할 거라고는 생각지도 못했기에 "아, 훌륭해"라고 기묘한 답을 하고 말았지만 만족한 것처럼 보였다. "그래서 굳이 둘을 불러서 '체험'시킨 거야. 그저 메시지로 '추측'이라고 들은 것보다 훨씬 비비드한 체험이 되겠지. 그렇게 하면 둘도 뭔가 계기가 있다면 친구에게 그 이야기를 퍼뜨릴지 모르고. 그건 유언비어에 대한 '백신'이 돼."

비비드한, 이라는 단어를 귓속에서 굴려본다. 나라면 사용을 피할 법한 '비일상 단어'지만 미하루는 딱히 신경 쓰는 것처럼 보이지 않았다. 그렇다. 그녀의 행동은 나처럼, 혹은 그 이상으로 이상하게 눈에 띈다. 하지만 나와 결정적으로 다른 건 그에 대해 딱히 신경 쓰지 않는다는 점이다.

머릿속으로 '대학 친구' 둘을 떠올려봤다. 성가시게 여겨지리라는 점도 각오한 채 다른 사람 속으로 뛰어드는 사토나카. 주변에서 어떻게 생각하든 딱히 신경 쓰지 않고 자유분방한 미하루. 둘 다 나로서는 불가능한 일로, 마치 다른 세계의 주민처럼 보인다.

하지만 미하루는 웃으며 칭찬해줬다. "후지무라, 대단해."

"아니⋯⋯."

단순히 추리를 선보여서 우쭐해지고 싶었던 건 아닌가, 라는 의심이 내 속에 계속 남아 있다. 미스터리의 단골 전개인 '명탐정, 모두를 불러놓고 말하다'지만, 그것은 요컨대 탐정의 자기과시욕 아닐까. 나도 대인기피증 때문에 다른 사람과 대화하는 게 어렵지만, 그것과 자기과시욕의 유무는 별개다. 자랑스러운 추리를 선보여서 "대단해!"라고 듣고 싶은 욕구는 있다. 부끄러움 따위 느끼지 않는다면 대인기피증이어도 더 많이 떠들고 싶다.

애초에 '실제로 재현'이라는 형태를 취한 건 그러는 편이 내가 말하지 않고 해결될 수 있기 때문이기도 했다. 실제로 나는 아까 내 추리 대부분을 말하지 않고 끝낼 수 있었다. 모두를 모아서 자, 하고 말하기 위해서는 혀가 꼬이지 않고, 삐끗하지 않고, 적절한 음량으로 길게, 그것도 수상하게 여겨지지 않도록 한 번에 이어서 말하는 능력이 필요하다. 모두 앞에 혼자 나서서 시선을 모으면서 말이다. 적어도 지금의 나로서는 절대로 불가능한 일이다. 반론이 하나 날아오는 것만으로 "아⋯⋯" 하고 굳어버릴 자신이 있고, 애초에 사건 관계자들의 눈을 보고 말할 수도 없다.

"그건, 일단⋯⋯." 그렇긴 해도 사건을 해결했기에 조금쯤은 설교 같은 말을 해도 좋을지 모른다. "대학생이라면 조금 더 지적이어야 한다고 생각했어."

"나도 찬성." 미하루는 비웃지 않았다. "모처럼이니까 밥이라도 먹으러 갈래? 조금 늦어지긴 했지만, 점심."

"엇." 당연하게도 나는 2교시 종료 후에 점심을 먹었다. "미하루, 아까 볶음밥 먹지 않았어?"

"그건 아침⋯⋯은 이미 먹었지. 점심⋯⋯도 먹었어. 어라. 그럼 아까 그건 뭐였지?"

어째서 이 사람은 살이 찌지 않는 거냐고 생각했지만 거절할 이유는 없었다. 내가 끄덕이자 미하루는 지금부터 뭐를 먹을지 진지하게 고민하기 시작했다. "이대로라면 저녁도 아까 먹은 게 돼버려……. 아, 그럼 스페인식이라면?"

무슨 말인지 알 수 없었다. 하지만 미하루는 무거운 짐이라도 던 것처럼 활짝 얼굴을 폈다. "스페인식으로 아침은 Desayuno(조식), 점심은 Almuerzo(점심 간식). 아까 먹은 볶음밥은 Comida(점심)."

처음 들었다. "……스페인 사람은 하루에 몇 끼를 먹는 거야?"

"다섯 끼. 그러니까 지금은 네 번째인 Merienda(오후 간식). 한 번 더 먹을 수 있어 Cena, 저녁이 있다. 정말로 이렇다고 하지만 일본인이 흉내 내면 살이 찌리라."

"……스페인에서는 Siesta(낮잠)도 있지."

"맞아." 미하루가 끄덕였다. "일본인도 조금 더 편하게 살면 좋을 텐데. 노동생산성은 G7 최하위. 수면 시간은 OECD 가맹국 36개국 조사에서조차 최하위니까."

잘도 구체적인 데이터를 말한다고 생각했다. 분명 기억력이 좋은 것이리라. 상상이 되지 않기는 해도 대학을 졸업하면 나도 그곳으로 뛰어들어야 하니까 암담한 기분이 들지만, 그것은 아직 생각하지 않기로 했다. 미하루 같은 사람이 경영자라면 좋겠지만, 이런 성격의 사람은 좀처럼 없으리라.

나는 미래의 나를 '사법시험을 통과해 변호사가 된 패턴'과 '사법시험은 무리여서 일반기업에 취직한 패턴'으로 상상해보려고 했다. 어느 쪽도 잿빛의 뿌연 모습만 보일 뿐 무리였다.

　걸으면서 위를 바라봤다. 하늘은 아직 밝았고, 전선 위에서는 직박구리 한 마리가 두리번두리번 고개를 갸웃거렸다. 뭐, 아직 먼 미래의 이야기니까, 하며 머릿속으로 중얼거리고 지금은 생각하지 않기로 했다.

제3화

노래방에서
마왕을 부르다

침대에 누운 미하루는 눈을 감은 채였다. 다친 곳을 치료할 때 이미 축 늘어져 있었기에 옷을 갈아입힐 여유 따위는 없었고, 일단 걸치고 있던 겉옷은 미나키가 벗겨줬지만 나머지는 그대로 입은 채 누워 있었다. 옆으로 눕히는 것에는 성공했기에 혹시 토하게 되더라도 호흡 곤란이 오지는 않으리라. 본인은 지금 괴로워 보이진 않지만 방심할 수는 없다. 이불 밖으로 나와 있는 손에 감긴 밴드도 가슴 아프다. 호흡이 멈춘 건 아닐까 불안했지만, 잘 살펴보니 덮은 이불에서 나온 어깨가 희미하게 천천히 움직이고 있었다. 한숨 돌린 나는 눈을 돌렸다. 일방적으로 힐끔힐끔 보는 건 실례이기도 하고, 속옷 같은 것도 미나키가 느슨하게 풀어주었기에 본인으로서는 다른 사람에게 그다지 보이고 싶지 않은 자세이리라.

그리고 방에 있는 사토나카와 미나키에게 말하지 않으면
안 되는 것이 있었다. 나는 입을 열었다.

"범인, 누구 같아?"

지금은 그들 둘만 남아 있다. 하지만 아까까지 함께 있던
멤버 중에 미하루를 이렇게 만든 범인이 있다. 나는 그렇게
확신했다.

1

입구의 무거운 문을 열자, 밀실이었다. 내 머릿속이 새하
얘졌다.

여섯 명이 이용할 수 있는 방이라고 안내받은 그 방은 예
상보다 넓었지만, 두툼한 소파와 거대한 모니터가 공간을
차지하고 있었고, 완전 방음의 질식감과 문에 조그맣게 난
창문을 통하지 않으면 밖이 보이지 않는 폐색감이 '이곳에
들어간 것이 최후, 제아무리 외쳐도 밖에 있는 사람은 알아
채지 못한다. 살려주세요'라는 압박감을 줬기에 호흡이 옅
어지고 심박수가 올랐다. 대인기피증인 사람에게 이 방은
'처형실' 혹은 '고문실'이었다.

물론 평범한 사람에게는 그저 '노래방'일 뿐이다. 완전 방
음의 질식감은 '제아무리 시끄럽게 떠들어도 다른 사람에게

폐를 끼치지 않는다'라는 해방감이 될 테고, 바깥이 보이지 않는 폐색감은 '이 공간은 내키는 대로 해도 좋다'라는 고양감이 되리라(아마도 내가 만화 카페 개인실에 들어갔을 때와 마찬가지로). 실제로 기쁨에 들떠 웃는 얼굴로 "영차" 하며 소파에 자리 잡는 니시키오리는 자신의 둥지로 돌아온 다람쥐처럼 기운 넘쳤고, 들어오자마자 옆에 있는 마이크 스탠드에서 마이크를 뽑아 '소독 완료'를 나타내는 비닐을 확 벗기는 사노의 모습은 종종걸음으로 총기 거치대에서 머신건을 뽑는 '영화에서 자주 볼 수 있는 특수부대원 출동 장면'처럼 보였다. 둘 다 눈이 반짝반짝 빛났다. 이어서 사토나카도 "오랜만이네", "부를 수 있는 노래 있으려나?" 같은 말을 하면서 니시키오리가 조작하는 노래방 리모컨을 들여다보며 즐거워 보였기에 '너도 그쪽 사람이었냐'라고 생각했다. 미하루는 어떤가 하면 들어오기 전에는 이쪽을 신경 써주는 모습으로 "노래방 좋아해?" 하고 물어봐줬지만 내가 우물쭈물하자 "뭐, 노래 부르는 거 안 좋아하면 밥이라도 먹으면 되지"라고 혼자서 납득해버렸고, 지금은 제일 먼저 음식 주문용 태블릿을 조작하는 중이었다. 조금 전에 밥 먹은 주제에. 맥이 빠져 있는 건 나뿐인가, 하고 생각했지만 내 뒤에 은근슬쩍 숨어 있던 미나키도 소파에 앉자 곤란한 듯 고개를 숙인 채였다. 그다지 떠들지 않는 사람이기도 하고, 나처럼 노래방을 좋아하지 않는 듯했다. 노래방을 싫어하는 사람이 나 혼자가 아니어서 다소 안심했다.

타인과 이야기하는 건 괴롭지만 노래방은 좋아하는 대인기피증도 일정 비율 존재하지만 그 경우, 마이크를 쥔 순간 목소리가 커지므로 인격이 달라졌다는 말을 듣는다 나는 그렇지 않다. 노래도 잘 못 부르는 데다가 음역이 좁아서 목이 금방 쉬어버리기에 다른 사람 앞에서 노래하고 싶지 않다. 그리고 무엇보다 '노래방에서 노래해도 좋은 노래'를 모른다. 정확히 말하면 노래방이 싫은 게 아니라 노래방과 관련된 암묵의 룰이 싫다. 선곡은 '모두가 알고 분위기가 들뜨는' 노래여야만 하고, 발라드를 비롯해 느린 템포의 노래는 NG, 물론 서양음악도 NG, 스캣 느낌의 빠른 랩이 이어지는 어려운 곡도 NG다. 옛날 노래나 애니메이션, 히어로물계 테마송은 일단 OK지만 이후 바보로 여겨지며 "그 녀석, 노래방에 갔더니 애니메이션 주제가만 부르더라"라고 뒷담화를 듣게 될 가능성이 있다. 기본을 만족하는 '정답'은 '2년 이내에 발표된 JPOP으로, 업템포이며 부르기 쉽고 분위기를 띄워주는 곡(2년 이내라고 해도 한때 확 유행하고 금방 사라진 곡은 제외). 더군다나 모두가 어느 정도 알고 있고 함께 들뜰 수 있는 곡'이어야만 한다. 물론 누군가가 한 번 부른 노래는 엄금. 솔직히 말해 보소대학 입학보다도 훨씬 어렵다. 그리고 타인이 노래를 부를 때는 그 노래를 무시하고 곡을 고르거나 핸드폰을 만지거나 반대로 제멋대로 하모니를 넣거나 하면 안 되고, 적당히 추임새를 넣거나 작법에 따른 박수를 치는 등의 방법으로 분위기를 띄워야만 한다. 음치가 노래를 부르면 분위기가 썰렁해지기에 어느 정도 잘 불러야만 하지만, 프로 느낌으로 너무 잘 부르면 역시 분위기가 썰렁해지기에 적당히 못 불러야만 한다. 그리고 당연하게도 '노래를 불러야'만 한다. 모두가 노래를 부르는데 자신만 딱딱하게 굳은 채로 노래를 부르지 않는 건 매너 위반이라고 여기는 사람이 많다. 명확히 기분 나빠하지는 않는다고 하더라도 "그건 좀 그래……" 정도로 말하는 사람이 태반이다. 노래방에 간 이상, 제아무리 노래를 못 부르고 부끄럽더라도, 다른 사람 앞에 나서고 싶지 않더라도, 아는 노래가 없더라도 노래를 불러야만 한다. 왜 굳이 돈을 써가며 이런 고통을 겪어야만 하는 걸까.

옆방에서 희미하게 들리는 엔카 느낌의 노랫소리를 배경으로 생각했다. 어떻게 이 자리를 넘겨야 할까. 니시키오리가 프런트에 "일단 두 시간"이라고 말했기에 두 시간으로 해방되리라 생각하지 않는 편이 좋을 것 같았다. 두 시간(+a) 사이에 "후지무라는 노래 안 불러?"라며 몇 번이나 내게 마이크가 돌아올까. 그것을 어떻게 피해야 할까. 음식 메뉴가 충실한 듯 보이니까 메뉴를 보는 척하고 미하루와 함께 계속해서 먹는 척하면 그 사이에는 피할 수 있을 테지만, 공교롭게도 조금 전에 다 함께 밥을 먹은 상태여서 위에 더 들어가지 않는다. 음료 메뉴도 잘 갖춰져 있고, 발랄라이카라거나 스크류드라이버 같은 칵테일 메뉴가 있기에 서둘러 마시고 취해버린다는 수법도 있지만 아직 미성년자다. 옆방 문이 열린 듯 엔카 노랫소리가 커졌다. 저건 모리 신이치의 〈에리모 곶〉이구나. 엔카라면 어렸을 때 할아버지와 함께 부른 적이 있다는 사실을 떠올렸지만, 이 자리에서 부르는 건 리스크가 너무 크다.

언제나 주변을 신경 쓰는 사토나카가 음료 주문을 취합해 줬기에 "난 콜라"라고 곧장 답했다. 노래를 부르지 않는 데다가 먹을 수 있는 여지도 그다지 없고, 책이나 핸드폰을 꺼내도 매너 위반이라면, 무료함을 피하기 위한 유일한 수단은 '자신의 음료수를 홀짝홀짝 계속 마신다'가 된다(애초에 노래방에서 타인이 노래를 부르는 동안 책을 꺼내는 인간이 있다면 존경을 금할 수 없다). 그러기 위해서는 탄산음료 쪽이 더 좋다. 같은 생각을 했는지 미나키가 "나도 콜라"라고 말을 이었고, 니시키오리는 "어? 나는 술 마실 건데? 하이볼 진하게 주문 가능해?"라고 가볍게 법률을 위반했다. 우리는 모두 아직 만 18세 또는 19세지만, 그러고 보니 가게에 들어설 때, 니시키오리는 사토나카를 밀어내며 접수를 했고 카운터 위에 턱 하고 신분증을 내밀었다. 그건 그의 형이나 누군가의 것인 듯했다. 괜찮은 걸까 생각하는데 미하루가 말했다.

"난 오렌지주스. 아직 미성년자고."

과연 니시키오리는 어떻게 나오나 하는 궁금증으로 공간

의 분위기가 한순간 식었지만, 아마도 니시키오리와 미하루 양쪽을 챙겨주려는 모양인지 사토나카가 말을 이었다. "나는 마실 거야! 어, 그러니까, 이거, 솔티독."

"난 커피 우유." 사노가 노래방 리모컨을 내려놓더니 말했다. 목을 보호하기 위해 그런 선택을 한 것이라면 그녀는 진심이다. 화면에는 첫 번째 곡이 표시됐다.

옆에 앉은 사토나카가 리모컨을 들더니 "흠, 요즘 노래는 잘 모르는데"라고 하면서 즐거운 듯 들썩이는 걸 엉덩이의 진동으로 느끼면서 나는 고개를 숙였다. 일단 처음에는 괜찮다. 니시키오리도 사노도 사토나카도 노래를 부르고 싶어서 노래방에 온 것이기에 처음에 한 곡씩, 아마도 세 명 합쳐서 15분 정도는 노래를 부르리라. 하지만 그것이 끝나면 화살이 이쪽으로 돌아온다. 니시키오리 일행은 "후지무라는 안 불러?"라고 '선의'로 마이크를 넘겨주리라. 거절한다고 해도 나를 건너뛰고 자신의 두 번째 곡을 입력할지 어떨지 알 수 없다. 배려하려 하지 말고 그냥 그렇게 해주면 좋으련만, 미안하다고 생각해버리면 이 자리의 분위기가 순식간에 식어버린다. 노래방의 분위기라는 건 성능이 좋지 않은 엔진 같은 것으로, 처음에 제대로 기세가 붙으면 예약곡 수가 MAX까지 올라간 채 유지되지만, 처음에 제대로 회전수가 올라가지 않으면 예약곡 수가 계속 0인 채 무거운 분위기가 이어진다. 그리고 만약 그렇게 된다면 그것은 내 탓이라는 말이 된다.

곡이 흐르기 시작한 순간 평소와는 다른 미성을 선보이기 시작한 사노를 보면서, 어째서 이렇게 된 걸까 생각했다. 노래방 그 자체는 훌륭한 오락이다. 종이 연극에 기형쇼freak show에 과녁 사격에 핀볼. 온갖 오락이 사라져가는 와중에 (기형쇼는 다른 문제지만) 일본에서 태어난 노래방은 아시아를 중심으로 세계 각국에 퍼져 있다. 노래방은 다양한 음식도 주문 가능하고 마이크에 채점 기능 등 마음 편히 노래를 부를 수 있게끔 계속 진화 중이다. 하지만 모두와 노래방에 갈 때의 알 수 없는 이 수많은 매너는 무엇이란 말인가. 모두 제멋대로 노래를 부르면 그만 아닌가. 타인이 무엇을 부르든 아무래도 좋지 않은가. 어차피 다들 아마추어이고 제멋대로 소리치고 기분 좋아지기 위해 오는 것 아니던가. 하지만 아마도 사람들이 노래방에서 채우고 싶은 욕구는 두 가지이리라. 순수하게 소리치며 노래하는 육체적인 욕구와 노래를 타인에게 들려주고 싶다는 자기과시욕. 개인적으로는 '돈을 써가며 서로서로 참으면서 공평하게 순서대로 채우는 자기과시욕' 따위에서는 한기를 느끼지만, 그러한 사실도 다 인지한 채로 사이좋게 자기과시욕을 채우는 놀이라는 것에서 그것은 그것대로 어른의 오락이라는 생각이 든다. 그리고 이에 대해 의문을 품지 않는 사람이 다수파이리라. 그렇기에 많은 악습, 알 수 없는 매너도 생겨난 것이겠지.

사노의 노래가 끝나자 사토나카가 일어섰다. 역시 분위기를 파악했는지 작년에 방영해 화제가 됐던 드라마 주제가를 불렀다. 나는 이 곡은 유명한 후렴구의 일부밖에 모르고 키도 맞지 않지만 니시키오리와 사노는 알고 있는 듯 마이크 없이 함께 노래를 불렀다. 나는 소리가 들리지 않는 박수를 치거나 멈추거나 하면서 머릿속으로 계산했다. 방을 잡은 건 두 시간이기에 120분÷5분으로 24곡, 종료 전에 안내가 있을 테니까 아슬아슬하게 꽉 채워서 부르지는 못할 테고 총 23곡 정도가 되겠지. 이것을 여섯 명으로 나누면 한 명당 4곡, 마지막 순서라면 마이크가 세 번 돌아온다. 물론 니시키오리가 연장할 가능성이 크지만 그 경우에는 더는 노래를 부르지 않아도 크게 눈에 띄지 않을 테고, 그 타이밍에 집으로 돌아가도 일단 변명거리는 생긴다. 즉 세 번 돌아오는 마이크를 어떻게든 어물어물 피하면 된다. 하지만 이것은 탁상공론에 불과하다. 실제로 미나키는 그렇게 시간을 들여서 볼 필요도 없는 추천 음식 메뉴판을 계속 바라본 채로 지장보살처럼 움직이지 않았다. 미하루는 주문을 계속 이어가고 있다(몇 개 주문할 생각이람?). 아무래도 이 두 명은 전력이 되지 못할 것 같다. 그렇게 되면 120분÷5분÷4인이 돼 한 명당 6곡까지 늘어나버린다. 그래서는 끝까지 피할 수는 없다. 마지막 한 번쯤은 "난 이제 충분해"라고 하며 더 부르고 싶어 하는 듯 보이는 사람에게 마이크를 건네도 좋을지 모른다. 도중에 화장실에 가면 일시적으로 피할 수 있으리라. 한 곡을 부른 뒤라면 "아, 목 아파"라는 식으로 말하며 넘길 수 있을지도 모른다. 하지만 최소 한 번은 반드시 부르지 않으면 안 될 것 같다. 한 곡. 적어도 한 곡, 기본을 만족하는 곡이 어디 없을까. 아마도 은연중에 선곡을 재촉하는 의미로 내 눈앞에 리모컨이 놓여진 채였고, 아무도 손에 들지 않았다. 나는 일단 손을 뻗어 리모컨을 무릎에 얹었다.

사토나카 다음은 니시키오리다. 하지만 현재 예약된 곡은 그 한 곡뿐으로, 곧장 다시 사노가 노래를 불러줄 것 같지는 않다. 이미 벌써 마이크가 나한테 돌아와버릴 상황이었다.

사토나카가 적당히 음 이탈을 하며 노래를 마치자, 이어서 니시키오리가 노래를 불렀다. 가사가 머신건 같은 템포로 흘렀고, 두 줄밖에 표시되지 않는 화면에서는 순식간에 표시가 전환돼 모르는 사람으로서는 무슨 일이 벌어지고 있는지 알 수 없는 그런 곡이다. '마이크를 길게 쥐고 있다'라는 점에서 봐도 노래에 자신이 있으며 반대로 자신 없는 사람은 손으로 마이크헤드를 감싸듯 '짧게' 쥐거나 '곧장 스위치를 끌 수 있도록' 스위치에 엄지손가락을 얹은 채로 노래를 부르거나 한다, 이 빠른 곡을 놓치지 않고 다 부를 수 있기에 첫 곡으로 선곡한 것이겠지만 역시 순수하게 대단하다. 미하루도 웃는 얼굴로 박수를 쳤다. 하지만 이것이 끝나면 다음에는 누구의 예약곡도 들어 있지 않다. 노래방에서 노래가 끝난 후, 다음 곡을 아무도 예약하지 않은 채 움직임이 멈추고 화면상에는 조용히 광고가 계속 흐르는 그 시간은 괴롭다. 모처럼 들뜨기 시작하던 분위기가 멈춰버리기도 하고, 실로 지금도 사노가 "예약 안 해?"라고 말하고 싶은 듯 이쪽을 힐끔힐끔 바라봤다. "난 괜찮으니까 먼저 불러!"라고 멋진 대사를 내뱉고 싶지만 그럴 용기가 나지 않았다. 상대방은 두 곡째, 세 곡째로 부를 노래도 마음속으로 이미 정했음에도 사양하며 입력하지 않은 것일지도 모른다. 즉 지금 내가 병목현상을 일으키고 있는 것이다. 녹아서 사라지고 싶다.

좋지 않은 흐름이라고 생각했지만, 아직 서로에게 사양하는 부분이 있는 건 어쩔 수 없는 일이었다. 사토나카는 둘째 치고 미하루나 미나키와는 지난달의 오를레앙 소동 이후 생각보다 접촉할 기회가 있었고, 사토나카가 모두를 불러줘서 네 명이서 밥을 먹으러 가거나 했다. 나와 미나키는 거의 말하지 않기에 기본적으로 사토나카와 미하루가 떠들 뿐이었지만 뭐 친하다면 친하다고 할 수 있을지도 모른다. 하지만 나머지 두 명, 니시키오리와 사노와는 학과도 다르다. 하지만 제2외국어인 스페인어가 같았고, 강의에서 몇 번인가 한 그룹으로 나눠 발표할 때 가끔 자리가 가까웠기에 함께 그룹을 짠 적이 있을 뿐인 관계였다. 몰랐지만 스페인어 강의는 매년 그런 스타일인 듯, 교수가 "마음에 드는 사람과 대여섯 명이 그룹을 짜주세요"라고 말했을 때는 그 자리에 얼어붙었다. 대학생까지 돼서 이런 걸 해야만 하는 것인가 절망했지만, 사토나카와 미하루가 함께 강의를 듣고 있었던데다가 사람이 많아서 깨닫지 못했지만 미나키도 같은 강의를 듣고 있었기에 기적적으로 네 명까지는 자연스레 모이게됐다. 그렇게 되고 보니 한두 명을 흡수하는 일은 간단했고, 거기에 니시키오리와 사노가 합류했다. 모습을 보건대 두명 다 미하루나 미나키에게 흥미가 있는 듯했다. 아마도 이둘은 일반교양 강의에서도 가장 앞줄에 앉았을 것이고, 주변 학생들이 얼굴을 기억하고 있는 것이리라. 쾌활하고 잘떠드는 사토나카와 니시키오리 덕에 발표는 무사히 끝났고, 그뿐 아니라 듣고 있던 다른 학생들로부터 호평도 받았기에 "뒷풀이하러 가자!"라는 분위기가 됐는데, 그 후 니시키오리가 말을 꺼낸 것이다. "노래방 안 갈래?"라고.

본래 노래방이란 어느 정도 친한 사이 또는 혼자서 가야하는 곳이다. 서로 무엇을 불러도 아무렇지도 않고 세세한매너 따위 무시할 수 있는 관계가 된 이후가 더 재미있을 것이 분명하다. 그렇기에 아무도 찬성하지 않으리라 생각했지만, 사노가 "가고 싶어!" 하고 손을 든 것이다. 그녀의 모습을 볼 때 단순히 노래방을 좋아하는 듯했다.

그렇다면 사양 말고 계속해서 노래를 불러주면 좋으련만, 현재 그녀는 내가 일단 손에 든 리모컨을 가져갈 기색이 없었다. 가져가고 싶어 하는 것처럼은 보였지만 오래 손에 들고 있었음에도 한 곡도 부르지 않고 자, 여기, 하고 돌려줘도 좋을지 고민이 됐다. '그만큼 고민해놓고 결국 한 곡도 예약하지 않는 거야?' 하고 생각할 것만 같았다. 그렇다고 부를 수 있는 노래 따위 떠오르지 않았다. 적어도 후렴구를 기억하는 노래라면 몇 곡인가 있지만, 제목이 떠오르지 않는다. '가'부터 순서대로 노래를 체크하다 너무 많아서 찾지 못하고 '나' 부근에서 포기했다. 아니, 솔직히 말하면 '노래할 수 있을지도 모른다'라는 곡이라면 두세 곡 있었지만, 실제로 마이크를 쥐었을 때 키가 맞을지 어떨지 알 수 없고, 후렴구와 1절 외에 기억나지 않아서 굳어버릴지도 몰라 위험하다. 만약 그렇게 된다면 '연주 중인데 마이크를 쥔 사람은 노래를 부르지 않은 채 굳어 있고 기계에서 흐르는 반주만이 조용하게 이어진다'라는 지옥 같은 상태에 빠져서 분위기가 차갑게 식어버리리라. 동시에 나는 '노래를 예약했음에도 부르지 못한 녀석'이라며 창피를 산다. 리스크가 너무 크다. 하지만 부를 수 있는 노래를 찾을 수 없다. 사노에게 그대로 리모컨을 건네도 좋을지 알 수 없었다. "목이 좀 아파서"라는 평계도 떠올랐지만 이것은 상대에게 '목이 아픈 사람을 노래방으로 데려와버렸다'라는 죄책감을 심어줄 수도 있기에 이른바 금단의 비법에 해당한다. 순서를 볼 때 다음은 나에게 마이크가 돌아온다. 나는 궁지에 몰려 있었다.

그때 구세주가 나타났다. "여기 콜라 두 잔과 커피 우유, 오렌지주스 그리고 솔티독과 진하게 탄 하이볼입니다."

살았다. 나는 들어온 점원을 보고 혼잡한 상태를 틈타 리모컨을 내려놓았지만, 미하루가 먼저 트레이를 받아들고 잔을 나눠주기 시작했기에 어설프게 몸을 반쯤 일으켰을 뿐이었다.

"자, 콜라. 커피 우유는 사노였지? 이거 두 잔은 술이네. 난 잘 모르니까 알아서 집어가."

미하루는 척척 잔을 나눠줬고, 구별을 위해 머들러가 꽂혀 있는 알코올류 두 잔은 그대로 테이블에 놓았다. 하이볼과 솔티독 정도는 구별할 수 있을 법하지만, 모르는 듯했다.

솔티독을 들고 벌컥 한 모금을 마신 사토나카가 켁켁 거렸다. "어엇, 이거 뭐야, 소금? 원래 이런 거야?"

"모르는데 주문한 거야?" 하고 니시키오리가 웃었지만 미하루는 "어? 소금이 발라져 있어? 재미있네"라고 말하며 잔에 묻은 소금을 손가락으로 떼서 핥았다. "진짜네. 소금이야."

일단 음료 쪽으로 주의가 향해서 다행이었다. 혼란스러운 틈을 타서 사노에게 마이크가 돌아가지 않을까 생각했는데, 미하루가 마이크를 쥐었다. "다음은 나."

잠시 후, 화면에 그녀가 입력한 노래가 표시됐다.

〈마왕〉 슈베르트/작곡 괴테/작사

　모두가 아연실색하는 가운데 미하루는 풍부한 음량과 오페라 가수 같은 비브라토를 구사하여 아름답고 장절하게 〈마왕〉을 부르기 시작했다.

2

　나는 간발의 차이로 미하루 덕에 살았다. 〈마왕〉은 묘하게 템포가 느린 연주 탓도 있어서 노래하는 도중에는 조용했지만, 노래가 끝나자 사토나카가 "브라보!"라고 외치며 박수를 쳤기에 자리의 분위기가 '곤혹스러움'에서 '일단 칭찬한다'로 기울었고(실제로 오페라 가수처럼 훌륭했다), 어떻게든 분위기가 살았다. 그에 더해서 미하루는 자, 하고 마이크를 사노에게 넘겼고, 나와 미나키는 절묘하게 넘어갔다. 이후 사노가 부르고, 니시키오리가 부르는 사이에 아까 노래하며 기분이 들떴는지 사노가 세 번째 노래를 입력했기 때문에 조금씩 순서가 무너졌고, 자연스럽게 나와 미나키는 잊히는 형태가 됐다. 사토나카가 두 번째 노래를 부른 후, 너무 도수가 세서 마시지 못하는 솔티독 대신에 오렌지주스를 주문했고, 거기에 편승한 나도 태블릿을 집어 들고 같은 음료를 주문하게 된 것도 고마운 일이었다. 나도, 나도, 하고 손을 드는 사람이 이어져 결국 니시키오리 이외 모두가 주문했기 때문에 오렌지주스×5라는 아무 멋대가리도 없는 결과가 된 주문을 송신한 후에 손을 내민 미하루에게 태블릿을 건넸고(그녀는 내내 태블릿을 껴안고 있었다), 니시키오리의 노래로 돌아갔다. 이대로 순서가 애매해지고 기분이 들뜬 니시키오리와 사노와 사토나카가 계속 노래를 불러준다면, 두 시간 정도라면 어물쩍 넘길 수 있을지도 모른다.

하지만 계획이란 그리 달콤하게 흘러가지 않는 법이다. 내가 안심한 채로 마음속으로 함박웃음을 지은 직후, 노래를 부르던 니시키오리가 갑자기 마이크를 툭 내려놓더니 방문을 열었다. "미안, 나 갑자기 화장실이 급해서. 뒷부분 불러줘!"

갑자기 보컬을 잃어버린 노래방 기계가 하릴없이 반주를 계속했다. 갑자기 뭐야, 라고 생각하는데 사토나카가 마이크를 쥐고 뒷부분을 부르기 시작했다. "'네 손을 쥐는 시간을' ……뭐였더라?"

사토나카는 흐르는 노래를 어설프게 기억하는 듯 노랫소리가 군데군데 끊겼다. 사노는 부분적으로 알고 있는 듯 사토나카의 노래가 끊기면 다른 마이크로 그 사이를 연결했지만, 노래하면서 힐끔힐끔 바깥을 살피던 그녀도 결국 마이크를 놓고 나가버렸다. "미안, 나도 화장실."

"잠깐. '그때의 우리는 그저', 어라, 아니었나?"

결국 사토나카는 절반밖에 모르는 곡을 조심스런 음량으로 부르더니 결국 도중에 연주 중지를 눌렀다. 다음으로 예약돼 있던 곡도 니시키오리가 입력한 곡이었지만 본인이 없었기에 이것도 연주 중지를 누르자 공간이 조용해졌다. 회전수가 느려진다. 멈춘다.

사토나카가 마이크를 이쪽으로 향했다. "후지무라, 한 곡 정도는 부르지 그래?"

아군이었던 네가 왜 그 대사를 말하는 거냐며 마음속으로 질책하면서 사양했다. 처음부터 계속 소파 구석에 앉아 있던 미나키는 '나한테 부르라고 해도 무시할 거니까'라는 철의 장막을 친 채 가만히 있었다. 현재 시각 21시 22분. 노래방에 들어온 것이 20시 40분 무렵이니까 3분의 1 정도는 넘긴 셈이지만, 아직 갈 길이 멀기에 일의 행방이 어떻게 흘러갈지 알 수 없게 됐다. 방은 조용해졌고, 옆방에서 도바 이치로의 〈형제선〉이 들려왔다. 옆방은 엔카를 좋아하는 사람이 모여 분위기가 한껏 들뜬 행복한 공간 같았다.

잠시 후에 니시키오리가 돌아왔지만, 방이 조용했기에 입을 열자마자 "어라?"라고 말했다. 이어서 돌아온 사노도 "뭔가 조용하네"라고 웃으며 남아 있던 커피 우유를 홀짝홀짝 마시기 시작했다. 이 두 명이 움직이지 않으면 슬슬 위험하다. "그러고 보니 후지무라, 노래 한 번도 안 하지 않았어?"

라고 언제 말을 꺼내더라도 이상하지 않다. 이 두 명은 정적에 빠지지 않고 계속 들떠 있기를 바랐는데.

주저하고 있을 여유는 없었다. 나는 선수를 치기로 하고 일어섰다. "나도 화장실에 좀."

아직 3분의 1밖에 지나지 않았는데 이 비장의 수단을 사용하는 건 아깝다는 생각이 들었지만, 자신이 '엘릭서를 한 개도 사용하지 않는 타입'게임 〈파이널 판타지〉 시리즈와 관련된 이야기. '엘릭서'는 동 시리즈에 나오는 아이템 중 하나. 강력하지만 손에 넣을 수 있는 개수가 한정돼 있는 데다가 다음에 언제 입수할지 모르기에 사용을 주저하기 쉬우며, 게임 시작 때부터 클리어까지 결국 이 아이템을 하나도 사용하지 않은 채 끝내버렸다는 겁쟁이가 속출한다이라는 점도 알고 있었다. 표면상으로는 '자유롭게 사용하세요'라고 말하는 척하며 테이블에 놓여 있지만, 그 끝이 확실히 내 쪽으로 향하고 있는 마이크를 무시하고 일어섰다.

"그럼 내가 부를게."

미하루가 리모컨을 조작하기 시작했다. 그것을 곁눈질하며 복도로 탈출했다. 노래방 특유의 컬러풀한 조명으로 얼굴이 빨간색과 파란색으로 물든 걸 느끼면서 후우, 하고 한숨을 내쉬었다. 일단 위기는 모면했다. 비장의 수단을 써버리고 말았지만, 이 시간에 써버렸기에 오히려 나중에 한 번 더 쓸 수 있을지도 모른다. 그도 그럴 것이 나는 시작 시점부터 적극적으로 콜라를 들이켠 것이다. 이것은 나중에 "콜라 너무 마셨어", "배가 아파"라고 말하며 한 번 더 화장실에

가기 위한 복선이다. 이 아무렇지도 않은 듯한, 그러면서도 대담한 복선은 애거서 크리스티 수준이리라. 후훗, 하고 혼자서 웃는 와중에 앞에 점원이 와 있었기에 당황해서 얼굴의 근육을 긴장시켰다. 실실 웃는 모습을 봤으려나. 나는 바로 발끝으로 선 채로 벽 쪽으로 피했고, 우리 방에서 주문한 음료를 가지고 온 듯한 점원과 엇갈렸다. 문을 열어주는 편이 좋았을지 모른다고 생각하는 찰나에 문이 안쪽에서 열렸다. 살짝 놀란 점원을 피해 미나키가 나왔다.

"아."

미나키는 나를 봤다. "나도."

내 비장의 수단에 편승했다는 사실을 바로 깨달았다. 분명 저 상황, 내가 사라진다면 그녀에게 마이크가 돌아갈 가능성이 컸다. 나로서는 그것으로 그녀가 노래를 부르고 '아직 부르지 않은 사람도 불렀다'라는 일이 벌어지면 일이 내게 좋은 쪽으로 돌아가리라 생각했지만, 지금 일순간 이쪽을 향한 미나키의 시선은 '혼자 도망치지 마'라고 말하고 있었다. 내 마음을 들킨 듯했다.

방 안에서는 "O Freunde……" 하고 낭랑한 노랫소리가 들려왔지만 뭐 그건 아무래도 좋다 베토벤 작곡, 9번 교향곡 제4악장의 일부로, 통칭 〈환희의 송가〉. 가사는 실러의 시. 어찌 됐든 복도를 나아가려는 내 팔을 미나키가 잡았다. "화장실, 이쪽이야."

"아, 고마워."

남자 사이처럼 '나란히 서서 소변' 문화 같은 건 남녀 사이에는 있을 리 없기에 이상한 느낌은 들었지만, 같은 이유로 자리에서 벗어났다는 점은 확실하므로 동지라는 연대감은 있었다. 그렇다고 딱히 싱글대며 이야기를 나누지는 않았고, 딱히 돌아보거나 하지도 않는 미나키의 뒤를 따라 미로 같은 복도를 나아가 가게 안쪽의 화장실에 들어갔다. 복도는 좁았지만 화장실은 넓고 깨끗했다. 일단 요의는 완전히 거짓말은 아니었다. 변기 앞에 서서 벽에 붙은 노래방 기계의 파티 기능과 '와작와작 스트롱 감자' 광고를 보면서 용무를 마쳤다. 지금쯤 방의 분위기는 어떻게 돼 있을까. 나와 미나키가 둘 다 사라졌기에 '아직 노래를 부르지 않은 사람'에게 마이크를 넘긴다는 흐름은 소멸했을지도 모른다. 좋은 타이밍에 비장의 수단을 사용했다. 조금 전까지는 가장 많이 노래를 부르던 두 명이 연이어 사라져서 간담이 서늘했는데.

그때 뭔가가 마음에 걸렸다. 아까 사노가 갑자기 "화장실"이라며 나간 것이 뭔가 부자연스럽다는 생각이 든 것이다. 지금 우리처럼 남녀가 "나도 화장실"이라는 흐름은 보통 그다지 없는 일이기도 하고, "나도"라고 말했다면 니시키오리가 나간 직후에 일어서도 좋았을 텐데 조금 텀이 있었기 때문이다. 왜 그 타이밍이었을까.

생각해봤지만 아무것도 떠오르지 않았다. 물론 아무 의미도 없는 사소한 위화감일 뿐이다. 생각해낸다고 해서 인생에는 아무 영향도 없고, 이유를 해명했다고 해서 포켓 티슈 하나도 받을 수 없다. 내버려둬도 괜찮겠지. 용무도 마쳤고.

조금 더 이대로 화장실에 있을까도 생각했지만, 화장실에 틀어박혀서 도대체 뭐를 하면 좋을지도 알 수 없었다. 운동복을 입은 형씨가 얼굴이 불콰해진 채 들어온 걸 계기로 일단 바깥으로 나가기로 했다.

핸드폰의 시계를 봤다. 21시 24분. 2분밖에 지나지 않았기에 비장의 수단임에도 아깝다는 마음도 들었다. 역시 화장실로 다시 돌아갈까 생각했지만, 그건 변명할 수 없는 완전히 의도적인 '도망치는' 행위이며 조금 선을 넘어버린다. 하지만 역시 곧장 방으로 돌아갈 생각은 없었기에 결과적으로 화장실 앞에서 어설프게 우물쭈물하는 상황이 됐다.

미나키가 나와서 나를 보고는 아무 말 없이 멈춰 섰다. 둘다 아무 말도 하지 않았지만 방을 향해 걷기 시작하지도 않았고, 마치 결투 중인 것처럼 서로의 눈치를 살피면서 태세를 갖췄다. 하지만 뒤에서 정장을 입은 남자가 핸드폰으로 뭔가 떠들면서 걸어왔기에 미나키가 옆으로 피했다. 남자는 떠들면서 그대로 화장실로 들어가버렸다. 소변을 보면서 핸드폰으로 통화를 계속하는 사람도 가끔 있다.

그대로 둘이서 잠입 중인 닌자처럼 벽에 등을 대고 나란히 섰다. 뭐지, 이 그림은.

미나키가 건너편 벽을 본 채로 입을 열었다.

"……후지무라, 노래방 불편해?"

"후우." 왜 그렇게 묻는 건지 어느 정도 알았다. "미안, 도 망쳤어."

"아니, 나도 편승했으니까."

서로가 알고 있는 사실을 입에 담으면 더는 할 말이 없어 진다. 다행스럽게도 둘 다 옆으로 나란히 서서 건너편 벽을 보고 있을 뿐이기에 치명적인 침묵은 아니었지만, 그럼에 도 안절부절못하며 상대방의 눈치를 살피는 나에 비해서 미 나키는 미동조차 하지 않은 채 벽의 한 점만을 보고 있었다. 그렇다고 해서 핸드폰을 꺼내거나 하지도 않기에 전혀 이야 기를 나눌 마음이 없다기보다는 '말하지 않아도 딱히 상관 없는' 상태일지도 모른다. 나와 마찬가지로 '말하지 않는 사 람'이지만 나보다는 정신력이 상당히 강인한 듯하다.

노래방 복도는 떠들썩한 듯하면서 조용하고, 조용한 듯하 면서 떠들썩했다. 복도로 흐르는 BGM, 프런트 쪽에서 들려 오는 대화, 나란히 늘어선 방문 너머로 희미하게 들리는 노 랫소리와 저음부의 진동. 들려오는 음원은 다양했지만, 그 전부가 음량이 줄어든 상태이거나 소리가 멀거나 벽 너머 이거나 한 색다른 정적이었다. 하지만 그런 공간감을 관찰 하고 있던 것도 1분 남짓 정도였을 뿐, 미나키가 전혀 말하 지 않고 벽을 보고 있기에 나는 안절부절못하게 됐다. 뭔가 말하는 편이 좋을까. 상대방은 나와 대화할 마음이 없는 걸까. 그럼에도 무리하게 말하면 '흥미도 없는 걸 주절주절 말해서 짜증 나', '왜 이렇게 안절부절못하는 거야', '시선이 붕 떠 있어서 기분 나빠', '그리고 쓸데없이 움직임이 많아'라는 식으로 다양하게 혐오감을 느끼지는 않을까. 잘 생각해보니 사토나카나 미하루는 그렇다고 치고, 미나키와는 직접적인 연결점이 거의 없고 대화도 그다지 나눈 적이 없다. 미나키의 성격이 나쁘지 않다는 점은 알고 있지만, 그렇다고 불안감이 사라지지는 않는다. 대인기피증을 대인기피증으로 만드는 가장 큰 요인은 바로 이렇게 타인을 신용하지 못하는, 어떤 의미에서는 부정적인 방향으로만 쓸데없이 풍부해서 있는 것 없는 것까지 너무 헤아리려고 하는 나쁜 상상력인 것이다.

하지만 괴로워하는 것도 거기까지였다. 나는 별 의미 없이 고개를 끄덕이고 벽에서 떨어졌다. 미나키의 압력에 견디지 못하게 된 것이 아니라, 남녀 둘이 화장실에 간다며 사라진 채 둘 다 아무리 시간이 지나도 돌아오지 않으면, 그건 그것대로 좋지 않다고 깨달은 것이다. 거기다가 미나키는 나를 뒤쫓듯 방에서 나온 상태였다.

미나키도 그 사실을 깨달았는지 내 뒤를 따랐다. 방의 문을 찾으면서 핸드폰의 시간을 보고 좋아 7분 때웠다, 라며 쩨쩨한 걸 생각했다.

문을 열자 이상한 광경이 펼쳐졌다.

"Seid umschlungen Millionen! Diesen Kußder ganzen Welt……!"

좁은 노래방으로는 도저히 담을 수 없는 원대한 발성으로 미하루가 아직 노래를 부르고 있었다. 니시키오리와 사노뿐만 아니라 사토나카마저 아연실색한 채 그저 듣고 있는 중이었다. 나와 미나키가 안으로 들어서자 미하루는 웃는 얼굴로 손을 흔들면서도 템포를 놓치지 않고 노래를 계속했다. 독일어임에도 화면의 가사도 보지 않았다. 새삼 이상한 사람이라고 생각했다.

어찌 됐든 가장 눈에 띄지 않는 구석 자리에 앉을까 생각했지만 구석은 미나키가 먼저 확보해버렸다. 협력 관계인지 라이벌인지 알 수 없다고 생각하면서 이미 음료가 자리에 놓여 있었기에 오렌지주스가 놓인 자리에 앉았다. 미하루는 노래방에 어울리지 않는 신성함조차 느껴지는 목소리와 자세로 아름답고 낭랑하게 노래를 불렀다. 참고로 〈환희의 송가〉는 전부 부르면 매우 길고, 보통은 요약판이 들어 있을 테지만 이 노래방 기계는 풀버전으로 들어 있는지 미하루는 오래도록 노래했다 베토벤 교향곡 〈합창〉은 전부 들으면 한 시간 이상이 되며, 한바탕 일을 끝낸 듯한 기분이 든다. 연말이 되면 자주 들리는 그 부분은 제4악장의 극히 일부, 합창이 들어가는 통칭 〈환희의 송가〉 부분만을 편집한 것이다. 참고로 9번 교향곡에서 합창이 들어가는 부분은 그곳뿐이기에 노래하는 사람들은 제1악장부터 50분 가까이 뒤에서 줄곧 가만히 앉아 있는 경우도 있다. 그 경우, 그들이 결국 움직이기 시작했을 때의 웅장한 느낌이 굉장하다. 노래가 끝나자 떠나갈 듯한 박수갈채와 "브라보!"라는 소리가 노래방을 채웠고, 나는 순간 내가 어디에 있는지를 잊었다.

미하루는 웃는 얼굴로 관자놀이의 땀을 닦더니 미나키 옆에 툭 앉았다. "다행이다. 분위기 살렸어."

분명 분위기는 살았다. 노래방에서 흔히 상상하는 '분위기'와는 꽤 다르지만 말이다. 하지만 예상외의 사태에 적절한 리액션이 떠오르지 않는 건지 얼마간 노래를 부르려는 사람은 없었고, 불온하게 느낀 나는 일단 뭔가 움직이고자 생각해 놓여 있던 트레이를 정리하려다가 고여 있던 물 때문에 손이 미끄러져 떨어뜨리는 등 허둥댔다. 그러는 사이에 사노가 다음 노래를 입력했다. "……미하루 다음 차례라 뭔가 엄청 하기 어렵네!"

그럼에도 어찌 됐든 모두 미하루에게 압도돼 '누가 부르는지' 따위 아무래도 상관없게 됐다. 그 후에는 나나 미나키에게 마이크가 돌아오는 일도 없이 '슬슬 끝날 시간입니다'라는 메시지가 화면에 표시될 때까지 두 시간의 미션은 무사히 끝났다. 미하루는 그 후 폭주를 시작하여 〈할렐루야〉, 〈송어〉, 베르디의 〈레퀴엠〉 같은 노래를 연이어 불렀다. 후반이 되자 모두 '노래방에서 누군가 클래식을 불렀을 때의 올바른 대응법'을 각각 모색하기 시작한 듯 "브라보!", "트레비앙!"이라며 박수를 칠 수 있게 됐다.

"으음…… 연장할까?"

니시키오리가 노래방의 인터폰을 손에 들고 우리를 돌아봤다.

본래라면 당연히 예스라는 답이 나올 터였고 니시키오리도 가게에 들어올 때는 그럴 생각이었으리라. 하지만 지금 그는 진정으로 고민하는 모습이었고, 사노도 마이크를 쥔 채 침묵한 채였다. 아마도 '미하루 쇼크' 탓일 것이다. 그도 그럴 것이 네 곡 중 한 곡은 미하루가 클래식을 입력하는 데다가 매번 훌륭한 목소리로 주변을 압도했다. 니시키오리도 사노도 이런 사람과 노래방에 온 적은 처음인 듯했다. 게다가 대부분 미하루가 주문한 감자튀김이나 돼지고기 볶음밥 접시가 텅 비어서 쌓여 있었기에 '싸움이 끝났다'라는 인상도 있었다.

"흠, 꽤 부르기도 했고 나는 어느 쪽이든 좋아"라고 사토나카가 딱히 의미도 없는 의견을 말했다. "그래도 대단했어. 미하루."

그때 털썩, 하는 소리가 들렸다. 바로 그 미하루의 몸이 미나키 쪽으로 기울었다.

"어라?"

"앗."

"뭐야?"

갑자기 몸이 안 좋아졌을 수도 있다. 그렇지 않아도 성량이 필요하며 '힘을 빼고 생목으로 부른다'라는 것이 불가능한 클래식을 몇 곡이나 부른 것이다. 산소 결핍 상태에 빠졌다 해도 이상하지 않다. 하지만 내가 일어나지 못하고 우물쭈물하는 사이에 미하루는 미나키의 무릎에 풀썩 쓰러져버렸다.

"괜찮아?" 하고 사토나카가 일어나 들여다봤다. "어라? 미하루 취한 거야?"

듣고 보니 미하루는 도중부터 이상했던 것 같다. 안색은 그다지 변하지 않았지만 앉아 있을 때도 흐느적흐느적 몸을 흔들었고 눈이 마주치면 방긋 웃기를 반복했었다. 애초에 마이페이스인 사람이지만 논리적으로 해석 불가능한 행동을 하는 사람은 아니었음에도 말이다.

사노가 재빨리 움직여 그녀 앞에 놓인 잔을 쥐어 들었다. 음료 주문은 두 번째인 오렌지주스 다섯 잔 이후 멈춰 있었지만, 그러고 보니 지금 테이블에 놓여 있는 건 네 개의 주스잔과 한 개의 샴페인 글라스였다.

사노는 미하루가 마시던 샴페인 글라스를 들어 올려 냄새를 맡더니, 밑바닥에 조금 남아 있던 오렌지색 액체를 꿀꺽 마셨다.

"아마 이거 미모사인지 뭐 그런 거 같은데."

3

미하루가 침대에서 자고 있다. 카펫 위에 앉아 있으니 얼굴 높이가 비슷했고 가까웠다. 평소처럼 예쁜 얼굴이었고, 시트에 볼을 파묻은 채 늘어뜨려진 머리카락 한 가닥이 입가에 걸쳐 있기에 가까이에서 보니 마음이 두근거릴 정도였다.

하지만 그녀는 취해서 쓰러진 상태였다.

결국 노래방은 연장하지 않고 끝났다. 당연하다고 하면 당연한 일이었다. 사노가 말하길 미모사는 농도를 자유롭게 조절할 수 있는 칵테일이라고 하지만, 미하루가 마신 건 나름대로 진하게 만들어진 듯했다. 그럼에도 한 잔으로 이렇게 취해버린 걸 보면 술에 꽤 약하다는 말이겠지.

취해서 잠이 든 미하루를 어떻게 할지 모두가 곤란해졌다. 그녀 자신은 전혀 움직이지 못했지만 처음에는 나는 물론 사토나카도 몸을 만지는 걸 주저했고, 결국 미나키와 사노가 둘이서 좌우에서 안듯이 노래방을 나서서 가게 앞에서 택시를 불렀다. 하지만 거기부터가 문제였다. 아무도 미하루의 주소를 몰랐기 때문이었다. 어떻게든 뒷좌석에 눕힌 건 좋았지만, 목적지를 말할 수도 없었고 운전사는 '취한 사람 한 명만 태우는 건 안 됩니다'라고 말했다(당연하다). 일단 자신의 집으로 데리고 가자는 니시키오리를 막아 세우고, 여기에서 가깝다는 미나키의 연립주택으로 데리고 가기로 했다. 모두 다 탈 수는 없었지만 미나키 혼자서 미하루를 옮길 수 있을지 알 수 없었다. 고민하는데 사토나카가 "도와줄게"라며 택시에 올라탔고, 그렇다면 나도, 하고 뒤를 따랐다. 니시키오리와 사노와는 그곳에서 헤어졌다. 미나키의 연립주택에 도착하자 미하루를 사토나카와 함께 안아 올린 채로 바깥 계단을 올라섰지만, 옮겨지는 미하루는 부모에게 안긴 채로 걷던 어린 시절이라도 떠올리는 듯한 표정으로 "후후후" 웃고 있었다. 술에 취하지 않은 주변 사람들은 이래저래 악전고투하는 가운데, 취한 당사자만이 기분이 좋아 실실대며 웃는 일은 생각보다 자주 벌어지는 일인 듯하다.

　2분만 기다려, 라고 말한 후 미나키가 방으로 들어갔다. 여하튼 전혀 움직이지 않는 사람을 안고 있었기에 '여자 방에 들어가도 괜찮을까' 같은 쓸데없는 생각을 할 여유는 거의 없었고, 사토나카와 둘이서 발가락으로 신발을 벗어 던지고는 등을 벽에, 무릎을 방문 손잡이에 부딪히면서 미하루를 방으로 데리고 들어가 침대에 눕혔다. 천천히 내리는 이 작업이 생각보다 훨씬 힘들어, 간병 현장에서는 파워수트가 필요하겠다는 생각이 들었다. 하지만 미하루를 눕히고 한숨 돌린 것도 한순간뿐, 옮기는 중에 어딘가에 긁힌 것인지 그녀의 손가락에서는 피가 나오고 있었고, 미나키가 구급상자를 꺼내 와서 처치를 하는 사이에 시트에 피가 묻어버려서 한바탕 소동이 일어났다.

그것이 간신히 진정된 후에야 나와 사토나카는 좌식 테이블을 앞에 두고 앉았다. 나는 '여자 방에 들어왔을 때 어떻게 하면 좋지', '최대한 주변 물건을 손대지 않는 편이 좋겠지', '두리번두리번 주변을 둘러보면 안 돼', '가능하면 숨도 최대한 쉬지 말아야 해'라고 오들오들 떨고 있었지만, 과연 그답다고 할까 사토나카는 방을 둘러보더니 "책장 엄청 크네", "엇, 뭐야 이 충전기 재미있게 생겼다"라고 반응했다. 나도 남몰래 여자 방이라고 해서 겉보기로는 남자 방이랑 크게 다르지 않다는 점을 학습 중이었지만, 사토나카는 미나키가 아일랜드 식탁으로 나뉜 오픈형 주방 뒤에서 나오자 몸을 일으켰다. "그럼, 난 이만 갈게. 미안하지만 뒤는 맡겨도 돼? 필요한 게 있으면 사올⋯⋯."

도중에 사토나카가 말을 멈춘 건 미나키가 쟁반에 과자를 가득 담은 채 나왔기 때문이었다. 미나키는 아무 말 없이 그것을 좌식 테이블에 놓고는 바지런히 주방으로 돌아가 김이 나는 컵을 두 개 가지고 왔다. "홍차랑 커피. 원하는 걸로 마셔."

짝이 맞지 않는 컵 한쪽에는 인스턴트커피, 한쪽에는 티백 홍차가 들어 있었다. 받아들자 미나키는 방구석에 있던 쿠션과 벽 쪽에 있던 흰올빼미 인형을 팡팡 두드려서는 둘을 함께 내밀었다. "마음에 드는 걸로."

쿠션은 둘째치고 흰올빼미 위에 앉을 수는 없다고 생각했

162

지만 사토나카가 "그럼 이거. 고마워"라고 말하고 재빨리 쿠션을 받았다. 이 녀석은 마라톤 대회 때 "함께 달리자"라고 말해 놓고 먼저 대시하는 타입이구나. 어쩔 수 없이 흰올빼미를 받아들였지만, 고마워, 라고 말하면서도 앉을 수 없었다. 동그란 인형이 앉으면 납작해지리라. 너무 가엾다.

"설탕이랑 우유는?"

"아, 둘 다 넣을게. 고마워."

사양하지 않고 그렇게 말하면서 커피를 집는 사토나카를 곁눈질로 보면서 홍차를 집었다. 미나키는 자신용으로는 핫밀크를 가지고 와서 우리 건너편에 풀썩 앉았다. 곧장 돌아가려고 했지만 그녀는 그렇게 놔둘 생각은 없는 듯했다. 괜찮은 걸까 싶었지만 집주인이 좋다고 말한다면 좋은 거겠지. 그리고.

나는 체중을 싣지 않도록 반쯤 무릎으로 서 있었지만 역시 이건 힘들다는 생각에 흰올빼미를 엉덩이 아래에서 꺼내서 옆에 두었다. 그리고 몸을 돌려 미하루를 바라봤다. 푹 잠들어 있었다.

애초에 사토나카와 미나키에게는 말해야 하는 것이 있었다. 이렇게 타인에게 들리지 않는 상황에서 차분하게 이야기할 수 있는 건 좋은 기회다. 나는 입을 열었다.

"……범인, 누구 같아?"

미나키에게 받은 스틱형 설탕 봉지를 뜯던 사토나카와, 아마도 그건 본인 전용인지 코알라 모양 과자를 품에 안고 먹던 미나키가 동시에 움직임을 멈췄다.

"……범인?" 사토나카가 스틱형 설탕을 뒤집어 내용물을 확 부었다.

"미하루에게 술을 먹인 범인."

내가 답하자 사토나카는 스틱형 설탕 봉지를 내려놓고 어째선지 섞지 않은 채 커피를 쓰읍, 하고 홀짝였다. "'먹였다'는 건 무슨 의미야? 미하루, 자기가 알아서 마신 게 아니야?"

"미하루는 오렌지주스를 시켰어." 분명 내가 그렇게 주문을 송신했다. "그리고 '미성년자라서 마시지 않겠다'고 확실히 말했는데, 자기가 알아서 마실까?"

어떻게 해도 타인의 눈을 보고 말하지 못하기에 고개를 숙인 채 좌식 테이블의 모서리를 보면서 말했지만, 힐끔 시선을 올려 살피자 사토나카와 미나키 모두 침묵한 채 생각에 잠긴 듯했다.

"분명 그렇긴 해." 미나키가 말하며 코알라 모양 과자를 두 개 동시에 먹었다.

"이렇게 약하기도 하고." 사토나카는 침대 위의 미하루를 돌아보더니, 손을 뻗어 헝클어진 이불을 고쳐서 덮어줬다. "그래도, 스스로 마신 건 분명하잖아?"

"일단 미모사는 오렌지주스로 만드니까. 실수로 마실 수도 있긴 하지." 나 자신은 술을 거의 마신 적 없지만, 지식으로 서는 알고 있다.

독약이나 수면제가 아니어서 다행이라고 할 수 있지만, 알코올도 '약물'이며 판단력을 저하시키는 효과가 있다. 취한 경험이 적은 사람이라면 더욱 그러리라.

사토나카가 팔짱을 낀 채로 신음했다. 미나키도 팔짱을 꼈다. 티비장 위에 놓인 탁상시계의 초침이 틱틱 소리를 내면서 움직였다. 쓰다듬는 흰올빼미의 털 감촉이 따뜻했다.

사토나카가 나를 바라봤다. "불가항력이었을 가능성은 없을까? 점원이 실수로 가지고 온 걸 미하루가 실수로 마셨다거나."

"없다고만은 할 수 없긴 해도." 나는 고개를 든 후 옆으로 저었다. "주문 내용은 '오렌지주스 다섯 개'였어. 그것이 오렌지주스 네 개가 되는 일은 있을 수 있지만, 하나만 실수로 미모사를 가지고 온다거나 하는 일이 있을 수 있을까?"

오렌지주스와 미모사는 잔의 형태도 다르고 미모사에는 오렌지가 들어 있다. 그리고 알코올류는 소프트 드링크와 구별하기 위해 반드시 머들러가 꽂혀 있다. 만드는 쪽에서 보면 완전히 다른 작업이다. 그리고 '오렌지주스 다섯 개'라는 주문이 들어오면 보통 다섯 잔을 한 번에 만들리라. 주스 잔에 얼음을 넣고 팩으로 된 오렌지주스를 부을 뿐이다. 가령 네 번째 잔 때 오렌지주스가 다 떨어졌다고 해도, 얼음을 넣은 다섯 번째 주스잔은 이미 꺼내놓은 상태이기에 네 잔만 만들고 잊어버리는 일은 좀처럼 벌어지지 않을 것이다. 그리고 그 다섯 개의 주스잔은 같은 자리에 한꺼번에 놓일 테니 방으로 나르는 점원도 분명 실수하지 않을 테고.

"'과실'이라면?" 미나키가 법대생다운 말투를 썼다. "누군가가 오렌지주스를 취소하고 미모사로 바꿨다. 그것이 실수로 미하루에게 갔다."

"그것도 아닐 거 같아."

사토나카처럼 편하게 말을 걸 수 있는 건 아니지만 힘을 내서 미나키를 바라봤다. 누군가가 말한 걸 부정하는데 얼굴도 보지 않는 건 실례다. "그렇다면 미모사로 바꾼 사람에게 오렌지주스가 가잖아. 미하루가 마시는 걸 보고 '그거 내 건데'라고 깨달았겠지."

"그렇겠네." 사토나카가 얼굴을 손으로 가리며 몸을 뒤로 젖혔다. "기억났어. 트레이째 받아든 거 나였어. 그대로 곧장 테이블에 올려놨지. 그때 깨닫고 말했으면 좋았을걸."

타인의 주문 내용까지 하나하나 주의하는 사람은 그리 없다. "아니, 나도 방에 있었다면 깨달았을 테니까."

"아니, 그래도." 사토나카가 복근을 써서 몸을 바로잡았다. "'불가항력'도 '과실'도 아니라면 뭐지? '고의'란 말이야?"

"그렇다고 생각해. 누군가가 나중에 주문을 취소하고, 미모사를 미하루 앞에 놨어."

사토나카가 신음했다. "자리에 나눠준 건 누구였지. 기억
이 안 나."

미나키도 끄덕였다.

"그래도 말이야." 사토나카가 접시에 놓인 감자칩을 아작
아작 씹었다. "나눠준 거, 미하루 본인 아니야? '역시 술이라
도 마실까'라고 생각해서 스스로 주문을 바꿨을 수도 있잖
아. 태블릿은 계속 미하루가 가지고 있었고."

"내가 화장실에서 돌아왔을 때, 미하루는 아직 노래를 부
르고 있었어."

음료는 내가 화장실로 나갈 때 운반돼 왔다. 그때 미하루
의 노랫소리가 들리기 시작했다. 그로부터 나는 7분 30초
동안 자리를 벗어나 있었다. 그리고 방으로 돌아왔을 때 미
하루는 아직도 노래를 부르는 중이었다.

"……그런데 음료수는 이미 자리에 놓인 상태였지. 누군가
가 미하루 자리에 미모사를 놓은 거야."

오렌지주스를 주문한 건 니시키오리를 제외한 다섯 명. 하
지만 배달된 음료 중 하나는 미모사로 바뀌어 있었다. 누군
가가 잔을 나눠줬다고 해도 미모사가 누구 것인지 모르는
채로는 나눠줄 수 없다. 평범하게 생각하면 나와 미나키가
돌아올 때까지 잔은 트레이에 놓인 채여야만 한다. 사노나
사토나카가 먼저 자신의 잔만 집어 든다고 해도 오렌지주스
두 잔과 미모사 한 잔이 트레이에 남아 있어야 한다. 하지만

내가 돌아왔을 때 내가 앉았던 자리에는 오렌지주스가 있었고 미나키도 그랬다는 말이 된다. 그렇다면 미하루 자리에 미모사를 놓은 사람이 있다는 말이다. 화장실에 간 우리는 몰라도 노래를 부르는 미하루는 같은 위치로 돌아갈 가능성이 크고, 미하루는 음식 주문용 태블릿을 계속 가지고 있었기에 그것이 놓여 있는 자리로 돌아가리라 예상할 수 있다. 노리고 하는 것도 충분히 가능했다.

흰올빼미의 배털을 만지고 있는데 핸드폰이 진동했다. 바라보자 사노에게서 메시지가 도착해 있었다.

사노(ID: michy-sano)
영수증을 확인했어. 역시 드링크 주문, 하나가 미모사로 바뀌어 있었어!
그리고 내가 그 타이밍에 화장실에 간 건 니시키오리가 화장실과 반대 방향으로 걸어간 것이 보였기 때문이야. 어디에 가는 거지, 하고 생각해서.

감사 메시지를 보낸 후 미하루는 자고 있어요, 하고 덧붙였다.

이곳에 오는 동안, 택시 안에서 메시지를 보내두었다. 노래방 영수증을 가지고 있는지, 그리고 어째서 그 타이밍에 화장실에 간 건지, 라는 질문이었다. 메시지라면 직접 말하지 않아도 좋기에 마음이 편했다.

물론 자신들의 주문 내용을 확인하는 것뿐이라면 가게에서 나올 때 점원에게 확인하면 족하다. 어떤 방에서 어떤 주문이 들어왔는지 이력이 남아 있을 것이고, 주문 취소나 변경이 있었다면 기억하는 사람도 있을지 모른다. 하지만 미하루 소동으로 여유가 없는 상태였고, 애초에 그런 질문을 점원에게 하는 건 나로서는 힘든 일이다. 덕분에 확인하지 못한 채였지만 사노가 영수증을 가지고 있어서 살았다. 돌아오는 도중에 진작 어딘가에 버렸을 수도 있었기에 이는 행운이라고 할 수 있었다.

그 덕에 확실히 알게 됐다. 미모사 주문이 제대로 들어가 있는 이상, '불가항력'일 가능성은 일단 없다. 누군가가 의도적으로 미모사를 주문한 것이다. 그리고 사노의 이 답을 보건대 범인은.

4

"……아무래도 범인은 니시키오리 같아." 화면 메시지까지는 보여주지 않았지만 나는 핸드폰을 들어 올려 두 명에게 보여주었다. "사노가 부자연스러운 타이밍에 화장실에 간 건 방을 나선 니시키오리가 화장실 방향으로 가지 않아서 이상하다고 생각해서였대."

"진짜야?" 사토나카는 놀란 모습을 보인 후, 쿠션 위에 고쳐 앉았다. "응? 잠깐만. 왜 그걸로 니시키오리가 범인이 되는데?"

"범인은 오렌지주스 주문을 취소해야 하잖아. 그러기 위해서는 직접 프런트까지 가야만 하지. 즉 방을 나선 사람이 범인이야."

송신한 주문을 취소하는 방법은 세 가지다. 태블릿의 '주문 내용의 확인·취소' 기능을 이용하거나, 실내 인터폰으로 프런트에 말하거나, 직접 프런트에 가거나. 하지만 태블릿은 주문 후, 계속 미하루가 가지고 있었다. 그녀가 내려놓는 걸 기다려도 좋지만 오렌지주스라면 금방 만드니까 느긋하게 기다릴 여유는 없다. 그렇다고 해서 인터폰을 쓸 수도 없다. 우리가 앉은 자리 바로 옆에 있기 때문이다. 눈에 띄기도 하고 말하는 소리도 들린다.

그렇다고 하면 범인은 내가 주문을 송신한 후 곧장 자리를 떠서 프런트로 달려갈 수밖에 없다는 말이 된다. 그리고 분명 내가 주문한 직후, 니시키오리가 갑자기 화장실에 간다며 나섰다. 노래를 부르던 도중인데도 말이다. 명백하게 기묘한 행동이었다.

물론 마찬가지로 화장실에 갔던 사노도 범행은 가능하다. 하지만 만약 그녀가 범인이라고 하면, 미나키가 한 것처럼 니시키오리에 뒤이어서 곧장 "나도"라며 자리를 일어서면 된다. 그럼에도 그녀는 잠시 기다린 후에 부자연스러운 타이밍에 자리를 떴다. 이것은 이상하다.

그리고 무엇보다 만약 사노가 범인이라면 보통은 니시키오리보다 먼저 자리를 떴으리라. 다른 사람이 방 바깥에 있다면 어딘가에서 마주칠 수 있고, 화장실에 간다고 나섰으면서 프런트로 갔다는 사실이 들킬 가능성이 있기 때문이다.

사토나카는 그릇 위에 놓인 감자칩을 생각에 잠긴 얼굴로 열심히 주워 먹더니, 손가락을 할짝할짝 핥은 후, 아, 하고 두리번거리고는 미나키에게 갑티슈를 건네받았다. "고마워. ……아니, 근데 후지무라. 아까 말했지만, 트레이 받아 든 거 나였어."

"사실은 자신이 받아 들 생각이었을 텐데 사토나카 쪽이 빨랐을지 모르지. 너, 그럴 때 엄청 재빠르게 주변을 신경 써주니까."

"아니." 사토나카는 부끄러운지 머리를 긁었다. "분명 나, 곧장 받아 들기는 했는데."

"그래도 그렇다면 왜 미모사인 건데?" 미나키가 손에 코알라 모양 과자를 든 채 입을 열었다. "분명 메뉴에는 스크류드라이버도 있었어."

사토나카는 의미를 모르겠다는 듯 나를 바라봤다. 나는 핸드폰을 꺼내 '미모사'로 이미지 검색을 했다.

"······그렇구나."

사토나카에게 이미지를 보여주며 끄덕였다. 사진 검색으로 확인한 미모사는 어떤 것이든 샴페인 글라스에 들어 있었다. 한편 스크류드라이버는 오렌지주스와 마찬가지로 주스잔에 들어 있는 사진도 있었다.

"바꿔치기한다면 미모사보다 스크류드라이버겠네."

미나키는 끄덕였다. "스크류드라이버는 술술 넘어가는 것치고는 쉽게 취하니까 위험한 술이라는 인식도 있어."

사토나카가 신음했다. "그렇구나. 둘 다 오렌지주스 느낌이고."

그 말을 듣고 보니 니시키오리가 범인일 경우 이상한 점이 떠올랐다. 니시키오리는 방에 온 잔을 곧바로 각자에게 나눠주지는 않았다. 내가 트레이를 정리하려던 때, 트레이는 고여 있던 물 때문에 미끄러졌다. 차가운 음료수니까 잔에 묻은 물방울이 트레이에 고이는 건 당연하지만, 1분이나 2분으로 그렇게 되지는 않으며 잠시 잔을 트레이 위에 놓아둬야만 한다. 니시키오리가 범인이라고 치면, 트레이를 받아드는 역할은 사토나카에게 빼앗겼다고 쳐도 잔을 나눠주는 역할을 타인에게 먼저 빼앗기면 안 되기에 곧장 움직여서 잔을 나눠주지 않은 건 이상하다.

"······그럼 니시키오리도 범인이 아닌 건가."

스스로 말해 놓고 혼란에 빠졌다. '불가항력'도 '과실'도 아닐 터였다. 그렇지만 '고의'라고 생각하면 유일하게 범행이 가능한 니시키오리가 범인으로서는 있을 리 없는 행동을 취했다.

불가항력도 과실도 아닌데 사노나 니시키오리가 범인이 아니다. 그렇다면 고의도 아니라는 말일까? 모든 것이 '아닌 것'투성이다. 도대체 어떻게 된 일일까.

"어떻게 된 거지?"

사토나카도 그렇게 말하더니 그릇을 기울여서 감자칩 부스러기를 손바닥에 받아 그 손을 입에 가져가서 먹었다. 여러 명이 감자칩을 먹는 경우, 마지막의 잘게 부서진 걸 누가 어떻게 먹는지는 언제나 고민이 되는 지점이지만 사토나카는 의외로 적극적이었다. 그러고 보면 이 녀석은 피자의 마지막 한 조각 같은 것도 잘 먹는다.

뒤쪽에서 흐음, 하고 신음하는 듯한 소리가 들려서 돌아보자 미하루가 눈을 뜬 채 이쪽을 보고 있었다. 어째선지 기쁜 듯 미소 짓고 있었다.

"미하루, 괜찮아?"

작은 목소리로 묻자, ~~후후후후후~~, 하고 웃더니 다시 눈을 감았다. 자신도 모르게 타인의 집에서 잠을 자는 상황이기에 조금 더 당황한 모습을 보여도 괜찮을 것 같지만, 아직 취해 있는 듯했다. 얼굴색이 변함없이 하얗기에 알아보기 어려웠다.

어느 쪽이든 '피해자'인 그녀에게서 이야기를 듣기는 어려울 것 같았다. 그렇다기보다는 이만큼 취했다면 기억이 날아가버렸을지도 모른다.

"일단 괜찮아 보이기는 하네." 사토나카가 그렇게 말하더니 나를 보고 쓴웃음을 지었다.

"뭔가 계속 후지무라 보면서 웃고 있어."

"어? 무슨 말이야 그게." 돌아봤지만 미하루는 이미 잠들어 있었다.

사토나카가 웃었다. "진정해."

미나키도 코알라 모양 과자 상자에 손을 넣은 채 안쪽을 뒤지면서 나를 바라봤다. "사이좋네."

누구를 대상으로 말한 건지 알 수 없었다. 하지만 내가 누군가와 '사이좋다'라는 말을 들을 때가 있었나 생각했더니 몸이 간지러워졌다. 대인기피증은 인간관계에 면역이 없기에 금세 마음이 들떠버린다. 평소에는 쿨한 가면을 쓰고 있는 사람이라도 순식간에 무장 해제당한다.

"나도 미하루나 미나키랑 이렇게 차를 마시는 건 조금 신기한 일이야." 사토나카는 그렇게 말하면서 테이블 위의 과자로 손을 뻗었지만, 옷소매가 자신의 컵에 들어가고 말았다. "우어, 위험해."

컵은 한순간 기울기는 했지만 쓰러지지는 않았다. 바라보자 사토나카의 소매는 단추가 뜯어져서 소맷단이 툭 벌어진 채였다.

"안 되겠네, 이거."

미나카가 몸을 일으키려 했다. "꿰맬래?"

"아니, 내가 할게. 그보다 단추 자체가 사라져버렸으니."
소매를 보며 손가락으로 잡고 있던 사토나카는 내 시선을
깨닫고 눈썹을 치켜떴다. "후지무라, 왜 그래?"

"아니."

어떻게 답하면 좋을지 알 수 없었다. 하지만 깨달았다. 확
인할 건 하나.

"사토나카, 그 소매, 노래방에 있었을 때부터 그랬던 거
야?"

"응. 그래서 아까도⋯⋯." 사토나카는 의뭉스러운 표정을
짓더니 내 눈을 들여다보듯 바라봤다. "어라, 이게 뭔가 문제
가 되는 거야?"

나는 눈을 피했다. 뭔가 문제가 되는 거냐고 물으면 분명
뭔가 문제가 된다. 본인은 자각하지 못한 듯하지만, 방금 전
사토나카의 증언으로 부족했던 조각이 겨우 채워졌다. 왜
미하루가 미모사를 마시게 됐는지, 범인은 누구인지, 일어난
일은 '과실'인지 '고의'인지, 그것도 아니면 '불가항력'인지.
누구의 손에 의한 일인지.

나는 좌식 테이블 아래로 핸드폰을 조작해서 몇 개의 메
시지를 보냈다. 답은 바로 왔다.

좌식 테이블을 살짝 앞으로 밀고, 미나키를 보고 몸을 일으켰다.

"잠깐 나갔다 올게. 미하루, 잘 부탁해."

범인을 만나서 이야기를 들어봐야만 했다.

5

시간도 시간인 만큼 보소대학의 남문 주변은 어두웠고 인적도 없었다. 남문 앞을 지나는 길도 간선도로가 아니기에 차도 적었고, 조금 떨어진 니시지바 역 교차로에서 대기하는 택시의 불빛이 보일 뿐이었다. 그 택시 엔진소리가 희미하게 붕붕 들리는 걸 느낄 수 있을 정도로 조용했기에 다행이라고 생각했다. 얼굴이 잘 보이지 않는 어두운 곳이 말하기에 더 편하기도 하고, 주변이 조용한 쪽이 큰 목소리를 내지 않아도 된다. 어둡기는 해도 교차로의 가로등과 니시지바 역 구내에서 나오는 빛 덕에 상대방의 표정은 아슬아슬하게 보일 것 같다는 점도 딱 좋았다.

서둘러 달려왔기에 거칠어진 호흡이 겨우 진정되고 등에 살짝 맺혔던 땀이 식을 무렵 니시키오리가 찾아왔다. 집에 돌아가서 일단 옷을 갈아입은 듯 바지는 같았지만 위에 걸쳤던 셔츠가 바뀌어 있었다.

일단 내가 먼저 말을 걸어야만 했다. 괜찮아, 어둡기도 하고 다소 시선이 붕 뜬 채로 이상하게 말해도 비웃음을 당하지 않을 거야, 라며 자신을 고무시켰고, 그럼에도 상대를 제대로 보는 건 피하면서 입을 열었다. "아, 불러내서 미안해."

"아니야."

니시키오리는 그렇게만 답한 후, 하아아아아, 하고 길게 숨을 내쉬었다. "……그게, 미하루는 괜찮아?"

"메시지로 보낸 대로야. 미나키 집에서 건강히 자고 있어."

"그래."

니시키오리는 자기를 불러냈다고 화를 낸다거나 동요하는 모습은 아니었다. 아무래도 차분해 보였다. 그렇게 보이자 조금이나마 용기가 생겼다. 솔직히 말해서 니시키오리가 화를 내면 뒤도 보지 않고 도망칠 셈이었다.

"미하루의 오렌지주스, 미모사로 바꿔치기했어?"

그렇게 묻자 니시키오리는 다시금 하아, 하고 숨을 내쉬더니 고개를 숙이고 양손을 무릎에 댔다. "……미안. 우발적인 충동 때문에 조금."

"아니, 그건 알아."

화를 내며 반론하지 않아서 다행이다. 가령 반론한다고 해도 끈질기게 팩트를 늘어놓으면 입을 닫지 않을 수 없겠지만, 나로서는 애초에 '끈질기게 팩트를 말할' 자신이 없기 때문이다. 그러기 위해서는 재빨리 많은 걸 정리해서 막힘없이 말해야만 한다. 혀가 꼬이지 않고 중복되지 않은 채 말할 자신이 없다.

"미모사가 방에 온 걸 보고 그만둔 거야?"

확인할 셈으로 말하길 잘한 것인지, 니시키오리는 "맞아. 그 말 그대로야"라고 솔직히 답했다. 무릎에 손을 댄 채로 아래를 보고 있기에 표정은 알 수 없었다. 하지만 흰 가로등 불빛에 비친 목덜미 언저리를 볼 때 화를 내거나 공격할 것으로는 느껴지지 않았다. 아마도 일을 저질러버린 걸 진심으로 반성하고 있는 중이리라.

그렇다고 하면 이 이상 그를 탓할 생각은 없었다. 그것을 확인하기 위해 굳이 만난 것이다. 나는 '니시키오리가 반성하는 경우'를 위해 준비해둔 대사를 머릿속으로 암송한 후에, 목소리가 갈라지지 않도록 침을 삼키면서 말했다.

"딱히 이번 일은 너 혼자만의 탓이 아니야."

니시키오리가 고개를 들었다. "어?"

"네가 오렌지주스를 취소하고 주문한 건 원래 스크류드라이버였지? 그런데 프런트가 실수로 미모사를 가지고 왔어. 그래서 방에 들어온 음료를 본 시점에 미하루에게 먹이는 걸 포기하고, 그 후에는 아무것도 하지 않았지. 그럼에도 미하루는 그 미모사를 마시고 말았어."

니시키오리는 허리에 손을 댄 채 오른쪽 아래, 왼쪽 아래로 시선을 옮겼다. "……뭐, 그게."

아무래도 예상대로인 듯했다. 오렌지주스 다섯 잔의 주문을 취소하고 그중 한 잔을 미모사로 바꿀 수 있는 건 니시키오리뿐이다. 하지만 그렇다면 왜 니시키오리는 보다 오렌지주스와 비슷한 스크류드라이버로 하지 않았을까. 왜 잔을 직접 모두에게 나눠주지 않고 계속 내버려뒀을까. '하이볼, 진하게'라고 주문했던 니시키오리가 스크류드라이버를 몰랐다고는 생각하기 어렵다. 그렇다면 모순을 해결하는 논리는 이것뿐이다. 니시키오리의 '고의'에 점원에 의한 '불가항력'이 더해져서 그의 범행은 실패한 것이다.

이 '사건', 말하자면 범인은 '모두'였다. 그리고 '고의'뿐만이 아니라 '과실'과 '불가항력'도 전부 존재한다. 해답은 '모두'이며 '전부'인 것이다. 애초에 '고의'인지 '과실'인지 '불가항력'인지, 라는 형태로 고민한 시점에서 잘못된 것이었다. 뭔가 하나가 아니면 안 된다는 규칙은 없으며, 범인이 한 명이 아니면 안 된다는 규칙도 없다.

"미모사가 온 시점에 포기했으니까 '미수'라고 봐도 좋겠지."

엄밀하게 말하면 법적으로는 아마도 그렇게 풀리지는 않으리라. '취하게 할 생각으로', '피해자가 주문한 오렌지주스를 몰래 취소하고 술로 바꿔서', '결과적으로 피해자가 술을 마시고 취했다'인 것이니까 도중에 주문과 다른 술이 나오든, 자신이 나눠주지 않고 기다렸는데 우연히 피해자에게 술이 간 것이든 '기수既遂'가 된다. 속여서 술을 마시게 하는 행위는 '사람의 생리적 기능에 해를 끼쳤다'라고 말할 수 있기에 법률상으로는 상해죄다.

하지만 니시키오리는 진심으로 반성하는 듯하기도 했고, 이 이상 탓하더라도 의미가 없을 것 같았다.

니시키오리는 머리를 긁었다. "법은 잘 모르지만. ……미안."

"다만." 그럼에도 못을 박아야만 했다. "……말하지 않았지만 미하루는 무슬림이야. 술은 할랄이 아니니까 지금 엄청 괴로워하고 있어."

"어?"

"아니, 거, 거짓말이야."

서둘러 말하려다 혀가 꼬였다. 그럴 가능성도 있다는 말이야, 라는 점까지 말하지 않으면 이야기가 완결되지 않지만 제대로 혀가 돌지 않아서 바로 목소리가 나오지 않았다. 그렇다고 해서 한 박자 늦게 새삼 말하는 것도 쉽지 않은 일이었다.

하지만 "뭐야"라고 말을 꺼낸 니시키오리가 머리를 긁더니 다시 고개를 숙였다.

"……그런가. 그럴 가능성도 있겠네."

그렇다. 그뿐만이 아니다. 그녀가 만약 과거에 있었던 어떤 트라우마로 인해 음주에 공포심을 품고 있다거나, 종교적인 이유가 아니더라도 개인적 이유로 술을 마시지 않기로 정했다거나 하면 어떨까. 그 이전에 알코올에 대한 알레르기 같은 것이 있다면 위험한 일이다.

물론 그럴 가능성까지 열거하면 끝이 없을지도 모른다. 그렇다고 해도 이번에는 알코올이 얽힌 문제다. 본인이 깨닫지 못하는 사이에 술을 마시게 하는 행위는 허용되는 한도를 넘어선 것이 분명하다. 그리고.

"……여자를 '술에 취하게 한다'는 사고방식은 위험해."

"아니, 그건 그, 딱히."

역시 그 부분은 쉽게 긍정하기 어려운 듯 니시키오리는 우물쭈물 저항하는 모습을 보였지만 바로 포기한 듯했다. 가로수 줄기에 손을 대고는 기울어진 몸을 지탱하려 애썼다. "……아니, ……뭐 ……안 되는 일이겠지."

동기는 예상대로였다. 니시키오리는 미하루를 노리고 있었고 '취하게 하면 혹시라도 자신이 어떻게 할 수 있지 않을까' 하고 생각했다.

그것은 위험하고 악질적인 생각이다. 물론 니시키오리는 무리하게 술을 먹일 생각은 없었을 테고, 설사 취한 미하루와 좋은 분위기가 됐다고 해도 설마 성폭행은 하지 않았으리라. 하지만 '취하게 해서 좋은 기분으로 만들면 혹시라도'라는 건 '상대의 판단 능력을 저하시켜서 그 기회에 섹스하려고 했다'라는 말이다. 그것은 음료수에 마약성 약물을 섞거나 만취하게 해서 호텔로 데려가는 범죄자의 그것과 같은 방향성을 가지고 있다.

물론 인간이라는 종족은 백 퍼센트의 판단 능력을 보유하는 시간 쪽이 오히려 드무니까 이는 정도 문제이기는 하다. 단순히 '분위기를 좋게 만들기 위해 술을 마시자고 한다' 정도라면 딱히 아무런 문제도 없으리라. 하지만 '상대를 속이고 술을 마시게 한다'는 건 선을 넘은 행위다. 이것을 허용하면 여자는 남자와 술을 파는 장소에 갈 때, 자신이 주문한 음료수가 도수가 강한 술로 바뀌어 있지는 않은지, 남자가 주문해준 무알코올 음료가 사실은 술이 아닐지 항상 경계하며 확인하지 않으면 안 된다는 말이 된다.

"아……." 니시키오리는 가로수 기둥에 손을 댄 채 질질 아래로, 아래로 쭈그리고 앉았다. "……그래. 알고 있어. 반성하고 있어."

"……뭐, 그…… 미하루에게는 말 안 할 테니까."

그래도 되는 걸까 고민은 했다. 미모사가 온 걸 보고 바로 그만둔 점, 두 명만 있던 장소가 아니라 모두 함께, 특히 여자들도 함께 있던 자리였던 점, 부탁한 것이 한 잔으로 만취할 정도로 강한 술이 아니라 스크류드라이버 정도였던 점. 그 사실들을 생각하면 악질성도 위험성도 낮다. 본인도 반성하고 있다. 그렇다면 그것으로 좋지 않은가. 그것을 확인하기 위해 직접 만난 것이었다.

솔직히 말해서 그렇게 판단하는 자신에게 의문도 있다. 분명 해결한 건 나다. 하지만 그렇다고 해서 '범인'의 죄를 혼자서 판단하고 그 처우를 혼자서 결정해도 좋은 걸까. 수수께끼를 풀은 자의 특권이라고 생각하는 건 아닐까. 그건 오만 아닐까. 추리소설 같은 곳에서는 종종 명탐정이 독단으로 범인을 놓아주거나 자살하는 걸 막거나 하지만, 이전부터 궁금했다. 그런데도 지금의 나는 그런 명탐정들과 '같은 방향성'을 보이는 건 아닐까.

하지만 그렇게 생각한들 다른 대처를 취할 수 있는 것도 아니었다. '다른 사람의 의견을 듣고 싶다'라고 말하며 니시키오리가 저지른 일과 그 동기를 모두의 앞에서 말하는 편이 옳다고 할 수 있을까. 명탐정이 범인의 처우를 독단적으로 결정하는 것이 '오만'이라면, 일일이 모두에게 말하고 의견을 들으면 된다는 태도는 '무책임'이다. 어떤 판단을 하더라도 누군가로부터 비판받으리라.

……그래서 싫다.

신경을 쓰든 쓰지 않든, 움직이든 움직이지 않든 전부 실패다. 정답이 없음에도 정답이 아니라며 비판받는 것이 인간관계의 정체다. 세상의 평범한 인간은 모두 임기응변으로 대화를 나누면서 그런 부분까지 적확하게 판단하는 듯하다. 믿기 어려운 일이다.

보이지 않도록 살짝 한숨을 내쉬었다. 미안해, 라며 정중하게 사과하는 니시키오리에게는 "그럼"이라고만 말한 후

온 길을 되돌아갔다. 점점 도망치듯 발이 빨라졌다.

모서리를 돌아 니시키오리 쪽에서는 내 뒷모습이 보이지 않게 됐다는 사실을 확인하자, 나는 그 자리에 멈춰 서서 길게 숨을 내쉬었다. 일단 해냈다. 어두웠고 일대일이었다는 점도 컸지만, 나 혼자서 범인의 자백을 받아냈다. 다만 나는 도중에 혀가 꼬이기도 했고 대부분은 니시키오리가 스스로 말한 것뿐이지만.

그리고 추리도 맞았다. 범인은 한 명이 아니었고, 단순한 '고의'인 것도 아니었다.

주머니 속에서 핸드폰이 울렸다. 오는 도중에 보내둔 메시지에 '다른 한 명의 범인'에게 답이 도착해 있었다.

사노(ID: michy-sano)

그런 거구나. 납득했어. 미안해!

분명 내 실수였어. 드링크를 나눠준 건 나야. 후지무라도 미나키도 오렌지주스라고 말했고, 사토나카는 스스로 오렌지주스를 집었고, 나도 그랬으니까 미하루가 주문을 바꿨나 하고 생각해서 미모사를 그 자리에 놓았어. 미하루, 술은 마시지 않는다고 말했음에도.

······그렇다. 범인은 '모두'다. 그리고 '고의'나 '과실'이나 '불가항력'도 아니다. 모든 것이 연관돼 있다.

애초에 니시키오리가 '고의'로 미모사를 주문한 것만으로는 미하루가 술을 마시지는 않았으리라. 한 잔만 온 미모사를 미하루의 자리에 놓은 다른 사람이 분명 있을 터였다.

음료를 나눠준 인간은 소거법으로 바로 알 수 있었다. 나와 미나키는 자리에 없었고, 미하루는 노래를 부르는 중이었다. 사토나카는 트레이를 받아들었을 뿐 테이블에 그대로 올려뒀다. 니시키오리가 아니라면 사노밖에 없다. 니시키오리가 '고의'로 주문한 스크류드라이버는 점원의 실수라는, 우리 입장에서는 '불가항력'에 의해 미모사가 됐고, 니시키오리는 단념했다. 하지만 그것이 사노의 '과실'로 미하루 자리에 놓여졌다. 과실이긴 해도 '두 번째 범인'은 사노다.

애초에 과실인 이상 탓할 마음은 없었다. 나는 미하루가 건강하다는 점과 '나도 미하루가 미모사를 주문한 줄 알았어'라는 거짓말을 보내고 이야기를 끝냈다.

그리고 미나키의 연립주택으로 돌아갔다.

"오, 어서 와. 어디 갔다 왔어?"

"아니, 잠깐."

마치 집주인처럼 마중 나온 사토나카의 질문을 넘기고, 다시금 신발을 벗고 현관으로 올라섰다. 열어둔 채인 방문 건너편에서 방에 있는 미나키가 이쪽을 바라봤다.

이것으로 사건은 해결됐다.

6

미나키의 방으로 돌아가자 충만한 체온에 기름기와 소금
기가 섞인 뜨뜻미지근한 막과자의 공기가 강렬하게 얼굴을
감쌌다. 좌식 테이블 위에 펼쳐진 막과자 포장지와 새롭게
더해진 잔과 페트병. 어쩐지 '퇴폐'의 냄새가 느껴지는 한편,
'고향 집'처럼 마음이 놓이는 면도 있다. 신기한 일이지만 일
단 나갔다가 '돌아오는 것'뿐일, 처음으로 들어간 타인의 방
이어도 '홈'이라는 느낌을 받기도 한다.

세면대를 빌려서 손을 씻자, 미나키가 얼른 일어나 주방으
로 들어갔다. "다음은 커피 마실래?"

"아. ……고마워."

돌아오는 길에 편의점에서 간단한 먹을거리라도 사 올 걸
그랬다고 후회했다. 집주인이라는 책임감도 있어서인지, 미
나키는 잽싸게 이것저것 챙겨주고 있는데.

"어디 갔었어?" 사토나카가 SNS라도 보는지 핸드폰에 시
선을 떨어뜨린 채 물었다. 하지만 몇 분 못 본 사이에 벌써
몇 번이고 이 집에 왔던 것처럼 편안히 자리 잡고 있었다.

"아니, 조금. 사건에 대해."

나는 주방을 돌아봤다. 미나키는 새롭게 물을 끓여 커피를
내리려는 듯, 주방의 이런저런 물건에 가려진 건너편에서 어
깨나 발만을 살짝 내보이면서 움직였다. 타이밍이 좋았다.

사토나카 한 명이 상대라면 어렵지 않게 말할 수 있다.

"사토나카, 미하루가 술에 취한 사건 말인데." 핸드폰을 쥔 채로 사토나카를 바라봤다.

"분명 너도 조금 관여했어."

"엇?"

사토나카는 침대를 돌아보더니 나와 미하루를 번갈아 바라봤다. 미하루는 잠에 푹 빠져 있는 듯 지금은 반대쪽을 바라보고 있었다.

"……내가? 어째서?"

"아니, 관여라고 하기는 조금 그런가. 그저 약간의 과실이라."

바닥의 카펫 위에 직접 앉는 게 불편해서 좌식 테이블 아래에서 가부좌를 반대로 틀거나 했다. 너무 심각하게 받아들이지 않기를 바랐다. "너, 트레이를 받아들었을 때 머들러를 떨어뜨리지 않았어?"

그렇게 말하고는 설명을 위해 사토나카의 소매를 가리켰다. 단추가 떨어져서 소맷단이 벌어져 있다. 아까도 그 때문에 컵에 소매가 걸렸었다.

"트레이라면 오렌지주스랑 미모사 때 말이야? 아닌데." 사토나카는 반사적으로 고개를 젓는 모양새였지만 내가 자신의 소매를 가리키는 걸 깨닫고 벌어진 소맷단을 확 눌렀다. "……아, 그러고 보니! 분명 떨어뜨렸어. 딱히 사용하지 않는 듯해서 옆으로 치워뒀는데."

역시 그랬다. '범인'은 니시키오리와 사노뿐만이 아니다.

왜냐하면 니시키오리가 미모사를 주문하고, 사노가 그것을 미하루 자리에 놓은 것만으로는 미하루가 미모사를 마실 일은 없었으리라. 미모사는 오렌지주스와는 명백하게 다르게 알코올음료의 겉모습을 하고 있기 때문이다. 그렇다면 미하루가 미모사를 적어도 알코올음료가 아니라고 착각할 원인을 만든 다른 범인이 또 한 명 필요해진다.

최초 주문 시, 방으로 배달된 잔을 받아들고 테이블 위에 놓은 건 미하루였다. 그리고 그녀는 그때 우선 알코올류와 다른 걸 나눴었다. 솔티독과 하이볼을 구별하지 못할 정도로 술에 관한 지식이 없었음에도 '이거 두 잔은 술이다'라고 인식했다. 미하루는 술에 대해서는 잘 몰랐지만 '이 가게에서는 알코올음료에 머들러가 꽂혀 있다'라는 규칙은 알고 있었던 것이다.

그럼에도 그녀가 실수로 알코올음료를 마셔버신 이유는 미모사의 글라스에 머들러가 꽂혀 있지 않았기 때문이다. 가게 측 실수일 가능성도 있지만 소프트드링크와 마찬가지로 주스잔에 나오는 스크류드라이버라면 몰라도 샴페인 글라스로 나오는 미모사에 우연히 머들러를 꽂는 걸 잊어버린다는 '불가항력'의 가능성은 낮다. 한편 니시키오리에 의한 '고의'도 아니다. 미모사가 자리에 놓이기 전 시점에서 그는 범행을 멈췄기 때문이다.

그렇게 되면 머들러는 어떤 시점에서 빠져버린 것 아닐까. 사노가 잔을 나눠준 시점 또는 사토나카가 트레이를 받아든 시점. 하지만 사노는 샴페인 글라스에 남아 있던 아주 약간의 양만으로 "미모사인지 뭔지다"라고 간파했기에 술에는 지식이 있다. 머들러의 규칙을 깨닫지 못했을 것이라고는 생각하기 어렵고, 만약 그녀가 실수로 머들러를 떨어뜨렸다고 해도 바로 되돌리거나 잔 옆에 두었을 것이다. 그렇다고 하면 '범인'은 솔티독이 어떤 것인지도 모를 정도로 술에 대한 지식이 없는 사토나카다.

알코올음료에는 머들러가 꽂혀 있고 그것이 술을 식별하는 표식이라는 점을 알려주자 사토나카는 "으아악" 하고 햇볕 아래에 노출된 흡혈귀 같은 소리를 내면서 몸을 젖혔다. "진짜야? 그럼 내 탓인 거네?"

"아니, 그렇게 신경 쓸 정도의 일은 아니야."

"그래도 내가 머들러를 제대로 돌려놨다면 미하루가 그거 안 마셨을 거 아니야."

그 점은 틀림없지만.

좌식 테이블에 엎드려 신음하는 사토나카를 보고 굳이 말하지 말 걸 그랬나, 하고 후회했다. 하지만 관여한 이상 그 사실을 몰라도 된다고는 생각하지 않는다.

"그렇구나. 나도 관여했던 거네……." 사토나카는 탁, 소리를 내며 양손으로 잡은 커피잔 위로 얼굴부터 엎드렸다.

"아니, 그래도 신경 쓸 정도는 아니야." 이 정도면 충분하다. 나는 이참에 말하려는 생각에 지갑을 뒤져서 천 엔 지폐를 두 장 꺼냈다. "그럼 미안한데, 편의점에서 과자 좀 사다 주지 않을래? 돈은 낼 테니까."

"어어?" 사토나카는 고개를 들었다. 이마에 커피잔 테두리 형태가 동그랗게 남아 있었다.

"아니, 내가 돈 낼게."

"아니, 나도 폐를 끼치고 있으니까." 허리를 들어 올린 자세인 사토나카를 밀었다. "부탁할게."

"응."

"그리고, 조금 천천히 갔다 와."

"어?"

내가 내민 2,000엔을 어째선지 손에 그대로 받아서 쥐고 있던 사토나카는 움직임을 멈추더니 나를 바라봤다.

"부탁할게."

이유를 물어보면 곤란했지만, 역시 사토나카. 아마도 본인이 마실 걸 포함해 두 잔의 컵을 가지고 주방에서 얼굴을 내민 미나키와 나를 번갈아 보더니, 오케이, 하고 말하고는 신발을 신었다. 어떤 의미의 오케이인지 신경 쓰이지만, 그건 아무래도 좋다.

"미나키, 나 조금 술도 깰 겸 잠시 나갔다 올게. 그리고 길

모퉁이에 편의점 있었지? 먹을 거 좀 사올게."

돌아보고 끄덕이는 미나키에게 손을 흔들더니 사토나카는 문을 밀고 밖으로 나갔다.

그대로 두면 제대로 잠기지 않는지 미나키가 문을 잡아당겨 닫았다. 그러더니 방에 있는 나를 바라봤다. 말하지 않는 사람만이 방에 남아 있게 돼버렸다. 사토나카가 돌아오기까지 어떻게 시간을 보내면 좋을지 고민하고 있을지도 모른다.

하지만 미나키는 곧장 주방에서 들고 나온 컵을 좌식 테이블에 놓고 어디에 앉을지 순간 망설이는 모습을 보이기는 했지만 내 오른쪽에 앉았다. 커피에 대한 고마움을 표하자, 옆눈으로 이쪽을 보고 아무 말 없이 고개를 끄덕였다. 건너편이 아니라 오른쪽에 앉아준 건 고마운 일이었다. 노래방 때도 그랬지만, 서로의 시선이 맞지 않는 방향이라면 딱히 상대를 보지 않고 가만히 있어도 '무시'한다는 느낌이 크게 들지 않는다. 혹은 이것은 말을 잘 하지 않는 미나키가 몸에 익힌 처세술 중 하나일지도 모른다. 옆에 앉으면 거리는 가까워지지만, 이것은 이것대로 감사한 일이었다. 아래를 보고 속삭이듯 말해도 전달이 되니까.

뒤를 돌아보고 미하루가 건너편을 보며 자고 있는 걸 확인했다. 일단 두 명이 남을 수 있었다. 모퉁이의 편의점까지는 도보 2, 3분일 테지만 사토나카는 이래저래 눈치를 살펴주는 듯했으니 먹을 걸 사서 곧장 돌아오지는 않으리라. 그 사이에 말하지 않으면 안 된다.

그렇지만 역시 말이 바로 나오지는 않았다. 미나키는 필요하지 않다면 자신이 먼저 말하지 않는다. 이쪽이 제아무리 침묵하더라도, 에둘러 입을 열어주기를 바라며 어필하더라도, 딱히 말할 만한 것이 없을 때는 말하지 않는다. 텔레비전도 켜져 있지 않았고, 사토나카가 사라진 순간 방의 공기가 조용해져서 천천히 아래로 침전하는 듯했다. 나는 '곧장 이야기를 시작할 걸 그랬다'며 후회했다. 지금 말하면 중대 발표 같은 분위기가 돼버린다. 대단한 일도 아닌데 말이다. 하지만 사토나카가 돌아오기 전에 확인해둬야 할 내용이기는 했다.

"······저기, 미하루가 미모사를 마신 원인."

미나키는 양손으로 따뜻하게끔 쥐고 있던 핫밀크 컵을 놓고 이쪽을 바라봤다. 나는 제대로 마주 볼지 말지 고민했지만, 대상을 관찰하여 눈에 들어오는 정보를 전부 분석하는 듯한 미나키 특유의 시선에 제대로 마주하지는 못하고 결국 눈을 피하고 말았다.

하지만 무슨 말을 해야 하는지는 알고 있었다.

"······미나키, 뭔가 하지 않았어?"

이것만으로는 의도가 전해지지 않을지 모른다고 고민했지만, 미나키에게 시선을 되돌리자 그녀는 평소의 무표정한 얼굴로 나를 바라보는 중이었다. 하지만 잘 살펴보자 무표정임에도 눈을 크게 뜨고 놀란 것처럼도 보이는 모습이었다.

아무래도 이 추리도 맞았던 것 같다. 범인은 '모두'다. 즉 니시키오리와 사노와 사토나카, 그리고 미나키도 범인인 것이다. 게다가 아마 그녀는 '고의범'이다.

"미하루 앞에 미모사가 놓여 있다고 해도 보통은 마시지 않겠지. ……한 모금이나 두 모금은 마실지도 모르지만 도중에 깨닫겠지. 이상하게 생각하겠지." 어미가 신경 쓰였다. '겠지'뿐이다. "누군가가 뭔가 말했겠지. '기분 탓일 거야' 같은 말을 해서 미하루의 의문을 배제하지 않으면 그대로 계속 마실 일은 없겠지."

미나키는 침묵한 채였다. 그녀가 끓여다준 커피가 희미하게 고소한 향을 풍기며 내 앞에 놓여 있다. 좌식 테이블 주변에서만 막과자의 향이 커피 향으로 바뀌어 간다.

사건이 벌어졌을 때, 미하루가 술을 마시기까지는 수많은 장애물이 있었다. 우선 니시키오리가 '고의'로 몰래 주문을 취소하고 오렌지주스를 스크루드라이버로 바꾸려고 했다. 하지만 가게 측의 실수, 우리 입장에서는 '불가항력'에 의해 미모사가 왔다. 니시키오리는 그때 범행을 단념했지만, 사노가 '과실'로 미모사 글라스를 미하루 자리에 놓아버렸다. 그것뿐이라면 아직 머들러를 보고 미하루는 그것이 술이라고 깨달았을 테지만, 사토나카가 '과실'로 머들러를 떨어뜨려 버렸음에도 되돌리지 않았다. 한 개의 고의와 두 개의 과실이다. 하지만 고의는 하나가 더 있어야만 했다. 미하루는 자신 앞에 놓인 미모사 글라스를 이상하게 생각하면서도 처음에는 마셨을지 모른다. 하지만 한 모금 마시면 아무리 그래도 알 터였다. '이건 아까 것과 다르다'라는 사실을. 미하루는 첫 번째 잔을 주문할 때도 오렌지주스를 시켰기 때문이다. 즉 그대로였다면 미하루는 해봐야 한 모금이나 두 모금을 마시는 것으로 끝나버린다.

이 최후의 장애물을 뛰어넘기 위해서는 또 한 명의 '범인'이 필요했다. 예를 들어 이상하게 생각한 미하루에게 "그거, 오렌지주스 맞아", "아까랑 다르다고? 그럴 리 없어" 같은 말을 하며 그녀에게 생겨난 의문을 불식시켜주는 역할의 누군가.

그리고 타인에게 들키지 않고 그럴 수 있는 건 미하루 옆에 앉아 있던 이 미나키밖에 없다. 그녀가 '네 명째의 범인'인 것이다. 그것도 '고의범'이다.

미나키는 가만히 눈을 피했다. 나에게 눈을 보이는 것이 무섭다고 말하는 듯한 태도였다. 하지만 그녀가 '고의범'이라고 해도 이미 마시고 있던 미하루의 등을 민 것에 불과하다.

의문점은 하나였다. "……어째서 미하루에게 술을 먹이려고 생각한 거야?"

"딱히, 그건……."

미나키는 얼굴을 계속 돌린 채로 있기란 무리라고 생각했는지 정면을 바라봤지만, 안경을 고쳐 쓰고는 곧장 아래를 바라봤다. "……그저, 미하루가 취하는 쪽이 분위기가 더 들뜰까 해서."

아, 그런 거구나, 하고 바로 깨달았다. 평범한 사람이라면 모를지도 모른다. 하지만 나는 알 수 있다. 노래방에 있는 두 시간, 계속 그것에 관해서만 생각했기에.

미나키가 다리의 위치를 바꾸려던 찰나에 좌식 테이블에 부딪혔고, 덜커덕, 하고 컵이 흔들렸다. 커피는 아직 꽤 들어 있었지만 흔들린 액체는 아슬아슬하게 테두리에 가 닿았을 뿐 넘치지는 않았다.

미나키의 동기는 간단했다. 미하루가 취하면 분위기도 들뜰 테고, 모두의 이목은 그쪽으로 향한다. 미하루 자신도 보다 적극적으로 마이크를 쥐려고 하리라. 결과적으로 미나키는 노래를 부르지 않고 넘어갈 가능성이 커지게 된다.

이것이야말로 그야말로 '우발적인 충동'이라 부를 만한 것이리라. 나는 말했다.

"……나도 미하루가 취해서 노래를 계속 불러주면 좋겠다고 생각했어."

미나키는 아까의 사토나카와 마찬가지로 풀썩 앞으로 몸을 기울이더니 아까의 니시키오리와 마찬가지로 길게 숨을 내쉬었다.

"……미안."

"아니, 그건 미하루가 일어나면."

"그렇겠네."

미나키는 상체를 일으키고는 손안의 컵을 기울여서 얼굴 쪽으로 가까이 가져가서는 핫밀크를 마셨다. 강의실 안에서는 꽤 다가가기 힘든 인상이지만, 이러고 있자니 '혹시라도 이 사람은 나와 비슷하게 그저 겁이 많거나 섬세한 것 아닐까' 하고 생각하게 된다.

"……노래방, 불편하거든."

"……나도."

"대화도 불편하고."

"나도."

"고등학교 때까지는 쉬는 시간에 책만 읽었어."

"난 그럴 배짱도 없었어."

뭐야, 완전히 나랑 같잖아. 나도 고등학교 무렵 꽤 고민했다. 반에 친구가 한 명도 없는 쉬는 시간, 누군가에게 말을 걸지도 못하고, 시끄럽게 떠드는 주변 모두가 외톨이인 나를 뒤에서 관찰하면서 쿡쿡 웃고 있을지도 모르는 그때. 어차피 자는 척하거나 화장실에 가는 척하면서 시간을 보낼 바에야 적어도 책이라도 읽을까 생각했다.

책을 읽는다는 선택지는 매력적이었다. 집중할 수 있기에 주변의 분위기를 잊을 수 있고, 누구와도 말하지 않는 이유도 생기고, 시간을 쓸모없이 보내지 않아도 된다. 하지만 나는 그것을 선택하지 않았다. '언제나 책을 읽는 사람'이라는 이미지가 생겨서 모두에게 '다가서기 어렵다', '말을 걸기 힘들다'라고 여겨져서 외톨이 확정이 되는 것이 무서웠기 때문이었다.

하지만 미나키는 그것을 선택한 듯하다. 나와는 다른 선택을 한 '동류'다. 아마도 그녀는 고민하며 우물쭈물하기 전에 스스로 장벽을 치는 방식을 택하는 타입의 '동류'인 것이다.

"나도 고등학교 때 책이라도 읽을까 생각한 적이 있어."

"후지무라, 반에 친구 없었어? 있었을 것 같은데."

"아니, 제로였어. 입학식 후, 교실에서 대화에 끼는 게 늦어서."

"무슨 말인지 알아. 대화에 끼는 게 늦으면 순식간에 그룹이 만들어지니까."

그 후, 사토나카가 돌아올 때까지 미나키와는 '친구가 없는 생활'이라는 화제로 분위기가 달아올랐다. 뭐야, 이 사람, 평범하게 말하잖아, 라고 생각했지만 아마 상대방도 나를 보고 그렇게 생각했으리라. 말하고 싶은 것, 계속 담아뒀다가 이 기회에 내뱉고 싶은 건 잔뜩 있었고, 상대방도 마찬가지였으리라. 전부 말할 필요는 없었다. 미나키도 비슷한 체험을 했기에 그 이야기에 "나도 그 기분 알아"라고 한마디 하면 끝나는 것이 대부분이었다. "사토나카는 좋은 녀석", "미하루는 태연하게 있는 면이 대단해"라는 감상도 둘 다 공통으로 품고 있었다.

나는 몸속이 따뜻해지는 걸 느꼈다. 친구가 또 생겼다. 그것도, 동류의.

과자를 사서 돌아온 사토나카는 문을 열더니 눈을 동그랗게 떴다. "뭐야, 분위기 좋네."

"어서 와."

"고마워."

사토나카를 맞이하자 뒤에서 미하루가 신음소리를 내면서 뒤척이더니 벌떡 일어났다.

눈을 끔뻑거리면서 주변을 둘러보던 미하루는 "미안", "괜찮아?"라고 우리가 일제히 건네는 소리에 크게 혼란스러워 보였다.

평소 그다지 허둥대는 일이 없으며, 그보다 눈앞에 갑자기 화성인이 내려와서 헬로, 하고 인사해도 차분할 것 같은 마이페이스인 사람인 만큼, 자신이 놓인 상황을 단번에 받아들이지 못하고 눈을 크게 뜬 채로 사토나카의 설명을 듣는 모습이 신선했다.

하지만 그것을 보는 내 머릿속에는 문득 떠오르는 것이 있었다. 범인은 '모두'다.

정말로 '모두'라고 하면.

그 자리에는 여섯 명이 있었다. 나머지 둘. 즉 나와 미하루 본인이다.

가령 나는 정말로 미하루가 취했다는 사실을 계속 깨닫지 못했을까. 거의 아래만 보고 있기는 했지만, 언제 마이크가 돌아올지 몰라 불안해서 주변 상황은 계속해서 살폈다. 평소 미하루의 모습을 가장 잘 알고 있는 것도 분명 나이리라. 그럼에도 미하루가 평소와는 다르다는 점을 정말로 깨닫지 못했을까.

그리고 미하루 본인이다. 그녀는 정말로 취할 때까지 미모사를 알아채지 못했을까. 옆에서 미나키가 속삭였다고는 해도 잔을 한 잔 전부 비울 때까지는 꽤 많은 시간이 걸렸으리라. 도중에 취기가 도는 것도 깨닫지 못한 채, 한 잔을 전부 마실 수 있는 걸까. 그 자리에서는 나도 미나키도 그녀가 취해서 계속해서 노래를 불러준다면 고마운 일이라고 생각했다. 미하루도 그것을 눈치채고 도중에 알코올이라는 사실을 깨닫고도 '뭐 어때'라고 계속해서 마셨다. 그럴 가능성이 없다고 단정할 수 있을까.

어느 쪽이든 이미 끝난 일이지만 말이다.

미하루를 보니 그녀는 나를 보고는 생긋 웃었다.

제4화

부채 속으로
사라진 사람

1

시끄럽고 비좁은 인파 속을 걸으며 어디서 이렇게 많은 사람이 모여들었을까 생각했다. 앞도 뒤도 오른쪽도 왼쪽도 사람이다. 연휴 중이라고는 하지만 어째서 이렇게 사람이 모여 있는 걸까. 지바의 어디에 이 정도의 사람이 있었던 걸까. 이렇게 많은데 평소에는 어디에 숨어 있는 걸까. 그들은 어디에서 온 걸까. 그들은 누구인가. 그들은 어디로 갈까. 그런 생각을 하다가 앞을 걷는 초로의 남자에 너무 바짝 붙어서 뒤꿈치를 발로 차버렸기에 죄송합니다, 라고 말하며 사이를 뒀더니 이번에는 너무 느려서 뒤쪽 사람과 어깨가 부딪혔다. 그것을 피하려고 했더니 그 틈에 누군가 끼어들어서 함께 걷던 미나키와 거리가 벌어지고 말았다. 미나키는 갈팡질팡하는 사이에 뒤쪽으로 멀어졌고, 나는 주변 사람을 밀면서까지 그녀 옆으로 돌아가야 할지 어떨지 알지 못한 채 흐름에 휩쓸려 앞으로 나아가게 됐다. 필사적으로 사람들을 헤치며 옆으로 돌아가면 '이 사람, 왜 이렇게 필사적이야, 기분 나빠'라고 생각할지도 모른다. 미나키는 미나키 나름대로 내 쪽으로 다가오려 하는 것처럼도 보였지만 어찌됐든 평소에도 가면을 쓴 것처럼 표정이 별로 없는 사람이기에 속마음은 알 수 없다. 나와 마찬가지로 인파가 거북한 듯 보였다.

앞쪽에 있는 초로의 남자를 피해 앞으로 나서려고 했지만, 항아리 같은 체형의 거대한 아주머니가 핫도그를 먹으면서 저벅저벅 걷고 있어서 이 사람을 어떻게 해도 피할 수 없었다. 돌아봤지만 뭔가의 동아리인지 한 무리의 검은 운동복 차림의 여자아이 4인조가 시야를 방해해서 뒤쪽도 보이지 않았다. 뒤에 있을 터인 미하루의 모습도 사라졌다. 사토나카 일행이 바로 앞에 있을 터였지만, 항아리 아주머니가 방해돼 그쪽으로 갈 수 없었다. 애초에 따라잡는다고 해도 사토나카는 함께 온 경제학과 남자 두 명의 상대를 해주느라 바빴고, 나를 신경 써줄 여유는 없는 듯했다. 그렇다면 적어도 이동 속도를 늦춰서 뒤쪽의 미하루와 합류할까 생각했지만, 이런 인파 속에서는 멈춰 설 수도 없다. 다코야키를 파는 포장마차가 눈에 들어왔고, 먹고 싶다는 생각이 살짝 들었다. 인파에서 일단 벗어나서 다코야키를 먹으면서 미하루를 기다리는 건 어떨까, 하고 순간 고민했지만, 결국 그런 눈에 띄는 행동은 하지 못했다. 나는 변함없는 속도로 인파에 휩쓸렸고 다코야키 가게는 뒤쪽으로 멀어져 갔다. 애초에 미하루를 기다린다고 해서 인파를 헤치고 가까이 갈 수 있을까 자신이 없었다. "죄송합니다"라고 말하며 인파를 헤치는 건 대인기피증에게는 거의 불가능에 가깝다. 그리고 그렇게까지 해서 근처로 돌아가더라도 '뭐야 이 녀석, 필사적으로 다가오고 기분 나빠'라고 생각하지는 않을까 불안했다. 설마 미하루가 이제 와서 그런 식으로 생각하지는 않겠지만, 대인기피증은 '자신이 환영받는다'라고는 도무지 상상할 수가 없다.

그랬기에 나는 사람들의 흐름에 따라 사토나카 일행에게서 뒤처졌고, 지금 막 미나키와도 떨어졌다. 대인기피증은 인파에 약하다. 인파 속에서 자신의 의사대로 움직이기 위해서는 어느 정도의 강인함과 먼저 앞으로 나서는 적극성, 거기에 더해서 가볍게 주변에 말을 걸 수 있는 사교성이 필요하지만, 대인기피증에게는 이 모두가 없다. 그렇기에 인파에 잡아먹힌 대인기피증은 대개 동행인과 같은 속도로 걸을 수가 없고, 조용히 멀어져서 사라져간다. 그리고 한 시간이나 두 시간 후쯤 동행인이 '어라? 그 녀석 없는데?'라고 떠올리게 된다(혹은 떠올리지조차 않는다).

배가 고프다. 야키소바와 버터감자와 닭튀김과 해산물 꼬치구이. 먹고 싶은 가게는 무수히 많았다. 그런데도 지금까지 전부 그대로 지나쳤다. 같이 온 친구들에게 "저거 먹고 싶으니까 잠깐만"이라고 말하며 멈춰 세울 결심이 서지 않았다는 점, 인파를 거스를 적극성이 없었던 점에 더해 애초에 가게에서 주문하는 절차부터가 쉽지 않다는 점이 원인이었다.

대인기피증은 '주문'을 어려워한다. 주문이라는 행위는 적절한 음량과 명료한 발성으로 이쪽의 의도를 점원에게 전할 필요가 있는 행위로, 인간을 상대로 알기 쉽게 자신의 의사를 전한다는 시점에서 애초에 대인기피증에게는 상당히 난이도가 높은 일이다. 목소리는 너무 커도 너무 작아도 안 된다. 어디를 보고 말하면 좋을지 모르겠다. 너무 정중하면 기분 나빠할 것 같지만 건방지게 굴고 싶지도 않다.

그리고 카페에서든 패스트푸드점에서든 점원이라는 생물은 반드시 이것저것 되묻는 법이다. 거절하기 무척 어려운 "무료로 포인트 카드 만드실 수 있어요"라는 말. 아니요, 라고 해야 할지 네, 라고 해야 할지 혼란스러운 "포인트 카드 안 가지고 계신가요?" 언제 날아올지 몰라 예정이 흐트러지는 "포장이신가요? 드시고 가시나요?" 이쪽의 무지와 실책을 조소하는 "세트로 주문하시면 20엔 정도 저렴하세요."이것을 상술이라고 생각하는 건 피해망상이다. 가게 측에서는 그 순간의 이익을 버리면서까지 친절하게 가르쳐주는 것이기 때문에 오히려 양심적이라는 증거가 된다 이런 대사가 '얼른 답해, 쭈뼛쭈뼛하지 말고'라고 위압적일 만큼 빠른 속도로 연이어 날아온다. 이들을 수습하는데 정신이 없는 와중에 예상하지 못한 "지금 캠페인 중이라 이쪽에 있는 뽑기를 한 장 뽑으실 수 있어요"까지 날아들기도 한다. 평범한 인간들이 아무렇지도 않게 이런 대화를 주고받는 걸 보면 탁구 시합이라도 보는 듯한 기분이 든다. 어떻게 그것을 따라갈 수 있는 걸까. 어떻게 곧장 답할 수 있는 걸까. 대화 도중에 토마토를 빼달라거나 소스를 더 넣어달라거나 하는 애드립을 넣는 수완가도 있다. 그들의 정체는 무엇일까. 어떻게 그렇게까지 임기응변으로 토크를 이끌어갈 수 있는 걸까. 모두 DJ나 사회자 같은 걸까. 그렇기에 대인기피증은 물건을 사기가 쉽지 않다. 세상의 가게가 전부 키오스크 주문으로 바뀌면 좋겠다고 진심으로 소망한다.

따라서 어떤 곳이든 사람에게 주문을 해야 하며 정해진 매뉴얼이 없는 데다가 주변의 떠들썩함을 이겨내면서 주문해야 하는 '포장마차'라는 녀석은 대인기피증에는 적잖게 장벽이 높다.

애초에 포장마차 점원이라는 존재가 무섭다. 작은 목소리로 주문하거나 하면 "어엉? 안 들려!"라고 큰소리로 화를 낼 것만 같다. 그래서 나는 모처럼 주변에 먹고 싶은 것이 산더미처럼 쌓여 있음에도 불구하고 지금까지 아무것도 사지 못했다. 오므라이스 소바도, 팥떡도, 양념감자도, 아무것도 먹지 못했다. 이대로라면 무엇을 위해 온 것인지 알 수 없다. 처음에는 사토나카 일행이 "이거 먹자"라는 흐름이 된다면 거기에 편승해서 "아, 나도"라고 손을 들면 좋지 않을까, 하고 약삭빠른 생각을 하고 있었지만 이렇게까지 사람이 많을 것이라고는 생각지도 못했다. 다들 그렇게 보슈 부채가 필요한 걸까.

메인 회장인 부채 판매장은 아직 한참 앞에 있다. 지바 현에는 대나무와 전통지로 만든 '보슈 부채'라는 특산품이 있으며, 수년 전부터는 지바 현의 장인이 한곳에 모여 부채를 판매하는 일종의 축제가 어째선지 이 니시노부토에서 열리게 됐다. 첫 1, 2년은 거리 한구석의 프리마켓 같은 목가적인 분위기였다고 하는데, 우아하고 전통적인 문양부터 젊은 창작자들의 손에 의한 현대적인 오리지널 디자인까지 형형색색의 부채가 죽 늘어선 모습은 텔레비전으로 내보내기에는 물론 SNS에 올리기에도 좋은 그림이었던 듯, 최근 몇 년 사이에 갑자기 지명도가 높아지고 규모도 커졌다고 했다. 대학 근처에서 열리는 유명한 이벤트라는 점에서 이름은 익히 알고 있었고, 회장 주변의 노지에는 엄청난 수의 포장마차가 나오니까 그것만으로도 재미있다고 들었기에 이곳에 온 것이지만 너무 생각이 물렀다. 이래서는 메인 회장에 도착해도 누구와도 합류하지 못할 테고, 나는 혼자서는 이런 곳에서 물건을 살 수 없기에 이대로라면 혼자 두리번거리며 문자 그대로 '회장을 돌아볼 뿐' 배도 곯은 채 어슬렁어슬렁 집으로 돌아가 집 근처 단골 편의점에서 산 도시락으로 배를 채운다는 흐름이 될 것이 눈에 선하다. 무엇을 위해 이곳에 온 것인지 알 수 없어진다.

애초에 말을 꺼낸 사토나카 일행도 각각 계획이 어긋나버린 듯했다. 발단은 사토나카가 경제학과 친구들에게서 미하루를 데리고 와달라는 부탁을 받았기 때문이었다. 법학과와 경제학과는 필수 선택 과목 등에서 강의가 겹칠 때가 많은데, 미하루와 미나키는 '언제나 앞자리에 앉는 미인 두 명'이라며 의외로 얼굴이 알려진 듯(미하루는 재미없는 강의라며 잠을 자고 있지만), 가까워지고 싶다고 생각하는 학생들이 은근히 있다고 한다. 이번에 함께 온 경제학과의 나가에와 다케시타라는 남자 두 명도 마찬가지로, 사토나카에게 "그 여자애들 둘과 놀러 가고 싶으니 어딘가로 불러줘"라고 부탁했다고 했다. 감탄할 만한 적극성이다.

하지만 둘의 노력은 지금까지는 무엇 하나 보상받지 못했다. 미하루는 처음에는 함께였지만, 죽 늘어선 포장마차에 눈을 반짝이더니 저쪽에서는 히로시마야키를 먹고 이쪽에서는 포도 사탕을 먹으며 "단 거 먹으면 짠 게 먹고 싶어지고 짠 거 먹으면 단 게 먹고 싶어지고, 무한 루프네"라고 말하면서 매번 포장마차로 다가섰기에 결국 인파에 사로잡혀 뒤쪽으로 사라지고 말았다. 미나키는 정반대로 나가에와 다케시타가 좌우에서 말을 걸어도 평소의 무표정으로 최소한의 답변밖에 하지 않는 사이에 역시 인파에 휩쓸려 멀어져 버렸고, 결국 나가에와 다케시타와는 대화다운 대화는 나누지 못한 듯했다. 사토나카는 노리던 여자 두 명과 거의 말도 섞지 못한 게스트 두 명을 상대하느라 바빠서 아까부터 부지런히 움직이고 말하며 분위기를 돋우려 애쓰고 있었다. 저건 그야말로 '접대'라고 봐야 하지 않을까. 도와주고 싶은 마음은 가득하지만 무리라고 생각하는 사이에 세 명은 멀어져 갔다. 모두 뿔뿔이 흩어졌고, 당초 목적인 축제 구경을 즐기고 있는 건 결국 미하루 한 명이 아닐까 깨달았다. 이것으로 좋은 걸까.

핸드폰이 울려서 바라보니 미하루에게 메시지가 와 있었다. "무리에서 뒤처져서 옆길로 먼저 와 있어. 앞에 있을게"라는 내용이었지만, 이어서 보내온 사진에는 오코노미야키가 찍혀 있었다. 아까 히로시마야키^{간토 지방에서는 오사카풍 오코노미야키를 '오코노미야키', 히로시마풍 오코노미야키를 '히로시마야키'라고 표기하는 일이 많다} 먹지 않았던가?……뭐, '친구와 함께 이벤트에 왔다'라고 가슴을 펴고 말할 수 있다는 점만으로도 수확은 있다.

나는 비굴하게 그렇게 생각했다. 나는 '친구도 없고 외로운 녀석'이 아니고, '휴일에 할 일도 없는 암울한 녀석'도 아니라며 일단 가슴을 펼 수 있으며, 어쩐지 이 사회에서 최저

한의 존재 허가증을 확보한 것 같은 기분이 든다. 사토나카나 미하루를 포함해도 된다면 '대학 친구'도 있고, 입학 시에 예상했을 정도로 외로운 대학 생활은 아니라고 주장할 수 있다. 존재 허가증이 뭐야? 외롭다고 나쁜 거야? 라고 반발하고 싶은 기분도 물론 있다. 하지만 유치원 무렵부터 "친구와 사이좋게 지내야 한다"라는 말을 듣고, 혼자서 놀고 있으면 '문제가 있는 아이' 취급을 받으며 10년이 넘게 지내왔기에 '친구가 없는 녀석은 문제가 있다', '가여운 사람이다', '친구가 많은 녀석은 훌륭하다', '행복하다'라는 비논리적인 고정관념이 어떻게 해도 사라지지 않는다. 조사해본 건 아니지만 평균을 내면 오히려 대인기피증 쪽이 일반인보다 이런 고정관념에 강하게 사로잡혀 있지 않을까. 아니 그보다 그렇게 사로잡혀 있기에 공포로 인해 대인기피증이 되는 걸까. 나는 지금 이렇게 혼자서 아무 말 없이 인파 속을 걷는 시간을 즐겁다고 생각한다. 그런 한편 '이 상태는 좋지 않다'라며 조급해한다. 양가감정을 내 안에서 느낀다.

도대체 뭘까, 하고 한숨이 나왔지만 그런 걱정을 할 때가 아니게 됐다. 핸드폰이 울리더니 사토나카로부터 그룹채팅 창에 메시지가 도착한 것이다.

사토나카(ID: Eitarian)
야, 큰일 났어.

나가에가 지갑 도둑맞았대.

2

나는 나도 모르게 주변을 둘러본 후에 발돋움을 해서 앞쪽의 사토나카 일행을 확인했다. 사토나카는 핸드폰을 조작하며 모두에게 메시지를 보내고 있는 듯했지만, 나가에와 다케시타는 분명 평범하지 않은 모습으로 안절부절못하며 주변을 둘러보고 있었다. 그쪽으로 집중해서 귀를 기울이자 "경찰", "큰일이네", "진짜야?"라는 단어가 희미하게 들렸다. 정말로 지갑을 도둑맞은 것 같았다. 얼마가 들어 있는지는 모르지만, 그렇게 적은 금액은 아니리라. 학생으로서는 뼈아픈 일이다.

미하루(ID: sir-pirka)

범인 특징은 기억해?

어떤 방법으로 언제 훔쳐갔는지 추측할 수 있어?

이렇게 혼잡하니까 범인도 아직 이곳에서 도망가지 못했을 거 같은데.

곧장 이렇게 답하는 걸 보니 무척이나 냉정한 사람처럼

보인다. 하지만 지적은 타당했다. 나는 다시금 주변을 둘러 봤다. 앞에는 이미 은어 소금구이를 손에 든 항아리 아주머 니. 등 뒤에는 어째선지 'WAIKIKI'라고 적힌 독특한 티셔츠 를 입은 젊은 남자. 컵 소주를 손에 든 채 서로의 뺨을 찰싹 찰싹 때리는 중인 취한 중년남자 두 명(형제일까? 꽤 닮았다). 뒤 에는 무엇 때문에 들뜬 건지 가장 키가 큰 아이가 옆의 아 이에게 헤드록을 걸면서 웃고 있는 운동복 여자아이 4인조. 좌우로 일렬로 늘어선 그녀들이 폐가 되는 듯 피하는 안경 남자. 인파에는 남녀노소가 거의 균등한 비율로 섞여 있었 기에 보슈 부채란 널리 사랑받는구나, 하고 감탄했지만, 얼 핏 보기에 범인처럼 보이는 사람은 없었다.

사토나카(ID: Eitarian)

엉덩이 쪽 주머니에 넣어 놨는데 뒤에서 온 녀석이 빼갔대.

앗, 하고 생각하고 봤는데 벌써 범인이 앞쪽 인파 속으로 사라졌대.

미하루(ID: sir-pirka)

의상이랑 체형은?

너 사실 경찰이었어? 하고 생각했지만 몇 초 안 돼 사토나 카에게 답이 왔다.

사토나카(ID: Eitarian)

작은 덩치. 나이와 성별은 모르고.

파랑과 빨강 파카에 밝은 갈색머리.

파카는 성조기 무늬? 파랑과 빨강과 하양.

꽤 화려해서 눈에 띄었대.

나가에는 지갑을 빼가는 거의 바로 그 순간에 깨달았으리라. 발돋움해서 앞을 보자 사토나카가 "네, 네"라고 응답하면서 전화를 거는 모습이 보였다. 경찰에 신고를 하는 듯했다. 그 양옆에서 나가에와 다케시타가 뭔가 속삭이고 있었다. 키가 큰 다케시타는 몰라도 작은 나가에는 깡충깡충 뛰면서 필사적이었다. 범인을 찾고 있는 것이리라. 왜 다른 나라의 국기를 크게 인쇄한 옷으로 거리를 걷는지 수상하긴 하지만, '성조기 무늬 파카에 밝은 갈색머리'는 꽤 눈에 띌 터였다. 주변에는 많은 사람이 걷고 있지만 나가에의 지갑을 빼간 것이 방금 전이라면 그렇게 멀리까지는 못 갔으리라. 이가득 들어찬 인파 속, 혼자만 걸음걸이가 빠르다면 반드시 눈에 띌 것이다. 하지만 그런 사람은 아직 보이지 않았다.

다시 한번 발끝으로 서서 사람들의 머리 너머로 주변을 둘러봤다. 앞으로 도망쳤는지, 포장마차 쪽으로 빠진 후에 인파에서 벗어나서 뒤쪽으로 도망쳤는지. 대각선 앞에 갈색머리인 데다가 파카를 입은 남자가 있지만, 파카 색은 회색이었다. 취한 아저씨 2인조는 새로운 술안주를 발견한 듯, 사과사탕 가게 앞에서 멈춰 서서 담소를 나눴다(사과사탕을 안주로 술을 마실 셈이야?). 언제 또 바뀌었는지 항아리 체형의 아주머니는 소시지를 들고 있었다. 이 사람의 머리카락은 갈색이지만 옷이 다르기도 하고, 아무리 그래도 이 체형이라면 나가에가 특징을 언급했으리라. WAIKIKI 티셔츠의 남자 주변에는 동년배 남자 대여섯 명이 있지만, 모두 옷이 달랐다. 뒤쪽의 검은색 운동복 여자아이 4인조도 마찬가지다. 보이는 범위 내에 해당하는 사람은 없었다. 앞의 사토나카 일행도 발견하지 못한 듯했다. 미나키는 애초에 어디에 있는지도 알 수 없었다.

　……분명 이 주변에 있을 텐데.

　나쁜 예감이 들었다. 이대로 발견하지 못하고 우물쭈물하다 보면 범인은 시야 바깥으로 도망쳐버린다. 지금 상태에서는 뛰어가거나 주변 사람을 밀치거나 하며 눈에 띄는 사람은 없지만, 인파는 일정 속도로 메인 회장을 향해 노지를 나아가고 있기에, 조금씩 사람이 바뀐다. 사토나카는 경찰에 신고한 듯하지만 이 인파에서는 경찰관이 이곳으로 도착하기에도 시간이 걸릴 것이다. 그리고 도착한다고 해서 어떻게 되지도 않는다. 이 인파 속에서 한 명 한 명 신체검사 같은 걸 할 수 있을까.

　발가락이 툭, 하고 뭔가를 찼다. 발끝을 보자 누군가가 떨어뜨린 지갑이었다. 검은 장지갑이었지만 발로 찼기에 양쪽으로 열려서 학생증이 들여다보였다.

곧장 쭈그려 앉아 주워 들었다. 이 학생증은 우리 보소대학의 것이다.

학생증을 빼서 보자 예상한 이름이 있었다. 경제학과 나가에 료타로. 이것은 도난당한 나가에의 지갑이다. 묘하게 얇다고 생각해 내용물을 보자, 지폐를 넣는 곳만 깨끗하게 비어 있었다. 카드류나 동전은 무사했다.

이것을 보건대 나가에는 지갑을 떨어뜨리고선 착각한 것이 아니라, 명백하게 '도난당했다'라는 점이 확실해졌다. 소매치기가 자주 쓰는 수법이다. 카드류는 빼가지 않고 현금만을 빼간다. 천 엔 지폐 한 장만을 남겨두는 케이스나 때로는 습득물이라며 스스로 지갑을 가져다주는 케이스도 있다. 그럼으로써 자신의 죄책감을 속이는 것이다. '돌아갈 교통비는 남겨놨다', '지갑을 떨어뜨린 사람이 나쁘다', '그렇기에 이 정도는 수업료다', '오히려 내가 전해줬다'. 절도범 같은 최저 랭크의 인간에게도 최소한의 자존감이 있으며, '자신은 그렇게까지 나쁘지 않다'라고 주장하고 싶은 법이다.

그래도 일단 지갑이나 동전이라도 돌아온 건 고마운 일이었다. 나는 핸드폰으로 메신저를 열고 지갑 발견했어, 라고 메시지를 보내려고 생각했다.

하지만 거기에서 손가락이 멈췄다. 지금 내가 '지갑 발견했어'라고 말하며 건네도 괜찮을까?

나가에와는 오늘 처음 만났다. 그리고 아직 한 번도 대화를 나누지 않았다. 저쪽의 목적은 어디까지나 미하루나 미나키라는 점을 알고 있었기에 '적극적으로 소극적이 돼' 대화를 피했다. 나로서도 처음 대면하는 사람과 관여하지 않고 넘길 수 있다고 오히려 다행이라고 생각했다. 당연한 귀결로 상대 입장에서는 나는 아무래도 좋은 인간이며, 오히려 방해가 되는 존재라는 말이 된다. 신용 어쩌고 하기에는 먼 단계의 인간관계다. 잘 모르는 인간의 행동일수록 악의적으로 해석하기 쉽다는 점은 심리학과 연관 지을 필요도 없는 경험적 사실이지만, 그것을 인식한 채로 생각했다. 만약 내가 지폐가 사라진 지갑을 "저기 떨어져 있었어"라며 건넨다고 해서 나가에는 과연 순순히 고맙다고 말할까. 나가에는 감사 인사를 하면서도 내심으로는 생각하지 않을까. '이 녀석이 훔친 거 아니야?'

어느새 지갑을 가방에 넣고 있었다. 주변 사람에게 보이면 좋지 않다. 나는 지금 지갑을 두 개 가지고 있는 상태다.

그리고 동시에 한 가지 좋지 않은 사실도 생각났다. 나는 오늘 평소보다 많은 현금을 가지고 왔다. 보슈 부채는 수제이기도 해서 나름대로 가격도 나가고, 포장마차에서 음식을 사 먹을 때 다른 사람에게 가볍게 쏘는 흐름이 벌어질지도 모른다고 생각했다. 대화로 분위기를 띄울 수 없기에 적어도 한 턱 내면서 친구의 지지를 얻겠다는, 한 발 잘못 디디면 오히려 괴롭힘을 불러올 수 있는 비굴한 방식이지만, 대인기피증에게는 의외로 흔한 이런 자세가 나에게는 아직 잠재한다. 하지만 내 지갑에 들어 있는 '묘하게 많은 현금'을 보고 나가에는 어떻게 생각할까.

지갑을 줍지 말 걸 그랬다고 생각하는 것과 동시에, 주운 지갑을 다시 버려버릴까도 생각했다. 하지만 그럴 순 없었다. 지갑을 잃어버린 경우, 가장 번거로운 일은 각종 카드류를 재발급받는 일이기에 지갑만이라도 있고 없고는 엄청나게 다르다. 그리고 주운 시점에 나가에의 지갑은 내 점유하에 놓이게 됐다. 즉 지금 버리면 단순히 '다른 사람의 지갑을 버린 것'이 된다. 이래서는 내가 범죄자다 타인의 물건을 버린다면 손상되지 않더라도 재물손괴죄가 성립할 수 있다.

잘 설명해서 의심받지 않고 건네줄 수는 없을까. 생각해봤지만 아무 방법도 떠오르지 않았다. 가령 떠올랐다고 해도 대인기피증인 내가 미리 생각한 대로 말할 가능성 따위 한없이 제로에 가깝다.

나는 주변을 둘러봤다. 범인처럼 보이는 사람은 없다. 우물쭈물하다 보면 도망쳐버린다. 그리고 지갑도 돌려줄 수 없다. 막다른 길이다.

하지만 그때, 앞쪽에서 미하루의 큰 목소리가 울려 퍼졌다.

"지나가시는 여러분, 죄송합니다! 잠깐만 멈춰주세요!"

길거리의 소란스러움도, 포장마차의 호객 소리도, 멀리서 들려오는 메인 회장의 안내 음성도 가볍게 뛰어넘는 커다란 목소리로 미하루는 주변을 지나는 사람 수십 명을 동시에 멈춰 세웠다.

"지금, 이 주변에서 절도 사건이 발생했습니다. 소매치기 입니다."

알아듣기 쉽도록 한 마디 한 마디 끊어가며 목소리를 키웠다. 인파의 흐름은 느슨해졌고, 곧 멈췄다. 미하루의 위치는 전방 20미터 정도. 아까 메시지를 보낸 것처럼 옆길로 돌아가서 앞쪽에서 온 것이리라. 그녀는 길 한복판에 서서 외치는 중이었고, 그 주변에 사람이 정체돼 있었다.

"절도범은 아직 이 주변에 있습니다. 반복합니다. 절도범은 아직 이 주변에 있습니다."

엄청나다. 오롯이 혼자서 이 군중을 멈춰 세웠다. 수십 명이나 되는 통행인의 시선이 그녀에게 모여 있음에도 그것을 아랑곳하지 않는다. 분명 범인은 아직 여기에 있고 경찰도 불렀으니까 이것이 가장 합리적인 대책이다. 하지만 그것은 이론에 지나지 않는다. 모르는 사람으로 가득한 군중을 향해 "멈춰"라고 외치는 것 따위, 세상의 중심에서 사랑을 외치는 것보다 훨씬 더 부끄러운 일이다.

"통행 중에 죄송하지만 잠시 이대로 기다려주실 수 있나요? 지금 경찰이 오고 있습니다."

기다려주실 수 있나요? 라고 그녀가 말한 순간, 벌써 주변은 웅성거리기 시작했다. 다들 처음에는 '무슨 일일까?'라고 흥미를 보인 것뿐이리라. 그런데 기다려달라는 말을 들었다. 틀림없이 이 웅성거림의 내용은 불만과 비난이 중심이다. 뒤쪽에서 "어? 뭐야?", "왜 앞으로 나아가지 않는 거야?" 같은 목소리도 들렸다. 아까부터 뒤에 있던 검은색 운동복을 입은 여자아이 4인조와 안경 남자였다.

웅성거림이 여기저기에서 부글부글 끓어오르기 시작했다. 처음에는 제대로 듣고 있지 않던 사람들도 행렬이 앞으로 나아가지 않자 이상하다고 생각하기 시작한 듯했다.

"부탁드립니다. 범인이 아직 이 주변에 있습니다. 경찰이 올 때까지 부디 협력해주세요."

발돋움해서 다시 보자, 미하루는 양손을 펼쳐서 사람들의 흐름을 막고 있었다. 사람들의 웅성거림이 커졌고, 말싸움이 시작될 것 같았다. 통행인으로서는 경찰에게 협력할 의무 따위 전혀 없고, 전혀 모르는 사람이 지갑을 도난당했다고 해도 자신들과는 아무 상관이 없다.

하지만 그때 기적이 일어났다. 웅성거리는 통행인을 혼자서 마주한 미하루를 가만히 지켜볼 수 없었던 것이리라. 포장마차 점주들이 움직인 것이다.

우선 옆의 오징어구이 가게 아저씨가 미하루를 흉내 내며 양손을 펼치면서 인파에게 고개를 숙이기 시작했다. "미안합니다. 잠깐만 부탁합니다. 잠깐이라도."

그 옆의 야키소바 가게 아저씨가 테이블을 앞으로 밀었다.
"아가씨, 여기에 올라서 외쳐봐요, 여기."

"고맙습니다." 미하루는 주저하지 않고 신발을 벗더니 야
키소바 가게 아저씨가 앞으로 내민 테이블에 올라섰다. 그
녀의 온몸이 보였고 단번에 눈에 띄게 됐다. "협력 부탁드립
니다. 조금 전에 경찰에 신고했습니다."

"저쪽에 경찰 아저씨 있었어. 내가 불러올게." 내 옆에서
버터감자 가게 아저씨가 소리치더니, 아이고, 미안합니다,
라고 말하면서 자신의 가게를 내버려두고 가버렸다. "아가
씨, 파이팅!"

미하루의 고맙습니다, 라는 외침이 여기까지 들려왔다.

뭐랄까, 굉장한 흐름이 됐다. 이렇게 되면 그야말로 사건
이며 소동이다. 비일상의 공기가 주변에 퍼져나간다.

중년남자의 것으로 들리는 "뭐 하는 거야? 빨리 가라고"라
는 불만의 목소리가 뒤에서 날아왔다. 미하루는 다시 한번
상황을 설명했다.

"아가씨, 이거 흔들어서 주목을 모아봐." 달고나 뽑기 가게
아저씨가 핸드벨을 던져서 건넸다.

"어이, 뭘 멈춰 세우는 거야." 중년남자가 화가 난 목소리
로 사람을 헤집고 앞으로 나섰다. "경찰도 아니면서 쓸데없
는 짓 하지 말라고."

"협력 부탁드립니다." 케밥 가게 아저씨가 남자 앞으로 나섰다.

거한의 튀르키예인이기에 위압감이 느껴져서인지 중년남자는 입을 닫았다. 거기에 재빨리 옆에서 야키소바 가게 아저씨가 다가왔다. "잠깐만 기다려주세요. 협력 부탁드리겠습니다. 자, 이거 서비스할 테니까. 이거라도 드시면서."

중년남자가 불만스러운 듯 야키소바 팩을 받아들자 아저씨는 쑥 고개를 숙였다. "자, 그럼 서비스로 단돈 370엔에 드릴게요."

"돈을 받는 거야?" 주변에서 딴죽이 무수히 끓어올랐다.

"범인이 아직 근처에 있어요." 미하루가 테이블 위에서 외쳤다. "머리카락이 갈색이고, 위에는 성조기, 즉 미국 국기 모양의 파카를 입었습니다. 파란색 바탕에 흰색 별, 빨간색과 흰색 줄이 들어간 그 모양입니다."

군데군데서 벌어지던 웅성거림이 얼룩이 퍼져나가듯 퍼져서 일행끼리 모이기 시작했고, 순식간에 자리가 시끄러워졌다. 모두가 주변을 둘러보기 시작했다. 사토나카 일행도 주변을 두리번거렸지만, 당사자인 나가에는 '부탁이니 제발 그만둬'라고도 말하고 싶은 듯 머리를 감싸고 있었다. 설마 미하루가 이런 행동을 취하리라고는 생각도 못 했으리라. 아마도 그는 지금 자신 탓에 소동이 벌어지고 말았다고 생각하고 있으리라.

주변 사람들도 다들 곤혹스러워하는 것 같았다. 형사 사건에 직접 관여했던 경험이 있는 사람은 많지 않을 테고 대부분 '나는 좀 빼줘'라는 마음을 품고 있을 테지만, 그럼에도 다들 주변을 둘러보고 있었다. WAIKIKI 남자는 머리를 긁고 있었고, 항아리 체형의 아주머니는 소시지의 남은 반을 단번에 입에 쑤셔 넣는 중이었다. 취한 아저씨 2인조는 앞을 보며 "잘한다!", "우와, 미인"이라며 미하루에게 말을 걸었다. 상황은 이해하고 있는 걸까.

나는 등골이 서늘해지는 걸 느꼈다. 이건 좋지 않다. 주변에서는 이미 불만이 터져 나오기 시작했다.

당연한 일이었다. 소매치기범이 근처에 있다는 상황. 예를 들어 만약 일대일로 부탁한다면 대부분 '범인 찾기를 도와주는 것뿐이라면 얼마든지 하겠다'라고 답하리라. 몇 분쯤 발을 멈추는 것도 이해해주리라. 하지만 익명의 집합체인 '군중'이 되면 사람은 갑자기 이기적이고 심술궂어진다.

포장마차 아저씨들이 연이어 협력해준 건 그나마 다행이었다. 처음으로 목소리를 높여준 오징어구이 가게 아저씨가 MVP라고 할 만했고, 그의 한마디 덕에 공간의 분위기가 '협력' 쪽으로 기울어 다른 아저씨들도 우르르 가세했다.

하지만 자신들과 아무 관계가 없음에도 길이 막힌 통행인들은 다르다. 현시점에서는 아직 아까의 중년남자 외에 명확하게 불만을 표하는 사람은 나오지 않았다. 하지만 경찰이 오지 않고 5분, 아니 3분만 지나도 다른 사람들도 불만을 토하기 시작하리라. "우리는 관계없는데 왜 협력해야 해?", "그쪽 사정이잖아", "강요하지 마". 곧 그런 방향으로 흐를 것이다. 범죄 피해를 당한 사람을 위해, 절도범을 체포하기 위해, 단 5분간 자리에 서서 기다린다. 고작 그 정도의 일에조차 대부분의 인간은 반발한다. 경찰이나 축제 회장의 스태프와 같은 '권력자'가 말한다면 얌전히 기다릴 테지만, 일개 대학생에게 강제당할 이유는 없다고 생각한다. 충분히 냉혹한 이야기지만, '보통 사람'이란 원래 그렇다.

앞쪽을 바라봤다. 지금은 아직 팔짱을 끼고 있는 훌륭한 수염을 기른 거구의 케밥 가게 주인이 위압해주기에 버티고 있지만, 이렇게 혼잡한 상태다. 신고를 받은 경찰관, 혹은 버터감자 가게 아저씨가 데려오는 경찰관이 이곳에 올 때까지의 5분까지는 버틸 수 없으리라. 전부 막아 세울 수 없을 것이다. 분명.

그에 더하여 이 상황에서는 내가 지갑을 꺼낼 수도 없다. 이만큼 모두를 기다리게 해놓고 '피해자의 친구가 지갑을 가지고 있었습니다'여서는 큰 야유가 쏟아질 것이 분명하다. 그것이 가령 지갑뿐이며, 현금은 도난당한 상태라고 해도 말이다. 모두 "지갑이 돌아왔으니 그걸로 된 거 아니야?"라고 불만을 표하리라. "뭐야. 있었던 거야?", "고작 그 정도로 다른 사람한테 민폐 끼치지 마"라고.

주변을 둘러보는 사람들이 줄어들었고, 대신 한쪽 발에 체중을 싣고 서거나 핸드폰을 꺼내 만지기 시작하거나 테이블 위의 미하루를 찍기 시작하는 사람이 늘어났다. 모두 어느 정도 자신의 주변을 찾아봤지만 갈색머리에 성조기 파카를 입은 사람이 보이지 않는다는 사실을 알고 흥미를 잃은 것이리라.

사람들의 움직임은 지금은 완전히 멈춰 있었다. 미하루가 있는 부근에서 인파가 갈려서 그 앞으로는 약간 공백 지대가 생긴 채였다. 그 너머에 듬성듬성 서 있던 사람들이 무슨 일인가 하고 이쪽을 돌아보고 있었다. 인파 속에서 죽순이 돋아난 것처럼 여기저기에서 쑥쑥 팔이 뻗더니, 손에 든 핸드폰이 찰칵찰칵 소리를 냈다. 그것을 보고 "어이, 뭐 찍는 거야"라는 불만의 목소리가 일어났다. 옆의 여자 2인조가 "저기, 이거, 언제까지 기다려야 하는 거야?"라고 불만을 말하기 시작했다. 어쩐지 위가 아팠다. 아직 2, 3분 정도밖에 지나지 않았는데 벌써 분위기가 안 좋아지기 시작했다. 그래도 이 주변 사람들은 아직 괜찮은 편이다. 주변에 범인이 있을지도 모른다는 의미에서는 당사자이기 때문이다. 하지만 우리보다 훨씬 뒤에 있는 사람들은 어떨까. 그들로서는 이유도 모르는 채 발이 잡힌 상태다.

빨리 범인을 찾아서 멈춰 선 통행인을 해방시켜야 한다.

하지만 나는 결정적으로 좋지 않은 사실을 깨달은 상태

였다.

전방 약 20미터, 미하루 부근에서 분단된 군중. 범인은 뒤쪽에서 접근해 나가에의 엉덩이 주머니의 지갑을 빼서 도망갔기에 나가에보다 앞에 있을 가능성이 크다. 바로 인파에서 벗어나 뒤로 돌아갔다고 해도 나보다 그렇게 뒤로는 가지 못했을 터다. 그렇다고 하면 이 주변의 수십 명.

하지만 그곳을 아무리 찾아도 해당하는 사람이 보이지 않는 것이다. 성조기 무늬는 잘못 봤을지도 모르지만, 비슷한 색의 파카도 없다. 무엇보다 확실한 증거라고 할 수 있는 갈색머리인 사람도 거의 없다.

……도대체 어떻게 된 걸까.

좋지 않은 분위기로 흘러가고 있었다. 얼른 범인을 찾지 못하면 아마도 앞으로 몇 분 이내에 미하루에 대한 불만이 폭발하여 커다란 야유가 일어나리라. 야유로 끝난다면 다행이지만, 화가 난 군중들이다. 술을 마신 사람도 있다. 미하루가 위험하다.

그럼에도 범인의 모습이 어디에도 없다.

3

"반복하겠습니다. 범인이 아직 근처에 있습니다. 머리가 갈색이고, 상반신은 성조기, 즉 미국 국기 무늬의 파카입니다." 미하루가 테이블 위에서 외쳤다. "부탁드려요. 주변을 찾아봐주세요. 이 안에 범인이 있을 겁니다."

"없다니까!" 누군가가 소리쳤다. "얼른 지나가게 해줘!"

거리가 이렇게 떨어져서는 미하루의 표정 변화를 알 수 없었다. 하지만 테이블 위에서 사람들을 내려다보는 그녀 쪽이 확실히 알 수 있을 터였다. 없는 것이다. 해당하는 사람이.

애초에 갈색머리라는 시점에서 그다지 수가 많지 않다. WAIKIKI 남자 주변에는 동년배의 젊은 남자 대여섯 명이 있지만, 머리가 갈색인 건 한 명이고 옷은 전혀 비슷하지 않은 데님 재킷이다. 달고나 뽑기 가게 앞에 밝은 갈색머리의 여자가 있지만, 어깨까지 내려오는 긴 머리고, 한눈으로 봐도 여자라고 알 수 있는 사람이기에 만약 나가에가 봤다면 그렇게 말했으리라. 뒤에 있는 검은색 운동복 4인조 중 한 명도 갈색머리지만 헤어스타일이 포니테일이다. 그리고 성조기 파카에 이르러서는 조금이라도 비슷한 옷을 입은 사람은 단 한 명도 없다.

구석에 몰린 감각은 있었지만 그 이상으로 이상한 일이었다. 범인은 어디로 사라진 걸까?

이 근처에는 옆길이 없다. 훨씬 앞까지 가면 미하루가 앞서 돌아온 옆길로 들어갈 수 있지만, 그것은 지금의 미하루를 너머 꽤 멀리 가야 하며, 범인은 거기까지 가지 못했을 터였다. 노지의 좌우는 민가로, 벽을 넘어서 도망치는 건 너무 눈에 띄어 불가능하다. 설마 맨홀에 빠졌을 리도 없고, 하늘을 날아갔을 리도 없다. 노지는 이른바 출구 없는 커다란 밀실인 셈이다.

그렇다면 포장마차 속으로 숨었을까. 어딘가의 포장마차 아저씨 본인이 범인이거나 범인의 동료일지도 모른다.

하지만 좌우 포장마차를 보면 그것도 불가능해 보인다. 범인이 숨을 수 있을 법한 포장마차의 아저씨들은 다들 미하루에게 협력하고 있고, 애초에 포장마차에 드나드는 것만으로도 꽤 눈에 띈다. 이만큼이나 되는 사람들이 주변을 구경하면서 걷던 중이다. 들키지 않고 가능할 리가 없다.

사토나카와 다케시타가 빙글빙글 돌면서 주변을 보고 있었다. 범인이 보이지 않아서 초조한 것이리라. 나가에는 '나는 관계없어'라며 주변에 변명이라도 하는 듯 그저 고개를 숙이고 있었다. 범인을 찾지 못하면 우리는 우리의 사정만으로 군중의 발을 멈추고 '폐를 끼친' 책임을 져야만 하게 된다.

……옷을 벗은 걸까.

가능성은 그것뿐이었다. 성조기 파카는 범행 후에 얼른 벗고 가방에 넣거나 해서 숨긴다. 머리는 어떨까. 곧장 벗을 수 있는 가발이었을지 모른다. 애초에 성조기 무늬의 화려한 파카도 갈색머리도 피해자에게 강한 인상을 주고자 일부러 화려한 걸 고른 것이 아닐까.

나는 주변을 둘러봤다. 그렇다면 해당하는 사람이 없다는 점도 설명이 된다. 하지만.

무리다. 이렇게나 사람이 밀집해 있고 보는 눈이 많다. 파카를 벗고 가발을 벗는다고 해도 그런 눈에 띄는 행동을 하면 반드시 목격자가 나온다. 그도 그럴 것이 근처 사람의 머리카락 색이 갑자기 바뀌는 것이다. 주변 사람이 아무도 깨닫지 못할 턱이 없다.

……그렇다고 하면 가능성은 하나밖에 없다.

유쾌하지 않은 생각이긴 하지만 검토하지 않을 수는 없었다. 즉 소매치기 자체가 나가에의 거짓말일 가능성이다. 범인의 모습이 '성조기 파카에 갈색머리'라는 점이나, 그러면서도 성별도 나이도 모른다는 점을 보면 나가에가 '이 자리에 있을 법하지 않은 옷'을 고른 것이 아닐까.

물론 그렇다고 하면 나가에가 어째서 그런 짓을 했는가, 라는 문제가 생겨난다. 하지만 인간은 어떤 일이든 벌이는 동물이다. 주변의, 특히 노리고 있는 미하루나 미나키의 동정심을 불러일으키고 싶다거나, 그렇게 말하면 얻어먹을 수 있다는 등 평범하게 생각하면 제대로 된 인간이 할 리 없는 사고회로를 가진 사람도 세상에는 많다. 고작 수천 엔을 위해 강도 짓을 벌이고 사람을 죽이는 사람도 많으니까.

거기까지 생각하고는 바로 고개를 저었다. 그것도 아니다.

왜냐하면 다름 아닌 내가 나가에의 지갑을 주웠기 때문이다. 사건이 나가에의 거짓말이라고 해도 그가 지갑을 그런 곳에 떨어뜨릴 필요는 없었다. 어딘가에 숨긴 채 '도난당했다'라고 소동을 피우면 그뿐이다. 정기권이나 학생증, 카드류의 재발급은 매우 번거로울뿐더러 비용도 발생하는데 굳이 지갑째로 잃어버릴 필요는 없다. 물론 내가 주워줄 것이라 기대하고 버리는 건 너무 예상하기 어려운 일이다.

그렇다면 어떻게 된 걸까. 절도범은 진짜로 있었다. 하지만 노지에는 출구가 없다. 보는 눈이 많기에 포장마차나 민가로 숨는 것도 불가능하다. 파카를 벗을 수도 없다. 그런데도 범인은 사라졌다.

그럴 리가 없다. 이 노지의 폭은 10미터. 전후 25미터. 그곳에 있는 수십 명. 이 안에 범인이 없다는 건 이상하다.

주변의 웅성거림이 커졌다. 앞을 걷던 초로의 남자가 전화 중이다. "앞으로 나아가질 못해서 말이야"라고 화가 난 말투로 누군가에게 사정을 설명하는 듯했다. 뒤를 돌아봤지만 버터감자 가게는 텅 빈 채로, 경찰관도 아직 오지 않는다.

노란색 바탕에 검은색으로 적힌 '따끈따끈 버터감자'라는 글자를 보고 포장마차의 지붕으로 올라 도망친 건 아닐까 생각했다. 하지만 그것도 바로 부정했다. 분명 사각이기는 하지만, 아마도 올라서면 포장마차가 망가지리라. 애초에 올라가는 시점에서 무척이나 눈에 띈다.

뒤에서 찰칵, 하는 소리가 들렸다. 대각선 뒤의 안경 남자가 핸드폰으로 미하루를 찍고 있었다. 사실은 저것도 해서는 안 되는 일이지만.

주변 사람들이 화를 내기 시작했다는 사실을 알게 돼 나는 숨쉬기가 괴로워졌다. 나가에의 지갑이 들어 있는 가방을 손으로 쓰다듬었다. 지갑을 주웠을 때 바로 나가에에게 말을 걸고 건네줬다면 이렇게까지 큰 소동이 벌어지지는 않았을 터였다. 나가에는 '일단 지갑이 돌아왔으니 괜찮아'라는 생각에 딱히 경찰에게 말하지도 않을 테고, 조금은 불편한 분위기인 채 축제 구경은 재개됐으리라. 하지만 그 '말을 건다'라는 행동을 하지 못한 것이다. 내가 훔쳤다고 생각하는 건 아닐까, 같은 생각도 대인기피증 특유의 피해망상에 불과할지도 모르는데.

그 결과, 이런 상황이 벌어졌다.

어떻게든 해야만 한다. 하지만 어떻게도 할 수 없었다. 경찰도 아니라서 이 자리의 사람들을 한 명 한 명 신체검사할 수도 없다. 그것을 요청할 배짱은 물론, 사토나카에게 제안할 용기도 없다. 그리고 자신과 관계없는 일로 멈춰 세워진 데다가 범인 취급을 받는다면 대부분 화를 내리라.

사토나카 일행이 인파를 헤집고 앞으로 나아갔다. 미하루에게 그만 길을 열어주자고 제안할지도 모른다. 슬슬 한계라는 점은 그들도 느끼고 있을 것이다.

다시 한번 주변을 둘러봤다. 그렇지 않아도 좁은 노지를
포장마차와 광고 입간판이 더욱 좁게 만들고 있다. 그리고
이렇게나 많은 인파가 있다. 양손을 옆으로 펼치는 것조차
불가능한 인구밀도. 이것이 문제였다. 그저 '많은 눈이 보는
가운데 벌어진 인간 소실'이 아니라는 점이다. 나가에의 착
각이나 거짓말이 아니라면 범인은 뭔가의 트릭을 써서 이
자리에서 사라졌다는 말이 된다. 하지만 이 인구밀도 속에
서는 트릭을 위해 뭔가 색다른 짓을 하면 바로 의심을 산다.
예를 들어 이것이 불꽃놀이 축제라면 클라이맥스로 불꽃이
마구 쏘아 올려지는 순간에는 사실상 '보는 눈이 사라지는'
일이 벌어질지 모른다. 하지만 이 축제에서는 그런 것조차
없었다. 그렇다면 범인은 눈에 띄지 않고, 주변의 누구에게
도 수상하게 여겨지지 않고 트릭을 실행해야만 한다. 그런
트릭이 있을까?

"아, 기다리시는 동안 사과사탕 어떠신가요? 우리는 제대
로 서비스해드릴게요. 한 개 300엔입니다."

옆의 포장마차에서 사과사탕 가게 아저씨의 목소리가 들
렸다. 앞서 야키소바 가게 아저씨를 제대로 이용한 장사법
이지만, 원래 한 개 500엔짜리니까 분명 제대로 할인 서비
스를 하는 것이라고 말할 수는 있으리라. 하지만 아저씨는
희미하게 난감한 듯한 미소를 짓고 있었다.

아마도 미하루도, 포장마차 아저씨들도, 이런 전개는 예상하지 못했으리라. 눈앞의 인파 속에 범인이 있는 것이라면 모두 함께 찾으면 바로 발견할 수 있다. 혹은 범인이 압박에 져서 도망친다. 범인을 체포하는 데 어느 정도 고생할 수는 있겠지만, 금세 해결할 수 있으리라 생각했다. 하지만 범인을 찾을 수가 없다. 사람들은 움직이지 않고 물건을 사 먹을 분위기도 아니다. 앞쪽의 케밥 가게 아저씨는 아무 말 없이 병사처럼 서 있지만, 야키소바 가게 아저씨와 달고나 뽑기 가게 아저씨는 슬슬 곤란한 눈치였다. 어떻게 하면 좋을까, 라는 식으로 서로의 얼굴을 바라보기 시작했다.

사과사탕 가게 아저씨는 결국 가게 매대에서 상품을 쑥쑥 집어서 포장마차에서 나왔다. "아, 그냥 한 개 280엔만 받을게요. 사과사탕 어떠세요?" 필사적으로 분위기를 살려주려고 하는 점에 대한 감사와, 그런 것치고는 가격 할인이 너무 쩨쩨한 것에 대한 딴죽, 그리고 아저씨네 포장마차에 있는 사과사탕이 빨간색만 있는 것이 아니라 흰색, 하늘색, 녹색에 보라색 등 꽤 다양한 색이라는 점을 발견한 놀라움이라는 각종 감정이 동시에 샘솟았다. 아니, 사과사탕의 색은 아무래도 상관없는 일이다.

라고 생각한 참에 깨달았다. 사과사탕. 포장마차를 바라보고는 빨간색에 뒤섞여 흰색과 하늘색과 녹색과 보라색도 숨어 있었다는 점을 깨달았다. 즉.

"사과사탕 어떠세요?"

갑자기 옆에서 목소리가 들려서 깜짝 놀랐다. 아저씨가 인파를 헤치고 여기까지 온 것이다. 나는 나도 모르게 "네? 네에"라고 답하고 말았고, 아저씨가 웃는 얼굴이 됐다. "고맙습니다. 어떤 색이 좋으세요? 흰색, 하늘색, 녹색, 보라색도 있습니다. 맛은 같지만요."

맛은 같은 거야? 하고 생각했지만 뭐 그건 당연한 일이었다. 아니, 그보다 사겠다고는 한마디도 하지 않았다. 하지만 이미 아저씨는 내가 '산다'라고 판단해서 기다리고 있었다. 치사하다고 생각했지만 이제 와서 거절할 만한 분위기는 아니었다. 강매를 당했다고 생각하면서, 조금 전에 들은 것처럼 280엔을 내밀고 하늘색 사과사탕을 받아들었다.

사버렸다. 갑자기 벌어진 일에 깜짝 놀라서 아직 심장이 벌렁거린다. 아니, 배는 고팠다. 그리고 흐름에 넘어가긴 했지만 포장마차에서 먹을 걸 샀다. 결과적으로는 좋았을지도 모른다. 싸기도 했고.

아니, 지금 그럴 때가 아니다.

사과사탕을 보는 사이에 깨달았다. 방법이 있다는 사실을. 이 정도로 보는 눈이 많은 상태에서 아무에게도 들키지 않고 '사라지는' 방법이. 눈에 전혀 띄지 않은 채 인간을 한 명 사라지게 하는 트릭이. 그리고 범인이 그 방법을 이용한 것이라면.

나는 핸드폰을 꺼내 사토나카에게 메시지를 보냈다. 사과 사탕을 들고 있는 탓에 왼손만으로 문자를 입력해야만 해서 몇 번이고 오타를 쳤지만, 어찌 됐든 서둘러 입력했다.

후지무라(ID: nightowl at the bottom)
범인이 어떻게 사라진 건지 알았어.
범인을 찾을 방법이 있어.

그리고 미하루가 모두를 향해 말해야 할 걸 적었다. 설명하기 복잡했지만, 그것이 문자 입력의 고마운 점이었다. 문장이라면 괜찮다. 말하고자 하는 바를 사전에 몇 번이고 음미할 수 있고, 입으로 하면 주절주절 길어질 법한 설명도 할 수 있다. 글자로 쓰는 것이기에 말로 했을 때처럼 잘못 들을 우려도 없고, 무엇보다 상대가 보기 전이라면 송신을 취소해서 없었던 일로 할 수 있다. 일상 회화가 전부 문자 입력으로 이루어지면 좋겠다고 생각하며 송신했다. 미나키와는 아직 메신저로 대화한 적 없었고, 나가에와 다케시타는 연락처를 모르니까 미하루와 사토나카에게 각각 단독으로 보내면 충분하겠지, 하고 대인기피증의 특기를 발휘하여 화면을 탭했다. 사토나카에게서는 곧장 "진짜로?"라는 전혀 의미 없는 답이 왔지만, 그 약 1분 후 미하루에게서도 답이 왔다.

미하루(ID: sir-pirka)

고마워! 그렇게 할게. 덕분에 범인을 붙잡을 수 있겠어.

아직 모른다고 생각하면서도 일단 한숨 놓았다.

4

웅성거림 속에서 앞쪽으로 귀를 기울였다. 인간에게는 '선택적 청취'라는 능력이 있으며 떠들썩한 상황에서도 특정한 소리만을 집중해서 들을 수 있다고 하는데, 과연 그렇구나 싶었다. 대화 내용까지는 알 수 없지만 테이블에서 내려선 미하루와 사토나카가 대화를 나누고 있었고, 사토나카가 "될 거 같아!"라고 들떠 있는 것이 단편적으로 들렸다. 그것을 확인한 나는 그저 기도할 뿐이었다. 군중을 향해 말하는 건 미하루나 사토나카가 아니면 안 된다. 나는 그저 사과사탕의 꼬치를 쥐고 기다릴 뿐이다.

주변의 불만은 이미 여기저기에서 상황을 무너뜨리기 시작한 상태였고, "어이, 언제까지 기다리게 할 거야!", "도대체 뭐 하는 거야?"라는 불만의 목소리가 연이어졌다. 슬슬 공간의 흐름이 바뀌려는 중이었다.

하지만 그것도 이제 끝난다.

어떻게 할까 싶었는데, 미하루와 사토나카 둘이 동시에 야키소바 가게의 테이블에 올라섰다. 뭔가가 시작된다는 사실을 알아챘는지 군중이 한순간 조용해졌다.

"……기다리게 해서 죄송합니다. 지금까지 협력해주셔서 감사합니다." 미하루가 완전히 익숙한 모습으로 마치 모든 것이 끝난 듯한 대사를 말했다. "범인을 어떻게 특정할지 알아냈습니다. 반복하겠습니다. 범인을 찾을 방법을 알아냈습니다."

알지도 못하는 많은 사람을 향해 말해본 경험이 있는 사람은 좀처럼 많지 않다. 미하루는 어째서 이렇게 익숙한 걸까. 옆에서 그녀를 바라보는 사토나카도 비슷한 느낌으로 놀라고 있을지도 모른다.

미하루는 시선을 모두에게 균등히 보내면서 말했다.

"범인은 혼자서 온 사람입니다. 그러니까 여러분, 죄송하지만 만약 두 명 이상이 함께 오신 분은 서로 함께 왔다는 점을 알 수 있게 나란히 서주세요."

맨 처음에 미하루가 말하기 시작했을 때와 마찬가지로 모두가 주변을 둘러보기 시작했다. 미하루가 같은 지시를 다시 한번 천천히 반복했다. 그녀 옆에서는 사토나카가, 테이블에는 오르지 못했지만 바로 옆에서는 다케시타가 눈을 반짝였다.

모든 사람에게 강의 종료 후의 대강당 같은 웅성거림이

퍼졌다. 뒤에서 시끄러운 소리가 들렸고, 돌아보니 검은색 운동복 4인조는 허둥대면서도 서로 바짝 달라붙었다. "2인 조입니다" 하는 소리가 들렸고, 바라보자 취한 아저씨 두 명 이 서로 어깨에 팔을 두르고 있었다. 술에 취한 상태에서는 이런 상황이 그저 재미있으리라. WAIKIKI 남자와 그 주변 사람들은 곤란한 듯 우두커니 서 있었고, 놀랍게도 항아리 아주머니는 내 앞에 있던 초로의 남자에게 다가서서 꽉 잡 아당겼다. 둘이 함께 이곳에 온 듯했다.

역시 범인 취급을 받고 싶은 사람은 없는 모양이다. 애당 초 축제에 혼자서 오는 사람은 그다지 많지 않다. 여기저기 에서 서로를 부르거나, 딱히 아무것도 하지 않지만 서로 달 라붙거나, 혼자가 아니라고 설명하듯 미하루와 사토나카를 보는 등 뭔가 '짝 찾기' 레크리에이션을 하는 듯한 상황이 벌어진 상태였다. 한편, 대각선 뒤쪽의 안경 남자는 얼굴을 찌푸린 채 허리에 손을 대고 서 있었다. 혼자서 온 사람으로 서는 싫은 상황이리라.

아무래도 결정이 난 듯했다. 내가 보더라도 명백했다.

사토나카가 외치면서 이쪽을 향해 손가락을 가리켰다. "있 다! 저 사람들이야!"

어이, 외치지 마, 라고 생각했지만 이 인파 속에서 목소리 를 높여서 사토나카를 멈출 용기가 나지 않았다. 옆의 미하 루도 사토나카를 막으려 했지만 사토나카는 그럼에도 깨닫지 못하고 계속해서 외쳤다.

"저깁니다! 범인은 저 녀석들! 저기 티셔츠를 입은, 뭐야 저게. 'WAIKIKI'가 뭐야? 뭔가 영어로 그렇게 적힌 티셔츠 입은 저 녀석들입니다!"

사토나카가 내 앞에 있던 WAIKIKI 남자를 가리키며 뛰어들 것처럼 자세를 취했다. "저 녀석과 그 주변에 있는 젊은 남자 다섯 명? 여섯 명? 저 녀석들 전부입니다! 잡아주세요!"

사토나카가 누구를 가리키는지 주변 사람들에게도 전해지기 시작했다. WAIKIKI 남자는 티셔츠의 문자를 숨기듯 방어 태세를 취했지만, 이미 주변 사람들은 모두 그쪽을 바라보고 있었다. 여기저기에서 목소리가 들렸다. "뭐야?", "누구?", "저기 아니야?", "저 사람들 모두?" 뒤쪽의 운동복 4인조와 대각선 뒤의 안경 남자는 발돋움해서 그들을 확인하려 했다. 술에 취한 아저씨 두 명이 "저 녀석들인가!"라고 노골적으로 가리키면서 다가왔다. 항아리 아주머니는 녹색 사과 사탕을 갉아먹으면서 범인들을 가만히 바라봤다. 남편인 듯 보이는 옆의 초로의 남자 쪽은 그쪽으로 갈지 말지 고민하는 듯했다.

갑자기 지목당했기에 WAIKIKI 남자와 그 주변의 대여섯 명도 처음에는 당황한 듯 보였다. 서로의 얼굴을 바라보듯, 그러지 않으려고 참는 듯한 어중간한 상태로 허둥거렸다.

지금은 지목당한 것이 그들이라는 사실을 주변 사람들이 모두 인식했고, 그들 주변에는 공간이 만들어지고 있었다. 그것으로 확실히 알았다. WAIKIKI 남자가 주범. 그 주변 동년배 여섯 명이 보조. 보니까 여섯 명 중 한 명이 커다란 숄더백을 가지고 있었다. 성조기 파카와 갈색 가발은 그 안에 있으리라.

보는 눈이 많은 가운데 벌어진 인간 소실. 하지만 그 진상은 간단했다. 빨간색 사과사탕의 그늘에 다른 색 사과사탕이 숨어 있는 걸 본 것만으로 내가 깨달았을 정도로.

범인은 7인조였던 것이다. 내 추리로는 몇 명인지까지는 알 수 없었지만, 최소 다섯 명은 필요했다. 실제로 소매치기를 하는 주범과 주범을 둘러싸고 모습을 숨길 보조가 최소 네 명. 현실적으로는 네 명으로는 틈새가 너무 많이 벌어져 위험하기에 다섯 명이나 여섯 명은 필요하다고 생각했다.

인간 소실의 진상은 바로 그런 것이었다. 인파 속이라고 해서 항상 보는 눈이 많은 상황이라고는 단언할 수 없다. 인파 속에 칸막이를 세우면, 그 안에서 성조기 파카와 갈색머리 가발을 벗고 변신하더라도 아무에게도 보이지 않는다. 그리고 칸막이는 파티션 등이 아니라, 인파 속에 있더라도 아무도 신경 쓰지 않는 유일한 것, 즉 인간이다. 지갑을 훔친 후, 주범인 WAIKIKI의 주위를 벽 역할의 여섯 명이 감싸고, 성조기 파카와 갈색머리 남자가 WAIKIKI 티셔츠와 검은머리로 변신하는 걸 가린다. 인간으로 만들어진 벽이다. 파카와 가발은 벽 역할 중 한 명이 받아들고 가방에 넣는다. 아마도 지갑을 훔칠 때도 벽 역할의 여섯 명은 주범과 피해자를 자연스럽게 둘러싸고 있었으리라. 키가 큰 여섯 명이 둘러싸면 키가 작은 WAIKIKI 남자도, 피해자 나가에도 주변에서 보이지 않게 된다.

"거기 계신 분, 가방 안 좀 보여주실 수 있나요?" 미하루의 목소리가 들렸다. 진작 테이블에서 뛰어내려 인파를 헤치며 이쪽으로 향하고 있었다.

7인조를 둘러싼 사람들도 그들을 가만히 보고 있었다. 그들도 그 사실을 깨닫고 있으리라. 자신들만이 익명의 '군중'에서 떨어져 나와 가시화된 상태였다. 그들은 이윽고 서로 시선을 교환하기 시작했다.

"저기, 잠깐, 너희들."

놀랍게도 처음으로 말을 건 건 항아리 아주머니였다. 사과 사탕을 우물우물 먹으면서 일곱 명에게 다가섰다. "너희가 한 거야? 그럼 안 되지. 얼른 꺼내, 지갑."

"맞아. 얼른 꺼내!" 어떤 남자가 호통쳤다.

대세가 기울었다. 나머지는 경찰관이 올 때까지 이대로 모두 함께 범인들을 둘러싸고 있으면 된다.

사토나카가 너무 솔직하게 범인을 지목한 건 계산 밖이었지만, 내 작전은 통했다. "혼자서 온 사람이 범인"이라고 거짓말을 해서 동요시키고, 그에 대한 반응을 보고 이 일곱 명을 밝혀낸다.

미하루가 말한 "범인은 혼자서 온 사람입니다. 그러니까 여러분, 죄송하지만 만약 두 명 이상이 함께 오신 분은 서로 함께 왔다는 점을 알 수 있게 나란히 서주세요"라는 말. 그 말이 진실인지 어떤지, 근거가 있는지 어떤지는 아무래도 좋았다. 어쨌든 그렇게 외치기만 하면, 주변 군중은 단순히 홀로 있는 사람에게 의심의 눈길을 보낸다. 아무런 근거나 이유 없이 의심받고, 이상한 행동을 하면 누군가가 "저 녀석이 범인이다!"라고 외치며 몸싸움이 벌어질지도 모른다. 그렇기에 범인도 뭣도 아닌 사람들은 그렇게 되지 않고자 생각해서 같이 온 사람과 함께 하려 들리라.

하지만 범인 그룹은 그렇게 할 수 없다. 그들은 '자신들이 그룹이라는 점을 숨기고 싶을' 테고, 트릭의 성질상 가까이 있으면서도 서로 타인인 척하고 있을 것이다. 혼자 왔습니다, 라고 계속 위장하면 미하루가 말한 대로 주변에서 의심을 산다. 하지만 이제 와서 '사실은 일행이었습니다'라고 모여들면, 그것은 그것대로 수상하게 여겨진다. 범인들만이 '어느 쪽으로 행동해도 곤란한' 상황이 된다. 거기다가 미하루가 어떤 의도로 "범인을 찾을 방법을 알아냈습니다"라고 말을 꺼낸 것인지도 알지 못한다. 혹시라도 자신들이 그룹이라는 점을 밝혀내기 위한 함정은 아닐까 생각하게 된다.

결과적으로 그들만이 집단으로 왔으면서도 곧장 한자리에 모이지 못하고 어슬렁거리며 고민하는 상태에 빠진다.

그리고 지금 그렇게 한 것처럼, 그들이 서로를 타인 보듯 하는 경우에는 그것 자체가 범인이라는 증거가 된다.

왜냐하면 이 '보슈 부채 축제'에는 남녀노소 구별 없이 구경꾼들이 골고루 와 있기 때문이다. 용의자는 수십 명. 가령 100명이라고 계산하더라도 남녀노소 구별 없이 와 있는 가운데 젊은 남자만이 일곱 명이나 한자리에 모여 있다는 건 그들이 일행이 아닌 한 확률적으로 있을 리 없다. 그럼에도 그들은 서로에게 '일행이 아닙니다'라는 태도를 취했다. 이 시점에서 그들이 거짓말을 하고 있다는 사실을 알 수 있다. 즉 '동년배가 한자리에 모여 있으면서 일행이 아니라는 태도를 취하는 다섯 명에서 여덟 명 정도의 집단'이 있다면 그들이 범인이다.

지금 범인들 일곱 명을 둘러싸고 바라보는 사람들은 물론 그런 이치에 대해서는 알지 못한다. 하지만 일곱 명이 한 덩어리가 돼 있다는 점에서 '저 녀석들이다'라고 확신하는 듯했다. 어이, 라거나, 가방 보여줘, 라는 목소리도 날아들었다. 불과 몇십 초 전, 자신들의 발길을 멈춰 세운 미하루에게 향하던 적의가 이번에는 범인들을 향하고 있었다.

"아니거든요."

WAIKIKI 남자가 움직이기 시작했다. "옷도 다르잖아요."

그 남자에 뒤이어 주변의 여섯 명도 각자 얼굴을 숙이고 조금 무리하게 인파를 깨고 뒤쪽으로, 즉 내가 있는 쪽으로 도망치려고 했다. 지팡이를 쥔 노년 남자가 손을 뻗어 용맹하게도 "어이, 잠깐 기다려"라며 WAIKIKI 남자의 팔을 잡았다. WAIKIKI 남자가 팔을 휘둘렀고, 그 기세 때문에 노년 남자가 비틀거리자 주변이 시끄러워졌다. 7인조는 무리하게 인파를 헤치고 이쪽으로 오려고 했다.

어라, 이쪽으로 오고 있어. 왜 이쪽으로 오는 건데. 주변 사람들도 같은 생각을 하는 듯 7인조의 진행 방향에 있던 사람들이 몸을 뒤로 빼서 인파가 갈라졌다.

"길 좀 터주세요." 미하루의 목소리가 들렸다.

"조금만 비켜주세요. 너, 거기 너희들, 기다려!"

사토나카의 목소리도 들렸다. 7인조가 발길을 서둘렀고, WAIKIKI의 뒤에 있던 남자가 방해가 되는 여자를 밀쳤다. 비명이 울려 퍼졌다. 나는 뒤로 물러서려다가 뒤에 사람의 벽이 만들어져 있는 걸 알았다. 잠깐만. 이건 듣지 못했어.

그때, 내 팔을 툭툭 찌르는 손이 있었다.

돌아보니 미나키가 안경을 벗고 이쪽으로 내밀었다. 잠깐만 들고 있으라고 말하는 것처럼.

빈 손으로 받아들자, 미나키가 튀어나왔다. WAIKIKI 남자가 다가왔다. 미나키가 남자 바로 옆에서 다가섰다.

"이얍!"

구호와 함께 미나키의 몸이 회전했다. 턱에 제대로 돌려차기를 얻어맞은 WAIKIKI 남자가 만세하듯 양손을 쭉 뻗은 채 벌렁 나자빠졌다. 뒤에서 온 동료 남자가 WAIKIKI에게 밀려서 몸의 균형을 잃었다. 미나키는 그 남자의 턱에 정권지르기를 날렸다. 남자 두 명이 함께 쓰러졌고, 주변에서 비명과 웅성거림이 일어났다.

"우와."

"뭐야."

뒤에서 온 벽 역할의 남자들은 갑자기 두 명이 쓰러진 걸 보고 경악했다. 미나키는 검은 머리카락을 나부끼며 남자들에게 돌진했고, 세 번째 남자의 목덜미를 잡아당겨서는 무릎으로 복부를 찍어 올려 쓰러뜨리더니, 뒤쪽 남자의 안면에 손바닥 치기를 먹여서 날려버렸다.

"우어? 뭐야?"

사토나카의 놀란 목소리가 들렸다. 나는 입을 떡 벌린 채 미나키에게 건네받은 안경을 쥐고 있었다. 도대체 무슨 일이 시작된 거지? 범인 체포, 난투극. 하지만 그 중심은 생각지도 못했던 미나키였다.

미나키는 주변이 경악하는 모습을 아랑곳하지 않고 홀로 눈으로 좇지 못할 스피드로 움직였다. 남자의 머리카락을 잡고 끌어당기더니 관자놀이를 팔꿈치로 찍었다. 다른 남자의 소매를 잡아서 끌어당기더니 암바라고 하기보다는 팔을 내리치는 동작으로 팔꿈치를 꺾었다. 마른 것이 가볍게 부러지는 듯한 소리가 여기까지 들렸고, 남자의 비명이 뒤이었다. 남은 사람은 이제 한 명뿐이었다. 체격이 좋은 마지막한 명이 달려들며 주먹을 휘둘렀지만 미나키는 그 주먹을오른쪽, 왼쪽으로 어렵지 않게 피하더니 하단 돌려차기로무릎을 꿇게 만든 남자의 후두부에 내려차기를 먹여서 쓰러뜨렸다. 주변 사람들도 상황을 받아들이기 시작했는지 우오오오, 하는 환성이 올랐다. 야키소바 가게 아저씨가 휘익 휘파람을 불었고, 달고나 뽑기 가게 아저씨가 딸랑딸랑 핸드벨을 울렸다.

하지만 그때 미나키가 갑자기 균형을 잃고 무릎을 꿇었다.처음으로 돌려차기를 얻어맞은 WAIKIKI가 몸을 일으켜서는 뒤쪽에서 그녀의 다리를 잡아당겼다. 미나키는 뒤를 바라봤지만 발목을 잡혔기에 움직이지 못했다. 그때 두 번째로 쓰러진 남자가 몸을 일으켜 그녀에게 달려들었다.

하지만 그 남자의 몸이 휙 하늘을 날았다.

어느샌가 케밥 가게 아저씨가 다가와 있었다. 아저씨는 날뛰는 남자를 아무 말 없이 머리 위까지 들어 올리더니 프로레슬링의 보디슬램처럼 지면에 내팽개쳤다. 뚝, 하는 소리가여기까지 들렸다. 아스팔트인데 죽지는 않았을까? WAIKIKI남자는 미나키를 놓더니 도망치려는 듯 지면을 박찼지만,케밥 가게 아저씨는 그 남자의 다리를 잡아서 당기더니 양손으로 하늘 높이 머리 위로 들어 올렸다.

"kadınlara karşı nazik olun!"

지면에 내팽개쳐진 WAIKIKI는 "구엑!"이라고 이상한 비명을 지르더니 움직이지 못했다.

뒤쪽에서 "죄송합니다! 길 좀 터주세요!"라고 외치는 목소리가 들렸다. 경찰관이 온 듯했다.

"미나키, 괜찮아?"

사람들의 장벽을 헤치고 미하루가 뛰어와서 미나키에게 다가섰다. 미나키는 상처를 입지는 않은 듯했지만 나한테서 안경을 받아서 쓰지도 않고 머리를 감싼 채 신음했다. "후비심(後備心, 검도 등의 무예에서 공격 후 상대의 반격에 대비하는 일-옮긴이)을 전혀 취하지 못했어……."

케밥 가게 아저씨는 쓰러진 남자들을 보고 눈을 감더니 뭔가 기도했다.

5

"여자를 밀친 행위 자체는 '상대방의 반항을 억압하기에 충분한 정도'지?"

"응. 그래도 그 남자는 주범이 아닐지도 몰라."

"역할 분담이 있었으니 공동정범 아니야? 그렇다면 모두가 정범이니까 WAIKIKI 말고 다른 사람이 폭행을 해도 사후 강도잖아."

"강도질까지는 공모하지 않았을지도 모르지. 다른 남자는……."

"그게 문제네. 사후 강도죄를 진정 신분범이라고 파악하면 65조 1항으로……. 어라? 본건은 오사카 고등법원 판례 1987년 7월 17일이랑 관계없으려나? 오히려 공모의 사정 문제니까 최고재판소 판례 1994년 12월 6일?"

"미하루는 용케 판례 날짜까지 기억하네."

대인기피증이어도 전문 분야에 대해서는 줄줄 떠들 수 있고(다만 눈은 맞추지 못한다), 익숙한 상대라면 더욱 그럴 수 있기에 벤치에 나란히 앉은 미하루와는 일단 대화가 들떠 있는 것처럼 보이리라. 하지만 이 화제로 들떠도 좋은지 어떤지는 솔직히 알 수 없다. 뭔가의 사건을 뉴스에서 보거나 실제로 관여하거나 했을 때, 이 건은 법적 해석이 복잡해질 것 같다고 생각한 순간 토론이 시작된다. 가령 주점에서 주문한 하이볼의 도수가 낮으면 채무불이행의 성립을, 등교 중에 자전거를 피하다가 발을 접질렀다면 상해죄의 성립 여부를 모두가 눈을 반짝이며 토론하기 시작한다. 법대생에게는 그런 습관이 있다. 하지만 조금 조심성이 없다는 느낌도 든다. 다만 주변은 생각보다 떠들썩했고, 사람의 출입도 이어지고 있기에 지금 접수대에 있는 직원들이 우리를 보고 수상하게 여기는 것처럼 보이지는 않지만.

지바 중앙경찰서 1층 로비는 창문 대부분에 블라인드가 내려져 있어서 바깥 모습은 그다지 보이지 않았다. 현관의 자동문도 선팅이 돼 있기에 확실히는 알 수 없지만, 창문 너머로 보이는 햇살의 색이 바뀌기 시작한 듯했다. 벽시계를 보자 오후 다섯 시를 넘긴 시각이었다.

조금 전 미하루와 논의하던 것처럼 WAIKIKI를 필두로 한 일곱 명은 모두 그 자리에서 체포됐다. 버터감자 가게 아저씨가 불러온 경찰관은 한 명이었고, 응원군이 올 때까지는 그 한 명도 꽤 허둥댔지만, 어쨌든 모두 깔끔하게 뻗어 있었기에 범인을 놓치는 일은 벌어지지 않았다. 하지만 사건이 복잡했다. 우리는 나가에의 피해 금액을 주장하며 해당 금액을 돌려받아야 했지만, WAIKIKI가 가지고 있던 현금은 증거품으로서 보관돼버려서 나가에에 대한 보상은 후일로 미뤄진다고 했다. 그보다 미나키와 케밥 가게 아저씨는 범인들을 때려눕혔기에 참고인 조사를 통해 정당방위라는 점을 설명해야만 했다. 통행인을 멈춰 세운 미하루도 자신의 행동에 대해 해명할 필요가 있었고, 나는 범인을 특정하는 근거가 된 내 추리를 설명해야 했다. 제각각 이루어진 참고인 조사는 길게 이어졌고, 모두가 끝나서 돌아오는 걸 기다리다 보니 결국 이 시간이다. 중앙경찰서는 축제 회장에서 멀었고, 지금부터 다시 돌아갈 기분은 들지 않으리라.

나는 WAIKIKI 일행의 죄상을 생각하는 미하루 옆에서 한숨을 내쉬었다. 미하루 너머에서 미나키가 아직 귀를 붉게 붉힌 채 얼굴을 손으로 감싸고는 "……실전이라고 생각하니 흥분해서 후비심도 없었고 평상심을 유지하지 못하다니 너무 괴로워……. 상단 공격이 잘 먹혀서 한 방에 쓰러뜨렸다고 생각했는데 뒤를 붙잡히다니 너무 부끄러워……"라고 계속 뭔가를 중얼거렸다. 가끔 갑자기 말이 많아지는 타입인 것이다. 침울해하는 그녀의 어깨를 미하루가 툭툭 두드렸다.

"그래도." 미하루도 곤란한 듯한 표정으로 말했다. "……결국, 축제의 메인 회장까지 못 갔네."

고개를 끄덕일 수밖에 없었다. "……어쩔 수 없지 뭐."

정면에 있는 엘리베이터가 열리더니 키가 큰 사람이 나왔다. 다케시타였다. 우리 중에서는 가장 사건에 대한 관여가 희박했을 터인데, 참고인 조사를 하는 순서상 시간이 걸린 듯했다.

다케시타는 벤치에 앉아 있는 우리를 알아채더니, 일순 고민하듯 머뭇거린 후에 우리에게 다가와서는 어떻게 말해야 할지 알 수 없다는 표정으로 "아, 고생했어……"라며 머리를 숙였다.

"……음, 나가에도 곧 끝날 거 같아. 나도 화장실 갔다가 돌아갈게. 그럼."

미하루는 "다음에 봐"라며 손을 흔들었지만 나와 미나키는 목소리를 내지 않고 가만히 있었다. 다케시타 쪽도 마치 우리와는 언어가 달라 제대로 말할 수 없기에 곤란하다고 말하는 듯한 표정을 보인 채로 불편한 듯 "그럼" 하고 반복하더니 허둥지둥 복도 안쪽으로 향했다. 정면 현관은 이쪽이지만 엘리베이터 뒤쪽 화장실에 들렀다가 그대로 뒷문으로 나갈 셈으로 보였다. 그건 의식적이든 무의식적이든 우리와 얼굴을 마주하고 싶지 않기 때문인 듯했다.

키가 커서 눈에 띄는 그 뒷모습을 셋 다 가만히 그저 바라봤다.

사건은 해결했음에도 마음이 불편하다고 할까, 참기 어렵다고 할까, 이 느낌은 뭘까.

"……축제 구경이 엉망이 됐네."

옆에서 미하루가 한숨을 내쉬었다. 바라보자 그녀는 몸을 젖히고 위를 보고 있었다.

"……실패였나."

미나키가 무슨 말인가 하고 싶은 듯 그녀를 봤지만, 결국 아무 말도 하지 않았다. 미하루가 나를 바라봤다.

"……후지무라, 고마워. 도와줘서."

"아니." 눈이 부셔서 시선을 피했다. 너무 과분한 말에 도저히 주체하기 힘들다.

"후지무라가 범인을 찾아주지 못했다면 나 엄청 핀치에 몰렸을 거야."

"아니." 그 말밖에 하지 못하는 것이 한심하다.

"분명 가장 좋은 선택이라고 판단했는데." 미하루는 머리를 감싸 쥐더니, 우으, 하고 신음했다. "쓸데없는 짓을 한 걸까."

"아니……."

그렇게 말한다면 나도 마찬가지다. 다른 사람에게는 자백했지만, 내가 지갑을 주운 걸 바로 나가에에게 말했다면 이렇게까지 큰 소동이 벌어지지는 않았으리라. 다른 사람의 의식은 피해 금액 쪽으로 향했을 테고, '범인을 잡자'가 아니라 "너무해", "경찰한테 말할까"라는 이야기는 나오겠지만 분명 나가에는 고개를 가로저었으리라. 남은 모두가 그에게 한턱내면서, 그렇게 평범하게 축제를 즐길 수 있었는지도 모른다.

나가에와 다케시타에게는 그러는 편이 좋았을 것이다. 큰 소동을 일으키고 경찰서에 오는 사태에 빠지고 결국 축제 따위 신경도 쓰지 못하게 된 지금과 비교한다면.

"……나 말이야. 이상하다는 말 자주 듣거든."

미하루가 엘리베이터 부근을 보면서 말했다.

"……지금까지는 딱히 신경 쓰지 않았어. 다른 사람과 다르다는 의미의 '이상하다'라면 그게 뭐 어쨌다고, 라고 생각했거든. 그저 '다른' 것만으로 딱히 폐를 끼치는 것도 아니고, 다양한 사람이 있는 편이 사회 전체의 생존전략으로서도 유효하기도 하다고 생각했어."

술술 말이 나온다는 건 지금까지도 몇 번인가 같은 주제로 고민한 적이 있기 때문이리라. 미하루는 아직 엘리베이터 쪽을 보고 있었다.

"……하지만 어쩌면, 어떤 논리인지는 모르겠지만 모두에게 폐를 끼치는 것일지도 몰라. 다른 사람과 다르다는 건 그것만으로 뭔가 엄청 폐가 될지도."

"아니, 그렇지는."

않아, 라고 말하고 싶었다. 하지만 그렇게 단언할 용기가 없었다. 나 자신도 이상한 사람이기에 자기변호밖에 되지 않을 것 같았다. 그리고.

지금은 아무도 없는 복도 쪽을 바라봤다. 다케시타도 곤란한 표정을 지었었다. 귀찮은 일에 말려들고 말았다고 말하는 것처럼.

그리고 나가에 본인에게서는 결국 한 번도 '고맙다'라는 말을 듣지 못했다.

우리는 그에게 폐를 끼친 것일지도 모른다. 실제로 축제 구경은 엉망이 됐고, 결국 돈도 곧바로는 돌려받지 못한다. 그리고 '큰 소동이 벌어졌다'라는 것 자체가 그들에게는 막대한 민폐일지도 모른다. 더는 이 녀석들과 엮이고 싶지 않다고 생각할 정도로.

나도 모르게 한숨이 나왔다. '누군가와 교제한다'라는 건,

제4화 부채 속으로 사라진 사람   253

'평범'이라는 건, 지극히도 어렵다. 아니 그보다 그것을 어렵다고 생각하기에 대인기피증인지도 모른다.

솔직히 말해서 미하루까지 침울해하는 모습은 의외였다. 언제나 느긋하고 당당한 태도를 보이며, 주저하지 않고 미하루 샤우팅을 날리기에 주변 따위 신경 쓰지 않는다고 생각했다.

그 옆의 미나키도 고개를 숙이고 있었다. 기본적으로 무표정에다가 말이 없고 주변에서는 '무슨 생각을 하는지 알 수 없는 사람' 취급을 받고 있을지도 모르지만, 적어도 좋은 사람이긴 하니까 이 사람 나름대로 서툴렀다고 생각하는 부분이 있고 침울해 할 요소가 있는 것이리라. 이렇게 보자 사토나카는 제쳐두고 나와 미나키, 그리고 혹시라도 미하루도 사실은 각각 형태는 다르지만 대인기피증인 걸까, 하는 생각이 들었다.

벤치에 앉은 우리는 침묵했고, 그 옆에서 접수대 직원들이 대화하는 목소리가 로비에 울려 퍼졌다.

무사히 사건을 해결했는데 분위기는 왜 이런 걸까.

하지만 다시 엘리베이터가 열리더니 사토나카가 나왔다. "기다렸지? 우와, 참고인 조사 같은 거 처음이야. 엄청 긴장했네."

그런 반면, 즐거워 보였다. 사토나카는 웃고 있었다. "역시 후지무라. 순식간에 트릭을 간파해서 범인을 특정까지 하다니. 진짜 대단해."

"아니." 나는 눈을 피했다.

사토나카는 즐거워서 참을 수 없다는 듯 빛이 나는 듯한 미소를 띤 채였고, 주변의 눈도 신경 쓰지 않고 흥분한 채로 말했다. "미하루도 고마워. 거기서 샤우팅할 수 있는 건 역시 대단해. 해야 한다고 생각은 해도 나로서는 절대 못 해."

"아니…… 뭐……." 미하루도 시선을 피했다.

"그리고 무지 놀란 건 미나키! 엄청 대단해! 일곱 명을 쓰러뜨리다니 진짜 최강! 너무 멋졌는데, 뭐야? 격투기라도 하고 있어? 가라테? 검은 띠야?"

"아니…… 2단." 미나키도 눈을 피했다.

"우와. 뭔가 내 주변에는 엄청난 사람들만 있고 진짜 대단해. 무지 좋은 구경 했어."

"아니…… 폐를 끼쳤어. 결국 축제 구경도 못 했고."

내가 말하자 사토나카는 세차게 고개를 저었다. "아니, 무슨 말을 하는 거야. 도둑을 그 자리에서 잡았잖아? 어떻게 봐도 잘된 일이지."

"……그런가?"

"지갑을 소매치기당해서 안 좋은 기분인 채로 축제를 구경하는 것보다 오늘 한 경험 쪽이 절대로 추억으로 남을 거야. 이거 30년 후에도 술 마시면서 화제로 삼을 수 있을걸? 분명."

사토나카는 웃었다. 그리고 우리에게 말했다. "고마워!"

우리는 왠지 모르게 서로의 얼굴을 마주 봤다. 그로부터 누구부터라고 할 것 없이 어깨를 들썩이며 웃었다.

"어? 뭐야, 갑자기?"

혼자서 정황을 모르고 혼란에 빠진 사토나카를 보면서 나는 웃었다.

그리고 생각했다. 이 녀석이랑 친구여서 다행이라고.

제5화

눈을 보고
추리를 말하지 못하는
탐정

1

시력이란 정말로 중요하다. 나는 고등학교 1학년까지 양쪽 다 1.5를 유지했고, 초등학교 무렵에는 건강진단 코멘트 란에 '훌륭하다'라고 적힌 실적이 있지만, 고등학교 2학년부터 갑자기 근시가 진행돼 1.0이 되고 0.8이 되고 지금은 맨눈으로는 때때로 불편한 수준이 돼버렸다. 계속해서 나빠지는 듯하니까 언젠가는 안경 데뷔를 해야 할지도 모른다. 그러고 보니 안경 데뷔란 구체적으로 어떻게 하면 좋은 걸까. 안경점에 가서 "안경 주세요"라고 말하면 될까. 의사의 진단서 같은 게 필요할까. 막연히 "안경 주세요"라고 말하는 것만으로는 "어……? 그렇게만 말하면 아무것도 해줄 수 없어. ○○나 ○○는 준비 안 했니? 그럼 ○○랑 ○○ 중에는 어떤

거? 모른다고? 그저 '안경 주세요'라는 말만 듣고 안경을 만들 수는 없잖아. 초등학생이야?"라고 내 비상식을 비웃는 일이 벌어지진 않을까. 처음으로 안경을 만들 때 안경점에 가서 어떻게 말하면 좋을지에 관한 지식이 없었고, 핸드폰으로 검색해도 적당한 정보는 나오지 않기에 정말로 "안경 주세요"로 좋은지 어떤지 지금까지도 전혀 확신이 서지 않는다. 한심하게도 지금껏 안경을 만들지 않은 원인은 금전적 여유 때문도 라이프스타일 때문도 아니고, 단순히 그것 때문이었다. 사토나카에게 데려다 달라고 하면 좋겠지만, 사토나카는 우리 엄마가 아니다.

대인기피증은 '주문'뿐만이 아니라 '신청'도 서투르다. 온라인 예약이나 회원 등록은 평범하게 할 수 있지만, 구두로 애드립을 곁들여야 하는 전화 예약은 좀처럼 결심이 서지 않는다. 3분 만에 끝나는 전화 한 통을 위해 며칠에 걸쳐서 결심을 하고, 전화기를 손에 들고는 심장이 두근거려 숨을 죽이고(그럴 필요는 전혀 없다), 세 번 울렸는데 상대가 받지 않으면 '상황이 좋지 않군. 나중에 다시 걸자'라고 판단해서 끊어버린다(→처음으로 돌아간다). 하물며 직접 방문이라니. 미용실, 호텔 숙박, 우편물 발송에 음식점 예약. 대인기피증은 매일 신청의 벽 앞에서 우물쭈물 유턴을 하면서 생활하고 있으며, 온라인 쇼핑몰에는 감사의 마음을 금할 길이 없다.

그런 상황이기에 나는 특히 비일상적이고 그 절차에 불명확한 점이 많은 '안경 만들기'를 계속 뒤로 미룬 채였다. 그리고 그 태만함을 지금 크게 후회 중이다. 가만히 멈춰 선 나는 와글와글 떠들며 멀어지는 5인조의 등을 살피면서, 뒤따라가서 다시 인사를 해야 할지 고민 중이다. 뭐, 내가 어차피 움직이지 않을 건 알고 있기에 상대를 무시한 것에 대한 변명으로서의 갈등이다.

대학 캠퍼스가 넓기에 방심했다. 제아무리 넓더라도 공간적으로는 유한하며, 거기다가 같은 학과 같은 학년이라면 행동 범위도 비슷하다. 실제로 나로서도 보소대학의 광대한 캠퍼스는 80퍼센트 이상이 이공대 건물이나 연구동처럼 미답의 지역으로, 보통은 일반교양 건물과 법대 건물, 그 밖에는 도서관과 생협 주변을 이용하는 것에 불과하다. 따라서 '확실히 친구라고는 말할 수 없지만 어느 정도 안면이 있으며 얼굴을 마주친다면 인사 정도는 해야 하는 상대'와 휴식 시간에 갑자기 마주치게 되는 일 따위 얼마든지 벌어질 수 있음에도 그럴 위험성을 생각지도 않고 있었다.

2교시 종료 후, 생협 앞 광장에서 도서관으로 향하는 도중, 같은 학과 사람들의 무리가 앞에서 다가온 것이다. 언제나 함께 행동하며, 법대 건물에 있어서 주로 법대생이 쓰는 '학생 담화실'이나 3층 계단 앞의 라운지 공간에서 떠들고 있기에 '라운지조'라고 남몰래 부르는 사람들이었다. 총합 열 명 정도인 라운지조는 멤버가 반쯤 고정돼 있고, 야마모토라는 여자아이 및 니탄다라는 남자아이를 포함한 레귤러 멤버에 '준 레귤러'나 '게스트' 등의 입장인 사람이 들어가거나 나오거나 해서 언제나 네다섯 명 정도의 집단을 이루고 있다. 사토나카는 '준 레귤러', 미하루는 '게스트'라고 볼 수 있을까? 나는 물론 '시청자'니까 라운지조의 레귤러만 있다면 딱히 인사할 정도로 친하지는 않았지만 오각형의 대열을 짠 채 다가오는 무리 가운뎃줄 오른쪽에 있는 사람이 얼굴을 아는 요시카와였고, 거기다 곤란하게도 살짝 눈이 마주쳐버린 것이었다.

　순간적으로 판단에 고민했다. 요시카와와는 면식도 있고 친구 등록도 한 상태다. 전에 니시지바 역 앞에서 벌어진 인간 소실 사건을 해결해서 감사 인사를 받기도 했다. 하지만 일상적으로 뭔가 대화를 나누는 일은 없고, 강의에서도 얼굴을 마주치지 않았다. '이전에 이벤트를 통해 돌발적으로 알게 돼 연락처 교환도 했지만, 그 이후 대화하지 않은 사람'이라는 건 분명 '아는 사람' 카테고리에 해당할 테지만(사토나카라면 '친구' 카테고리에 넣을 것 같지만), 이 '아는 사람'이 어렵다. 인사 정도는 하는 편이 좋을까. 아니면 그건 과한 걸까. 인사를 하지 않으면 '무시당했다'라고 여길지 모르지만, 인사를 한다면 '잘 모르는 사람인데 친한 척하는 것이 기분 나쁘다'라고 생각할지도 모른다. 어느 쪽을 선택해도 실패할 리스크가 있다. 전자 쪽일 가능성이 더 높지만, 후자 쪽이 대미지는 더 크다. 하지만 이런 상황에서 만약 선택을 잘못했다고 내 인상이 나빠지는 건 너무 심한 것 아닌가? 이런 운에 따른 두 가지 선택지는 내가 어찌할 수 없는 일이잖아. 하지만 요시카와가 다가온다. 어느 하나를 선택해야만 한다. 합리적인 제3의 선택지 따위 없으며 갑자기 눈앞에 나타나서 모든 걸 좋은 쪽으로 해결해줄 신도 없다.

물론 이럴 때는 적극적으로 소극적인 선택을 하기에 대인 기피증이라 할 수 있다. 나는 슬그머니 시선을 피하고는 '죄송해요, 못 봤어요'라는 연기를 하면서 스치듯 지나쳤다. 그리고 그 찰나, 요시카와가 내 쪽을 제대로 보고 있었고, 말을 걸려는 것처럼 입을 열고 있는 걸 봤다. 아, 하고 생각했을 때는 이미 지나쳐버린 상태였다.

저질렀다, 잘못 선택했다, 하는 생각에 멈춰 서서 뒤를 돌아봤다. 하지만 그조차 꽤 타이밍이 늦었고, 라운지조 다섯 명은 이미 멀리 가버린 후였다. 물론 그들은 나를 신경조차 쓰지 않고 담소하면서 멀어져갔다.

나는 한숨을 내쉬었다. 또 저질러버렸다. 이렇게 나는 스스로 '말을 걸기 어려운 사람'이 돼버린다. 그리고 '기분 나쁜 사람', '무슨 생각을 하는지 알 수 없는 사람'이 돼, 딱히 누구에게도 관심을 받지 못하게 된다. 자업자득이다. 그리고 나도 저런 식으로……

나는 멀어져 가는 라운지조 5인조를 보고 어느 사실을 깨달았다. 다섯 명은 '2인-2인-1인'의 오각형 대열로 걸어가고 있었다. 앞줄은 야마모토와 니탄다로, 이 두 명은 언제나 그곳에서 시간을 보내는 라운지조의 중심인물이다. 가운뎃줄은 이게타라는, 마찬가지로 라운지조의 중심 멤버인 여자아이와 요시카와였다. 그리고 뒷줄은 히메다라는 이름의, 이쪽도 레귤러라고 할까 학생 담화실에 항상 있는 남자아이다. 하지만.

아시겠습니까? 라는 내레이션이 머릿속에 흘렀다. 이 오각형 대열에는 그룹 내의 피라미드식 계급이 그대로 표현돼 있었다.

오각형 대열을 짜는 이상 앞줄은 앞줄끼리 가운뎃줄은 가운뎃줄끼리 대화를 하는 것이 기본이 된다. 하지만 앞줄은 언제든 돌아보고 스스로 가운뎃줄 사람에게 말할 수 있는 것에 비해, 가운뎃줄이 앞줄 사람과 이야기하기 위해서는 불러 세우거나 접촉하거나 해서 앞줄 사람이 돌아보게 만들어야 한다. 즉 가운뎃줄은 앞줄이 동의한 범위 내에서밖에 이야기하지 못한다. 주도권은 완전히 앞줄에 있다. 그에 더해 앞줄은 걷는 방향과 속도도 결정할 권리를 가진다. 하지만 이야기는 그것으로 끝이 아니다. 그보다 더욱 뒤에 단 한 명의 '뒷줄'이 있기 때문이다.

예를 들어 여섯 명이 '2인-2인-2인'의 대열을 짠다면 뒷줄은 그저 '가운뎃줄의 하나 뒤의 줄'에 불과하다. 뒷줄에 있는 사람끼리 대화하고, 가운뎃줄에게는 허가를 받은 범위 내에서 말을 걸어야 하고, 앞줄에는 가운뎃줄의 중개가 없으면 말을 걸 수 없다. 그뿐이다.

하지만 다섯 명이 '2인-2인-1인'이 되면 이야기가 크게 달라진다. 뒷줄 사람은 스스로 상대방의 주의를 끌어 허가를 받지 않으면 누구와도 이야기할 수 없는 '낙오자'가 돼버린다. 가운뎃줄의 두 명은 서로를 바라보고 있기에 그 바깥쪽으로 돌아가서 무리하게 '2인-3인' 대형으로 바꾼다고 해서 상황은 달라지지 않는다. 자신의 필사적인 모습이 두드러져서 보다 비참해질 뿐이다. 몇 번이고 경험한 나로서는 알 수 있다. 저 위치는 괴롭다.

물론 대열 따위 아무래도 좋은 인간관계도 존재한다. 그런 경우는 가볍게 앞뒤가 바뀌기도 하고 앞에 있는 사람이 계속 뒤를 돌아본 채 셋이나 넷이 이야기하는 형태가 벌어지기도 한다. 뒷줄에 서게 된 사람도 그것은 일시적인 일이라고 알고 있기에 핸드폰을 보거나 느긋하게 주변을 둘러보면서 생각보다 마음 편히 있을 수 있다.

하지만 멀어져 가는 라운지조의 다섯 명은 그런 분위기가 아니라는 사실을 바로 알았다. 앞줄의 두 명은 앞줄끼리 아무래도 야마모토의 것으로 보이는 디지털카메라의 화면을 둘이서 보는 듯했지만, 뒤의 세 명에게 화면을 보여줄 것 같지는 않았다. 가운뎃줄은 가운뎃줄끼리 잔디에서 연습 중인

저글링 동아리 등을 가리키면서 이야기를 나누었고, 둘 다 뒤를 돌아보지는 않았다. 뒷줄의 히메다가 계속 힐끔힐끔 가운뎃줄을 보며 이야기에 끼고 싶어 함에도 말이다. 그리고 걷는 속도가 의외로 빨랐고, 앞의 속도에 맞춰야만 하는 뒷줄은 늦어져서 멀어지거나 보폭을 빠르게 해서 가까이 가기를 반복하고 있었다. 보통이라면 남자들끼리 이야기를 나누는 일이 많겠지만, 다른 유일한 남자인 니탄다는 앞줄에 있고 히메다를 신경 써주는 모습도 아니었다.

나로서는 상상이 됐다. 틀림없이 걷기 시작한 순간에 앞줄 두 명은 앞에 섰을 테고, 가운뎃줄 두 명도 뒷줄에 설 수는 없다는 느낌으로 서둘러 그 뒤를 따랐으리라. 뒷줄, 즉 히메다는 그에 따르는 것이 늦었거나 가운뎃줄 두 명이 계속 앞으로 나가버려서 뒤처진 채 저 상태가 된 것이리라.

라운지조가 멀어져 갔다. 그때 뒷줄의 히메다가 갑자기 멈춰 서서 쭈그리고 앉았다. 속이라도 안 좋아진 것인가 했는데, 히메다는 쭈그린 채로 신발을 잡고 있었다. 신발 끈이 풀린 듯했다.

가운뎃줄 두 명은 돌아보지 않았다. 아마도 깨닫지 못했으리라. 뒤를 걷는 사람이 아무 말 없이 갑자기 멈춰 서면, 앞에서 그것을 깨닫기는 어렵다. 원래대로라면 발을 멈추기 전에 살짝 말을 해두면 되겠지만, 그러지 못했다는 것 또한 이 권력관계를 잘 드러내고 있었다. 히메다는 앞을 본 후에 자신의 손가를 보고 홀로 뒤처져서는 안 된다며 서둘러 손을 움직였지만, 조급하게 움직인 탓에 오히려 제대로 되지 않는 듯 몇 번이고 신발 끈을 고쳐 맸다.

앞의 네 명이 히메다로부터 멀어졌다. 결국, 누구 하나 뒤를 돌아보지 않고 걷는 속도를 바꾸지도 않은 채, 네 명은 서로를 보며 떠들고 있었다. 히메다가 턱을 들어 올려 그 모습을 바라봤다.

나는 더는 배기지 못하고 등을 돌렸다. 마른 가을의 바람이 불었고 돌층계에 떨어진 마른 잎이 날아올랐다. 나는 히메다에게 등을 향한 채 도서관으로 향했다.

비참한 나 자신의 모습을 뒤쪽에서 훔쳐보는 것만 같았다.

2

대인기피증인 사람에게 괴로운 대상은 '말을 걸어도 좋을지' 고민이 들 정도의 친분인 사람이다. 그것을 고민하지 않아도 될 정도로 친해지면 대인기피증인 사람들도 평범한 사람과 크게 다르지 않다. 그때까지 한마디도 떠들지 않았던 사람이 친한 친구가 무리에 들어온 순간 갑자기 주절주절 말하기 시작하는 건 자주 있는 일로, 오히려 '말을 걸어도 좋다'라는 보증만 받는다면 그때까지 말하지 않았던 반동도 있기에 대인기피증은 평균보다 말이 많아진다.

다만 그것은 상대가 리액션을 잘 해주는 평범한 사람이라는 점이 전제다. 곱셈을 하는 대상이 '0'인 경우에는 자신이 몇이더라도 곱하면 0이 되는 법이다. 상대가 이쪽과 마찬가지로 대인기피증이라면 제아무리 친하더라도 침묵이 이어진다.

대각선 앞자리에 앉아 담담히 젓가락을 움직이는 미나키는 이제 슬슬 '보증된 상대' 카테고리에 넣어도 될 터였지만, 그럼에도 말을 걸기 어려웠다. 상대방도 그런지 아까부터 안경을 고쳐 쓰는 빈도가 잦은 느낌이 들었다. 서로에게 아무 말도 하지 않은 채 상대의 움직임을 읽고 말을 꺼낼 타이밍을 기다리면서 틈을 살핀다. 한순간의 움직임으로 생사가 결정되는 검객의 시합 같지만, 옆에서 보면 '저쪽 자리의 두 명은 뭔가 거동이 수상하다' 정도의 수준이리라.

보소대학 니시지바 캠퍼스 안에는 식당 건물이 두 곳 있는데 한쪽은 가격이 비싸서 실질적으로 교직원용이기에 학생들은 전부 생협 1층이나 2층의 푸드코트로 모인다. 따라서 친구나 아는 사람과 푸드코트에서 만나는 일도 자주 벌어진다. 자리를 찾는 도중에 이미 앉아 있는 아는 사람과 만나는 일이 가장 곤란한 패턴으로, 같이 먹자고 말을 걸지 말지 고민하다가 춤을 추는 것처럼 앞뒤로 움직이는 스텝을 밟기도 한다. 예를 들어 그 테이블이 만석이라거나 아는 사람 외의 모두가 모르는 사람이라거나 이미 식사를 거의 마친 상황이라면 고민하지 않지만, 마침 자리에 앉은 참에 만나게 됐을 때는 판단하기 어렵다. 돌격해서 동석하면 '뭐야 이 녀석', '왜 앉는 건데?'라고 생각할지 모르지만, "그럼 다음에 봐"라며 자리를 피하면 '뭐야, 같이 먹는 게 그렇게 싫은 거야?'라고 생각할지도 모른다. 인생은 불합리한 선택의 연속이다.

그런 상황이 무섭기에 나는 의외로 매일 주변을 살피면서 줄을 선다. 그리고 얼마 전에 요시카와를 마주쳤을 때처럼 미묘하게 아는 사람을 발견하게 되면 핸드폰을 만지작거리거나 '역시 밥 먹기 전에 먼저 서점에 다녀와야지'라는 식의 연기를 하며 자리를 모면한다.

하지만 오늘 같은 비일상도 때로는 발생한다. 3교시 종료 후이기에 런치 타임만큼 붐비지 않았고, 아는 사람은 아무도 없으리라 생각해서 오늘의 정식을 주문하고 샐러드바를 돌면서 '끈적끈적 해조 샐러드'를 집은 후, 벽 근처의 1인석은 비어 있겠지 하고 살피면서 계산하는 줄에 섰는데 뒤에서 누군가 어깨 부근을 찌른 것이다. 대인기피증은 예상외의 사태에 약하다. 돌아볼 때의 나는 호러 영화에서 뒤에서 뭔가가 다가오고 있다는 사실을 깨달은 여주인공의 얼굴을 하고 있었을 것임에 틀림없었고, 미나키뿐만 아니라 뒤에 있는 안경남까지 깜짝 놀랐을 정도였다.

이래저래 사건을 거쳐 평소에도 대화를 나누게끔 됐고, 이제 슬슬 친해졌다고 생각해도 좋겠지만 사토나카와 미하루가 없는 상태에서는 어떻게 반응하면 좋을지 알 수 없는 건 여전했다. 상대방이 말을 먼저 걸어주면 그에 응해서 답할 수 있겠지만, 상대는 얼음 동상처럼 과묵한 미나키다. 결국 계산하는 줄에 서 있는 사이에는 몇 번인가 돌아봤을 뿐 한마디도 말을 섞지 않았다. 계산 후에도 서로의 트레이를 든 채 몇 걸음 떨어진 거리에서 우뚝 서서 제각각 주변을 둘러보며 자리를 찾았다. 함께 먹는 거야? 하고 확인하는 의미로 눈빛을 보냈지만, 상대방도 아마도 오케이의 의미로 눈빛을 보냈을 뿐 역시 한마디도 하지 않았다. 4인용 테이블이 비어 있는 걸 발견해서 그쪽으로 향하자 미나키도 따라왔지만, 내 맞은편에서 서성대더니 어째선지 정면이 아니라 대각선 방향에 앉았다. 그것을 어떻게 해석하면 좋을지 알지 못하기도 했기에, 지금까지 아무 말 없이 각각 식사를 계속한다는 기묘한 상황이 이어지고 있었다. 뭐야 저 두 명, 이라는 눈으로 주변에서 바라보는 것 아닐까. 일단 밥이 식기 전에 먹으려고요, 하는 표정으로 내가 오늘의 정식에 집중하자, 미나키도 그것을 깨달았는지 튀김 소바와 밀 크레이프와 베이크드 치즈케이크에 집중하는 듯했다. 너무 불균형한 조합 아니야? 라고 생각했지만, 음료수는 팩으로 된 야채주스이기에 본인 나름대로는 영양 밸런스를 생각한 듯했다.

원래 누가 무엇을 먹는지는 타인이 이러쿵저러쿵 말할 만한 일은 아니긴 해도, 덕분에 대화의 실마리 후보가 하나 늘었다. "케이크를 한 번에 두 개 먹는 건 드문 일인데, 케이크 좋아해?" 이것을 C안으로 삼되 기본 노선은 이쪽으로 할까. 상황에 따라 A안(구내식당은 보통 1층에서 먹어?) 또는 B안(이 시간에 만난 건 신기하네. 3교시 뭐 들었어?)도 시야에 넣은 후, 임기응변으로 대응하자고 머릿속으로 브리핑했다. 결행은 미나키가 밥을 다 먹고 한숨을 돌렸을 때. 그때까지 나는 오늘의 정식 및 샐러드를 다 먹을 것, 이라고 머릿속으로 외쳤다. 한마디 대화를 나누는 것만으로 이렇게 큰 소동이다.

그럼에도 튀김 소바를 다 먹고 젓가락을 포크로 바꿔 쥔 미나키가 의미심장하게 손을 멈추고 내 쪽을 봤기에 결심이 섰다. 나는 아직 끈적끈적 해조 샐러드가 남은 상태여서 예정보다 빨랐지만 결전의 순간은 예기치 않고 찾아오는 법이다. 그런 분위기가 조성됐다면 망설이지 말고 뛰어들어야 한다. 나는 C안을 결행하고자 "케이크 두 개"라고 말을 꺼냈지만 그때 핸드폰으로 멜로디가 울려 퍼졌다. 누구야? 이런 공공장소에서, 라고 생각했지만 나였다. 3교시 종료 후, 부모님에게서 온 부재중 음성 메시지를 듣고자 핸드폰을 조작했을 때, 나도 모르게 진동 모드를 해제해버린 듯했다. 반사적으로 꺼내든 탓에 저렇게 C안이 어설프게 끝났다고 한탄했지만, 이미 중단해버린 이상 어쩔 수 없이 핸드폰 화면을 바라봤다. 전화가 온 것이 아니라 메신저로 메시지가 도착해 있었다.

사토나카(ID: Eitarian)
미안! 네 추리 능력이 필요해! 담화실로 와줘! 미안!

너무 갑작스러워서 깜짝 놀랐다. 하지만 두 번이나 '미안!' 이라고 말하는 이상, 뭔가 급한 일인 듯했다.

후지무라(ID: nightowl at the bottom)
무슨 일인데?

사토나카(ID: Eitarian)
야마모토가 히메다를 의심해서 니탄다와 이게타도 미하루를 보고 이써. 상황적으로 히메다라고 말하는 것뿐 솔직히 증거가 없는 것 같은데, 미하루도 그렇게 말하면서 히메다의 무죄를 주장하고 있어. 요시카와는 울 것 같아. 수적으로 3대 1인데다, 논리적이지 않은 흐르미어서 위험해. 밀실 트릭을 밝혀낼 추리가 있따면 좋을 텐데 그런 건 나로서는 무리. 도와줘.

도대체 무슨 소리야.
앞뒤도 안 맞는 것 같고 부분적으로 오타가 있는 걸 보면 그만큼 마음이 급하기 때문일까. 그게 아니면 주변 사람에게 보이지 않고 몰래 입력하다 실수한 걸까. 잘 모르겠지만 어찌 됐든 긴급사태인 듯했다. 야마모토, 니탄다, 이게타, 히메다, 요시카와, 라고 하면 라운지조인데, 라운지조와 미하루가 서로 싸우고 있다는 말일까. 분명 라운지조의, 특히 레귤러 멤버는 언제나 함께 있으며 결속이 강하기에 그중 한 명이 싸우게 되면 모두가 참전한다는 말벌 같은 성질을 가지고 있을 것 같고, 미하루는 필요하다면 벌집이라도 쑤실 사람이긴 하다. 하지만 어느 쪽도 딱히 호전적인 성격은 아닐 터였다. 그건 그렇고 사토나카는 설명이 너무 어설프다. 입으로 말할 때는 문제없는데 메시지가 되면 어설퍼지는 건 드문 일이다.

하지만 어찌 됐든 긴급한 안건인 듯했다. 겨우 미나키와 대화가 시작될 타이밍이었고 샐러드도 아직 먹지 않았지만 사토나카 또한 전에 동아리 용건 도중에 빠져나와서 날아와준 적이 있다. 끈적끈적 해조 샐러드를 포기하는 것 정도로 고민할 필요는 없다. 나는 몸을 일으켰다. "미안. 사토나카가 불러서. 뭔가 긴급사태인 거 같으니까 가볼게."

미나키는 밀 크레이프를 입에 넣은 채 눈을 크게 떴고, 내가 일어서자 남은 베이크드 치즈케이크를 보며 잠깐 주저한 후에 옆에 있던 페이퍼 냅킨을 뽑아서 케이크를 감쌌다.

좋은 판단이다. 미하루라면 그 자리에서 먹었으리라. 하지만 가지고 간다고 해서 어쩌려는 걸까. 가방에는 넣을 수 없다. 걸으면서 먹을 셈일까.

    법대 건물 3층에 있는 학생 담화실은 본래 어떤 의도로 만들어진 것인지 알 수 없지만, 여럿이 대화를 나누며 리포트를 쓰거나 벽 옆 선반에 줄지어 놓인 판례집이나 법률 잡지를 보거나 단순히 잡담을 나누는 등 그 용도는 다양했다. 학생에게는 학내에 '자신들이 마음대로 사용해도 좋은 공간'이 있다는 점이 고마운 일인 듯, 언제 가더라도 두세 명은 자리에 있었다. 라운지조를 비롯해서 자주 그곳에 있는 사람들은 자신의 방처럼 소파 위에서 잠을 자거나 다리를 뻗은 채 편히 쉬기도 했고, 점심이나 저녁 시간대에는 카레나 야키소바 냄새가 날 때도 있었다. 익숙한 사람이라면 그 생활감 덕에 안심할 수 있겠지만, 나로서는 '타인의 집의 생활감'이기에 오히려 들어가기 어려웠다. 그렇기에 입학 이래 몇 번밖에 가본 적이 없었지만, 지금은 문 앞에서 우물쭈물할 여유가 없었다. 미나키도 따라왔기에(결국 푸드코트를 나선 참에 멈춰 서서 베이크드 치즈케이크를 먹었다), 마음이 조금 든든하기도 했다.

    문을 여는 순간부터 이미 화난 목소리가 들렸다. "그럼 달리 누가 있는데?"

    목소리의 주인은 문을 연 정면에 있었기에 바로 알았다.

야마모토였다. 그 옆에 서 있는 니탄다나 조금 떨어진 위치에 있는 요시카와는 문이 열리는 소리를 듣고 이쪽을 바라봤지만, 야마모토는 긴 다리를 꼰 채로 당당하게 의자에 앉아서 몸을 비틀어 미하루 쪽을 향한 채 움직이지 않았다.

"……애초에 말이야, 왜 미하루가 끼어드는 건데? 아무 관계 없잖아?"

비스듬히 앉아 있는 야마모토에 비해 미하루는 의자를 상대방 쪽으로 향한 채 제대로 다리를 모으고 앉아 있었다.

"내 이익과 관계없다고 해서 불공정한 걸 못 본 채 넘길 수는 없어. 애초에 히메다의 이야기는 제대로 들어봤어?"

"들어서 어쩔 건데? 어떻게 봐도 그 녀석이잖아. 왜 히메다 편을 드는데?"

"특정한 누군가의 편을 드는 게 아니야. 증거도 없는데 단정해서는 안 된다고 말하는 것뿐. 그리고 그 '어떻게 봐도'란 구체적으로 뭔가 증거가 있어서 말하는 거야?"

지르퉁한 동작으로 등받이에 체중을 맡긴 채 공격적으로 미하루를 노려보는 야마모토에 비해 미하루는 표정을 바꾸지 않은 채 무릎 위에 손을 겹쳐 놓고 제대로 등줄기를 편 채였다. 얼핏 보면 생활 태도를 지적받은 불량소녀와 그 담임교사처럼 보이는 이 둘이 싸움의 중심이라는 점은 단번에 알았다. 니탄다는 마치 야마모토를 보좌하는 집사 같은 위치에 서서 미하루를 내려다보고 있었고, 조금 떨어진 책상에서 팔을 괴고 있는 이게타도 미하루를 가만히 보고 있었다. 요시카와는 어찌할 바를 모르겠다는 듯 미하루와 야마모토를 번갈아 바라봤지만, 몸의 방향은 완전히 야마모토 측이었다. 서 있는 위치와 몸의 방향만으로 상황을 알 수 있었다. 그리고 둘 사이에서 저쪽을 보거나 이쪽을 보는 데 바쁜 사토나카가 우리를 보고 사사삭 달려왔다. "살았다. 후지무라."

사토나카에게 이름이 불린 순간 그 자리의 모두가 나를 바라봤다. 아니, 대단한 사람은 아닙니다, 죄송합니다, 라고 뒤로 돌아 나가고 싶어졌지만, 그것은 불가능하기에 고개를 숙이고 사마귀 같은 움직임으로 사토나카에게 다가가서 속삭였다. "도대체 무슨 일이야?"

"살았다. 그게 말이야, 사건인데."

사토나카가 다가와서 작은 목소리로 답했지만, 야마모토의 거친 목소리가 그것을 날려버렸다. "그러니까 왜 히메다 편을 드는 거냐고 묻고 있잖아. 왜 우기는 건데? 왜 거스르는데?"

"어째서 그렇게밖에 해석을 못 하는 거야? 상황을 봐도 범행 가능한 사람은 없잖아. 그 부분이 해결될 때까지 누군가를 의심해서는 안 돼."

답하는 미하루의 말에 반사적으로 반응해버렸다. "범행 가능한……?"

그렇게까지 큰 목소리를 낼 생각은 없었지만, 다시금 시선이 내게 모여버렸다. 나는 사토나카를 보며 도움을 구했지만 사토나카는 허둥지둥 모두를 향한 채 말했다. "아, 맞아. 그러니까 일단 그 점을 생각해보지 않을래?"

사토나카는 손을 무의미하게 하늘하늘 움직이면서 빠른 말투로 말했다. 일단 두 명의 언쟁을 멈추게 하고 싶은 모습이었다. 그러더니 조금 큰 목소리로 내게 설명하기 시작했다.

"절도 사건이야. 담배방 알지? 4층 복도 구석에 있는. 거기에 컴퓨터 있잖아. 그게 도둑맞았어. 그 범인이 히메다가 아닌가 하는 건데, 상황을 보면 히메다뿐만 아니라 그 누구도 범행을 못 할 것 같아서."

사토나카가 나와 뒤의 미나키를 번갈아 보면서 조금 큰 목소리로 떠들기 시작했기에 '사토나카가 떠드는 순서'라는 분위기가 돼 다행히 미하루와 야마모토가 말다툼하는 분위기는 일시적으로 사라졌다. 니탄다는 팔짱을 꼈고, 이게타는 절레절레 고개를 저으며 한숨을 내쉬었다.

상황을 알지 못하는 나는 일단 사토나카는 말로는 질서정연하게 설명할 수 있으면서 어째서 메시지일 때는 혼돈에 빠지는 걸까, 라는 생각을 하면서 그의 말을 들었다.

3

실제로 사토나카의 설명은 뛰어났고, 나는 불과 3분 만에 상황을 이해했다. 살짝 뒤를 봤지만, 미나키도 고개를 끄덕이고 있었기에 그녀도 전모를 파악한 듯했다.

법대 건물 4층에는 학생 담화실과 비슷한 느낌으로 법대생들로부터 '담배방'이라고 불리는 공간이 있으며, 나도 한번 발표에 관한 미팅을 하러 몇 명이 함께 이용한 적이 있다. 천장까지 이어지는 파티션으로 복도 끝부분을 가로로 나누어 만들어진 임시로 설치한 방 같은 공간으로, 원래는 실내 흡연실이었다고 하지만 건물 안까지 전면 금연이 시행됐을 때 용도가 바뀐 후 그대로 방치돼 있다. 애초에 흡연실이었기에 실내에는 소파 세트나 매거진랙, 전기포트나 커피메이커부터 일체형 데스크톱 컴퓨터까지 갖춰져 있으며, 약간의 카페처럼 꾸며져 있었다. 분명 몇 년 전에 금연실로 바뀌었을 텐데 아직껏 희미하게 담배 냄새가 풍겼고, 놓인 포트나 컵류는 비록 깨끗하지만 언제 누가 사용한 것인지 알수 없기에 나는 그곳에서 차를 마실 마음은 전혀 들지 않았다. 다른 학생들도 마찬가지인 듯 거의 그곳을 이용하지 않았고, 애초에 법대생밖에 이용하지 않는 장소이기에 담배방의 카드키는 이 학생 담화실에 놓고, 쓰고 싶은 사람이 마음대로 가지고 가서 이용한다는 느슨한 시스템이었다. 사토나카에게 다툼의 내용을 들으면서 벽을 쳐다보자, 지금도 문 옆의 정위치에 본 기억이 있는 은색 카드키가 걸려 있었다.

이 카드키가 문제였다. 학생지원실에는 마스터키가 있다는 듯했지만 애초에 카드키라는 건 간단히 복사할 수 없고 이 방에는 저것 하나밖에 존재하지 않는다. 하지만 일주일 정도 전에 그 카드키에 흠집이 생겨서 사용을 못 하게 돼버렸다는 것이다. 거의 사용하지 않는 방이라고는 해도 카드키가 없으면 곤란하기도 하고, 애초에 학생지원실로부터 맡아둔 카드키를 망가뜨려버린 것이 문제였다. 문제가 커지기 전에 몰래 카드키 제조사와 상담해서 키를 신규 발행받았다고 하는데…….

조금 전, 신규 발행된 카드키로 담배방에 들어간 야마모토 일행은 담배방의 데스크톱 컴퓨터와 마우스가 없어진 걸 발견했다. 학과 사람들과 거의 교류하지 않는 나는 몰랐지만, 최근에 학교 안에서 비품이 도난당하거나 도서관에서도 자리에 가방을 놓아두고 잠깐 한눈을 판 사이에 그 가방이 없어지는 사건이 일어나서 주의 환기가 이루어지고 있었다고 한다. 법대 주변에서도 사건은 일어나고 있었다고 하니까 담배방의 데스크톱 컴퓨터도 학내 연속 절도범의 짓이라는 결론이 나올 뻔했지만, 거기에서 문제가 발생했다. 담배방의 문에는 자동잠금장치가 설치돼 있고, 이 학생 담화실에 있는 카드키를 사용하지 않으면 열리지 않는다. 하지만 범행

시에는 이미 카드키가 파손돼 있었고, 신규 발행을 기다리는 상태였던 것이다. 이래서는 아무도 현장에 들어갈 수 없다. 미하루가 말한 '범행 가능한 사람이 없었다'라는 말은 그것을 뜻하는 듯했다.

"……교직원이 범인인 거 아니야? 교직원은 학생지원실의 마스터키 빌릴 수 있을 테니까."

나는 작은 목소리로 사토나카에게 물었다. 눈에 띄어서는 안 된다. 모두가 수수께끼를 풀지 못하고 골치 아파하고 있는 이상, 득의양양한 표정으로 가설을 주절주절 말하는 건 좋지 않다. 모두가 그 가설을 검토한 이후라면 '그런 거 이미 다 생각했어. 바보로 여기는 거야?'라고 생각할 테고, 아직 검토하지 않았다면 '득의양양하게 말하기는. 바보로 여기는 거야?'라고 생각할 테니 어느 쪽이든 반감을 사기 쉽다. 상당히 불합리하고 기분 나쁜 이야기지만, 일본 사회에서는 모두가 알지 못하는 문제를 풀어내거나 모두가 알지 못하는 사실을 설명하는 인간은 언제든 환영받지 못한다.

하지만 사토나카는 평범한 음량으로 답했다. "그럴 리는 없겠지. 학생지원실에 그대로 기록이 남으니까."

"그럼, 가짜 카드키를 준비했다거나."

"……응? 가짜 카드키를 준비해서 어떻게?"

아무리 그래도 설명이 부족해서 전해지지 않은 듯했다. 너무 큰 목소리로 되물어도 곤란하기에 나는 서둘러 덧붙였다. "가짜 카드키를 준비해서 진짜랑 바꾸는 거지. 가짜 카드키에 흠집을 내고 '범행 불가능'인 것처럼 속인 후, 훔친 진짜 카드키로 현장에 드나드는 거야."

"어? 아, 그렇구나."

이해하기까지 몇 초 걸린 듯한 모습의 사토나카가 문 옆의 고리를 봤지만, 이미 미나키가 카드키 보관함에 들어 있던 카드키를 꺼내서 들고 왔다. 조금 전에 도착했다는 신규 발행 카드키는 포장이 풀린 택배 박스와 함께 테이블 한가운데 놓여 있기에, 벽의 정위치에 걸려 있던 이쪽이 상처가 난 옛 카드키라는 말이 된다. 미나키는 팔랑팔랑 뒤집어가며 카드키를 바라봤지만, 딱히 아무 말도 하지 않고 나에게 건넸다. 앞뒤 모두 손톱으로 긁어 보거나 하면서 잘 살펴봤지만, 겉보기로는 모조품이 아니라 진짜 카드키였다. 앞면에는 검은 마그네틱선을 비스듬히 횡단하는 형태로 긁힌 듯한 상처가 생겨 있었고, 분명 이래서는 사용할 수 없으리라.

"가짜는 아닌 것 같네." 사토나카에게 옛 카드키를 건넸다. "그럼 범행은 카드키에 흠집이 나기 전에 벌어진 건가?"

"그건……."

사토나카는 답을 구하는 모습으로 라운지조 쪽을 돌아봤다. 야마모토도 니탄다도 가만히 있었지만, 테이블에 턱을 얹은 강아지 같은 자세를 한 채로 이게타가 건너편에서 답했다.

"그럴 리 없어. 나, 범인 봤으니까."

미나키가 눈썹을 찌푸리며 이게타를 바라봤지만, 야마모토 일행은 이미 알고 있는 이야기인 듯 입을 시옷 자로 한 채 아무 말 없었다. 미하루도 그 이야기는 이미 들었는지 등을 편 채로 가만히 있었다.

"그게게 밤에 있었던 일인데, 부자연스럽게 큰 보스턴백을 가진 남자가 담배방에 들어가는 거 내가 봤거든. 혹시나 해서 말하는데, 나 혼자가 아니었어. 증인도 있어."

사토나카는 이쪽을 봤다. "그 녀석, 카드키로 담배방 문을 열어서 들어갔대. 3, 4분 후에 나왔고. 왔을 때는 텅 비어 있던 보스턴백이 부풀어 있었대."

그랬던 거지? 하고 사토나카가 확인하자 이게타는 턱을 테이블에 댄 채로 끄덕였다. 딱, 하고 아플 것 같은 소리가 났고 "아야" 하고 중얼대는 소리가 들렸다. 턱 정도는 들어 올리면 좋으련만.

하지만 그것이 거짓말이 아니라고 하면 분명 범인은 신규 발행을 기다리던 카드키를 어딘가에서 손에 넣었다는 말이 된다. 내가 생각에 잠겨 있자, 사토나카가 말하는 동안 침묵하는 것에 질렸는지 야마모토가 말했다.

"그러니까 명백하잖아. 히메다밖에 없다니까."

"아니, 잠깐만. 저기, 야마모토." 사토나카가 방벽을 치듯 양 손바닥을 보였다.

"일단 후지무라한테도 그 내용, 왜 히메다인지 설명해주면 고마울 거 같은데."

"그러니까." 야마모토는 화가 난 모습으로 나를 바라봤다. "새로운 카드키 주문을 한 게 히메다야. 그 녀석이 어떻게 해서인가 조금 빠르게 새 카드키를 받았겠지. 그것 말고는 없지 않아? 몇 번을 말하게 하는 거야?"

나는 처음 듣는 이야기라고 생각했지만 미하루가 먼저 말했다.

"나도 몇 번이고 말했어. 제조사 사이트를 봐도 '최소 일주일'이라고 적혀 있어. 그것을 '어떻게 해서인가 조금 빠르게' 받을 수 있는 게 확실해? 그것도 모르는데 히메다를 범인 취급하는 건 이상해."

"그러니까."

"아니, 아니, 잠깐만. 그래도 말이야, 나 도중부터 들어서 잘 모르겠는데." 사토나카가 빠른 걸음으로 두 명 쪽으로 갔다. "애초에 왜 히메다가 주문한 건데?"

"그 녀석이 흠집 냈으니까." 니탄다가 팔짱을 낀 채로 말했다. "만 엔 정도니까 자비로 내야지. 학생지원실에 상담하는 것도 귀찮고."

학생에게 만 엔은 의외로 큰 타격일 테지만, 같은 국립대학에 다니더라도 학생들 간의 금전 감각은 꽤 다르다. 학자금이라는 명목의 대출금과 약간의 용돈과 아르바이트로 생활하며, 계속되는 등록금 인상에 휴학을 신청하거나 물장사를 시작하거나 하는 고학생이 있는 반면, 욕조와 샤워실이 별도로 있는 욕실이라거나 드레스룸 같은 것이 딸린 아파트에 사는 귀족도 있으니까 히메다의 주머니 사정은 알수 없다.

"……난 그것도 신경 쓰였어. 흠집을 낸 게 히메다라는 증거는 있어?"

미하루가 묻자 야마모토가 시끄럽다는 듯 답했다. "애초에 평소에 담배방 드나드는 거, 그 녀석 정도밖에 없으니까."

"그래도 망가뜨린 건 다른 사람일지도 모르잖아."

"왜 하나하나 따지고 드는 건데? 그렇게 일부러 우길 필요 있어?"

"왜냐면 지금 현재, 히메다가 범인이라는 합리적인 증거가 하나도 없잖아."

"있거든? 제대로. 애초에 그 녀석이 자기가 흠집 냈다고 자백했다니까." 니탄다가 그녀를 내려다봤다. "물어봤더니 인정했어. 본인이."

"어떤 상태에서 물은 건데? 몇 명이 함께 추궁한 거 아니야? 둘러싸고 위압적으로 물으면 한 적 없더라도 네, 하고 대답할 가능성도 있어."

"뭐? 그럴 리 없잖아."

"형사소송법 강의에서 배웠잖아. 대부분의 사람은 위압을 받으면 자신이 한 적 없는 일에도 '제가 했습니다'라고 말해 버린다고. 자백의 보강 법칙 잊었어?"

"하. 형사소송법이라니." 야마모토가 코웃음 쳤다. "변호사 흉내 내는 거야?"

"이건 제대로 된 절도 사건이잖아. 게다가 형사 사건이 되지 않는 사안이더라도 형사소송법의 사고방식은 유용해."

"어, 그래, 그래. 네 말이 맞아."

야마모토는 질린 듯한 표정으로 손을 까닥거리더니, 니탄다와 얼굴을 마주 보고는 절레절레 고개를 젓는 제스처를 취했다. 이게타는 '상대하지 못하겠다'라는 표정으로 창밖을 바라봤다. 요시카와는 몸은 라운지조와 같은 방향이었지만 마음은 딜레마에 빠진 듯 좌우를 보면서 어쩔 줄 몰라 하고 있었다. 이 자리에 없는 히메다를 제외하고는 그녀가 가장 가여운 포지션인 듯했다.

그것을 보고 겨우 내게도 이 '다툼'의 전체 모습이 이해되기 시작했다. 현장이 된 담배방은 법대생 외에는 대부분 존재조차 모른다. 그에 더하여 문제의 카드키는 이 방에 있기에 평소 이 방에 오지 않는 사람이 갑자기 빌리거나 하면 눈에 띈다. 즉 현장이 담배방이라는 시점에서 용의자는 거의 법학과, 거기다가 라운지조를 비롯한 일부 학생으로 좁혀진다. 모두가 당사자인 그들 입장에서는 몹시 심기가 불편한 이야기이자, 그들이 '어차피 범인은 히메다겠지', '히메다로

족해'라는 '분위기'에 무비판적으로 올라탄 이유에는 그런 면도 있으리라.

그렇게 이해하긴 했지만 씁쓸한 기분이 들었다. 나는 얼마 전, 마침 이 네 명과 함께 걷던 히메다를 봤다. 그때 말고도 라운지조를 본 적은 몇 번이고 있기에 히메다의 입장에 대해서는 왠지 모르게 이해하고 있었다. 그는 라운지조 중에서 가장 붕 떠 있고, 다른 멤버들이 볼 때 '우선하여 버려버려도 상관없는 인간'이리라. 당사자인 히메다가 이 자리에 없기도 했고, 결석 재판인 채 만장일치로 범인으로 만들어버리려는 것이다. 가히 훌륭한 민주주의라 아니할 수 없다.

미하루는 뭔가 말을 꺼내려 했지만, 손목시계를 보고 눈썹을 모으더니 아무 말 없이 몸을 일으켰다. 라운지조의 시선이 그녀에게 모여들었다.

"……어찌 됐든 지금 히메다가 범인이라는 증거는 무엇 하나 없어. 애초에 자물쇠를 열고 현장에 들어갈 방법이 없어. 그런데도 '왠지 모르게' 범인 취급을 해서는 안 돼."

미하루는 딱 잘라 말했지만, 야마모토는 언성을 높였다. "그러니까 그 녀석 말고 누가 있냐고 묻고 있잖아? 담배방 사용하는 것도 그 녀석이고, 카드키 망가뜨린 것도 그 녀석이고, 새롭게 주문한 것도 그 녀석이야. 왜 굳이 생트집을 잡는 건데?"

"증거가 전혀 없으니까 그렇지. 이게타도 자물쇠를 열고 현장에 들어간 것이 누구인지는 제대로 보지 못한 거잖아? 오히려 어째서 히메다만 용의자로 두고 다른 사람은 의심하지 않는 거야?"

"뭐? 그럼 우리가 했다는 거야? 웃기지 마."

야마모토는 미하루를 노려봤다. 그녀가 '우리'라고 말했기에 니탄다와 이게타도 도전적인 눈으로 미하루를 봤지만 미하루는 겁을 먹은 것 같지는 않았다.

"'왠지 모르게'라고 단정 짓는 건 잘못됐다고 말하는 것뿐이야."

"왜 이렇게 고집불통처럼 생트집을 잡는 거야? 미하루, 너랑 관계없잖아. 히메다 편을 들어서 어쩔 건데?"

"개인적인 이익 외의 동기로 뭔가에 관여하는 게 그렇게 이상해? 불공정한 걸 보면 그냥 넘길 수 없고, 진짜 범인을 놓쳐서도 안 돼. 우리는 법을 배우는 학생이잖아. 증거도 논리도 없이 특정 개인을 공격하는 거, 부끄럽지 않아?"

"뭘 멋을 부리는 거야?" 결국 야마모토가 소리를 내며 몸을 일으켰다. "전부터 생각했는데 말이야. 너의 그 '성실합니다' 어필, 일일이 다 짜증 나거든? 너 뭔가 착각하는 거 아니야? 국립대 붙었다고 신이라도 난 거야? 강의에서는 보란 듯이 가장 앞에 앉아서 손을 들고 질문 같은 거 해대고 말이야. 해외 드라마 너무 많이 본 거 아니야?"

나는 순간적으로 주먹을 쥐었지만, 당사자인 미하루는 표정을 바꾸지 않은 채 싸늘하게 야마모토를 바라볼 뿐이었다. 그 침묵에 야마모토는 엷은 미소를 짓더니 주변을 둘러봤다. 니탄다는 고개를 젓는 제스처를 취하며 야마모토와 비슷한 엷은 미소를 지었고, 이게타는 눈을 감고 무반응으로 응했다.

"학생이 성실하게 공부하는 건 당연한 일이야. 강의를 가장 듣기 좋은 자리에서 듣는 것도 당연하고. 모르는 게 있으면 손을 들고 질문하는 것도 당연해. 이상한 건 네 쪽이야."

"뭐? 어떻게 봐도 혼자서만 붕 떠 있는 거, 너잖아?"

"나만 붕 떠 있다면 나 말고 다른 모든 사람이 이상한 거야."

"뭐? 무슨 소리야, 그게." 야마모토는 성대하게 웃음을 터뜨리더니 미하루를 가리키며 니탄다를 바라봤다. "장난 아니야. 얘, 진짜로 이상한 애였어."

"너는 '모두가 어느 쪽을 향하고 있는지'로밖에 세상만사를 판단하지 못하나 보네." 미하루는 무표정인 채 야마모토를 바라봤다. "이제 곧 만으로 스무 살이 되는데 시비선악 판단조차 혼자서 못한다니. ……너, 지금까지 뭘 배워온 거야?"

야마모토가 의자를 걷어찼다. 퍽, 하는 둔탁한 소리가 들렸을 뿐이지만, 사토나카와 요시카와가 몸을 움츠렸다.

미하루보다 약간 키가 작은 야마모토는 머리를 기울여서 미하루를 쏘아보더니 하, 하고 마른 웃음을 흘렸다.

"……너 말이야. 친구 없지?"

"나한테 친구가 있든 없든, 내가 주장하는 정당성과 무슨 관계가 있어?"

"하지 마"라는 소리가 들렸다. 미하루도 야마모토도 아닌, 조금 떨어진 곳에 서 있던 요시카와 쪽에서였다. 바라보자 그녀는 손으로 눈을 비비며 아이처럼 흐느껴 울고 있었다.

"이제 그만해……."

두 명, 아니 나와 사토나카를 포함한 모두가 예상도 하지 못하던 곳에서 터져 나온 항의에 야마모토와 미하루도 당황한 듯했다. 요시카와는 흐느끼면서 울었고, 미하루는 그녀를 보고는 한숨을 길게 내쉬더니 가방을 들고 아무 말 없이 나가버렸다. 나갈 때, 내 쪽을 힐끔 봤지만 곤란한 듯한 표정을 지었을 뿐 아무 말도 하지 않았다.

문이 닫히는 달그락 소리가 들려도 요시카와는 계속 울고 있었다.

솔직히 말해 나로서는 '대학생이나 돼서 우는' 사람이 있다는 점이 의외였다. 그런 건 해봐야 교복을 입고 지내는 동안에만 벌어지는 일이리라 내 멋대로 생각한 것이다. 하지만 잘 생각해보니, 대학생은 물론이고 어른이 울어서는 안된다는 법은 존재하지 않는다. 가령 100세 어르신이 운다고 해도 그것만으로 책망받을 이유는 없다. 그리고 이 요시카와는 '언제나 누군가의 동생처럼 지내고 싶은 사람' 같은 분위기를 풍기기에, 본인으로서도 그 정도로 특별한 일은 아닐지도 모른다.

이게타가 아이고 맙소사 하는 표정으로 일어나더니 요시카와의 어깨를 두드리며 위로했다.

물론 야마모토는 기분이 상한 듯 미하루가 나간 문을 바라보고 있었다. "⋯⋯넌 뭘 울고 그래. 이렇게 이상한 분위기 만들어 놓고 미안하다는 말 한마디도 안 하고 나가버린 사람이 나쁘지."

뭐가 '이상한 분위기'야, 하고 생각했지만, 니탄다도 "진짜 그래" 하고 끄덕이면서 야마모토 옆의 의자를 끌어다가 앉았다. "아니, 뭐 그래도 무서웠어. 설마 일상 회화에서 '자백의 보강 법칙'이라는 말을 들을지는 생각도 못했네."

"맞아! 이상해, 저 여자애. 전부터 생각했지만."

"뭐, 진지한 건 나쁜 건 아니겠지만⋯⋯."

"안 봐도 변호사 지망이겠네? 종종 있지, 저런 사람. 저런 사람이 '인권 변호사' 같은 게 되잖아."

"맞아. 나라를 상대로 소송하거나 하는."

"인권, 인권이라고 떠드는 녀석. 서명운동 같은 거 할 것 같은 느낌의."

비웃는 듯한 말투였기에 나도 모르게 "어이"라는 말이 나오려고 했다. 과거를 보면 한센병 사건(일본의 '한센인 격리정책'으로 인해 낙태와 강제 노동 등의 인권침해를 겪은 한센병 환자 가족들이 일본 정부에 보상을 청구한 사건-옮긴이)에 에이즈 오염 혈액 사건(AIDS나 간염 바이러스에 오염된 혈액이 일본 전역의 혈우병 환자에게 공급돼 천여 명이 감염되고 수백여 명이 사망한 1980년대 사건-옮긴이), 멘다 사건(1948년에 발생한 강도 살인 사건의 피의자로 체포된 멘다 사카에라는 남성이 처음에는 사형 판결을 받았지만, 이후 재심에서 무죄가 확정된 누명 사건-옮긴이), 요즘이라면 구 우생보호법 사건(일본은 우생학의 명목 하에 구 우생보호법을 통해 장애인의 불임 수술 등을 벌였고, 이에 대해 2010년대 후반에 국가배상 청구 소송이 진행된 사건-옮긴이), 미나마타병 사건(아세트알데히드 제조 공장이 무단 방류한 수은에 중독된 사람들이 이후에 이 피해를 인정받은 사건-옮긴이), 하카마다 사건(증거 조작에 의해 사형 판결을 받았지만 34년 후에 재심이 결정된 사건-옮긴이) 등 국가나 대기업이라는 강자의 손에 불합리하게 인생을 빼앗긴 피해자가 일본에는 많이 있다. 그리고 그런 사람들을 위해 무보수로 일하는 변호사도 있다. 어디를 어떻게 봐도 '정의의 편' 외의 그 무엇도 아닌 그들을 향해 안전한 장소에서 냉소를 쏟아내는 것에 대해 이들은 아무런 의구심도 품지 않는 듯하다.

……뭐야, 이 자식들.

나쁜 의미의 '대중'. 아마도 불합리하게 인권을 침해당한 경험이 없으리라. 그들이 지금까지 불합리한 일을 당하지 않았다는 것 자체가 이미 '정의가 통하는 사회'의 은혜다. 그 은혜를 듬뿍 받았으면서 '정의'를 행하려는 사람을 비웃고 바보처럼 여기는 놈들.

한순간 불쾌감으로 얼굴이 일그러지는 걸 자각했다. 그러고 보니 타인에 대해 이렇게까지 확실한 분노를 느낀 건 오랜만이었다. 분노를 느끼기 이전에 무서워서 관여하지 않고 피했던 탓이다.

하지만 야마모토도 니탄다도 웃고 있었다.

"뭔가, 이제 어떻게 반응하면 좋을지도 모르겠더라. 대화가 통하지 않으니까."

"가끔 있지. '난 분위기 파악 따위 하지 않아'라는 사람."

"문화가 다른 거 같아. 그럴 바에는 미국에나 가지 그래?"

"그러고 보니, 저 사람, 뭔가 혼혈이지?"

"아, 아이누였던가." 야마모토가 쓴웃음을 지으며 알 거 같다는 표정으로 끄덕였다. "그래서인가?"

쾅, 하는 커다란 소리가 방 안에 울려 퍼졌다. 나는 나도 모르게 몸을 움츠리며 소리가 난 쪽을 돌아봤다.

미나키가 테이블에 정권 지르기를 내려쩍었다.

테이블의 상판은 움쑥, 하고 원형으로 함몰돼 있었다. 미나키는 잠시 후 손을 떼더니, 구멍이 난 테이블에 시선을 떨어뜨린 채 말했다.

"그 이상 말하지 마." 미나키는 고개를 숙인 채 주먹을 단단히 쥐었다. "……다음은 너희 두개골이 이렇게 될 거야."

그 자리에 있는 모두가 아연실색해서 움직이지 못하는 사이에 미나키는 아름다운 검은머리를 나풀나풀 휘날리며 발길을 돌리더니, 성큼성큼 걸어서 문을 통해 나가버렸다.

4

미나키가 나가버린 후 침묵이 길게 이어졌다. 말싸움이 벌어지거나 상대가 몸을 일으키거나 하는 정도라면 다들 상상하던 범위 내였겠지만, 갑작스러운 정권 지르기로 책상에 구멍을 낸다는 사태에는 대응하지 못하는 모습이었다. 나는 보슈 부채 축제 때 이미 미나키의 난투극을 봤기에 그렇게까지 놀라지는 않았지만 그보다도 후회가 남았다.

나도 화를 냈어야만 했다.

아이누 운운하는 야마모토의 발언은 틀림없이 선을 넘었다. 사회 문제에 냉담한 타입의 인간이더라도 '그건 조금 심하다'라고 말할 만한 수준이다. 오히려 내가 때려눕혔어야 했다. 다만 아마도 야마모토 자신도 그 사실을 자각하고 있는 탓에 지금 아무 말도 하지 못하고 있는 것처럼 보였다.

"아……, 우와, 깜짝 놀랐네."

그때 가장 먼저 입을 연 건 사토나카였다. 그러고 보니 미나키의 난투극은 이 녀석도 같이 봤다. 나와 마찬가지로 의외로 차분한 상태일지도 모른다.

"미나키, 분명 가라테 2단이라고 했어. 대단하네. 손, 안 아프려나."

사토나카는 테이블에 뚫린 구멍을 쓰다듬더니 "우와, 깊다" 같은 말을 떠들었다. 바보 같은 발언이지만 아마도 일부러 저러는 것이리라. 그 증거로, 사토나카는 라운지조에게도 왠지 모르게 웃어 보이고, 엉켜버린 실을 풀듯 하나하나 이 자리의 분위기를 풀어나가려 애썼다.

"손 아플 거 같은데. 아, 요시카와 괜찮아? 몸이 굳어 있는데."

사토나카는 요시카와 앞에서 손을 팔랑거렸다.

"엄청난 펀치력이지만 그건 뭐 그렇다고 치고." 사토나카는 무리하게 농담을 섞어서 말했다. "어쨌든 히메다가 어떻게 담배방에 들어갔는지는 조사해보는 편이 좋겠어. 어차피 이대로는 불가능 범죄니까 변상을 요구하기도 어렵고. 그리고 실제로 여기에 그 전문가가 있거든."

사토나카가 나를 손으로 가리켰다. 제발 그만둬, 라고 생각했지만 지금은 사토나카가 하는 대로 내버려둘 수밖에 없었다.

"후지무라랑 같이 좀 조사해볼게. 이 녀석, 그런 거 엄청 잘하거든." 사토나카는 가벼운 말투로 야마모토에게 확인했다. "그걸로 히메다가 담배방에 들어간 방법을 알게 되면 그걸로 만사 해결이잖아?"

이런 말을 들으면 라운지조로서는 반대할 이유도 없으리

라. 야마모토가 마음대로 하라는 듯 끄덕였고, 그녀의 시선을 받은 니탄다도 끄덕였다.

"아, 그러고 보니 후지무라. 그래서 불러온 거였지." 야마모토가 테이블에 놓인 가방을 메면서 나를 봤다. "명탐정이라며? 그럼 조금 추리 같은 거 해주지 그래? 수수께끼 풀이라고 해야 하나."

그렇게 '편의점에 간 김에 호빵 하나 사다 주지 않을래?' 같은 느낌으로 말하더라도 곤란하다. 하지만 이 사람에게 있어서 '명탐정' 따위 '잘 모르겠는 존재'일 뿐이고, 뭔가 편리한 기술을 가진 사람 정도로밖에 생각하지 않으리라.

어쩐지 울화가 치밀었지만 야마모토는 용건만을 말하더니 "그럼 동아리 가야 해서"라는 말을 남긴 채 나가버렸다. 니탄다도 그 뒤를 이었고, 요시카와도 도망치듯 고개를 숙이고는 문으로 향했다. 문 앞에서 이쪽을 돌아본 요시카와에게 나도 고개를 끄덕였다. 뭔가 말할까 했지만 곧바로는 말이 나오지 않았다.

다시금 학생 담화실이 조용해졌고, 남아 있던 이게타는 의자 등받이에 체중을 실으며 몸을 쭉 펴더니, 모두가 나가버린 문을 바라봤다.

"아, 무섭네, 다들." 이게타는 참지 못하겠다는 표정으로 감상을 말했다. "야마모토도 예상한 것 이상으로 날라리잖아? 솔직히 조금 깼어."

그녀 또한 라운지조이자 히메다를 범인으로 만들려고 하는 한 명인 이상, 자신이 말하고 싶은 걸 야마모토에게 대변시켰다는 사실에 변함은 없었다. 어디서 자기와는 상관없는 일인 척하는 거야, 싶은 마음이 없지는 않았지만 그건 일단 삼켰다. 이 자리에 한 명이 남아준 건 좋은 상황이었다. 이야기를 듣기 쉽고, 거짓말을 하더라도 나중에 다른 사람의 증언과 대조할 수 있다.

"아니, 뭐, 나도 깜짝 놀랐어." 사토나카가 웃는 얼굴로 말했다. "그런고로 우리가 조사 좀 해볼까 하는데. 일단 이게타, 범인이 담배방에 들어갔을 때의 일, 자세히 들려줄래? 혹시라도 히메다 같은 특징이 있었는지도."

"흐음……. 누구인지는 알 수 없었어. 남자 같기는 했지만 여자였을지도."

"상습범이라면 '일'을 할 때는 변장할 수도 있겠지." 사토나카는 평소처럼 가벼운 태도로 응응, 하고 끄덕였다. "그저께라는 건 화요일이네. 시간은 몇 시쯤? 연구실에 용건이라도 있었어?"

사토나카는 잡담하듯 질문했지만, 질문하는 방식을 볼 때 이게타 본인도 포함해서 의심하고 있다는 점을 알 수 있었다. 나는 '잘하고 있어!'라고 머릿속으로 사토나카의 머리를 쓰다듬었다.

"아니……."

이게타는 테이블 모서리 부근으로 시선을 돌렸다. 말할지 말지 고민하는 모습이었다.

하지만 사토나카를 올려보더니, 쭈욱 기지개를 한 번 펴고는 입을 열었다.

"밤에 누군가 불러냈어. 뭔가 이상한 메일로."

"이상한 메일? 어떤?"

사토나카가 흥미진진한 듯 이게타 쪽으로 다가서자, 나도 그 등 뒤에 숨어서 가까이 다가가서 그녀의 모습을 살폈다. 이게타는 핸드폰을 꺼내 조작하더니 던지듯 테이블 위에 놓았다. "이거야. 어떻게 생각해?"

(from) otonono1002.9@xxxx.ne.jp

(sub) 법학과 1학년 오토노입니다. 처음 메일 보냅니다.

(첨부) 2건의 첨부 파일이 있습니다

(본문) 갑자기 메일 보내서 죄송합니다. 법학과 1학년 오토노 아카네입니다. 이게타 양, 민법이 누마이 교수님이고 헌법이 가고시 교수님이죠? 저랑 그 두 강의만 같은 것 같네요.

연락해야 할지 고민했지만, 역시 알려주는 편이 좋겠다고 생각했어요. 조금 전 일인데, 법대 건물 4층에서 수상한 디지털카메라를 주웠습니다. SD 카드의 내용물을 살펴보니 무단으로 촬영한 것으로밖에 생각할 수 없는 이게타 양의 사진이 잔뜩 들어 있었습니다

(화장실 같은 곳은 아니고 평범하게 밖에서 찍은 사진입니다. 혹시 몰라 적어

둡니다). 짐작 가는 게 있으신가요?

혹시 짐작 가는 것이 없다면 법대 건물 4층에서 건넬 테니 일단 확인해줄 수 있나요? 계단을 오른 부근의 벤치에 있습니다. 그렇게 긴급한 일은 아닐지도 모르지만 빠른 편이 좋다고 생각합니다. 늦은 시간이라 미안하지만, 만약 지금 무리라면 나중에라도요. 일단 카메라를 건네겠습니다.

"이건⋯⋯." 사토나카가 눈썹을 찌푸리며 핸드폰 화면을 스크롤했다. "뭐야, 이게? 스토커?"

이게타는 짐작이 가는 바가 없는 듯, 그저 어깨를 움츠리는 제스처를 취할 뿐이었다. "앨범의 '기타'라는 폴더 열어봐. 첨부돼 있던 사진."

사토나카가 이게타의 핸드폰을 조작하자 이미지가 표시됐다. 폴더 안에는 두 장의 사진이 있었다. 첫 번째는 콤팩트 타입의 블루블랙 색상의 디지털카메라를 찍은 사진이었다. 법대 건물 4층 계단을 오른 곳에는 벤치가 있는데 그곳에 올려두고 찍은 듯했다. 사진을 찍는 것에 익숙하지 않은지 촬영자의 그림자가 찍혀 있지만, 체격이나 성별은 알 수 없었다. 하지만 일단 이것이 '오토노'가 주웠다는 디지털카메라인 듯했다.

그리고 두 번째 사진은 멀리서 찍은 듯한 인물이었다. 이것도 학교 내의, 아마도 도서관 앞의 잔디밭, 야외에서 술을 마시는 학생들이 종종 눈에 띄는 그곳이었다. 대각선 뒤쪽의 꽤 떨어진 부근에서 줌으로 촬영한 듯했지만 피사체인 여자는 분명 이게타였다. 혼자서 걸어가고 있는 중인 듯 보였다.

"우와." 사토나카가 핸드폰을 쥔 채로 몸을 젖혔다. "기분 나쁘네, 이 녀석. 완전히 숨어서 찍었고. 스토커잖아."

"기분 나쁘지?" 이게타는 다른 사람의 이야기를 하듯 말했다. "그 메일이 온 게 밤 8시쯤. 뭐, 언제나 그 시간 정도까지는 동방'동아리방'의 약칭. 어떤 대학이든 대개 이렇게 부른다. 학생 자치에 맡기기 때문에 아시아적인 혼잡함으로 너저분한 것이 평소 상태로, 유상무상의 이매망량이 백귀야행하는 밤의 축제 같은 공간에 있으니까, 그래서 일단 친구랑 같이 법대 건물 4층에 가봤어. ······근데 가보니까 아무도 없더라고."

"없었다고? 그럼······."

사토나카가 내게 코멘트를 요구했지만 너무 갑작스러워서 말하려다가 목이 멨다.

"어이, 괜찮아?"

"응. 켁켁." 내게 말하는 것이란 내용은 물론이요 물리적으로 서툰 것이다. "······그 메일, 무시하는 편이."

사토나카는 내가 조금 더 뭔가 말하리라 생각한 듯 조금 기다렸지만, 내가 아무 말을 하지 않자 테이블에 손을 대고 이게타에게 다가갔다. "뭔가 수상하긴 하네. ······뭐, 좋아. 그래서 4층에서 기다리는데, 히메다가 담배방에 들어가서 컴퓨터를 훔쳤다는 거네."

"멀기도 하고 어두워서 확실히는 모르지만 말이야." 이게 타는 사토나카에게서 핸드폰을 받아들더니 그 김에 뭔가 게임을 켜고는 화면을 터치하면서 말했다. "그래도 카드키로 자물쇠를 연 건 봤어. 그거 열리는 소리 꽤 울려 퍼지기도 하고."

분명 복도는 소리가 잘 울리는 곳이기도 하다. 계단에서라면 복도 끝에 있는 담배방까지는 20미터 조금 넘을까. 바로 근처는 아니지만 잘못 볼 만한 거리도 아니다.

나는 테이블에 놓인 택배 상자 위에 던져진 채로 있던 새로운 카드키를 바라봤다. 나중에 현장 검증도 필요하리라.

"그때는 딱히 이상하게 생각하지 않았어. 왜냐면 나, 카드키를 히메다가 망가뜨렸다는 이야기 들은 거 조금 전이거든. 그래서 잠시 기다리다가 아무도 안 와서 그대로 돌아왔는데……."

"어두웠던 게 안타깝네. 계단 부근의 벤치에서라면 멀기도 하고." 사토나카는 신음했다. "그럼 일단 그 메일, 내 핸드폰으로 전송해줄래? 그리고 함께 범인을 봤다는 친구 연락처도 알려줄 수 있어? 혹시라도 그 친구는 이게타보다 확실히 히메다의 모습을 봤을지도 모르고. 그렇다면 이야기가 빨라지니까."

"응." 이게타는 순간 고민하는 듯했지만 핸드폰을 조작했다. "본인한테는 내가 말해둘게."

"땡큐."

부리나케 핸드폰을 내미는 사토나카를 곁눈질로 보면서 지금 건 사토나카가 아니면 무리였겠구나, 하고 생각했다. 이 녀석의 친구 네트워크의 광범위함은 라운지조도 알고 있을 테고, 무슨 일이 있으면 바로 친구 등록을 하고 싶어 하는 녀석이라는 이미지도 있기에 부자연스럽게 여기지 않는 듯했다. 고마운 이야기였다.

"됐다. 후지무라, 이만 가자." 사토나카는 친구 등록을 하자마자 곧장 나를 끌어당겼다. "명추리를 보여줘. ……이게타, 증거가 갖춰지면 알려줄게."

"응."

"그때 당당히 히메다에게 변상을 요구하면 되지."

이게타는 아무 말 없이 끄덕였다.

사토나카는 나를 잡아당기며 복도를 걸으면서 속도를 늦추지 않고 상반신만을 기가 꺾인 듯 접고는 몸을 수그렸다.

"……최악이야, 나."

나는 빠른 걸음으로 보조를 맞추면서 사토나카의 등을 두드렸다. "아니, 잘했다고 생각하는데."

"아니, 그렇지 않아. 그건 아무리 그래도 화를 내야만 했는데." 사토나카는 결국 멈춰 서더니 머리를 감싸 쥐고 쭈그려 앉았다. "뭐야 그 녀석. 야마모토. 니탄다도! 인종차별 아니야?"

사토나카가 확실히 그 말을 꺼내준 덕에 나는 조금 안심했다. "그렇지."

"그런데 나, 아아." 사토나카는 소화전 박스를 끌어안으며 몸을 웅크렸다.

"화를 내야 했어. 그 자리에서 화를 내야 했는데 실실거리기나 하고."

"아니, 그건 나도 마찬가지였어."

"……후지무라." 사토나카는 소화전을 껴안은 채 고개를 돌려서 이쪽을 올려다봤다.

"나 같은 사람, 뭐라고 부르는지 알아?"

"응? 뭔데?"

"아첨꾼 같다고 해. 줏대 없이 여기 붙었다 저기 붙었다 하는."

아아아아아아, 하고 괴로운 신음소리를 내면서 소화전에 달라붙는 사토나카의 등을 토닥였다.

"아니, 아까는 그게 베스트였어. 조사상."

사토나카는 뚝 움직임을 멈췄다.

"그 녀석들 전부 중요 참고인이잖아. 앞으로도 탐문해야 하니까 싸우지 않는 게 베스트." 나는 그렇게 한마디를 덧붙인 후 말을 이었다. "일단 히메다한테 이야기를 들어보자."

실제로 미나키가 테이블을 부순 순간, 나도 뭔가 말하려던 참이었다. 결국 용기가 나지 않아 중얼중얼 속으로 불만을 토로했을 뿐이지만, 냉정하게 생각해보면 이번만은 대인기피증이어서 다행이었을지 모른다. 화를 내고 자리를 떠버렸다면 그 후의 조사 진행이 불가능해지기 때문이다. 사토나카의 판단도 옳았다.

잠시 움직임을 멈췄던 사토나카가 천천히 몸을 일으켰다. "……그래." 사토나카는 일단 끄덕였지만 발을 내딛으려다가 멈추고는 돌아봤다. "응? 잠깐만. 이게타의 친구를 먼저 만나러 가야지. 이게타의 증언, 그거 히메다를 범인으로 만들기 위한 거짓말일지도 모르잖아? 우물쭈물하다 보면 그 친구에게 핸드폰으로 연락해서 입을 맞출지도 몰라. 뒤를 팔 수 없게 돼."

"아니, 그건 나중에 해도 돼. 이게타는 거짓말 안 했을 거야."

"정말?"

"거짓말이었다면 '얼굴을 확실히 봤다. 히메다였다'라고 말하면 되잖아. 의심받더라도 다수결로 이길 수 있고."

거짓말이라면 이게타는 그것을 보강하기 위해 몰래 찍은 것처럼 보이는 자신의 사진까지 준비했다는 말이 되지만, 이건 생각보다 번거로운 일이다. "친구와 함께였다고 했잖아. 근데 만약 그게 거짓말이라면 그 친구랑 입까지 맞춰야

하지. 쓸데없이 리스크가 커져."

그런 번거로움과 리스크를 선택하지 않더라도 라운지조의 분위기를 볼 때 '히메다를 봤다'라고 말하기만 하면 주변이 다들 믿어주리라. 물론 그렇게 말한 경우 '모르는 사람에게 갑자기 메일을 받고, 아무도 동반하지 않은 채 밤에 법대 건물까지 만나러 갔다'라는 건 부자연스럽고, '법대 건물은 어둡고 담배방까지 거리가 있음에도 범인이 히메다라는 걸 확실히 알았다'라는 것도 부자연스럽다. 하지만 그런 논리성은 '히메다가 범인인 것으로 족하다'라는 분위기 앞에서 사라져버리리라. 우리는 둘째치고, 미하루가 따지고 들어오는 것조차 라운지조로서는 예상외였을 테니까 그런 번거로운 계략 같은 건 필요하지 않았다.

"즉 이게타의 증언은 진짜란 말이야? ……카드키가 부서진 걸 오늘 알았다는 것도?"

"아마도 맞을 거야. 야마모토 일행이 '카드키가 망가진 걸 학생지원실에 말하지 않고 제멋대로 주문했다'라는 걸 굳이 타인에게 말할 것 같지도 않고."

"그래. 그래도 그렇다고 하면……." 사토나카가 천장을 바라봤다. "누군가가 히메다를 범인으로 만들기 위해서 이게타를 4층으로 불렀다는 거야?"

아마도 그럴 터였다. 그 증거로 '오토노'라는 녀석은 나타나지 않았고, 다른 메일도 아직껏 오지 않았다. 아마도 오토노 아카네라는 학생은 실존하지 않으리라. 범인은 이게타에게 '카드키를 사용해 담배방에 들어가는 모습'을 보여서 히메다에게 용의가 향하게 하려 한 것이리라. 즉 이게타가 본건 범인 본인이었을 것이다.

"그렇다고 하면 범인은 역시 라운지조나 그 주변 사람이야. 라운지조 내에서 히메다가 차지한 위치라거나 자주 담배방을 사용한다는 점을 알고 있기에 범인으로 만들려고 한걸 테니까. 애초에 이게타의 메일 주소도 알고 있어야 하고."

"그렇구나." 사토나카는 어째선지 매우 기쁜 듯한 표정을 보이면서 내 등을 두드렸다.

"역시 후지무라. 대단해."

"아니." 딱히 대단한 걸 말한 것도 아니다.

"……그래서 후지무라." 사토나카가 복도 건너편을 보며 말했다. "해결할 거지? 이 사건."

"물론이야. ……야마모토가 부탁했으니까." 나는 답했다. "야마모토가 바라는 대로 트릭을 풀 거야. 히메다의 '무죄를 증명'하기 위해."

"……그래."

사토나카가 나를 돌아봤다. 그 두 눈이 반짝반짝 빛났다. 나는 고개를 끄덕이고는 앞으로 걷기 시작했다. "히메다한테 이야기를 들어보자."

"좋아."

사토나카는 완전히 기운을 되찾은 듯 핸드폰을 꺼냈다.

"후지무라가 그럴 마음만 먹는다면 이미 승리 확정이지."

"……아니, 그렇진 않아."

"아니, 확정 맞아." 사토나카는 빙긋 웃으며 나를 봤다. "네 명탐정으로서의 능력은 내가 가장 잘 알아. 명탐정으로 지내는 것이 얼마나 어려운지도."

분에 넘치는 칭찬이었다.

그건 몸이 간지러워지는 한편, 어딘지 고개를 갸웃거리게 만들기도 했다. 사토나카는 어째서 이렇게까지 나를 믿는 걸까. 초등학교 무렵, 이 녀석과 나 사이에 무슨 일인가 있었던가? 딱히 기억하는 에피소드는 없는데 말이다.

곧장 히메다에게 메시지를 보내는 사토나카를 돌아봤다. 사실 나는, 이 녀석의 내면도 잘 알지 못한다.

초등학교 무렵부터 나는 '명탐정'이라는 존재에 빠져 있었다.

그 계기는 5학년 무렵 《셜록 홈스의 모험》을 읽은 것이었다. 성인용 단행본이 아니라 아동용 편집본이었으리라.

그때까지 내가 알고 있던 영웅은 신기한 마법이나 현실에는 있을 리 없는 초과학超科學을 통해 변신하여 투지와 필살기로 적을 때려눕히는 사람뿐이었다. 하지만 셜록 홈스는 달랐다. 그는 곤란에 빠진 사람을 완력이 아니라 두뇌로 도왔다. 누구나가 괴이 현상이라고 겁내는 사건에 과학과 논리로 빛을 밝혔고, 그것이 실은 그저 인간이 장치한 트릭이라는 점을 알았을 때의 감동. 관계자 앞에서 화려하게 그것을 해설하는 명탐정. 무엇보다 매력적인 건 그 리얼함이었다. 변신 영웅 따위 현실에 있을 리 없지만, 셜록 홈 스라면 있더라도 이상하지 않다. 필살기로 적을 때려눕히는 건 불 가능하지만, 추리와 논리로 사건을 해결하는 것이라면 현실의 나 로서도 가능할지 모른다. 나는 친구를 모아서 탐정단 '팀 사토'를 결성했고, 매일같이 학교 주변을 산책하는 아저씨를 미행하거나, 통학로에 잠복해서 담 너머로 빈 캔을 버리는 범인을 찾는 등 탐 정 놀이를 하며 놀았다. 그러고 보면 당시, 주변 친구들에게는 나 를 '명탐정'이라고 부르라고 했다. 탐정단의 단장이기에 모두 그 렇게 불러줬지만, 지금 생각하면 엄청 부끄러운 일이다.

하지만 그 무렵의 나는 분명 인기인이었다. 뭐, 나 자신이 꽤 사 교적이었으리라. 당시의 나는 자신감으로 넘쳤으며, 어디에든 얼 굴을 내밀었고 누구에게나 말을 걸었다. 그야말로 오지랖 넓게 행동했을지 모르지만, 친구들의 지지는 얻고 있었다. 다들 나랑 친하게 지내면 반에서 가장 상대하기 어려운 하나다 그룹이든, 가장 귀여운 하즈미 그룹이든, 그뿐 아니라 다른 반이나 손위 학 년 사람과도 접촉할 수 있다는 걸 알고 있었기 때문이리라. 애칭 으로 '사토'라고 불리던 당시의 나로서는 친구란 알아서 자연스 레 모여드는 존재로, 사실 쉬는 시간이나 방과 후에도 내가 있는 곳에는 친구가 모여들었고 내가 먼저 다른 사람의 무리에 넣어달 라고 말한 기억은 거의 없다.

당시 나는 언제나 무리의 중심이었고, 나는 나 스스로가 대단하다고 생각했다. 무엇이든 할 수 있다고 여겼다. 그렇기에 10월의 어느 날, 명탐정처럼 사건을 추리하고 난 후, 그런 큰 사태를 맞이하게 될 것이라고는 꿈에도 생각하지 못했다.

그 사건이란 가토라는 동급생의 커닝 의혹이었다.

5학년 때의 담임은 거의 매주 쪽지시험을 봤다. 한자 쓰기나 과학 암기 등으로, 나는 딱히 쪽지시험을 잘 본다고 해서 뭔가 좋은 것도 아니라고 생각했지만, 그건 지금 생각하면 내가 공부를 잘해서 '최소한 80점'은 보증돼 있었기 때문이리라. 반 안에서는 그 아무래도 좋은 쪽지시험 점수로 고민하는 사람도 있었고, 공부를 못하는 가토도 그중 한 명이었다. 자존심이 강한 그는 40점이나 30점 같은 점수를 받은 답안지를 다른 사람에게 보이지 않도록 항상 숨겼지만, 어느 날, 고오리라는 친구에게 들켜서 비웃음을 샀다. "가토, 35점이네?"

웃은 고오리도 분명 55점 정도여서 크게 다르지 않기에 딱히 악감정이 있어서 그런 건 아니었으리라. 하지만 가토는 울면서 격노했다. 고오리 쪽이 곧장 사과했기에 긴급 학급모임을 열 정도의 사태로는 발전하지 않았지만, 가토는 그를 용서하지 않았다.

하지만 '점수가 나쁘다는 이유로 바보처럼 여겨서는 안 된다'라는 식의 이해는 자존심이 높은 가토에게는 쉽게 받아들이기 어려운 일이었던 것 같다. 그는 울면서 고오리에게 말했다.

"다음 시험에서 내가 너보다 높은 점수를 받으면, 팬티 한 장만 입고 운동장 한 바퀴 돌아."

실제로 그것이 실현된다고 해도 허무할 뿐이고, 애초에 고오리로서는 마이너스밖에 없는 승부였기에 그에게는 좋을 게 하나도 없는 이야기였지만 빼려야 뺄 수 없게 된 고오리는 이 승부를 받아들였다.

그리고 다음 주, 1교시에 실시된 쪽지시험. 선생님이 배부한 해답지 프린트를 바탕으로 채점한 결과, 가토는 만점이었다. 고오리도 신중하게 대비해서 충분히 공부해 온 듯했지만, 그는 90점에 그쳤다. 채점에 부정이 있던 것도 아니었고, 고오리의 팬티 한 장 운동장 한 바퀴가 결정됐다. ……그런 것처럼 보였지만 1교시 종료 후 쉬는 시간, 내 주변으로 모여든 친구들이 그것에 항의했다. 갑자기 100점 만점을 받는 건 이상하다. 커닝을 한 것 아니냐, 하며.

고오리도 그에 동조했지만, 가토는 완강하게 부인했다. 무엇보다 그 쪽지시험에는 팬티 한 장 운동장 한 바퀴가 걸려 있었다. 부정이 없도록 커닝은 엄격히 체크되고 있었을 터였다. 책상 위에는 쓸데없는 물건이 없었고, 주머니나 주변에도 아무것도 들어 있지 않은 건 1교시 직전에 확인했다. 교실 벽 등에 힌트가 있다면 다른 녀석도 깨달았을 테고, 가토의 자리는 주변에 여자들만 있었고 그에게 협력할 만한 사람도 없었다. 고오리는 '책상에 희미하게 연필로 적어두면 옆에서는 보이지 않는다'라고 주장했지만 가토의 책상은 어제 방과 후 가토가 돌아간 후에 제대로 고오리 본인이 체크했고, 잔꾀가 없는 걸 확인한 상태였다. 교실에는 언제나 사람이 있고, 언제 누군가가 들어올지도 모르는데 아침 일찍 와서 답을 적어놓을 시간도 없었다.

고오리는 그것을 지적받아 피할 곳이 없어졌고, 닥쳐오는 팬티 한 장 운동장 한 바퀴에 울 것만 같은 모습을 보였다.

그때 내가 등장했다. 어느 쪽인가 하면 가토보다 고오리와 사이가 좋았던 나는 명추리로 훌륭히 가토의 트릭을 깨부수고 그가 커닝을 했다는 사실을 증명한 것이다. 지금 생각하면 어린아이 같은 트릭이었지만 말이다.

트릭의 증거를 발견한 나는 2교시 종료 후의 쉬는 시간에 모두를 불러서 추리를 선보이고자 생각했다. 추리를 선보일 무대는 빈 교실이 된 옛 5학년 3반. 1교시 종료 후에 발견해둔 '증거물'을 그곳으로 가져가서 화려하게 추리를 선보일 준비를 마친 후, 2교시 사이에 쪽지를 돌려서 '쉬는 시간에 3반 교실 집합! 꼭!'이라고 지시했다. 쉬는 시간을 뺏겼다고 불평하고 싶은 사람도 있었을 테지만, 모두 가토 vs 고오리의 싸움을 아는 이상 인기인인 내가 반드시 모이라고 했기에 반의 남자 대부분이 참석했다. 여자도 몇 명 왔다.

나는 모두의 앞에서 "잘 모여주셨습니다"로 시작하는 길고 긴 서론을 말하고는 선언했다.

"트릭을 알아냈습니다. 범인이 어떻게 시험에서 만점을 받았는지."

나는 내 추리를 당당히 말했고, 그리고 공손하게 인사한 후 씩씩하게 3반 교실을 나섰다.

그리고 그 직후 나는 큰 사태를 맞이하게 된 것이다.

5

"아니 뭐. 내 입장에서는 앞으로의 외교 관계상 11,000엔 정도의 비용은 필요경비라고 생각했으니 괜찮아." 히메다는 앞머리를 쓰다듬었다. "그리고 담배방을 가장 빈번히 이용한 것도 분명 나니까, 수익자 부담이라고 생각하면 뭐. 매주 수요일 오후에는 거기에서 게임하거든."

히메다는 그렇게 말하더니 벤치에 앉은 채 몸을 둥글게 말고는 풀려 있던 신발 끈을 다시 맸다. 끈이 금방 풀려버리는 듯 여기까지 걸어오는 동안에도 한 번 고쳐 맸지만, 그가 끈을 매는 걸 보자 그래니 매듭(granny knot. 세로 매듭이라고도 하며, 보통 신발 끈을 묶을 때 쓰는 스퀘어 매듭과는 다르게 금방 풀린다-옮긴이)으로 묶는 방법을 쓰고 있었고, 잘 보니 반대쪽 발도 마찬가지였다. 모르는 걸까.

"그래도 말이야. 카드키 손괴 사건의 범인을 찾아준다면, 나도 협력 못 할 건 없지."

실제로는 '카드키 손괴 사건'이 아니라 절도 사건의 용의자로 여겨지고 있지만, 일단 히메다 본인에게는 말하지 않기로 했다.

히메다는 옛날 느낌의 8대 2 가르마를 살짝 매만지고는 고개를 들었다. "근데, 주관적이긴 해도 내가 기억하기로는 내 잘못은 없어. 카드키 손괴가 판명된 건 지난주 목요일 아침. 발견자는 야마모토였고, 담화실에는 나랑 니탄다, 요시카와도 있었어. 야마모토는 컴퓨터 화면으로 뭔가 영상을 보려고 담배방에 가려고 했는데, 몇 번을 시도해도 카드키가 작동하지 않아서 들어가지 못했다고 하더라고."

히메다 옆에 앉아 있는 사토나카가 팔짱을 꼈다. "그래도 히메다가 고장 낸 거 아닌 거잖아? 그런데도 '어차피 네가 고장 낸 거겠지'라는 말을 들은 거고."

"주관적으로는 내가 아니긴 하지." 히메다는 쓴웃음을 지으며 사토나카의 시선을 피했다. "뭐, 3대 1로 의심한다면 이 자리에서는 변명하기 어렵겠거니 생각했어."

벤치 앞에 선 채로 이야기를 듣던 나는 허리를 굽힌 채 사토나카를 찔렀다. "카드키가 망가지기 전에 마지막으로 담배방에 들어간 건?"

사토나카가 물어봐줬다. "카드키가 망가지기 전에 마지막으로 담배방에 들어간 건?"

"나야. 지난주 수요일 오후……. 아, 아니다! 내 뒤로 저녁에 다니가키 선배가 카드키 빌려 갔었다."

"다니가키 선배…….." 사토나카는 고개를 갸웃거렸다. "누구더라."

"4학년이야. 헤어스타일이 보브컷으로, 머리 길이가 어깨에 닿을 정도의 평범한 미인. 개인적으로는 법학과에서 다섯 명밖에 없는 '상위권 중의 중위권'에 들어가." 히메다는 "아니, 실질적으로 '상위권 중의 상위권'이라고 해도 좋겠네" 같은 말을 하며 혼자서 생각에 잠겼다. "2학년 무렵까지는 담화실에 가끔 놀러왔대. 오랜만이라서 그런지 카드키를 빌리는 것만인데도 엄청 미안해했어."

나는 사토나카를 찔렀다. "그때 담화실에 있던 건?"

사토나카는 히메다에게 물었다. "그때 담화실에 있던 건?"

"아까부터 궁금한 건데, 왜 후지무라는 직접 나한테 물어보지 않는 거야?" 히메다가 내 쪽을 올려다봤다. "임금님 같은데."

그런 말을 들은 건 두 번째다. 사실 뭐라 답할 말이 없어서 "아니 그게"라고 우물거리면서 눈을 피할 수밖에 없었다.

"다니가키 선배가 카드키를 빌리러 왔을 때 담화실에 있던 건 나랑 야마모토랑 이게타였어. 그리고 두 명 더 있었지만 3학년 선배가 돌려주러 왔을 때는 이미 돌아갔고."

"……왜 빌려 간 사람이랑 가져다준 사람이랑 다른 거야?"

"드디어 직접 질문했네." 히메다는 웃으며 나를 올려다봤다. "다니가키 선배, 다쳐서 병원으로 실려갔다더라고. 크게 다친 건 아니라고 하지만, 쓰러져 있던 걸 발견한 게 그 3학년 선배여서 일단 카드키를 맡아뒀다더라."

"다쳤다고……?" 뭔가 신경 쓰였다.

"다음 날 아침, 그 이야기로 꽤 시끄러웠는데. ……그러고 보니 너희는 없었나 보네."

사토나카 말고는 학교에 없는 것이 보통이다. "꽤 화제였어……?"

"아니, 그날 잠깐 시끄러웠던 것뿐이야. 그리고 크게 다친 것도 아니라고 하더라고. 사건성도 없고. 멍하니 있다가 계단에서 굴러서 팔이랑 다리가 부러진 것뿐."

그건 어떻게 봐도 '중상' 부류에 들어갈 것 같다'중상'의 정의는 '대략 골절 정도부터'다. 그리고 히메다가 말하는 '사건성도 없다'라는 말은 확인해봐야만 하겠다고 머릿속으로 기억했다.

"그때 카드키가 고장 난 것 아니야?" 하고 사토나카가 물었지만 히메다는 고개를 저었다. "그때는 흠집 하나도 없었어. 다음 날 아침에 왔더니 갑자기 생겨 있었고."

그렇다고 하면 카드키에 언제 누가 흠집을 냈는지도 밝혀 낼 필요가 있다. 사용 가능한 상태의 카드키를 마지막으로 만진 것이 그 녀석이며, 그 말은 곧 그자가 범인이라는 말이 된다.

"……네, 감사합니다. 실례하겠습니다." 사토나카는 "실례하겠습니다"라고 말한 후, 예의 바르게 2초를 더 기다린 후에 전화를 끊고 나를 바라봤다. "안 되겠어. 역시 어떻게 하더라도 일주일은 걸린대."

"고마워."

진심으로 그렇게 생각했다. 나 혼자서는 이런 조사는 절대로 할 수 없다.

사토나카에게 부탁해서 카드키 제조사에 물어봐달라고했다. 신규 발행을 일주일보다 빨리할 방법은 없는지. 답은 '없다'였다. 즉 지난주 목요일 아침부터 새로운 카드키가 도착한 오늘 아침까지, 담배방에 들어갈 방법은 없었다는 말이 된다.

바람이 강하게 불기 시작한 데다가 먼지를 품고 있었다. 나는 눈을 가늘게 뜨고 사토나카와 함께 법대 건물을 향해 걸었다. 법대 건물 주변에는 은행나무 가로수가 있고, 거기에서 떨어지기 시작한 은행이 '학교에서 자주 맡게 되는 그 두려운 냄새'발 냄새가 난다', '토사물 냄새가 난다'고들 이야기하는 은행 냄새는 과육에 포함된 부틸산과 헵탄산이 그 원인이다. 전자는 '치즈가 발효하는 냄새', 후자는 '부패취 및 발 냄새의 원인 중 하나'라고 하며, 즉 전술한 표현은 옳다. 동물에게 먹지 않기 위해서라고 하며, 실제로 쥐나 원숭이 등은 먹지 않지만 너구리는 의외로 아무렇지도 않게 먹는다고 한다를 풍기고 있었다.

카드키를 일찍 받아들 방법이 없다고 치면, 슬슬 불가사의해지기 시작한다. 애초에 이게타가 본 범인은 어떻게 담배 방에 들어간 걸까.

"자물쇠, 처음부터 열려 있던 거 아닐까? 카드키로 연 척을 하고, 실은 자물쇠가 열리는 소리만 핸드폰인가 뭔가로 울려서 '자물쇠를 열고 들어간' 것처럼 보인 거지."

"그거 괜찮은 방법이다. 거리도 있었고, 녹음한 소리라는 사실은 이게타로서는 알 수 없을 테니까."

"그렇지?"

사토나카는 어때, 하는 표정을 지었지만 나는 '실패했다'고 생각했다. 대화를 스무스하게 만들기 위해 일단 긍정 메시지를 넣은 것뿐인데 이렇게나 기뻐하다니. "아니, 그래도 미안. 그건 무리야. 담배방 자물쇠는 자동잠금장치니까 범인이 잔꾀를 부릴 때까지 열려 있는 채였다고는 생각하기 어렵고, 만약 문이 열린 채라면 경보음이 울릴 테니까 말이야. 애초에 범인이 그 수법을 썼다면 화요일까지 5일간이나 기다리지 않고 카드키가 고장 난 후에 곧장 움직였을 것 같아. 계속해서 열어둔 채로 놔두는 건 리스크가 너무 크기도 하고."

"그런가……. 그렇긴 하네."

여기에서 "뭐야, 그럼 그렇다고 먼저 말하라고"라고 불평을 터뜨리지 않는 점이 나로서는 고마웠다. 보통 자신의 아이디어를 부정당하면 다소나마 화가 난 표정을 지을 텐데.

그렇다면 달리 어떤 방법이 있을까.

"……현장 검증을 해봐야겠어."

"그래!"

혼잣말을 할 셈이었는데 사토나카가 맞장구를 쳐서 나는 꽤 동요했다.

하지만 학생 담화실에 들렀다가 법대 건물 4층으로 올라가자, 담배방의 파티션 앞에 먼저 온 손님이 둘 있었다.

"아."

사토나카가 말을 흘렸고, 그것을 깨닫고 돌아본 두 명도 입을 열었다. "아."

미하루와 미나키였다. 손잡이를 당기고 있었기에 두 명도 담배방에 들어갈 방법을 찾고 있는 듯했다.

학생 담화실에서의 일을 신경 쓰는 듯 미하루와 미나키 모두 곤란한 것처럼 눈을 피했다. 뭔가 말해야 한다고 생각해서 미나키가 이쪽을 힐끔 본 순간을 노려 말을 꺼냈다. "아, 멋진 펀치였어."

말하고 나서 '우와와와와, 나 뭐라고 하는 거야'라고 머리를 감싸 쥔 채 쭈그리고 앉고 싶어졌지만, 대미지는 미나키 쪽에도 있었던 듯 그녀는 "으으" 하고 신음하고는 고개를 숙였다. "……갑자기 손이 나와서…… 책상에 구멍을 뚫기 위해 배운 게 아닌데…… 애초에 정권으로 나무판 하나 완전히 뚫지 못하다니……."

매번 기술을 선보일 때마다 침울해지는 사람이구나 싶지만 펀치 자체를 후회하고 있지는 않다는 사실을 알게 됐다.

　미하루와 눈이 맞았다. "후지무라⋯⋯."

　"조사해서 추리해보기로 했어. 히메다의 무죄를 증명해서 그 녀석들에게 사과를 받아 낼 거야." 아무리 노력해도 눈을 보면서 말할 수는 없어서 살짝 눈을 피했다. "이래저래 반성하게 해야만 해. 법대생이면서도 인권이 뭔지도 모르는 듯하고."

　그렇게 말하자 미하루는 어깨를 축 떨어뜨렸다. 침울해하는 것이 아니라 긴장이 풀린 것이리라. 라운지조와 미하루라면 나는 절대적으로 미하루 편이다.

　그런 것들을 말로 표현하고 싶었지만, 아무리 해도 말이 나오지 않았다. 하지만 미하루는 내 마음을 알아준 듯 미소 지었다. "고마워."

　"나도 그⋯⋯ 아첨꾼처럼 행동해서 미안." 사토나카가 머리를 긁적였다. "아니, 이번에는 정말로, 왜 그때 화를 못 냈을까⋯⋯. 나 자신이 너무 싫어."

　"아니, 사토나카는 그렇게 침울해할 필요 없잖아. 그러니까 그건 좋은 판단이었다니까."

　하지만 사토나카는 드물게도 우물쭈물하더니, 갑자기 예상하지 못한 말을 중얼거렸다. "아니, 아무래도 나⋯⋯ 대인기피증이니까."

"어엉?" 나도 모르게 위압적인 목소리가 나와버렸다. 무슨 말을 하는 거지. "이렇게 사교적인 대인기피증이 어디 있어?"

"아니, 아니, 그게 아니라." 사토나카는 손을 획획 저었다. "나, 사실은 낯가림이 심하거든. 사람들이랑 사귀는 게 거북해서 반대로 주절주절 떠든다고 할까."

나로서는 전혀 알 수 없다. 주절주절 떠들 수 있다면 대인기피증이 아니다.

하지만 사토나카는 진심으로 말하는 듯했다. "미움받는 게 싫으니까 어찌 됐든 계속해서 떠들면서 얼버무린다고 할까. 비웃음당해도 좋다고 반쯤 포기한 상태이기에 누구에게든 돌격하고 말이야. 긴장하면 점점 더 말이 많아지고."

뭐야, 그게, 하고 생각했지만 의외로 미하루가 쓴웃음을 지었다. "무슨 말인지 알겠어."

아는 거야? 라는 생각에 미하루를 바라보자, 그녀는 곤란한 듯 수줍어했다.

"나도 사교적인 게 거북하거든. ……뭐가 옳은지, 뭐가 받아들여지는지 잘 모르니까. ……폐를 끼치지 않는 범위라면 좋다는 생각에 과감하게, 자유롭게 행동하고 있긴 해도." 미하루는 자조 섞인 웃음을 보였다. "폐가 되지 않는다는 게 어느 정도까지인지…… 너무 어려워."

"맞아."

사토나카가 응했고, 미나키도 끄덕였다.

그런 거구나. 왠지 모르게 주변의 기압이 낮아졌고, 내가 가벼워진 듯한 느낌이 들었다. 미나키는 둘째치고, 사토나카조차 소통에 불안감을 품고 있고, 자신만만하게 보이는 미하루도 실은 그렇게까지 자신 넘치는 건 아닌 듯하다. 그렇다고 하면 여기에 있는 네 명은 다들 뿌리는 비슷하다는 말일까.

네 명이 서로를 보면서 부끄러운 미소를 짓는 어쩐지 따뜻한 몇 초가 흘렀다.

"그래서 우리는 히메다의 무죄를 증명하기 위해 카드키 없이 담배방에 들어갈 방법을 찾고 있어." 사토나카가 그렇게 말하고는 학생 담화실에 들른 김에 가지고 온 새로운 카드키를 내밀었다. "현장 검증은 어떻게 돼가고 있어?"

미나키와 얼굴을 마주 본 후, 미하루는 문에 손을 댄 채로 말했다.

"아직 어림도 안 잡혀. 무리해서 힘으로 열 수도 없고, 그렇게 연 흔적도 없어. 문 주변이랑 파티션에도 이상한 흔적은 하나도 없었어."

담배방의 벽을 바라봤다. 크림색 파티션은 군데군데 긁힌 것처럼 더럽긴 했지만, 구멍이나 틈은 없었다. 그리고 애초에 범인은 그냥 밀실로 숨어 들어간 것이 아니다. 이게타가 보는 앞에서 문을 열고 들어간 것이다.

"이게타가 오기 직전에 어떻게든 카드키 없이 안으로 들어가서 안에서 자물쇠를 연 다음 문을 완전히 닫지 않은 채로 둔다…… 아, 무리인가."

입으로 말하는 사이에 아니라고 깨달았다. 바닥에 무릎을 대고 보자, 문 하부에는 약간이지만 틈새가 있었고, 폐쇄된 흡연실이라고는 해도 복도 끝부분을 나중에 파티션으로 나누어 만들었다는 구조상 천장 부근과 양측의 벽 근처에는 각각 1센티미터 정도의 틈이 있다. 하지만 역시 틈이 너무 좁아서 외부에서 뭔가를 꽂아 넣기란 어려울 것 같았다. 애초에 문을 닫지 않고 기다리다 보면 경보음이 울려버린다. 파티션에 아무런 흔적도 남기지 않고 경보음이 그치게 할 방법은 없어 보였고, 애초에 이게타가 언제 올 건지도 알 수 없을 터였다.

사토나카가 새로운 카드키를 카드리더기에 가져다 댔다. 삐, 하는 경쾌한 소리가 나더니 딸깍, 하고 잠금이 풀렸다. 잠시 기다리자 위잉, 하고 귀여운 소리를 내며 딸깍, 하고 다시 자물쇠가 잠겼다.

"이 카드키는 진짜 못 쓰는 걸까?"

사토나카가 가지고 온 오래된 카드키를 카드리더기에 가져다 댔지만, 카드리더기는 해독 실패를 나타내는 삐삐, 소리를 냈을 뿐, 몇 번 시도해도 결과는 같았다. 오래된 카드키가 우연히 작동해서 안에 들어갔을 가능성도 없는 듯했다.

새로운 카드키로 바꾸자 삐, 하고 알기 쉬운 소리가 나며 잠금이 풀렸다. 손잡이를 돌려서 잡아당기자, 딱히 소리도 나지 않고 매끄럽게 문이 열렸다. 안에 들어가서 문을 안쪽에서 바라봤다. 섬턴(thumb turn, 열쇠 없이 안쪽에서 손으로 직접 돌려서 문을 열거나 잠그는 장치-옮긴이)은 노출돼 있지만, 돌리려고 하자 꽤 뻑뻑해서 바깥에서 실 같은 것으로 잡아당겨 여는 건 도저히 안 될 것 같았다.

사토나카가 바깥에서 말을 걸었다. "어때?"

"흐음……." 솔직히 아무것도 없다. 기대를 받고 있다는 점을 생각하니 중압감이 느껴졌다.

뒤를 이어 미하루가 들어왔기에 떠밀리듯 안으로 들어섰다. 지금도 살짝 담배 냄새가 나는 10제곱미터 정도의 공간은 그 대부분을 두 개의 소파와 테이블이 점하고 있었다. 안쪽 벽 앞에는 컴퓨터용 책상이 놓여 있지만, 그 위는 깨끗하게 정리돼 아무것도 없었다. 컴퓨터용 책상 아래쪽에는 연결할 대상을 잃어버린 랜선 케이블만이 꼬인 채 단자를 노출한 채였다. 천장에도 이상한 점은 없었고, 사람이 없음에도 자동으로 동작하는 공조기만이 일정한 소리를 내며 낮게 신음했다.

구석 선반에는 커피메이커와 전기포트, 그리고 컵이 네 개 쌓여 있었다. 어느 것이든 깨끗해 보이는 걸 보니 히메다가 사용하는 것이리라. 그 옆에는 책장이 있고, 《판례 타임즈》,

《JURIST》,《법학 교실》 같은 법률 잡지에 뒤섞여 어째선지 만화책 《가정재판소 사람들》과 《쿠로사기》가 몇 권 꽂혀 있었다. 어떤 책이든 오래돼 너덜너덜했고, 잡지 같은 건 4년 전 것도 있었다.

그것을 둘러보고, 텅 비어버린 컴퓨터용 책상을 본 후에 나는 고개를 갸웃거렸다.

"……여기 있던 데스크톱은 꽤 오래된 거 아니야? 왜 훔쳐 간 걸까."

"분명 오래된 거긴 할 텐데." 사토나카가 답했다. "요즘 중고거래 앱에서는 뭐든 팔린다니까 어느 정도 돈은 되지 않을까."

"아, 맞다. 중고거래 앱." 미하루가 핸드폰을 꺼냈다. "유명한 앱이라도 체크해볼까? 혹시 범인이 물건을 내놨을 수 있으니까."

"그럴 수도 있겠네. 일체형 데스크톱이랑 마우스였지?" 사토나카도 초콜릿 모양 커버를 씌운 핸드폰을 꺼냈다. "하지만 어떤 게 여기에서 훔쳐 간 건지 모르잖아?"

"알 수 있지 않을까? 물건이 올라온 날짜랑 판매자의 프로필을 보면." 미하루는 고속으로 화면을 터치했다. "여기 있던 건 꽤 오래된 거니까, 달리 같은 모양의 제품은 올라온 게 없을 테고."

"어? 어떤 모양이었는지 기억해?"

"두세 번 여기 들어왔었고, 컴퓨터 사용한 적도 있어."

역시 특이 능력자다. 미하루는 당연한 듯 말했지만, 평범한 인간은 그 정도만으로 컴퓨터의 모양이 어땠는지 기억하지 못한다.

그렇기는 해도 미하루의 기억력은 경이적인 수준이었다. 도난당한 컴퓨터의 추적은 포기한 채였지만 미하루의 확인을 받으면 특정할 수 있다. 그것이 담배방 침입의 수수께끼를 풀 계기가 되지는 않을 테지만, 경찰이 조사하게 된다면 범인 쪽을 먼저 찾을 수 있을지도 모른다. 애초에 그다지 대단한 피해액이 아닌 이상, 경찰이 얼마나 사건 해결에 적극적일지는 알 수 없지만.

우리 넷은 좁은 담배방에서 소파에 앉거나 벽에 기대는 등 제각각 자세를 취한 채 아무 말 없이 핸드폰을 조작했다. 툭, 툭툭, 툭 하고 화면을 터치하는 소리가 공조기의 저음 틈새로 희미하게 들려왔다. 중고거래 앱은 많다. 인터넷 사이트도 있기에 유명한 곳부터 찾더라도 어느 정도 시간이 걸릴지 알 수 없다. 하지만······.

몇 분 후, 미나키가 목소리를 높였다. "이거 아니야?"

"엇." 옆에 앉아 있던 사토나카가 갑자기 일어나자 소파가 흔들렸다.

미나키로부터 핸드폰을 받아 든 미하루는 한쪽 눈썹을 올린 채 화면을 바라보더니, 응, 하고 끄덕였다.

"이거 맞는 거 같아. 사진만 봐도 꽤 오래된 물건 같아 보이고."

미하루는 핸드폰을 조작했다. "……틀림없어. 같은 사람이 동시에 마우스도 올렸어. 판매자 위치는 지바 현 지바 시. 올라온 건 5일 전!"

"오오." 사토나카가 만세 포즈를 지으며 환호성을 질렀다. "좋아! 그래서 상황은? 아직 팔리지 않았다면 우리가 킵해두자."

"그건 안 될 거 같아. 이미 솔드 아웃이야. 팔린 건…… 그저께 같네."

미하루가 나를 바라봤다. "어떻게 할래? 운영자에게 신고할까?"

"응. 의미가 있을지는 모르겠지만."

솔직히 말해서 중고거래 앱 운영자에게 신고한다고 뭔가 달라질 것이라고는 생각하지 않았다. 곧장 거래를 중지할 수 있는 시스템으로는 보이지 않고, 판매자 및 구매자 정보 등은 절대로 알려주지 않으리라. 신고는 '접수했습니다'로 끝나버릴 가능성도 컸다.

그보다 신경 쓰이는 점이 있었다. "올라온 게…… 5일 전이라고? 그러니까 지난주 토요일."

"그러고 보니……." 미하루도 깨달은 듯했다. "범인이 담배방에 침입한 건 그저께잖아? 어떻게 된 거지?"

즉 범인은 5일 이상 전에 이미 범행을 마쳤고, 그 후 이케 타가 목격하게 해서 히메다에게 용의점이 향하게 하고자 다시 한번 담배방에 침입했다는 말이 된다. 그렇게까지 해서 히메다에게 용의를 향하게 할 뭔가의 이유가 있던 걸까. 그게 아니면.

"그리고……. 잠깐만. 이거 이상해."

미하루가 얼굴을 가까이 가져가서 화면을 가만히 보더니 손을 들었다. "이거…… 아니야."

"뭐가?"

"봐봐." 미하루는 질문한 사토나카에게 핸드폰 화면을 내밀었다. "이거, 컴퓨터 본체는 분명 담배방에 있던 게 맞아. 근데 마우스는 달라. 비슷하게 생기긴 했는데."

"어? 그래?"

미하루가 내민 핸드폰을 바라봐도 사토나카는 판단이 서지 않는 듯했다. 나 또한 봐도 판단하지 못하리라는 생각에 화면을 보지 않았다.

하지만 미하루는 확신하는 듯했다.

"색은 이거랑 같은 검은색이지만 버튼 배치가 달라. 이거, 마우스 쪽은 담배방에 있던 게 아니야. 아니, 그보다…… 이거, 어디 제품이지? 본 적 없는데."

설마 현재 시판되는 마우스를 전부 기억하고 있을 리는 없지만 미하루의 엄청난 기억력은 믿을 수 있다. 적어도 그다지 흔히 보기 힘든 진귀한 마우스인 건 확실한 듯했다. 담배방에 있던 마우스는 딱히 특별한 점이 없는 흔해 빠진 제품이었다는 사실은 나도 기억한다.

"그래도 이 판매자, 이것 말고 다른 마우스는 팔고 있지 않은 듯해." 자신의 핸드폰으로 같은 사이트를 보던 사토나카가 고개를 갸웃거렸다. "어떻게 된 거지? 마우스만 자기가 쓰기로 마음먹고 대신 원래 자기가 쓰던 걸 올렸나?"

"그것밖에 생각할 수 없기는 한데······. 그래도 보통 훔친 물건을 계속해서 사용하려고 생각할까? 그것도 불특정 다수의 사람들이 본 적 있는 물건을."

미하루의 말대로였다. 이 판매자는 주소를 '지바 시'라고 명시한 채로 대학에서 훔친 비품을 곧장 올렸다. 그 정도로 세상 물정 모르는 인간이라면 있을 리 없는 일이라고는 단언할 수는 없지만, 담배방에 있던 마우스는 오래된 제품이었고 일부러 리스크를 안은 채 쓰고 싶다고 생각할 만한 물건은 아니었을 테다.

나는 팔짱을 낀 채 생각에 잠겼다. 판매자, 즉 범인은 훔친 마우스가 아니라 비슷한 다른 마우스를 올린 걸까. 하지만 무엇을 위해 그런 짓을 했을까. 훔친 마우스를 팔 수 없는 사정이 있었더라도, 대신 비슷한 마우스를, 그것도 같은 시기에 올려야 할 이유 따위 없다. 오히려 이것은······.

컴퓨터용 책상을 돌아봤다. 마우스는 저곳에 놓여 있었다.

높이는 내 허리 정도.

"설마……."

머릿속으로만 중얼거릴 생각이었지만 다시 입으로 나온 듯했다. 세 명이 이쪽을 주목했지만, 움츠러들어 있을 타이밍은 아니었다.

한 가지 가능성이 떠올랐기 때문이었다.

나는 말했다. "사토나카. 입원해 있다는 다니가키 선배라는 사람을 만나고 싶은데, 연락처 알 수 있어?"

어쩌면 이 사건은 겉으로 보이는 것보다 훨씬 큰 사건일지도 모른다.

그리고 내 추측이 맞는다면 한시라도 빨리 절도 사건의 범인을 찾아야만 한다.

6

지금까지 대학병원에 신세를 진 경험은 다행히도 없었다. 대학병원이라고 하면 최첨단 기계로 최첨단의 치료가 이루어지며 다른 병원에서는 두 손 두 발 다 든 난치병 환자밖에 없다고 생각했기에 골절로 입원한 다니가키 선배가 보소대학병원에 있다는 점은 의외였다. 팔과 다리가 동시에 골절된 탓에 자력으로 움직이지 못해서 구급차를 불렀다는데,

이 병원으로 옮겨진 건 단순히 가까웠기 때문이라고 했다. 그렇다면 가령 의대생이 학교에서 쓰러지거나 하면 대학병원으로 옮겨져서 실습 중인 동급생의 치료를 받게 되는 걸까, 하고 아무래도 상관없는 걸 생각했다.

신청 공포증인 나(와 미나키)에게는 요새처럼 들어가기 어려운 장소였지만, 사토나카와 미하루 덕분에 오리 새끼처럼 둘의 뒤를 졸졸 따라다니기만 하면 돼서 정말로 다행이었다. 다만 사토나카와 미하루 뒤에 달라붙은 채 접수대에 가서 한마디도 하지 않은 채 우뚝 서서 기다리고 마지막에 꾸벅 인사만 하고 떠난다, 라는 행위를 반복하다 보니 마치 이 둘이 아버지 어머니처럼 보여서 나와 동생(내 쪽이 생일이 빠르다)은 뭐라고도 할 수 없는 부끄러움으로 서로 얼굴을 마주 보고 있을 수밖에 없었다.

소독약 냄새가 희미하게 풍기는 병동은 조용했고, 네 명이 함께 걷는 것만으로도 눈에 띄었다. 스쳐 지나가는 환자나 간호사들의 시선이 무서웠고, 나는 '수상한 자가 아닙니다, 문병을 왔어요, 찾아온 병실까지 곧장 갔다 바로 돌아갈 거예요'라고 속으로 변명하며 주변을 계속 둘러봤기에 다니가키 선배의 병실은 단번에 찾았다. 선배가 있는 병실에서는 문병을 온 듯한 손님이 나온 참이었고, 그 초로의 남자가 이쪽을 향해 걸어왔다.

"분명…… 가나야마 교수님." 미하루가 말했다.

"아, 그래? 선배의 아버지인가 생각했네."

가나야마 교수의 강의는 1학년은 듣지 않을 텐데 잘도 기억하고 있다. 사토나카가 솔선해서 교수에게 인사하자, 교수는 놀란 표정을 지었다. "우리 학교 학생?"

"네. 다니가키 선배 문병을 왔어요." 사토나카가 답하자, 나는 그러고 보니 문병을 오는 데 빈손으로 와버렸다는 사실을 깨달았다.

"아, 그렇구나." 가나야마 교수는 병실을 돌아봤다. "일어나 있어. 건강해 보여."

"교수님도 문병 오셨나요?"

"우리 연구실에서 돌아가는 길에 계단에서 굴렀다고 들어서 말이야." 가나야마 교수는 쓴웃음을 지었다. "뭐, 한 손은 움직이고, 논문 집필에는 지장은 없을 것이란 점을 알았으니."

전치 3개월이라고 들었지만 졸업 논문 마감을 늦춰줄 생각은 없는 듯했다. 가나야마 교수는 아하하, 하고 웃으며 떠나갔고, 그와 교대하듯 우리가 노크했다. 사토나카는 응답이 없었음에도 곧장 문을 열었다. "안녕하세요. 다니가키 선배 계신가요?"

다니가키 선배는 안쪽 침대에 있었다. 오른쪽 다리와 오른쪽 팔이 깁스를 한 채 공중에 매달려 있고 이마에 붕대를 감고 볼에 거즈를 붙인, 보기만 해도 나조차 아파지는 모습으로 누워 있었기에 바로 알아봤다. 방금 전까지 교수의 대응을 해서 지쳐 있는 건 아닐까, 하고 염려하는 나를 옆에 두고 사토나카는 눈앞의 침대에 있는 다른 여자 환자에게 "안녕하세요"라고 밝게 인사하더니 "아, 이 컵 말인가요? 여기요"라고 도와주고 감사의 인사를 들으면서 곧장 안쪽으로 가버렸다. 그저 걷는 것만으로도 친교를 다지는 남자다. "다니가키 선배님, 죄송한데 잠시 괜찮을까요?"

누워 있는 중상자에게 잘도 가볍게 다가간다고 생각했지만, 선배는 우리를 보더니 곧장 몸을 일으킨 후 고통스러워했다. "아야, 아파, 아파."

"으아."

"괜찮으세요?"

"아, 괜찮아. 조금 갈비뼈가 아파서!" 선배는 몸을 비틀다가 다시 고통스러워했다. "아얏!"

"괜찮으세요?"

"움직이지 마세요. 그대로 계세요."

"죄송합니다."

"흐응. 아파아." 선배는 확인하듯 고개를 한 번 끄덕이더니 우리 네 명을 봤다. "……누구더라?"

모르는 사람인데도 그렇게 웃는 얼굴인 거야? 하고 놀라는 나를 옆에 두고 사토나카가 고개를 숙였다. "법학과 1학년 사토나카입니다. 이쪽이 후지무라, 그리고 미하루와 미나키예요."

"응?" 선배로서는 짐작이 가는 바가 없는 듯, 끄덕이면서
도 의아한 표정을 지었다. "4학년 다니가키인데, 문병을 와
준 거야?"

"네. 아, 빈손이라 죄송해요. 서둘러 오는 바람에."

"괜찮아. 어머니가 이것저것 사다 주셨고."

뭔가 얼굴색이 좋지 않아 보였다. 역시 피곤한 걸까. 혹은
아까의 가나야마 교수에게 논문에 관해 단호한 말을 들어서
맥이 풀린 참이었기 때문일지도 모른다. 타이밍이 나빴다고
생각하지만 그래도 느긋하게 나중에 다시 찾아올 여유는 없
을 것 같다. 선배도 일단 웃는 얼굴이기에 괜찮다고 여기기
로 했다.

"뭔가 마실래? 마시다 만 포카리스웨트랑 세척용 수돗물
밖에 없지만."

"아니, 괜찮아요." 사토나카가 당황해서 말했다. "신경 쓰
이게 해서 죄송해요."

"괜찮아. 아, 저기 스에쓰구 씨가 링거액 하나 갖고 있는
데."

"그걸 마신다고요?"

"달아서 맛있던데?"

"그걸 마셨다고요?" ^{당연하게도 링거액은 투여량과 투여 속도가 제대로 계산돼}
있으며, 타인에게 주거나 제멋대로 멈춰서는 안 된다

당연하게도 링거액은 투여량과 투여 속도가 제대로 계산돼 있으며, 타인에게 주거나 제멋대로 멈춰서는 안 된다

경계하는 성격의 사람이 아니라서 다행이라고 생각했다. 사토나카는 어느샌가 선배와 스스럼없이 대하고 있었고, 강의 이야기 같은 걸 나누며 선배의 웃음을 불러오는 동시에 벽에 세워져 있던 파이프 의자를 꺼내 와서 펼쳤다. 두 개 있었던 의자의 나머지 하나를 우리에게 권했고, 미하루와 미나키 모두 나를 바라보기에 나도 일단 옆에 앉았다. 사토나카는 그사이에도 계속해서 떠들어댔다. "뭔가 폭발에 휩싸인 사람 같아 보이는데, 상처 어느 정도인 거예요?"

"흐음…… . 보이는 그대로야." 선배는 오른손의 깁스를 툭, 하고 두드리더니 "아야, 아파" 하고 신음했다. 아무래도 다쳐서 병실에 누워 있기 적합한 사람은 아닌 듯했다. "내가 다친 거, 혹시 뭔가 이상한 식으로 소문이 퍼진 거야?"

"법대 건물 계단에서 굴렀다고 들었어요." 내 머리 너머로 미하루가 질문했다. "스스로 구르신 건가요? 정말로?"

갑자기 굉장한 방식으로 질문을 던지네, 생각했지만 다니가키 선배의 표정이 갑자기 굳었다. "……그 점은 분명해. 내가 잘못 기억하는 것도 아니야. 잠깐 멍하니 있다가."

"저기."

내가 입을 열자, 자리가 곧장 조용해졌다. 선배도 사토나카도 내 말을 기다리는 모습으로 이쪽을 주목했다.

조금 더 가볍게 발언하고 싶었다. 작은 목소리로 겸사겸사 말하는 척, 살짝 눙치는 느낌을 섞어서 질문하는 거였다면 가능할지도 모르지만 주목을 받으면 곤란하다.

어쩔 수 없이 나는 침대 모서리 부근에 시선을 둔 채로 최소한의 목소리로 물었다.

"……그 '멍하니 있던' 원인 쪽을 물어봐도 될까요?"

선배는 놀란 모습으로 눈을 크게 뜨더니 다음에는 병실 문 쪽을 본 후 나한테 시선을 돌렸다. 어떤 일인지 물으려다가 그만둔 것 같았다.

"……그걸 물으러 온 거야? 아니, 그보다 어떻게 아는 거야?"

"아니, 그게. 추측으로요. ……다만 조금, 지금, 그러니까." 선배의 시선을 견디면서 말하는 건 무리다. 옆의 사토나카를 찔렀다. "사건 경위를."

"응. 아아, 그래."

사토나카는 의자에 고쳐 앉더니 담배방에서 벌어진 절도 사건의 경위를 말했다. 이 자리에서는 숨길 필요가 없고, 선배의 협력을 받기 위해서는 그편이 좋다고 판단한 것이리라. 등장인물의 이름도 전부 꺼냈다.

선배는 몸을 일으키려다가 "아파" 하고 말하면서도 가만히 이야기를 들어줬다. 카드키에 관해서는 이 사람도 관여하기도 했으니 전혀 관계가 없는 사건은 아니다.

사토나카가 이야기를 마치자 선배는 침묵했다. 침대 시트에 가만히 시선을 두면서 뭔가를 검토하고 있는 듯했다.

나는 그 옆얼굴을 향해 말했다.

"그래서 중고거래 앱에 올라온 걸 봤더니 컴퓨터 마우스만이 바뀌어 있어서." 이마의 붕대와 볼의 거즈가 가슴 아프지만, 미인이라는 사실을 새삼 깨달았다. "……혹시라도 다쳤거나 갑자기 병에 걸리거나 한 건 아닐까 하고."

선배는 시트를 바라본 채 침묵했고, 잠시 후에 고개를 끄덕였다. "……응. 미안."

"아니, 그게." 사과하게 할 셈은 없었다. 대화하기 쉽지 않다. "마우스 쪽도 올라와 있었고, 벌써 판매됐어요."

선배는 휙 이쪽을 바라봤다. 그 순간 갈비뼈가 아픈 듯했지만 얼굴을 찡그릴 뿐 소리는 내지 않았다. "……거짓말. 진짜로?"

"네. 하지만 범인을 찾으면 발송을 멈출 수 있을지도 몰라요. 그래서." 뒤쪽을 바라봤다. 1인실이라면 좋았을 텐데. "……무슨 일이 있었는지, 듣고 싶거든요……."

선배는 자신의 무릎 부근으로 시선을 되돌리고 얼마간 침묵했다. 깁스에서 빠져나와 있는 오른손 손가락이 천천히 움직이기에 생각에 잠긴 걸 알았다. 그 후, 방금 날 봤을 때처럼 병실을 한 번 둘러보더니 입구 쪽 침대에 있는 환자가 이어폰을 낀 채로 핸드폰으로 동영상 같은 걸 보고 있음을 확인했다.

"저기." 무리하게 만들고 싶지는 않았다. "저희 몇 명은 밖에 나가 있을까요?"

"아니, 괜찮아. 스에쓰구 씨도 핸드폰 보는 동안에는 들리지 않을 테고." 선배는 입구 쪽 침대에 있는 여자를 다시 확인했다.

"……모두, 여기에서 들어줘."

병원 현관을 나선 후에도 네 명 모두 아무 말도 하지 않았다. 미하루는 눈앞에 시체가 있는 것처럼 침통한 표정을 지었고, 실제로 이 안에서 정신적인 동요에 가장 약한 듯한 사토나카는 계속 신음을 내뱉으면서 아래를 보거나 이마를 누르거나 하고 있었다. 나는 애초에 말이 없지만 이런 상황이라면 더더욱 말을 꺼낼 수가 없다.

"……운영진, 아직 답이 없어."

미나키가 뒤에서 중얼거리듯 말하기에 다들 그녀를 돌아봤다. 그녀는 핸드폰을 보였다. "답이 왔다고 해도 '조사해보겠다' 정도일 테지만."

그렇다. 침울해하고 있을 여유는 없다. 한시라도 빨리 마우스를 되찾아야만 하지만, 거래를 멈출 방법이 없기 때문이다.

"어찌 됐든 담배방 절도 사건을 해결해야 해." 나는 말했다. "판매자는 곧 범인이니까, 범인을 찾으면 발송을 멈출 수 있어."

이미 발송했을 가능성도 크며, 그렇다면 시간에 맞출 수 없다. 우물쭈물하고 있을 틈은 없었다. 구매자의 손에 넘어가버리면 되찾기 어려워진다. 더욱이 마우스는 올라온 뒤 곧장 '솔드 아웃'이 돼버렸다. 통상 중고거래 앱에서는 한 달이고 두 달이고 구매자가 나타나지 않을 때도 많다. 결코 싼 가격으로 올라온 것도 아닌 메이커 불명의 마우스가 이렇게 곧장 판매된 것이라고 하면, 구매자는 사건 관계자일지도 모른다는 말이 된다. 혹시 그렇다면 마우스가 배달된 시점에 손쓸 방법이 없어진다.

이렇게 된 이상 가령 발송을 멈추지 못하더라도 역시 범인을 특정할 수밖에 없다. 범인에게 구매자의 정보를 밝혀내는 것이다. 강요죄나 개인정보보호법 위반 같은 건 '긴급피난'이라는 한마디로 해결할 수 있다.

"아니, 그런가. 그렇겠네. 좋아." 사토나카가 고개를 들었다. 감정의 진동 폭이 큰 만큼, 금세 다시 일어날 수 있는 듯했다. "난 뭘 하면 돼? 수수께끼는 못 풀지만, 정보 수집은 도울 수 있어."

"……지금 생각해볼게."

역시 내가 탐정 역이구나. 사토나카는 완전히 조수 역을 맡을 생각인 듯했다. 대학교에 들어온 이후라면 몰라도, 명탐정 역에 그다지 좋은 추억 따위 없는데 말이다.

결론부터 말하자면 내 추리는 적중했다.

가토가 준비한 '트릭'은 단순했다. 그는 사실 자신의 책상에 답을 몰래 적어둔 것이다. 당시, 가토는 부모님이 사준 6H에서 6B까지의 연필을 종류별로 가지고 있었고, 딱히 의미도 없이 전부 가지고 와서 늘어놓고는, 오늘은 이걸로 써야지, 이번에는 이걸로, 하고 바꿔 쓰곤 했다. 6H 연필은 꽤 옅기에 책상의 니스가 빛을 반사하면 정면에서 가까이에서 들여다보지 않는 한 녹아들어 보이지 않게 된다.

하지만 돌아갈 때 책상을 체크당해 답을 적을 여유가 없었던 가토는 옆의 3반으로 눈을 돌렸다. 빈 교실이기에 누구의 것도 아닌 책상이 잔뜩 있다. 사람도 오지 않기에 시간을 들여서 천천히 답을 적을 수 있다. 가토는 전날, 집에 돌아가는 척을 한 후에 3반에 들어가 자신의 책상과 사이즈가 같은 책상을 찾아 답을 몰래 적었다. 그리고 시험 당일, 약간 일찍 와서 답을 적은 빈 교실의 책상을 자신의 책상과 바꿔치기한 것이다. 이것이라면 2분이면 할 수 있다. 물론 적은 답은 시험 도중에 해답을 적은 후에 지워버린다.

그렇기에 나는 3반 교실에서 추리를 선보인 것이었다. 그리고 3반에는 예상대로 가토의 원래 책상이 있었다. 나는 그 '물증'을 화려하게 제시했고, 가토는 침묵했다.

나는 추리를 전부 말한 후 "누가 팬티 한 장으로 운동장을 돌아야 할지 명백하지?"라고 가토를 보면서 "그럼"이라고 말하고

3반 밖으로 나왔다. 지금 생각하면 교실에서 나갈 필요는 전혀 없었지만, 당시의 나는 어째선지 명탐정은 사건을 해결한 후에 곧장 떠나는 편이 멋지다고 생각하고 있었다.

그렇게 문을 닫고는 그 앞에 달라붙어서 자연스럽게 귀를 쫑긋 세웠다. 듣고 싶었던 것이다. 모두가 "대단해", "역시 사토"라고 입을 모아 나를 칭찬하고, 반에서 가장 귀여운 하즈미도 "머리 좋네"라고 칭찬해줄지도 모른다고 기대했다.

하지만 시작된 건 싸움이었다. 가토의 꼼수를 알게 된 고오리가 "네가 팬티 한 장만 입고 운동장 달리라고!" 하며 화를 냈고, 거부하는 가토에게 달려들어 바지를 벗기려 든 듯했다. 우당탕, 책상이 움직이는 소리와 두 명의 비명이 들렸고 "그만해", "진정해"라고 주변 사람들도 당황하는 소리가 들렸다.

그때 하즈미의 목소리가 울려 퍼졌다.

"그만해."

하즈미는 반에서 가장 귀엽기에 하즈미가 말하면 남자들은 전부 그 말을 들었다.

"시시한 짓 좀 그만해. 고오리. 애초에 가토가 팬티만 입고 운동장을 달린다고 뭐가 재미있는데?"

3반 교실이 조용해졌다.

"가토가 해야 하는 건 팬티 한 장만 입고 운동장을 달리는 게 아니라, '잔꾀를 부려서 미안'이라고 고오리에게 사과하는 거 아니야? 그리고 선생님께도 말해야 하고."

하즈미의 목소리가 청량하게 울려 퍼졌다.

"그래도 애초에 고오리가 가토의 점수를 비웃어서 이 일이 시작된 거잖아? 고오리도 가토에게 사과해야지."

반에서 가장 귀여울 뿐 아니라 어른스럽고 머리도 좋은 하즈미의 지시는 적확하고 강인했다. 하즈미에게 그런 말을 들으면 둘 다 거스를 수 없다. 그녀에게 거스르면 여자 전원을 적으로 돌리게 되고 애초에 하즈미에게 경멸당한다. 둘은 떨떠름하게 서로에게 사과했고 분쟁은 해결됐다. 그야말로 3분 전의 내 추리 따위는 아무도 기억하지 못하는 듯했다.

아니, 정말로 아무도 기억하지 못했다면 그 얼마나 좋았을까.

여자아이 중 누군가가 말하는 것이 들린 것이다. "이렇게 해결하면 좋았을 텐데. 애초에 왜 이런 싸움이 벌어진 거야?"

바깥에서 '이상하다. 나를 칭찬하는 소리가 없어'라며 초조해하던 나는 교실 안의 '분위기' 변화를 느낄 수가 없었다. 가토와 고오리가 '화해'하고 '분쟁'이 잦아든 지금, 창끝은 '분쟁을 일으킨 녀석'으로 향하기 시작한 채였다. 실제로는 둘의 싸움을 선동하며 '분쟁을 일으킨 녀석'은 몇 명이나 됐지만, 그들은 서로서로 입을 다물었다.

그리고 당연한 귀결로서 그 자리에 없는 인간에게 화살이 향했다.

"애초에 그 녀석 뭐야? 명탐정이라거나 떠들면서."

"그냥 싸움을 붙인 것뿐이잖아."

"자신이 추리했다고 말하면서 눈에 띄고 싶어 하는 것뿐 아니야?"

그 자리의 분위기는 급속하게 한 방향으로 정리되기 시작했다. 다들 분쟁이 끝난 후의 갑갑한 분위기를 얼른 바꾸고 싶어 했고, 가토와 고오리는 서로의 불편한 마음을 떨쳐내고 싶었으며, 둘의 대립을 선동한 남자아이 몇 명은 책임을 피하고 싶었기에 이해관계가 일치한 것이다. 다들 물이 낮은 곳으로 흐르는 것처럼 자연스레 태도를 바꿔서 그 자리에 없는 나를 비난하기 시작했다.

"'잘 모여주셨습니다'라니 잘난 척이나 하고."

"애초에 왜 '반드시 모여'라고 한 거야? 왜 그 녀석 명령조야?"

"자기만 눈에 띄려고 왜 우리가 모여야 하는 건데?"

그리고 누군가가 말했다.

"내 쉬는 시간, 돌려줘."

그 한마디로 모인 모두에게 '나는 피해자다'라는 의식이 생겨났다. 실제로는 자신의 의사로 온 것임에도 어느샌가 나는 '자신 혼자서 눈에 띄기 위해 모두의 쉬는 시간을 뺏은 녀석'이 돼 있었다. 가토와 고오리가 만든 불편한 분위기는 사라졌고, 반은 '외부'에 나라는 '공통의 적'을 만듦으로써 같은 방향을 향해 일치단결했다.

"전부터 어딘가 좀 이상한 녀석이라고 생각했어."

"'팀 사토'라니, 웃기지 않아?"

"'인기 있는 나'처럼 행동하지, 그 녀석."

3반 교실에서 내 악담이 울려 퍼졌다. 악담은 서로 뒤섞이면서 일렁이고 부풀면서 내 온몸을 집어삼켰다.

나는 화장실로 도망쳤다. 숨을 쉬기 괴로웠고 심장은 빠르게 뛰는데 몸은 차가웠다.

결국 나는 그날, 교실로 돌아가지 못했다. 정확히 말하자면 달려서 교실로 뛰어들어 내 가방을 쥐고 도망쳐서 그대로 조퇴했다.

사실은 미움받고 있었다.

혹시 친구들 모두, 내가 없는 곳에서는 계속 내 험담을 말하던 것 아닐까? 나 혼자 깨닫지 못하고 있던 것 아닐까?

나는 그때까지 나를 뛰어난 사람이라고 생각했다. 대부분의 녀석보다 우수하고, 인기 있고, 다들 나에게 의지한다. 나는 '모두'를 보호하며 이끄는 역할이라고 생각했다.

실제로는 반대였다. 험담을 듣고 있음에도 나만이 깨닫지 못했다. '모두'는 현명하고, 겉으로 드러난 얼굴과 숨긴 얼굴을 나눠서 쓸 수 있는 어른으로, 나만이 바보 같은 어린아이였다. 혼자서만 아무것도 깨닫지 못하는 어릿광대. 가엽다는 마음에 내 장단에 맞춰주는 것조차 깨닫지 못하는 바보.

다음 날, 나는 머리가 아프다고 말하며 학교를 쉬었다. 그다음 날도 쉬었다. 하지만 주말을 사이에 끼자, 더는 꾀병이 통하지 않게 됐다. 부모님은 학교에서 무슨 일인가 있었나 헤아려주기는

했지만 도저히 털어놓을 수 있는 이야기가 아니기에 나는 괜찮은
척하며 등교했다.

교실에 들어서자 나에게 말을 거는 사람은 없었다. 1교시가 끝
나도 없었다. 평소의 친구들은 다들 다른 친구 주변에 모여서 힐
끔힐끔 내 쪽을 바라봤다. 이틀이나 쉰 탓에 반의 세력도가 완전
히 바뀌어버린 것이었다. '팀 사토'는 이미 애처로운 과거의 놀림
감이 돼 있었다.

나는 왕따를 당한 건 아니었다. 때때로 말을 걸어주는 사람도
있었고, 놀자고 불러주는 사람도 있었다. 다들 딱히 일치단결해
서 나를 어떻게 하고자 한 것도 아니었다. '추리'의 경우에는, 그
날 3반에 가지 않았던 몇 명은 다른 사람에게 이야기를 전해 듣
고 나를 칭찬해주기도 했다.

하지만 그 이후, 나는 타인의 눈을 보고 말하지 못하게 됐다.

—줄곧 험담을 듣고 있었다. 나만이 깨닫지 못하고 있었다.

나는 '모두'가 무서웠다.

누군가 말을 걸어서 대화를 하면, 지금의 대화는 분명 나중에
비웃음을 당할 게 분명하다고 생각했다.

놀이에 끼워주길 바란다고 부탁해도 분명 모두 싫어하면서 승
낙해주는 거라고 생각했다. 내가 없어진 후 "왜 저 녀석 끼워주는
건데?", "거절하면 왕따하는 거 같잖아?"처럼 불만을 말하겠거
니 상상했다.

타인의 얼굴을 보지 못하게 됐다. 뒤에서 "가만히 바라봐서 기

분 나빠"라는 말을 들을 것이 분명했다. 그때까지는 수업에서 뭔가 발표할 때 항상 재미있는 이야기를 섞어 모두를 웃겼음에도, 아래를 보고 최소한으로만 중얼중얼 말하는 것밖에 하지 못하게 됐다. 재미있는 이야기를 넣으면 "아, 너무 괴로웠어", "저 녀석, 지금 저게 재미있다고 생각하는 거야?"라고 험담할 것이 틀림없었다. '모두'는 웃으면서 경멸하고, 악수를 나누면서 비웃는 '어른'이라고 생각했다. 분명 모두는 그런 기술을 훨씬 전부터 갈고 닦아 온 것이다. 하지만 지금 처음으로 그 사실을 깨달은 나는 상대가 본심으로는 비웃고 있다거나 지금은 그저 겉치레라거나, 그런 걸 간파할 기술이 없었다. 어떻게 하면 몸에 익힐 수 있는지 알지 못했다.

나는 타인을 피해 사람과 대화하지 않음으로써 스스로를 지킬 수밖에 없었다.

후지무라 미사토. 그렇기에 '사토'. 친구들로부터 가볍게 그렇게 불리던 밝은 소년은 사라졌고, 대신 언제나 쭈뼛거리며 타인의 눈을 보며 말하지 못하는 대인기피증이 탄생했다.

"……아, 그런가."

대학을 향해 걷던 도중 갑자기 떠올랐다. 그때 '다른 사람에게 이야기를 전해 듣고 내 추리를 칭찬해준' 몇 명 안에 사토나카가 있었다는 사실이.

나는 앞을 걷는 사토나카의 등을 보고 중얼거렸다. "……

그런 거구나."

사토나카가 돌아봤다. "응?"

"아니, 아무것도 아니야……."

말을 꺼낸 나는 멈춰 서서 한 박자 늦게 고쳐 말했다.

"……아니, 그게 아니라, 방법이 떠올랐어."

"어?"

사토나카가 멈춰 섰고, 미하루가 돌아봤고, 뒤에서 걸어오던 미나키가 앞으로 꼬꾸라졌다.

나는 생각했다. '그것'일까? 곧장 가져올 수 있는 곳에. 아니, 우연히 거기에 있었기에 범인이 이 트릭을 쓰려고 생각했다고 보는 편이 자연스럽다.

"……후지무라?"

미하루가 나를 봤다. 그러고 보니 이 사람은 5학년 2반의 하즈미와 꽤 닮았다. 그래서 지금도 묘하게 기가 죽는 것일지도 모른다.

하지만 나는 더는 초등학교 5학년이 아니었고, 미하루도 험담 같은 건 하지 않는다. 불만이 있으면 직접 말하는 사람이다.

그렇기에 무섭지 않다.

"트릭을 알아냈어. 범인이 어떻게 '카드키가 고장 났는데 담배방에 들어간 건지'."

나는 추리를 설명했다. 사토나카와 미하루와 미나키는 내 얼굴을 가만히 바라봤지만, 나는 똑바로 고개를 들고 세 명을 균등히 보면서 말했다. 그것이 좋았던 것인지 이야기는 바로 전해졌다.

나는 세 명에게 지시했다. "대학 안 어딘가에 있을 거야. 아는 사람이 있을지도 모르니까, 가능하면 다양한 학과 사람에게 물어봐줬으면 해."

"알았어." 셋의 목소리가 제각각 돌아왔다.

"그리고 또 하나. 미나키는 요시카와에게 가지고 있는 디지털카메라 사진을 보내달라고 해줘."

"……디지털카메라?"

"응. 그것으로 범인을 알 수 있을 거야. 그리고 미하루."

"응?" 미하루는 나를 가만히 보고 있었다. 내가 갑자기 솔선해서 말하는 걸 보고 놀라는 중일지도 모른다.

"컴퓨터 기종을 기억할 정도니까, 범인이 이게타에게 보낸 디지털카메라를 찍은 사진을 보면 기종을 알 수 있을까? 오래된 건지 새로운 건지, 비싼 건지 싼 건지."

사토나카가 미하루에게 핸드폰을 보여주자 미하루는 얼굴을 가까이 댄 채 화면을 봤다.

"……자세히는 모르지만, 이거 꽤 최근 제품 아니야? 뭔가 인터넷에서 광고하는 거 본 거 같아. 엄청 본격적인 고급 제품은 아니긴 해."

그 정도면 충분히 자세하다. "고마워. 그럼 일단 그 기종명 같은 거 확인해주면 고맙겠어."

"알겠어." 미하루가 끄덕이더니 나를 가만히 보고는 어째 선지 빙긋 웃었다.

뭘까, 싶지만 아무래도 좋다. 나머지는 사토나카다. "이게 타에게 확인해줘. 범인이 담배방에 들어갈 때, 문을 어느 정도 열었는지."

"응? ……응. 그래."

사토나카는 질문의 의도를 깨닫지 못한 듯했지만 내가 설명하자 곧장 고개를 끄덕였다. 초등학교 무렵과는 다르다. 나 자신만이 아니라 이 세 명도 나를 명탐정이라고 생각해준다. 내 이야기를 '들을 가치가 있다'라는 전제로 들어준다.

세 명이 각각 핸드폰을 꺼내고 15분 후. 마침 대학으로 돌아와 은행나무 냄새가 심한 법대 건물 앞까지 걸어온 타이밍에 사토나카가 말했다.

"후지무라. 있었대."

모두가 멈춰 섰다. 사토나카는 핸드폰 화면을 스크롤하면서 말했다. "옆의 상경대 건물에 있다고 하네. 다케시타가 본 적 있대."

얼마 전의 부채 축제 건으로 사이가 불편해진 것 아닐까 생각했지만, 교류는 계속되고 있는 모양이다. 사토나카의 사교성에 감사하는데, 사토나카는 핸드폰 화면을 톡, 하고 터치하더니 고개를 들었다.

"다른 하나도 답이 왔어. 네가 지적한 대로야." 사토나카는 끄덕였다. "이게타가 봤을 때, 범인은 문을 크게 열지는 않았대. 살짝 열고 쓱 들어가는 느낌이었대. 나올 때도 마찬가지였고."

"좋아. 고마워." 그렇다면 틀림없을 듯했다. 추리를 말할 자신이 생겼다.

그리고 미나키도 말했다. "요시카와한테 답장 왔어. 요시카와, 언제나 가방에 디지털카메라 가지고 다닌대. 기종은 이거."

미나키가 보여준 화면에는 비싸 보이는 DSLR 카메라가 찍혀 있었다. 요시카와, 실제로는 꽤 본격적으로 사진을 찍고 있을지도 모른다.

어찌 됐든 이것으로 범인을 알았다. 트릭을 행한 방법도 알았다.

하지만 다시금 진동하기 시작한 핸드폰을 조작하던 사토나카가 말했다.

"사노한테 답이 왔어. ……범행 동기라고 할까, 범인이 왜 그런 트릭을 쓴 건지 알았어."

이건 예상외의 수확이었다. 세상이 좁다고 할까, 사토나카 정도로 교우관계가 다양하면, 친구끼리, 아는 사람끼리 우연히 연결되는 일이 벌어지기도 한다.

사토나카의 이야기를 들은 나는 끄덕이고는 선언했다.

"……관계자를 담배방 앞에 모아야겠어. 모두 앞에서 진상을 말하자."

7

사토나카가 라운지조와 친하게 지내고 있던 덕에 라운지조를 담배방 앞으로 불러 모을 수 있었다. 야마모토와 니탄다와 이게타와 요시카와. 거기에 미하루와 미나키, 그리고 히메다가 더해졌다. 미하루는 냉정했고, 야마모토도 일촉즉발인 상태가 벌어질 정도로 호전적이지는 않은 듯 싸움이 벌어지지는 않을 것 같았다.

하지만 계단을 올라 내가 담배방 앞에 '등장'하자, '진영'은 확실히 둘로 나뉘어 있었다. 라운지조의 야마모토와 니탄다는 왼쪽 벽 근처. 이게타는 반걸음쯤 옆에 떨어져서 다들 오른쪽을 바라보고 있었다. 요시카와는 그보다 반걸음 더 떨어져 있고 몸의 방향도 대각선이었다. 한편 미하루와 미나키는 오른쪽 벽 근처에 서서 왼쪽을 바라보고 있었다. 그리고 양 진영 사이, 왼쪽에는 사토나카, 오른쪽에는 히메다가 사이에 낀 표정으로 양쪽을 힐끔힐끔 바라봤다.

세키가하라 전투(1600년, 도쿠가와 이에야스가 이끄는 동군과 이시다 미쓰나리가 이끄는 서군이 도요토미 정권의 주도권을 둘러싸고 세키가하라에서 벌인 전투-옮긴이) 같구나, 하고 생각하면서 일부러 조금 늦게 등장한 자신을 반성했다. 조금 기다리게 하는 편이 이야기를 제대로 들어줄 자세가 될지도 모른다고 생각했지만, 일단 사토나카와 히메다는 마음고생을 좀 했으리라.

내가 걸어가자 다들 일제히 내 쪽을 바라봤다. 나는 한복판에 멈춰 서서, 왼쪽부터 오른쪽까지 모인 등장인물을 둘러봤다.

"……자."

명탐정, 모두를 불러서 자, 라고 말한다.

본래는 미스터리의 형식만을 중시한 전개를 야유하는 말이다. 하지만 이번에는 일부러 과장되게 행동하기로 정해졌다. 관계자 모두에게 한번에 진상을 말하는 편이 더 유리할 때도 있다.

그리고 지금의 나는 그렇게 할 수 있다. 5학년 무렵의 일을 떠올리고 깨달은 것이다. 범인의 트릭. 사토나카가 왜 나를 믿고 있었는지.

그리고 왜 내가 대인기피증이 됐는지.

나는 다른 사람이 눈치채지 못하도록 재빨리 심호흡했다. 가슴이 뭔가로 가득 찬 느낌이 들어서 제대로 호흡이 되지 않았고, 생각한 것보다 더 긴장하고 있다는 사실을 자각했다. 괜찮아, 하고 힘을 냈다. 지금 이곳, 이 상대라면 하고 싶은 대로 말해도 된다. 말을 많이 해도 좋다. 익숙하지 않은 단어가 나와도 된다. 행동이 얼마나 이상하든 상관없다. 어떻게 되든 상관없다. 말해! 라고 자신에게 명령했다.

"조사 결과, 담배방의 컴퓨터와 마우스를 누가 어떻게 훔쳤는지 판명됐어."

"뭐?" 왼쪽에서 반응이 있었다. "누가, 라는 건 뭐야. 히메다잖아."

"이야기는 끝까지 들어줘." 나는 니탄다를 바라봤다. "그게 아니면, 끝까지 말하면 곤란하기라도 한 거야?"

"뭐라고?"

"아니, 그보다, 후지무라. 왜 히메다 편을 드는 건데?"

"히메다 편이 아니야. 정의의 편이지." 미간에 주름을 잡는 야마모토와 우물거리며 이쪽을 살피는 히메다를 바라봤다. "나는 그저 진상을 말할 뿐이야."

"뭐?"

"결론부터 말하자면." 웃으려던 야마모토를 큰 목소리로 제지했다. 그녀가 입을 닫은 걸 확인하고, 천천히 말을 이었다. "히메다는 범인이 아니야. 애초에 이것은 처음부터 확실했지. 카드키를 빠르게 받아들 방법 따위 없으니까. ……범인은 명백하게 히메다에게 죄를 뒤집어씌우려 했어. 히메다가 수요일 오후에 담배방에 가는 걸 노려서 수요일 저녁에 범행을 저질렀으니까. 이것이 우연일 리 없어."

확실히 단언했다. 좋아, 잘 말하고 있어, 라고 생각했다.

그렇다. 나도 초등학교 5학년까지는 사교적이었고 사람들 앞에서 추리를 선보인 경험도 있다.

모이는 시선에 한순간 숨이 막혔기에 배에 잔뜩 힘을 주고 견뎠다. 사토나카 일행은 딱히 놀란 듯 보이지 않았지만, 갑자기 막힘없이 떠들기 시작한 지금의 나는 라운지조에게는 틀림없이 기이하게 보이리라. 하지만 괜찮다. 상관없다. 이런 녀석들 앞에서는.

내가 왜 대인기피증이 됐던가.

그 계기는 명백하게 초등학교 5학년의 그 사건이었다. 나는 그날 이후, 불안해서 견딜 수가 없게 됐다. 상냥하게 응해주는 타인. 웃기면 크게 웃어주는 친구. 하지만 만약 그들이 뒤에서는 나를 비웃고 있을지도 모른다는 불안감. "그 녀석, 뒤에서 비웃는 거 깨닫지 못하는 거야?"라며, 보이지 않는 곳에서 조소당하고 있을지도 모른다는 공포. 그것이 친구의 웃는 얼굴을 공허하게 보이게 했고, 믿지 못하게 만들었다.

하지만 나는 단순한 사실을 깨달았다. 처음부터 아무래도 좋은 상대가 뒤에서 비웃는다고 해서 도대체 뭐가 곤란한 거지?

확실히 말하면 나는 야마모토 일당이 싫었다. 대학생이나 됐는데 무리를 만들지 않으면 불안해서 어쩌지 못하고, 곧장 집단을 만들려고 하는 녀석들. 그뿐이라면 제멋대로 해도 좋지만, 집단의 결속을 위해 히메다를 업신여기고, 억울

하게 변상하게 하고, 용의자로 만들어도 아무렇지 않아 하는 녀석들. 그것을 항의하는 미하루를 "아이누니까 조금 이상한 거겠지"라며 웃은 차별주의자 녀석들. 법대생이면서 '인권'을 웃음거리로 만드는, 배움에서 손을 놓은 녀석들. 교복을 입고 있던 무렵에는 이런 녀석들이어도 반의 중심에 있을 수 있었을지 모른다. 하지만 이곳은 대학교이고, 우리는 더는 어린아이가 아니다.

즉 지금 이런 녀석들에게 미움받더라도 아무래도 좋다. 내 행동을 보고 '멋진 척한다', '보기 딱하다'라고 비웃는다면 멋대로 웃어도 좋다. 그렇게 생각하자 거짓말처럼 공포심이 사라졌다. 마음대로 말해도 좋다. 화를 내든 비웃든 상관없다. 그렇게 마음먹자 말도 나왔고, 상대의 눈을 보는 것도 딱히 무섭지 않았다.

"상황을 볼 때 명백하게 범인은 이 안의 누군가야. 범인은 이게타의 메일주소를 알고 있어야 하고, 이게타가 늦게까지 동방에 있으며, 불러내면 올 것이라는 점도 알고 있지. 그리고 범인은 죄를 뒤집어씌울 상대로 히메다를 선택했어. 즉 히메다가 범인처럼 보이면 모두가 동의하리란 점도 알고 있었고, 히메다가 매주 수요일에 담배방을 사용하는 것도 알고 있었어."

히메다는 아래를 바라봤다. 불러오는 사이에 미하루가 담배방 사건과 그가 처한 처지에 대해서 털어놓은 상태였다.

"그리고 범인은 담배방의 카드키가 고장 났고, 그것을 히메다가 변상했다는 점까지도 알고 있어. 이런 건 보통 타인에게 떠벌리지 않지." 나는 모두를 둘러봤다. "즉 범인은 여기에 있는 누군가일 수밖에 없어."

"저기 말이야." 야마모토가 위압적인 표정을 드러내기 시작했다. "나, 후지무라에게 그런 거 부탁한 적 없는데? 히메다가 담배방에 어떻게 들어갔는지 조사한다는 이야기 아니었어?"

야마모토가 발언한 후, '다들 같은 의견이지?'라며 확인하듯 바로 좌우를 바라보는 걸 발견했다. 그러고 보니 니탄다도 마찬가지였다. 이것은 그들의 습관이리라. 뭔가 발언한 후 곧장 주변을 보고 자신이 낸 의견의 내용이나 발언한 타이밍이 '어긋나지 않았나'를 반사적으로 확인한다.

나로서는 그럴 수 없고, 그러고 싶은 마음도 들지 않는 행위다.

"그래서 조사한 거잖아. 그리고 왜 내가 그쪽 지시를 따라야만 하는데?" 싸움이 벌어져도 좋다고 생각하면서 응했다. 하지만 이런 경우의 이인칭은 '그쪽'으로 괜찮은 걸까. 이인칭은 어렵다. "보는 대로, 누군가 히메다를 노려서 죄를 뒤집어씌운 거야. 때마침 우리가 관여하는 우연이 없었다면, 그대로 왠지 모르게 '분위기상' 범인처럼 여겨졌겠지."

야마모토는 나를 '명탐정'이라고 말하면서 부탁했었다. 그렇다면 명탐정이 '복종하지 않는 자'라는 점 정도는 알고 있었으면 했다. 야마모토도 그렇게 인식하고 있을 터이지만 '명탐정' 같은 인종은 사회에서 보면 아웃사이더이자 마을 변두리에 있거나 마을 외부에 있으며, 상황에 따라 일시적으로 마을에 들어올 뿐인 존재다. 그뿐 아니라 집단의 로컬룰에 따르지 않고, 지위가 강한 사람의 입맛에 맞추기 위해 진상을 왜곡하지도 않는다. 그녀는 "그럼 조금 추리 같은 거 해주지 그래?"라고 말했지만 나 같은 아웃사이더를 입맛에 맞게 이용하려고 생각하는 것 자체가 잘난 척하는 행위다.

"미안하지만, 나는 내 의지로 사건을 조사했어. 너희에게 아무런 은혜도 의리도 없는 이상, 너희 의향 따위 내 알 바 아니야. 나는 내 멋대로 진상을 말할 거야."

"뭐?"

"후지무라." 말다툼이 시작되려는 걸 헤아렸는지 재빨리 사토나카가 끼어들었다.

"범인은 카드키가 부서진 다음 주의 화요일에 카드키로 담배방의 자물쇠를 열고 침입했잖아. 그 부분은 어떻게 설명할 거야? 그게 없으면 납득할 수 없는데?"

"그것도 방법이 있어."

나이스 추임새, 하고 마음속으로 엄지손가락을 척 들었다. 아까 말했기에 사토나카나 미하루, 미나키는 모두 범인의 트릭을 이미 알고 있다.

"정확히 말하면 범인은 '카드키로 담배방의 자물쇠를 연 것'이 아니야. 그저 그렇게 보이게 했을 뿐." 나는 엄지손가락으로 뒤를 가리켰다. "어두운 상태에서 20미터 떨어져 있던 이게타에게."

"내가 잘못 봤다는 거야? 그럴 리 없어." 이게타가 어이없다는 듯한 목소리로 말했다. "분명 카드키로 문을 열고 들어갔어. 틀림없어."

"정확히 말하자면 '카드키를 카드리더기에 가져다 댔고, 자물쇠가 열리는 소리가 났고, 문을 열고 들어가는 것이 보였다'는 거지? 즉 카드키가 가짜고 실은 카드리더기도 동작하지 않아도 핸드폰으로 소리를 내면 돼. ……범인은 카드키로 자물쇠를 연 척을 했을 뿐이야."

"그러니까, 그게 무슨 의미인지 모르겠어." 이게타는 고개를 저었다. "확실히 문을 열었다니까? 그 문은 자동잠금장치이고, 잠겨 있는데."

모두가 얼굴만 담배방의 문 쪽을 돌아봤다. 나는 모두의 후두부나 옆얼굴을 향해 말했다.

"그래. 분명 범인은 문을 열었어. 하지만 그뿐이야."

이게타가 내 쪽을 봤기에 말을 계속했다.

"범인이 연 건 지금 모두가 보고 있는 그 문이 아니었어. 자물쇠가 잠겨 있지 않은 다른 문이었지."

이게타는 내가 말한 의미를 파악하지 못한 듯 입을 벌린 채 눈썹을 찌푸렸다. 라운지조와 미하루 일행이 한 명, 또 한 명, 내 쪽으로 시선을 되돌렸다. 괜찮아, 무섭지 않아, 제대로 말하고 있어, 라고 머릿속으로 반복한 후에 모두가 나를 바라본 참에 말했다.

"범인은 이게타에게 '문을 여는' 장면을 보여주려고 다른 문을 설치한 거야. 그 문 앞에 겹치듯이."

"뭐라고? 말도 안 돼" 니탄다가 문과 나를 번갈아 바라봤다. "그게 무슨 말이야?"

"담배방은 실제로는 방이 아니야. 그냥 파티션으로 구별된 공간이잖아? 즉 같은 파티션을 준비하면 담배방 벽과 똑같은 벽을 또 하나 만들 수 있어. 범인은 그것을 담배방 앞에 설치해서 그 문을 열어 보인 것뿐이야." 나는 문을 가리켰다. "이게타가 봤을 때, 파티션 앞에 가짜 파티션이 서 있었고, 담배방의 벽은 2중이 돼 있었어. 범인은 담배방에 들어간 것이 아니라, 바로 앞에 있는 가짜 문을 열고 바로 앞 파티션과 안쪽 파티션 사이로 숨었지. 그리고 가지고 있던 보스턴백에 뭔가 부드러운 걸 넣어서 부풀린 후에 그곳에서 나왔어. 이게타가 증언했는데, 범인은 문을 열고 들어갈 때랑 나올 때 문을 살짝 열었을 뿐이야. 컴퓨터라는 큰 물건을 가지고 있는데도 말이야. 크게 열면 이게타의 위치에서도 문 안쪽이 보여서 '문 건너편에 또 문이 있다'라는 사실을 들키게 될 테니까."

요시카와는 입을 벌린 채로 담배방 문을 바라봤지만, 옆의 이게타가 "아니, 말도 안 돼"라고 말했다.

"그런 커다란 파티션 같은 게 있을 리 없지 않아? 설치공사나 철거공사도 필요할 테고."

그렇군. 라운지조 안에서는 이 사람이 가장 논리적인 사고를 하는 모양이다. 약간 위에서 내려다보는 듯한 실례가 되는 관찰이지만, 일본 헌법 제19조에서도 내심의 자유는 보장돼 있다. 머리로 생각하는 것뿐이라면 무엇을 어떻게 생각해도 좋으리라. "물론 제대로 설치한 건 아니겠지. 쓰러지지 않을 정도면 되니까 고정도 하지 않았을 테고."

"그러니까, 애초에 똑같은 파티션을 어디에서 가져오냐는 말이지. 문도, 카드리더기도 붙어 있었는데?"

"우연히 있었던 거야. 대학 안에. 오히려 범인은 그것을 발견했기에 이 트릭을 하려고 생각했어."

"너무 우연이 겹치는 거 아니야?"

"그렇지도 않아." 내 목소리가 울려 퍼지는 걸 자각하면서 뒤를 돌아서 복도를 바라봤다. "애초에 파티션으로 가설 흡연실을 만들게 된 건 학교 안의 야외 공간이 금연이 됐기 때문이었지. 그리고 이후에 건물 안까지 전면 금연이 됨으로써 흡연실은 용무를 끝내게 됐어. 이것은 모든 대학 건물에서 동시에 일어난 일이야. 즉 거의 모든 단과대에 각각의 '담배방'이 존재해. 같은 업자에게 발주했을 테고, 같은 물건을 사용하는 게 오히려 당연한 거 아닐까? 그리고 모든 단과대의 '담배방'이 법대처럼 그대로 남아 있다고는 할 수 없어. 보통은 철거될 테니까." 앞을 보고 이게타에게 시선을 되돌렸다. "옆 건물인 상경대야. 그곳의 '담배방'은 아무도 사용하지 않는다며 올해 초에 철거됐대. 근데 파티션은 폐기되지 않고 건물 뒤에 쌓여 있었지. 경제학과의 지인이 가르쳐줬어. '지금 보니까 바깥에 놓여 있었으니 더러워야 할 것 같은데 묘하게 깨끗하게 닦여 있었다'라고."

바로 옆이기에 가지고 오는 것도 돌려놓는 것도 손수레 같은 걸 사용하면 혼자서 할 수 있으리라. 밤에는 보는 눈도 없다.

나는 다시금 모두를 둘러봤다.

"이걸로 알겠지? 범행은 누구든 가능했어. 이 안에 담배방에서 컴퓨터와 마우스를 훔치고, 히메다에게 죄를 뒤집어씌우려 한 사람이 있어. 그뿐만이 아니야. 최근에 학교 안에서 비품이 사라지거나 도서관이나 생협에서 가방 도난 피해가 이어지고 있지. 아마 그것도 이 범인의 짓일 거야."

이 트릭을 이용하기 위해서는 주의해야 하는 점이 있다. 트릭 실연 중 또는 실연 후, 수상하게 생각한 이게타가 문 앞까지 보러온다면 트릭이 바로 들키게 된다. 하지만 이게타는 그저 바라만 볼 뿐 딱히 관심도 표하지 않았고, 범인도 그렇게 예상하고 있었다. '실연'을 한 화요일 밤 시점에 이게타는 아직 카드키가 망가져서 사용할 수 없다는 점을 몰랐기 때문이었다. 범인이 그 사실 또한 알고 있다고 치면.

나는 말했다. "……범인은 이 안에 있어."

"난 아닌데."

"나도 아니야."

"아니, 나도 아니야."

야마모토와 니탄다, 이게타가 앞다투어 그렇게 말하자, 요시카와도 한 박자 늦게 "난 아니야……"라고 중얼거렸다.

"누가 범인인지까지는 아직 몰라." 나는 말했다. "그래도 너희 중 누군가가 범인이야. 경찰에 고발해서 용의자 모두를 샅샅이 조사하게 하면 뭐라도 증거가 나오겠지. 미안하지만 지금 신고할 거야."

"뭐?"

"야!"

"싫다고 한다면 그렇게 하지 않을 수도 있어." 나는 라운지조를 노려봤다. "그래도 조건이 있어. 가령 범인이 아니더라도 너희에겐 죄가 있잖아. 근거도 없이 히메다를 범인 취급하고, 카드키 손상도 히메다 탓으로 만들고 새로 발급받는 돈도 내게 했지."

히메다가 곤란한 듯한 표정으로 라운지조를 바라봤다. 평소와는 다르게 얼굴을 똑바로 바라보고 있는 건 정황상 자신이 승리해가고 있다는 점을 자각하기 시작한 탓일까.

"사과해, 다들." 나는 허리에 손을 대고 라운지조를 바라봤다. "그리고 한 명당 2,750엔. 위자료를 포함해서 3,000엔. 히메다에게 지금 바로 줘."

그런 거 필요 없어, 라고 말하진 않을까 싶었지만, 히메다는 아무 말 없이 라운지조를 보고 있었다. 히메다 나름대로 화가 나 있는 것이리라.

야마모토가 히메다를 봤다. "……뭐? 우리가 왜 그런."

"싫으면 딱히 상관없어." 나는 말을 자르며 말했다. "거부한 사람은 전부 신고할 거야. 학교에서 연속해서 발생 중인 절도 사건의 용의자라고 말이야. 당연히 학생 사이에서는 소문이 퍼질 테고, 경찰이 온다면 주변이나 가족에게도 알려지겠지. 자업자득이니까 어쩔 수 없지만."

"웃기지 마."

"태도를 조심하는 게 좋아. 내가 마음이 바뀌어서 신고하지 않도록 하나하나 신중히 발언하도록 해."

야마모토는 입을 닫았다. 자리를 뜨고자 발을 내딛으려 했지만, 그럴 수 없다는 걸 알고 단념한 듯했다.

"……저기 말이야. 지금 이야기를 보면 명백하게 나는 범인이 아닌 거지?"

이게타가 말했지만 나는 곧장 답했다. "글쎄, 어떨까? 초보인 나로서는 모르는 일이지. 역시 경찰에게 조사하게 하거나 가택수사 같은 거 해보지 않으면. ……그리고 지금은 히메다에게 합세해서 돈을 내게 만든 것에 관해 말하고 있는데?"

당연히 곧장 사과할 리는 없다고 생각했다. 하지만 그들이 길게 고민하더라도 나로서는 딱히 상관이 없었고, 적당하게 제한 시간을 정하면 그뿐이었다.

왼쪽의 두 명과 사토나카, 그리고 히메다가 서로 가만히 바라보는 가운데, 처음으로 움직인 건 요시카와였다. 다시 훌쩍거리는 소리가 들려서 우는 건가 싶었지만, 요시카와는 울면서도 제대로 히메다를 향해 고개를 숙였다.

"……범인 취급해서 미안해. 사실은 애들한테, 아닐지도 모른다고 말했어야 했는데."

남은 세 명은 요시카와가 울면서 자신들을 바라보자 그제야 단념한 듯 그녀의 뒤를 이어 고개를 숙이고 각자 지갑을 꺼냈다.

이것으로 하나는 해결됐다. 본론은 지금부터다.

나는 라운지조 네 명에게 말했다.

"그리고 또 하나, 한 명 한 명이랑 따로따로 이야기할 것이 있어. 한 명씩 남아줄래?" 나는 니탄다를 바라봤다. "우선 니탄다부터. 나머지 세 명은 사토나카랑 같이 학생 담화실에 가서 부를 때까지 기다려줘."

8

니탄다는 사토나카의 뒤를 이어 계단을 내려가는 세 명을 불안한 듯 바라봤다. 언제나 누군가와 함께 있던 탓에 혼자 남아서 자신에게 스포트라이트가 향하는 상황이 무서운 것일지도 모른다. 그렇다면 안성맞춤이지만.

겹쳐지는 발소리가 멀어지더니 이윽고 사라졌다. 나와 마찬가지로 계단 쪽을 바라보던 미하루가 니탄다에게 시선을 되돌렸다. 나는 그것을 신호로 입을 열었다.

"자, 니탄다 히사시." 풀네임으로 부르고는 상대를 똑바로 바라봤다. "훔친 마우스를 중고거래 앱에 올렸지? 구매자는 누구야? 이름이랑 주소 말해."

니탄다는 갑작스러운 전개에 따라가지 못하는 모습으로 상체를 젖혔다.

"……어?"

"시치미 떼지 마. 네가 범인인 건 확실해. 증거도 있어."

나는 반걸음 앞으로 나섰다. "모두 앞에서 말하는 게 불쌍해서 이렇게 혼자 남게 해준 거야. 내 마음이 바뀌기 전에 빨리 말해."

"아니, 그…… 그러니까, 무슨 말이냐고."

넘겨짚는 중이라고 생각하는 것이리라. 니탄다는 손으로 휘저으며 뒤로 물러섰다. "웃기지 마. 뭘 그렇게 단정하는 거야. 내가 아니야. 야마모토가 더 수상하잖아."

"범인은 너희 네 명 중 누군가야. 이게타의 증언이 옳은 이상, 그녀는 범인이 아니야. 야마모토도 아니고, 요시카와도 아니라는 점을 확인했어. 디지털카메라를 확인했으니까."

"디지털카메라……?"

"범인이 존재하지 않는 '오토노 아카네'라는 이름을 대고 이게타를 불러낸 메일 말이야. 그 메일에는 범인이 주웠다는 디지털카메라 사진이 첨부돼 있었지."

아마도 메일에 신빙성을 부여하기 위해 찍은 사진일 터. 하지만 그 사진이 화가 됐다.

"이 사진, 범인이 찍은 것이라면 그 디지털카메라는 누구 걸까? 공범자를 늘릴 리스크를 부담하면서까지 누군가에게 빌려온 걸까? 아니겠지. 그 디지털카메라는 범인 본인 거야."

니탄다의 시선이 흔들렸다. 아마 자신의 디지털카메라를 나에게 보인 적이 있는지 어떤지를 떠올려보는 중이리라.

하지만 그런 건 관계없었다. "다행히도 야마모토의 디지털카메라는 내가 본 적이 있고, 요시카와 것도 확인했어. 둘 다 사진의 제품과 달랐지."

사진 동아리가 아님에도 둘 다 디지털카메라를 가지고 있던 건 행운이었다.

"첨부 파일의 디지털카메라는 야마모토 것도 요시카와 것도 아니야. 그 기종은 그렇게 등급이 높은 건 아니지만, 신형이긴 해. 야마모토 것이라고 가정하면 그녀는 비슷한 콤팩트 타입 디지털카메라를 두 개 가지고 있고, 어째선지 새 카메라는 누구에게도 보여주지 않은 상태였다는 말이 되지. 요시카와 것이라고 가정하면 그녀는 본격적인 DSLR 카메라 외에 어째선지 콤팩트 타입의 카메라를 또 하나 가지고 있고, 거기다가 그것을 최근에 샀다는 말이 돼. 어느 쪽이건 말이 안 되지." 니탄다를 똑바로 바라봤다. "물론 범행을 위해 새로 샀다는 건 더 말이 안 돼. 학교 비품을 훔쳐서 용돈을 벌던 사람이 알리바이 공작을 위해 비싼 디지털카메라 같은 걸 굳이 살 리 없으니까. 디지털카메라 사진은 사실 꼭 첨부할 필요는 없잖아. 없더라도 사람을 불러낼 수 있고, 필요하면 어딘가에서 사진을 주워오면 되니까. 그런 돈을 쓸 필요가 없지."

니탄다는 이쪽을 바라보지 않았다. 미나키가 그쪽으로 한 걸음 다가섰다.

나는 손을 내밀었다. "네 디지털카메라 좀 보여줬으면 하는데."

니탄다는 내가 뻗은 손이 무서운 듯 뒤로 물러섰다. 발꿈치가 담배방의 문에 부딪혔고, 딱, 하는 소리가 희미하게 복도에 울려 퍼졌다.

그 태도를 볼 때 역시 이 녀석이 범인이구나, 하고 한숨 돌렸다. 사노의 증언이 있었기에 거의 확신하고 있긴 했지만.

니탄다가 범인이라면 왜 범인이 히메다에게 용의를 향하게 하고자 이렇게까지 귀찮은 트릭을 행했는지 설명이 된다.

범인은 처음부터 라운지조 내에서 입장이 약한 히메다를 용의자로 만들 생각이었다. 하지만 이렇게 손이 많이 가는 데다가 리스크가 있는 트릭을 쓸 생각은 없었을 테고, 단순히 히메다가 매주 수요일 오후에 담배방을 사용했다는 점에서 그가 담배방을 사용한 직후, 즉 수요일 밤에 범행을 저지를 생각이었다. 커피메이커 등이 무사했다는 점을 생각하면, 학내에서 도난을 반복하던 범인에게 있어서 이번 범행은 그저 용의선상에서 벗어나는 것이 주목적이었으리라. 컴퓨터가 사라진 것이 발견되고, 마지막으로 들어간 것이 히메다라면 그가 용의자가 된다. 증거는 제시할 수 없지만 히메다의 입장상 실질적으로 범인 취급을 받으리라 판단했다.

하지만 범인은 실패했다. 히메다 이후 변칙적인 사정으로 우연히 다니가키 선배가 담배방을 사용하고 만 것이다. '마지막으로 들어간 건' 다니가키 선배가 돼버렸지만, 범인은 그 사실을 모른 채 범행을 저지르고 말았다. 범인이 다니가키 선배에 대해 알게 된 건 다음 날 아침이었다.

범인은 초조했다. 이대로라면 범인은 '불명'이 되고, 더군다나 '히메다에게 용의를 돌리려고 했다'는 사실이 들켜버리며, 오히려 자신에게 용의가 향하게 된다. 그렇다고 해서 훔친 컴퓨터를 다시 가지고 와서 설치하는 건 리스크가 컸

고, 그 전에 누군가가 담배방을 사용하면 끝장이다. 초조해
진 범인은 일단 카드키에 흠집을 내고 아무도 담배방에 들
어갈 수 없게 만들었다. 사건 발각이 늦어지면 마지막으로
담배방에 들어간 것이 누구인지 애매해진다. 카드키의 신규
발행이 끝나기 전에 히메다에게 용의를 돌릴 방법을 생각할
셈이었으리라. 그때 아마도 상경대 건물 뒤에 담배방과 완
전히 똑같은 파티션이 버려져 있던 걸 떠올렸다. 범인은 대
학 안에서 절도를 저지르고 있었기에 우리와는 다르게 캠퍼
스 이곳저곳을 걸어 다닌 경험이 있을 터였다.

그래서 범인은 트릭을 떠올렸다. 그렇게 생각하면 역시 범
인은 니탄다 히사시라는 말이 된다. 그는 수요일 밤에 다니
가키 선배로부터 카드키를 맡아둔 3학년이 카드키를 되돌
려주러 왔을 때 담화실에 없었다. 있었다면 그 시점에 범행
을 단념했을 터였다.

사노의 증언이 그것을 뒷받침했다. 니탄다와 우연히 스페
인어 강의를 함께 들었던 사노가 그와 사귀고 있었다는 점
은 의외였지만, 잘 생각해보면 나와는 관계없는 곳에서 내
가 알고 있는 사람들이 서로 아는 사이일 수 있다는 건 당연
한 일이다.

하지만 둘의 관계는 최근에 그다지 좋지 않다고 했다. 니
탄다의 집에 놀러 간 사노가 '다른 사람 것으로 보이는' 부
자연스러운 물건을 몇 개쯤 발견해서, 이건 뭐냐고 추궁했

다고 한다. 니탄다의 답은 애매했고, 사노는 학교에서 연속해서 발생 중인 절도 사건을 입에 담았다. 니탄다는 물론 그 자리에서 부정한 듯했지만, 그녀는 계속 의심하고 있었다.

추리는 맞았다. 잊어버리고 있었던 자신감이 되살아난다. 나는 한발 앞으로 나섰다. "구매자 주소와 이름을 말하면 고발하지 않을게. 말 안 하면 넌 연속절도범이야. 대학에서는 퇴학당할 테고 인생도 끝나겠지. 까딱하면 실형을 받고 징역형이야." 나도 참 꽤 고압적으로 말한다고 생각했다. 옆에 미나키가 있어준 탓일지도 모른다. "5초 이내에 골라. 그 이상은 못 기다려. 5, 4, 3."

"기다려. 알겠어. 기다려봐. 말할게. 말할 테니까."

니탄다는 손바닥을 내밀고는 빈손으로 핸드폰을 꺼내 조작했다. "정말로 말 안 할 거지? 별로 대단한 걸 훔치지도 않았어. 지갑도 현금만 조금 가져갔고, 없어지면 곤란한 카드 같은 건 돌려줬어."

그러니까 자신은 크게 나쁘지 않다고 말하는 걸까. 쓰레기 같은 녀석이라고 생각했지만 나는 끄덕였다. "알고 있어. 그러니까 약속할게."

"이거야. 이 녀석이야." 니탄다는 핸드폰을 이쪽으로 내밀려다가 멈추고는 화면에 얼굴을 가져다 대고 직접 읽었다. "사토 도시히코…… . 뭔가 가짜 이름 같네. 지금 보니."

"부자연스럽다고 생각 안 했어? 그렇게 바로 팔렸는데."

그 핸드폰을 받아들었다. 중고거래 앱 판매자 개인 페이지였다. 구매자는 '사토 도시히코'. 메일주소나 전화번호는 진짜일까? 하지만 이미 '발송 완료' 상태였다. 발송은 그저께. 그리고 '보통 1~2일 사이에 도착'이라고 적혀 있었다.

미하루가 뒤에서 얼굴을 내밀어서 핸드폰을 봤다. "어때?"

"좋지 않아. 이미 발송했고, 아마 벌써 도착했을 거 같아."

서둘러 화면을 스크롤해서 도착지 주소를 표시했다. 지바시 이나게 구 도도로키 정. 자택이 아니라 편의점 수신으로 돼 있다. 대학교 바로 뒤에 있는 편의점이었다.

"……대학교 바로 뒤야." 배달이 빠를 수밖에 없다. 판매자가 도보로 직접 건네줄 수 있을 만한 거리였다. "그것도 편의점 수신이고."

평범한 구매자라면 자택으로 보내달라고 하리라. 틀림없었다.

"미나키, 가자." 나는 니탄다의 핸드폰을 쥐고 내 핸드폰을 가슴 주머니에서 꺼낸 후 미하루를 돌아봤다. "미하루는 경찰에 연락해서 이 녀석을 신고해. 이거, 증거."

아까의 대화는 핸드폰으로 녹음한 상태였다. 노골적인 자백이기에 체포도 충분히 가능하리라. 가택수사를 하고 중고거래 앱 이용 내력을 보면 물적증거도 갖춰진다.

"어? 뭐라고?" 니탄다가 입을 열었다. "무슨 말이야. 아니, 좀 아까."

"시끄러. 얼른 감방에나 가버려."

"야, 너." 니탄다는 성난 기색을 보였다. "웃기지 마. 아까."

"정보를 털어놓는 것만으로 벌을 받지 않을 거라고 진짜로 믿은 거야? 웃긴다." 나는 말했다. "그런 달콤한 이야기가 있다고 생각했어? 범죄자라고, 넌."

"이 자식!"

니탄다가 달려들었다. 그때 내 옆에서 바람이 일었고, 앞으로 나선 미나키의 옆차기가 니탄다의 배에 적중했다. 니탄다가 "끄억" 하며 배로부터 숨을 토하며 몸을 굽혔다.

"이얍!"

앞으로 숙인 머리에 발꿈치 찍기가 깔끔하게 들어갔다. 니탄다는 개구리처럼 바닥에 납작 엎드렸고, 미나키는 주먹을 가다듬고 몸을 정비했다. 이번에는 제대로 후비심을 취하고 있는 듯했다.

"미하루, 미나키와 함께 이 녀석 경찰에 넘겨줘." 나는 증거가 들어 있는 핸드폰의 잠금을 해제하고 미하루에게 건넸다.

"알았어." 미하루는 핸드폰을 받아들었지만, 내가 달려 나가려고 하자 목소리를 높였다. "잠깐만!"

"응?"

미하루는 주머니에서 자신의 핸드폰을 꺼내 나한테 던졌다. "비밀번호는 1457이야. 녹음 앱은 가장 왼쪽 위에 있어."

하마터면 떨어뜨릴 뻔하면서 받아들었다. "오케이."

"……조심해. 금방 갈 테니까. 무리는 하지 말고."

미하루는 진심으로 걱정스러운 표정을 지었다. 분명 니탄다를 제압하는 것과 정당방위 설명을 위해 미나키는 이곳에 두고 가야 할 테고, 사토나카는 지금 학생 담화실에서 라운지조에게 사건을 설명하고 있으리라. 남은 건 나뿐이다.

"아, 저기."

아까까지 자신만만하게 떠들던 주제에 갑자기 무서워져서 아래를 바라보게 됐다. 라운지조는 아무래도 좋았지만, 미하루에게 미움받는 건 무섭다.

"……고마워."

갈라진 작은 목소리였지만 어떻게든 말했다. 아마도 들렸으리라.

나는 계단을 향해 달렸다. 문제의 마우스는 이미 편의점에 도착했을 것이다. 나는 지금부터 그곳에 잠복해서 물건을 찾으러 오는 구매자를 붙잡아야만 한다.

9

달려야 할지 어떨지 모르는 채 달렸다.

보소대학은 캠퍼스가 매우 넓고, 끝에 있는 교대에서 반대쪽 공대까지 걸으면 10분도 더 걸린다. 그렇기에 법대 건물에서 북문을 지나쳐 '뒤쪽 편의점'까지 가는 것만으로도 느긋하게 걸어서는 쓸데없이 몇 분이나 걸리고 만다. 그 몇 분 사이에 구매자를 놓칠 것이라고는 도저히 생각하기 어려웠지만, 그럼에도 마음 편히 걸어서 갈 수는 없어서 상경대 건물 옆을 빠져나갈 무렵에는 빠른 걸음이 됐고, 체육관 앞을 지날 무렵에는 달리고 있었다.

어떻게 봐도 정원수라기보다는 잡목림처럼 우거진 나무들 건너편으로 북문이 보였다. 차가 다니는 정문과 니시지바 역 바로 앞에 있기에 처음 보는 사람들은 십중팔구 이쪽을 '정문'이라고 착각하는 남문과 비교해서, 북문 주변은 쇠락했고 주변에 방치된 자전거 같은 것이 쓰러져 있었다. 하지만 그 앞에 목적하는 편의점이 보였다. 그리고.

편의점에서 한 남자가 나왔다. 한 손으로 쥘 수 있는 크기의 상자를 가지고 있었다. 편의점에서 저런 상품은 팔지 않는다. 거기다가 택배 전표가 붙어 있었다. 나는 숨을 헐떡이면서 온몸의 피가 확 솟아오르는 걸 느꼈다. 달리길 잘했다. 택배를 받아든 저 남자는. 주머니에서 미하루의 핸드폰을 꺼냈다. 잠금 번호는 1457. 녹음 앱을 켜고는 주머니에 되돌렸다.

좌우를 보면서 도로를 횡단한 후 남자 앞에 나섰다. "저기." 목소리가 나오지 않았다. 어떻게 말을 걸면 좋을까. 하지만 이런 경우, 애초에 '상식적으로 행동'하는 방법이 있기는 할까.

"저기, 가나야마 교수님."

남자는 멈춰 서서 이쪽을 바라봤다. 틀림없었다. 법학과의 가나야마 요지 교수. 그렇다면 틀림없다. 이 남자가 구매자로, 지금 손에 든 저 흰 상자가 바로 마우스다.

"법학과 1학년 후지무라 미사토입니다." 어찌 됐든 멈춰 세워야만 한다. 나는 거친 호흡 사이를 메우듯 목소리를 내서 이름을 댔다. "그 상자 좀 보여주세요."

"우리 학과……." 가나야마 요지는 나를 보고 한순간 흠칫 놀란 듯 표정을 바꿨지만, 곧장 무표정으로 돌아갔다. "우리 학과 학생이었지, 자네. 어쩐 일이지?"

"그게." 무릎에 손을 대지 않으면 숨쉬기 괴로웠지만, 어떻게든 상체를 일으켜서 상자를 가리켰다. "그 상자, 도난품이에요. 학생 개인 물품입니다. 저한테 넘겨주실 수 있나요?"

"뭐라고……?" 가나야마 요지는 가지고 있던 상자에 시선을 떨구더니 험악한 표정을 지었다.

"무슨 말을 하는 거지? 뭔가 착각하는 거 아니야? 이건 내가 개인적으로 산 물건인데."

"원래 주인이랑 판매자와는 이미 대화를 나눴습니다. 대리로 받으러 온 겁니다." 호흡이 차분해지기 시작했다. 나는 등을 쭉 펴고 상대와 똑바로 마주했다. "물건 주인은 저기 대학병원에 입원 중이고, 판매자는 지금쯤 학교 내 연속절도 용의자로 체포됐을 겁니다."

가나야마는 캠퍼스 방향을 바라봤다. "뭐라고……?"

"그건 중요한 증거품이에요. 저에게 건네주시기 싫다면 경찰에 출두해서 제출해주세요. 지금쯤 법대 건물에 와 있을 테니까요." 상대의 얼굴을 보면서 덧붙였다. "법대 건물 4층 복도 끝, 원래는 흡연실이었고 지금은 담배방이라 불리는 공간. 즉 현장에 말이죠."

그렇게 말하자 가나야마의 표정이 다시 아물거리듯 한순간 변했다. 나를 보려다가, 순간 눈을 맞추고는 곧장 시선을 피했다. 그는 눈에 띄게 동요했다.

나는 깊게 숨을 내쉬었다. 진짜라는 말이다. 다니가키 선배의 증언은 전부.

원래 그런 소문이 있던 교수라는 걸 알게 된 건 최근이야. 졸업한 선배가 의미심장하게 "가나야마의 학회는 조심해"라고 했는데 무슨 말인지 몰랐거든. 올해 들어 가나야마 요지가 논문 지도 교수가 될 때까지.

가나야마 학회에는 여자가 여섯 명 있지만, 현재 타깃이 되고 있는 건 나뿐인 것 같아. 취업에서 내정을 받은 상태고 졸업논문으로 반드시 학점을 따야 하는 여자는 나뿐이고, 가령 달리 여자가 있더라도 두 명 이상에게 동시에 손을 대지는 않았겠지. 피해자들이 서로 연락하면 고소당할 가능성도 커질 테니까.

처음에는 아무 일도 없었어. 싹싹한 교수였고, 항상 웃는 얼굴로 친절하게 굴었어.

하지만 내가 입사 내정을 받고 나서, 4학년이 됐을 무렵부터 태도가 달라지기 시작했어.

애초에 거리감이 이상한 사람이라고는 생각했어. "다니가키는 예쁘니까"라며 학생의 외모를 언급하기도 했고, 다른 여학생에게는 남자친구의 유무를 묻고는 "선생님, 그거 성희롱이에요" 같은 말을 듣기도 했어.

그것이 점점 심해진 거지. 회식 자리가 생기면 매번 일부러 마지막에 오는 거야. 마지막에 와서 자연스레 반드시 내 옆에 앉아. 나는 4학년이고, 학회에 참가한 학생들에게는 그렇게 이상한 행동으로 보이지 않았을지도 몰라. 하지만 4학년이라면 달리 남학생도 있고, 나는 옆자리를 비워두지 않은 적도 많았는데 그럴 때도 옆 사람을 밀치고는 무리해서 내 옆에 앉는 거야. 애초에 공간이 없는 곳이었으니 자리가 좁아져서 몸이 밀착했어. 물론 싫긴 했지만 딱히 뭐라고 할 만한 일도 아니라고 생각했어.

졸업 논문 집필이 진행되면서 연구실에 나만 불러내는 일이 많아졌어. 화제는 졸업 논문이었지만 명백히 나만 불려가는 횟수가 많았고, 지도가 끝나면 반드시 술자리에 불렀어. 거절할 수도 없었어. 두 명만 있을 때는 학회 전체가 마시러 갈 때와는 다르게 택시를 타고 지바 역 주변의 번화가까지 갔어.

나중에 알게 된 거지만, 지바 역 주변의 그 부근에는 바로 옆에 모텔 골목이 있더라.

가나야마는 택시 뒷자리에서 묘하게 몸을 밀착했고, 가게에 들어가서도 그랬어. 대화 도중에 웃으면서 어깨를 두드리거나 했지만, 어느 날엔가는 자연스러운 척 허리에 손을 둘렀어. 나는 웃으면서 손을 밀어냈지만, 가나야마는 웃으면서 "아, 실례"라고 말했을 뿐, 그 후에도 몇 번이고 어깨를 안거나 허리에 손을 두르거나 했어.

그날은 택시를 타고 혼자 집에 왔지만, 아무리 그래도 이상하다고 생각했어. 자주 불러내는 것뿐이라면 '내가 마음에 드나 보다', '뭐 선생님도 남자니까 여자에게 다가가고 싶은 거겠지' 정도로 생각했지만, 이건 명백하게 선을 넘은 것 같았거든.

그때는 '역시 여자라면 어디선가 이런 일을 만나게 되네'라고 한숨을 내쉬었어. 하지만 당연히 그걸로 끝나지는 않았지.

그날부터 일주일도 지나지 않아서, 그는 나를 다시 술자리로 불렀어. 나는 학회에 소속된 다른 학생도 부르자고 제안했지만, 가나야마는 웃었을 뿐 전혀 내 말을 들어주지 않았어. 나는 "저만 몇 번이고 얻어먹는 건 불공평하고, 오해를 살 수 있으니까요"라며 거절했어.

그러자 가나야마가 말했어. "자네는 특히 더 많은 지도가 필요해. 내정은 받은 거지? 그렇다면 더더욱 졸업 논문이 통과하지 않으면 위험한 거 아니야?"라고.

나는 움직일 수 없었어. 제1지망이었던 회사에 내정을 받은 상태야. 그런데 교수를 화나게 하면 졸업하지 못하게 되지는 않을까. 내정도 취소되고 처음부터 취업 활동을 다시 시작해야 하는 것 아닐까. 제1지망 회사에 거절당해 실질적으로 졸업 후 바로 취직하지 못한다면, 어디서 보던 부정적인 영향이 있을 테고 처음부터 취업 활동을 다시 해야 한다면 어떻게 하나 생각했어 (일본의 경우 졸업하기 전에 취업이 내정되지 않으면 새로 취업하기 힘든 사회적 분위기가 강하다-옮긴이).

그래도 어떻게든 오늘은 조금, 이라며 거절했어. 그러자 가나야마가 "언제면 좋은데? 조금 더 분위기 좋은 가게에 가자"라며 권유했어. 바깥에 있는 가게에서 얻어먹는 건 조금 그렇다고 거절하자 "물론 여기에서도 좋아"라며 내 등을 소파 쪽으로 밀쳤어.

가나야마 연구실에는 안쪽에 등받이를 내리면 침대가 되는 소파가 놓여 있어. 가나야마는 "연구로 밤을 새운 날에는 자주 그곳에서 잠을 잔다"고 말했지만, 억지로 앉혀져서 내 옆에 그 사람이 바짝 앉았을 때는 정말로 무서웠어. 그래도 가나야마에게 "그 회사의 임원은 내 후배니까"라는 말을 듣자, 어떻게도 할 수 없게 됐어.

옆에 앉아서 자네는 참 예뻐, 맘에 들어. 라고 하면서 허벅지를 쓰다듬고, 옷 위로 가슴을 만졌어. 나는 공포와 혐오감으로 토할 기분이 들었고 현기증도 느꼈어. 입속이 말랐고, 뭔가 말하려다가 심하게 목이 메어버렸지만 그 덕에 가나야마는 나에게서 떨어졌어. 나는 일어나서 화장실에 간다고 말하며 연구실에서 도망쳤어.

집까지 도망친 후에도 계속 공포감이 이어졌어. 가나야마를 화나게 한 건 아닐까. 졸업을 못 하게 되는 건 아닐까. 하지만 만약 그렇지 않다고 하면 가나야마는 다시 나를 불러내서 같은 짓을 할 것이 분명했지. 졸업까지 그런 일이 이어진다고 생각하니 절망했고 눈물이 나왔어.

그래도 역시 법대생이었기 때문일까.

입학하고 얼마 되지 않아 가고시 교수님의 헌법 강의에서 들은 말을 떠올렸어. 우리가 불합리하지 않게 살아갈 자유는 싸워서 얻어내는 것이라는 말. 갑자기 정부에게 저금을 압수당하지 않는다. 정부에 불리한 악담을 SNS에 썼다고 해서 체포당하지 않는다. 출생이나 종교로 차별받지 않는다. 그런 당연한 것조차 윗세대가 권력과 싸워서 겨우 얻어낸 것으로서 헌법에 명기된 '인권'이다. 그리고 인권이란 긴장을 늦추고 있으면 곧장 침해당하는 취약한 것이다, 라고.

우리는 계속해서 싸워야 한다고 가고시 교수님은 말했어. 그때는 헌법 교수니까 과장된 말을 한다고 생각했지만, 이때가 돼 실감했어. 나는 그야말로 지금, 인권을 빼앗기려는 타이밍이었거든. 몸을 만져지거나 원하지 않는 섹스를 강요당하지 않고 안심하고 살아간다는 당연한 권리를.

싸우기로 마음먹었어. 성추행이라고 소송하고 가나야마를 대학에서 추방해서 내 졸업과 취직도 지키기로. 그러기 위해서는 증거가 필요했지. 나는 가나야마의 행위를 녹화하기로 했어.

증거를 얻기 위해 다시 한번 가나야마를 만나는 건 무척이나 용기가 필요한 일이었어. 가나야마는 연구실에서 만나고 싶어 할 게 분명했지만, 연구실에서는 목소리를 내도 바깥에 들리지 않을 수 있었고, 몰래카메라를 설치하는 것도 어려웠기에 학생들이 '담배방'이라고 부르는 파티션으로 분리된 방으로 결정했어. 자물쇠는 잠겨 있지만 벽으로 바깥과 완전히 분리된 건 아니었고, 연구실처럼 가나야마의 사적 공간도 아니니까 무리하게 나를 덮치는 일은 없으리라 생각했어. 그리고 담배방에는 컴퓨터가 있고, 컴퓨터용 책상 위에서라면 방 전체가 자연스럽게 비치거든. 나는 마우스형 몰래카메라를 사서 원래 있던 마우스와 바꿔치기한 끝에 가나야마와 담배방에 들어갔어.

그때 내가 얼마나 공포와 싸웠는지 상상할 수 있는 사람은 많지 않을 거야. 이미 한 번 성추행을 당했고, 아슬아슬한 타이밍에 도망쳤던 상대와 바깥에 전혀 인기척이 느껴지지 않는 밀실에서 둘만 있는 거잖아. 그뿐만 아니라 어느 정도는 가나야마의 마음을 풀어지게 해서 성추행이라고 인정할 수 있는 행동을 하게 만들거나, 몸을 만지는 일을 당해야 했으니까. 아슬아슬한 타이밍에 제대로 도망칠 수 있을까 불안했고, 담배방에 놓여 있는 소파를 보자 구역질이 났어.

결론부터 말하자면 내 작전은 성공했어. 나는 가나야마에게 "심하게 굴지 말아주세요"라고 부탁하는 연기를 했고, 가나야마는 웃으면서 "널 좋아해. 절대로 심하게는 굴지 않아"라고 말하면서 소파에서 내 옆에 앉아 무릎을 쓰다듬으면서 "연구실에서 천천히 하자"라며 말했어. 가나야마의 손이 허벅지 쪽으로 올라오자 온몸에 오한이 퍼졌고, 갑자기 토할 것만 같아졌어. 몸이 격하게 떨렸고 현기증이 일었지. 나는 가나야마를 뿌리치고 일어나서 필사적으로 달렸어. 등 뒤에서 가나야마가 화가 난 모습으로 뭔가 더러운 말을 내뱉는 것이 희미하게 들렸지만, 나를 쫓아오지는 않았어.

하지만 나는 온몸의 오한에 의해 감각이 사라진 채였고, 다시 현기증이 나서 계단을 내려가며 굴러버렸어. 온몸을 강하게 부딪혀서 격통이 일었고, 결국 그대로 팔과 다리, 그리고 갈비뼈에 금이 가서 입원하게 됐지.

병실에서 다니가키 선배에게 들은 이야기는 충격적이었지만, 예상한 대로이기도 했다. 이것은 단순한 절도사건이 아니라 그 뒤에 중대범죄가 얽혀 있었던 것이다.

중고거래 앱에 올라온 담배방 컴퓨터가 마우스만 바뀌어 있던 건 누군가가 범행 이전에 이미 마우스를 바꿔둔 상태였기 때문이었다. 그리고 마우스를 '꽤 닮은 것으로', '아무 말 없이' 바꿨다면, 생각할 수 있는 건 '몰카' 정도뿐이었다.

하지만 외설 목적의 몰카라면 보다 낮은 위치, 즉 스커트 안이 보일 법한 위치에 카메라를 설치하지 않은 건 이상했다. 그것 외의 목적으로 한 몰카라면 뭔가의 증거를 얻기 위한 것 아닐까. 하물며 몰래카메라를 준비해서까지 증거를 얻는다고 하면 꽤 심각한 사태다.

하지만 그렇다고 하면 마우스가 그대로 남아 있던 건 이상했다. 증거를 얻었다면 몰래카메라는 최대한 빨리 회수해야 할 터였다. 그러지 못할 상황이라면 실행자는 뭔가 문제가 발생해서 카메라를 회수할 수 없는 상태에 빠진 것이 아닐까 생각했다.

그때 다니가키 선배의 이야기가 날아들었다. 갑자기 담배방을 사용했고, 그 직후에 다쳐서 입원한 상태라고 했다. 그녀임이 분명했다.

우리가 병실을 방문했을 때, 병실에서는 가나야마가 나왔다. 같은 병실을 쓰는 다른 사람도 있었기에 뭔가 당하지는 않았겠지만, 선배의 낯빛은 안 좋았다. 취직에 관해 협박당하고, 또한 담배방에 뭔가 장치한 것 아닌가 심문당했다고 했다. 선배는 그때 그런 상황에서도 우리에게 웃는 얼굴을 보이며 반갑게 맞이해준 것이었다.

그 시점에 가나야마는 이미 마우스를 주문한 상태였다. 아마도 선배가 도망간 직후, 굳이 담배방으로 불러낸 것이 이상하다며 몰카의 가능성을 의심했을지도 모른다. 하지만 그것을 확인하기 전에 우연히 니탄다가 담배방에 들어가서 컴퓨터와 마우스를 훔쳐버렸다.

가나야마는 학생지원실에서 마스터키를 빌릴 수 있기에 언제든 담배방에 들어갈 수 있다. '현장'에 돌아가 컴퓨터와 마우스가 없어진 걸 알게 된 가나야마는 아마도 다른 여러 가능성과 함께 최근에 학교 내에서 발생하고 있는 절도 사건의 범인이 그것을 훔쳤을 가능성도 생각했고, 중고거래 앱을 뒤져본 것이리라. 그런 작은 가능성까지 찾아본 점을 보면 꽤 필사적이었던 것 같지만, 그 때문에 하마터면 증거가 사라질 뻔했다. 간발의 차이였다.

나는 주먹을 쥐었다. 이것은 단순한 성희롱이 아니다. 대학 교수에 의한, 학생에 대한 강제추행 사건이다. 다니가키 선배가 다친 것이 도주 중이었다고 인정된다면 강제추행치상죄가 되며, 무기징역 또는 3년 이상의 징역이 된다(한국에서는 무기징역 또는 5년 이상-옮긴이). 대학의 지도교수라는 입장을 이용하여 학생을 노렸다는 사실을 보면 그렇게 가벼운 구형은 내려지지 않으리라. 눈앞에 있는 가나야마는 틀림없는 흉악범죄자이며, 그야말로 지금 자신의 범죄 증거를 은폐하려는 참이었다.

"그거 건네주세요." 나는 니탄다에게 한 것과 마찬가지로 손을 뻗었다. "마우스 본체를 버리더라도 어차피 의미 없어요. 이미 외부 단말기로 데이터가 송신된 상태입니다."

"무슨 이야긴지 모르겠는데." 가나야마는 나를 관찰했다. "가령 그렇다고 하면 자네가 그렇게 필사적으로 마우스 본체를 돌려받으려는 건 이상한 거 아닌가?"

혀를 차고 싶은 걸 참아냈다. 가나야마는 이미 눈치챈 듯했다. 다니가키 선배가 사용한 몰래카메라는 내부 마이크로 SD카드에 데이터를 저장하는 타입으로, 외부에 자동 송신은 불가능하다. 지금 가나야마가 소중한 듯 품고 있는 저 상자 안의 마이크로 SD카드가 망가져버리면 모든 것이 끝난다는 말이다. 다니가키 선배는 증언만으로 싸워야 하게 되며, 입건에는 긴 시간이 걸릴 테고 그 사이에 보복으로 그녀만이 취업 내정이 취소되고 장래가 망가진다.

도로를 트럭이 달려갔고, 순간 가나야마가 태세를 갖추었다. 나는 움직일 수 없었다. 뛰어들어 뺏으면 내가 범죄자가 된다.

"그것이 학생의 물건이라는 증거가 있습니다. 절도품이라는 것도 범인의 증언이 있고요." 나는 말했다. "그래도 건네지 않을 셈인가요?"

"자네는 1학년이지? 아직 공부가 부족하군 그래. 내가 이것을 손에 넣은 건 방금 전이야. 나는 전혀 도난품인지 인식하지 못했으니까 장물취득죄는 성립하지 않아. 그리고 즉시 취득이 성립하니까 민법상으로도 이 물건의 소유권은 내게 있어. 법적으로 볼 때 불만이 있다면 판매자에게 표해야 하지."가나야마는 의기양양하게 말했다. "시시한 트집은 그만 두는 게 좋아. 나는 정식 절차를 거쳐 이걸 샀어."

"부자연스럽네요. 중고 마우스가 올라온 직후에 구매한 것이요." 여기서 물러설 수는 없었다. "경찰이 그냥 넘어갈 거 같나요?"

"그래서 어쩌라고? 우연히 딱 필요로 하던 것이 올라와 있어서 산 것뿐인데." 바람이 불었고, 가나야마는 여유로운 듯 눈을 가늘게 떴다. "법학과 1학년 후지무라라고 했지. 자네는 꽤 비상식적인 것 같군. 잘 기억해두겠어."

바람이 불었다. 나는 움직이지 못했다. 위협에 굴복할 생각은 없었다. 하지만 쓸 수 있는 수단이 없었다.

불어온 바람에 보도 구석에 놓여 있던 비닐봉지가 바삭바삭 소리를 냈다. 가나야마는 내게서 등을 돌렸고, 북문으로 향하기 위해 횡단보도 쪽으로 걷기 시작했다. 연구실에서 상자의 내용물을 확인하고 폐기할 셈이리라.

일순간 덮쳐서 뺏을까 생각했다. 범죄이긴 하지만 마우스 안의 마이크로 SD카드만 있다면 정당방위를 주장할 수 있으리라. 하지만 정말로 그럴까. 만약 빼앗지 못한다면 나만이 폭행죄가 돼 장래가 끝나버린다.

……방법이 없다.

하지만 포기하려던 내 뒤에서 귀에 익은 목소리가 들렸다.

"어라, 가나야마 교수님. 우연이네요."

가나야마가 뒤돌아봤다. 나도 뒤돌았다. 이쪽으로 걸어오는 스리피스 정장과 모자를 제대로 갖춰 입고 지팡이를 쥔 영국 신사풍 남자. ……미하루의 삼촌, 헌법학 연구실의 가고시 교수였다.

묘한 일이었다. 대학 뒤편이라고는 하지만 어째서 가고시 교수가 여기에 갑자기 나타난 걸까. 그리고 꺼낸 말과는 다르게 명백하게 가나야마를 찾으러 와서 발견했다는 표정을 짓고 있었다.

"아, 아아…… 안녕하세요." 아무리 그래도 동료에게 수상하게 보이면 좋지 않다고 생각했는지, 가나야마는 상자를 숨기듯 옆구리에 꼈다. "가고시 교수님, 뭔가 용건이 있으신가요?"

"그 상자가 신경 쓰여서요." 가고시 교수는 지팡이 끝으로 가나야마가 안고 있는 상자를 가리켰다. "방금 들은 이야기인데요. 왜 당신은 별달리 특별하지도 않은 중고 마우스를 서둘러 구매했고, 가짜 이름을 사용한 데다가 자택이 아니라 편의점에서 받은 거죠?"

가나야마가 움직임을 멈췄다.

앗, 하는 생각에 가고시 교수를 바라봤다. 교수는 나를 힐끔 바라보더니 가볍게 윙크했다. 윙크 같은 동작이 혐오를 부르지도, 개그가 되지도 않는 일본인은 진귀하다.

미하루가 연락한 것이다. 미하루는 그 후 곧장 교수에게 전화해서 담배방 절도 사건과 배후에 있는 강제추행 사건의 진상을 전했으리라. 교수는 그것을 듣고 곧장 움직여서 편의점으로 달려와준 것이다.

"가나야마 교수님, 당신에게는 어떤 혐의가 있어요." 가고시 교수는 가나야마를 똑바로 바라보며 말했다. "그 택배 상자에 관한 수상한 행동도 포함해서, 납득이 가는 설명을 하실 수 있나요?"

가나야마의 얼굴색이 바뀌기 시작했다. 일개 학생인 나를 상대로는 우격다짐으로 뭉개버릴 자신감이 있었겠지만, 동료인 가고시 교수는 교수회를 움직일 수 있는, 간단히 넘어갈 수 없는 상대다. 나는 가고시 교수에게 마음속 깊이 예를 표했다. 법대 건물에서 온 완벽한 지원사격이었다.

"증거가 있습니까?" 가나야마는 차분해지지 않는 듯 시선이 흔들리면서도 당당하게 말했다. "증거도 없이 내 신용을 훼손할 셈인가요. 이 상자의 처분권은 나한테 있어요."

하지만 가고시 교수는 차분해 보였다.

"증거라면 슬슬 올 거예요. '모두'."

뒤에서 여러 발소리와 목소리가 다가왔다. 가고시 교수님, 저기 계시네, 라고 말하면서.

돌아보자 정장을 입은 젊은 여자 다섯 명이 이쪽으로 다가오는 중이었다.

"오, 실례해요. 긴급 연락을 받아주었군요." 가고시 교수는 여자들을 웃는 얼굴로 돌아보더니, 지팡이로 가나야마를 가리켰다. "보세요. 마침 한창 증거인멸을 하던 중이었어요."

선두에 선 여자가 멈춰 서더니, 가나야마를 알아보고 표정을 굳혔다.

하지만 가나야마의 표정 쪽이 훨씬 크게 바뀌었다.

"설마…… 왜, 여기에."

"그녀들은 자신들의 의지로 모였습니다." 가고시 교수가 말했다. "그리고 저한테 같이 가달라고 했죠."

나는 가고시 교수의 뒤에 늘어선 다섯 명의 여자를 봤다. 모두 이십 대로, 대학을 졸업한 지 얼마 되지 않은 사람도 있는 것처럼 보였다. 우리 학교의 졸업생이라면…….

"이 졸업생들은 모두 과거에 당신에게 당한 성희롱 피해를 고발할 결심을 해줬습니다. 니시지바 역에 모여 지바 중앙경찰서에 가던 참이었는데." 가고시 교수가 말했다. "아니, '성희롱'이란 표현으로는 간단히 해결되지 않는 경우도 있는 듯하네요. 당신도 지금부터 경찰서에 동행해줘야겠어."

가고시 교수가 말하자 선두로 온 여자가 가나야마를 가만히 노려봤다.

"후배인 아이가 또 피해를 당하고 있다고 들어서 모두 함께 고민 끝에 정했어요. 싸우자고." 여자는 말했다. "……우리는 가만히 있지 않을 거예요."

"무슨 그런 황당한 말을." 가나야마는 고함쳤다. "웃기지 마! 억지 트집이야! 대학에도 불명예인 일을 그저 의심만으로 교수회에 올릴 생각이야? 비상식적이군!"

"뭔가 착각하신 것 같은데요? 당신, 이런 단계까지 이르러서도 아직 징계면직 정도로 끝나리라 생각하는 건가요? 비상식적인 건 당신 쪽이야." 가고시 교수는 차분하게 선언했다.

"당신은 '대학으로부터 처분받는' 것이 아니야. 경찰에 체포당해 강제추행범으로서 기소당할 거라고."

가나야마의 손에서 상자가 떨어졌고, 몇 초 후 가나야마는 보도 위로 무너져내렸다.

10

골절이 이렇게나 낫기 어려운 병인 줄은 몰랐다. 단순히 '골절'이라고 해도 '가볍게 금이 갔다'부터 '뚝 부러져서 단면이 피부를 뚫고 나왔다'까지, 그 수준은 가지각색이다. 그리고 보아하니 다니가키 선배는 '다치기에 적합하지 않은 사람'이다. 미하루가 말을 걸 때마다 매번 몸을 무리하게 비틀다가 아파하고(얼굴만 미하루 쪽을 향하면 될 텐데), 지금도 말하면서 확 팔을 펼치다가 그것이 매달린 오른쪽 다리에 부딪혀서 "아파, 아야야야" 하고 신음했다. 다친 지 한 달 반. 사건 해결부터 계산해도 한 달 조금 넘게 입원한 상태임에도 그다지 낫지 않는 듯한 느낌이 드는데, 그것은 일일이 이렇게 스스로 악화시키고 있기 때문 아닐까.

입원 생활이라는 건 정말로 심심한 듯 이렇게 많은 방문객이 오면 들떠서 과하게 움직이게 되리라는 사실을 모르는 바는 아니지만.

"휴우, 그래도 정말 다행이에요! 선배가 없었다면 어떻게 됐을지." 다니가키 선배는 손을 뻗어 이시카와 선배의 손을 잡으려다가 다시금 "아파, 아야야야" 하고 신음했다.

"그래도 일단 이걸로 제 취직도 괜찮겠죠?"

"응. ……그 이야기는 이제 됐으니까. 그리고 무리해서 움직이지 좀 마." 이시카와 선배는 곤란한 듯 다니가키 선배를 달랬다. "일단 지금은 낫는 데 집중해."

"네!"

졸업생이자 사회인 2년 차인 이시카와 선배는 4학년 다니가키 선배가 봐도 '선배'라니, 뭔가 신기한 기분이 들었다. 하지만 이 둘은 면식이 있는 듯, 다니가키 선배는 우리보다 훨씬 허물없이 대화를 나누었다.

사건으로부터 한 달 반. 슬슬 바람이 차갑게 느껴지는 날이 늘어나고 있었고, 오늘은 병실에도 난방이 들어오는 듯했다.

다니가키 선배는 아직 입원한 채였지만, 사건 쪽은 일단

락됐다. 가나야마는 다니가키 선배에 대한 강제추행치상 외, 이시가키 선배를 포함한 다섯 명의 졸업생이 동시에 고소한 강제추행 사건의 용의자로서 체포됐고, 보름쯤 전에 기소당했다. 깨끗이 체념하지는 못한 듯 "몸을 만지지는 않았다", "합의한 상태였다", "진지한 연애 감정이 있었다" 등 이래저래 변명하는 듯했지만, 선배들의 증언을 바탕으로 한 상습성과 무엇보다 다니가키 선배가 촬영한 동영상이 유력한 증거가 돼, 유죄는 확실하고, 그것도 실형 판결이 나오리라는 이야기였다.

사건은 뉴스로 크게 다뤄졌고, 취업을 직접 도와주거나 대학원에 추천하거나 하는 입장이 아니더라도 대학교수로부터 학생에 대한 취업을 빌미로 한 강제추행이 벌어지기 쉽다는 인식이 세간에 널리 퍼지게 됐다. 피해를 호소한 다니가키 선배를 포함한 여섯 명 모두가 미인이었다는 점도 있었기에, 매스컴 중에서도 저질인 녀석들은 피해자가 얼굴을 드러낸 채 '내가 어떤 식으로 무슨 짓을 당했는지'를 말하게 하고 싶어 했지만, 사태를 엄중하다고 판단한 학장이 기자회견에서 "성범죄 피해자를 성적 흥미만으로 취재하는 사람이 있다. 이것은 성범죄자의 공범이라고 할 수 있다"라고 격노했고, 이 회견이 인터넷상에서 퍼진 이후, 선배들에 대한 집요한 취재는 줄어들었다고 했다. 다만 학장 쪽은 인터넷상에서 '폭발 학장'이라는 별명을 얻었고, 기자회견에서 말하는 학장의 얼굴과 사회를 향해 화를 내는 말을 콜라주하는 인터넷 밈이 한때 유행했다.

가나야마가 대학에서 징계면직을 당하게 된 건 두 말할 필요도 없다. 판결은 아직 나오지 않았지만, 가고시 교수를 중심으로 한 대학 조사위원회가 독자 조사로 판단한 것이다. 그 과정에서 이공대의 다른 교수가 학생에게 외설적인 언동을 한 것이 판명됐고, 대학 측은 연이어 처분자를 내게 됐지만, 가고시 교수는 "고름을 짜내지 않는 것이 더 불명예입니다"라고 태연한 태도를 보였다고 한다.

이번에는 제대로 병문안 선물을 들고 다니가키 선배의 병실에 왔지만, 그곳에 이시카와 선배가 있던 건 우연이었다. 하지만 선배들 다섯 명은 마치 교대제로 병문안 하기로 한 듯 생각보다 빈번하게 다니가키 선배의 병문안을 온다고 했다. 새롭게 사회인이 됐을 때 예상되는 어려움이나 취해야 하는 태도 등 취직을 앞둔 다니가키 선배로서는 듣고 싶을 이야기가 이래저래 많은 듯했다.

"아니, 그래도 선배들이 일제히 움직여줬다고 듣고, 엄청 안심했어요."

그건 그렇다. 위에 선 입장의 상대를 혼자서 고소하는 건 주변에서 이름을 파는 행위라거나 무고라거나 하는 비방 중상을 받아 2차 피해가 발생할 우려가 언제나 있다. 다니가키 선배의 용기에는 나도 감탄했다.

"……사실은 우리가 더 빨리 고소해야 했어. 후배가 같은 피해를 보기 전에." 이시카와 선배는 아프지 않도록 살짝 다니가키 선배의 어깨를 쓰다듬었다. "미안해. 그리고 고마워. 네가 움직여주지 않았다면 우리도 일어날 용기를 내지 못했을 거야."

나중에 들은 이야기로는 몰래카메라가 든 마우스를 회수하지 못한 채 누군가에게 몰래카메라를 설치한 걸 들킬까 우려하던 다니가키 선배는 입원 후 곧장 가고시 교수에게 상담했다고 한다. 상담을 받은 가고시 교수는 그날 바로 가나야마 학회의 졸업생들에게 청취 조사를 시작했고, 이시카와 선배를 포함한 다섯 명도 재학 중에 피해를 입었다는 사실이 판명됐다. 교수는 다섯 명과 대화를 나눈 후, 가나야마를 고소하기로 방침을 정한 상태였다.

"아니." 다니가키 선배는 웃으면서 미하루를 바라봤다. "미하루가 가고시 교수님께 연락해주지 않았다면 어떻게 됐을지."

"늦지 않아서 다행이었어요." 미하루는 어른스러운 표정으로 끄덕이더니 손으로 나를 가리켰다.

"그래도 제가 아니에요. 후지무라가 사건을 해결해준 덕이에요."

"맞아."

다니가키 선배가 "대단해"라며 나를 봤다. 미하루는 아무래도 '자랑스러운 물건'을 선배에게 보여주는 듯한 태도로 미소를 띠고 있지만, 나는 주목을 당해 어디에 시선을 두면 좋을지 모르게 돼버렸다. "아니. 애초에 사토나카가 저를 불러주지 않았다면 제가 관여할 일은 없었으니."

"아니, 아니."

사토나카는 부끄러운 듯 웃었다. 아까부터 생각하고 있지만, 이 녀석이 다니가키 선배를 보는 눈에 뭔가 뜨거운 것이 느껴졌다. 다음에는 둘이 문병을 와서 중간에 살짝 사라져주는 편이 좋을지도 모른다. 가능할지 어떨지는 별개로.

하지만. 애초에 미하루가 라운지조에게 항의하지 않고, 히메다 따위 딱히 아무래도 좋다고 냉혹하게 생각하는 사람이었다면 나는 사건에 관여하지 못했을 터였다. 절도 사건 뒤에서 진행되던 중대 사건을 놓치지 않을 수 있었던 건 그녀 덕이었다.

슬쩍 뒤를 보자 절도범을 쓰러뜨린 미나키도, 드물게 딱딱한 표정을 풀고 미소 짓고 있었다.

꽤 좋은 사람들과 친구가 됐다. 모두가 제각각의 방식으로 대인기피증인 듯하지만.

병원을 나서자 차가운 바람이 휙 불어서 목덜미를 서늘하게 어루만졌다. 가을이 깊어지기 시작했지만, 오늘은 차가운 북풍까지 부는 듯했다. 앞을 걷는 사토나카와 미하루가 역 앞에서 밥을 먹고 가자고 이야기하고 있었고, 나도 끄덕이 며 동의했다.

그러다가 오른쪽 신발 끈이 풀려 있는 걸 알아챘다. 멈춰 서서 쭈그리고 앉았지만, 어설프게 풀린 신발 끈을 일단 전 부 풀려다가 제대로 되지 않아 시간이 걸리고 말았다. 고개 를 들자 사토나카 일행은 깨닫지 못하고 점점 앞으로 걸어 가고 있었다.

말을 걸기에는 이미 멀어졌고, 한기 탓인지 손가락이 제대 로 움직이지 않아서 나는 마음이 초조했다. 나를 두고 가버 린다. 하지만 어쩔 수 없는 일이라고 곧장 호흡을 가다듬은 후, 혼자 남겨지면 핸드폰으로 연락하면 된다고 마음먹고 발밑으로 시선을 되돌렸다.

……딱히 여기에 혼자 남겨진다고 해서 아무렇지도 않다.

그렇게 생각했을 때, 앞쪽에서 목소리가 들렸다.

"후지무라, 왜 그래?"

고개를 들자 사토나카가 돌아오는 참이었다. 미하루와 미 나키도 함께였다.

"아니, 신발 끈이." 나는 큰 목소리로 답했다. "금방 갈게."

전부터 생각한 건데 과자 '란그도샤(프랑스어 '랑그드샤'의 일본
어 발음-옮긴이)'는 참 발음하기 어렵지 않나요?

익숙해진 지금도 '란그', '도샤아아아아아!'라고 둘로 분
할해서 외침으로써 어떻게든 혀가 꼬이지 않고 말할 수 있
지만, 익숙해지기까지는 꽤 큰일이었습니다. '뭐였더라……
란도크루저……?', '라크샤사……?', '도샤란도……였던
가……?'라며 꽤 적당히 틀리곤 했습니다. 발음하기 어려운
이유는 '도ド'에 있지 않을까요? '도'라는 음은 일본어로서
는 극히 무겁고 진하며 센 임팩트를 가진 소리입니다. 애초
에 일본어에서 '도'는 강조하는 의미가 있으며, '근성根性'보
다 '도근성ド根性' 쪽이 세 배 정도는 대단해 보이고, '아타마
ぁたま'보다 '도타마どたま' 쪽이 세 배 정도 크게 느껴지지만
('아타마'는 머리라는 의미이며, '도타마'는 간사이 지방 사투리로 '대가리' 정도

로 해석할 수 있다-옮긴이), 왠지 1980년대의 쇼와의 향기가 나네요. 화가 났을 때는 '무카도타마 왔다!'라고 외쳐봅시다(만화 《마소년 비티》에 나오는 니노모리라는 캐릭터의 말버릇이다. 본 작품이 1982년에 연재됐기에 쇼와[1926~1989]의 향기가 난다고 한 것으로 보인다-옮긴이). 주변에 순간적으로 거인 · 다이호 · 다마고야키 같은 쇼와 월드가 펼쳐집니다(쇼와 시대 일본의 3대 유행어. 각각 요미우리 자이언츠, 스모 선수인 다이호 고키, 쇼와 시대부터 대중에 널리 퍼진 계란말이 요리를 뜻한다-옮긴이). '도'의 위력은 이만큼이나 무시무시하며, 일단 가장 앞에 놓았을 때 얼마나 큰 효과를 보이는지는 '돔 페리뇽', 《도구라 마구라》(유메노 규사쿠가 쓴 소설. 괴작으로 유명하다-옮긴이)', '도론죠(애니메이션 〈얏타맨〉의 3인조 악역 중 보스-옮긴이)'라는 세 단어, 아니 '도모호른링클'이라는 한 단어를 꺼내는 것만으로 충분할 정도로 전해지지 않을까요. 사이슌칸 제약소가 파는 '도모호른링클' 브랜드가 40년 이상에 걸쳐 소비자에게 사랑받는 고급 기초화장품으로서의 지위를 유지할 수 있는 건 신뢰할 수 있는 고품질과 직원들의 끊임없는 영업 능력에 더해 첫 번째 문자에 '도'가 있기 때문은 아닐까 생각합니다실은 기초화장품에 콜라겐을 배합한 최초의 상품이라고 한다. 참고삼아 '도모호른링클'의 도를 다른 글자로 바꿔봅시다. '노모호른링클', '은모호른링클', '가모호른링클'. 보세요, 그다지 확 느낌이 와 닿지 않고, 상품명도 기억하기 어렵지 않나요? 이것이 바로 '도'의 힘입니다. '도'는 가볍게 휘둘러서는 안 됩니다. '도'에는 주술의 힘이 있거든요. 저의 형은 전에 드라마 〈엑스 파일〉의 엔딩 크레딧에서 주연 데이비드 듀코브니의 이름이 표시될 때마다 '도카브니(듀코브니의 일본식 발음-옮긴이)……', '도카브니라니……' 하며 몇 번이고 반복했습니다. 아무래도 '도카브니'라는 울림이 재미있었던 것 같지만 실례입니다. '도'의 주술은 이 정도까지 강력하고, 초보자가 경솔하게 휘둘러서는 안 된다는 걸 알 수 있습니다.

그런 강력한 '도'를 어째서 가볍게 사용하는 걸까요. 애초에 일본에서 '도'는 한자로는 '怒', '土', '努' 등으로 쓸 수 있는데, 매우 무겁고 가득 찬 느낌이 들며, 도테라(일본의 전통 방한복-옮긴이)를 걸친 건축업자가 동동주를 한 손에 든 채 불도저로 도관을 '돗도도 도돗도 도도돗 도도'하며 노도와도 같은 기세로 도도하게 치워가는 이미지(물론 음주운전에 해당하며, 프로 작업원은 안전제일을 항상 염두에 두기에 이런 행위는 하지 않는다)가 되기에 기본적으로 과자에는 어울리지 않습니다. 만약 '도'를 쓴다면 양갱처럼 묵직한 느낌이 드는 과자에 써야 할 걸 왜 이런 아삭거리고 가벼운 과자의 이름에 넣은 걸까요.

그리고 넣은 위치도 큰 문제입니다. '도'를 꼭 써야 한다면 적어도 가장 앞이나 가장 뒤, 그것이 불가능하다면 적어도 다른 진한 소리와 이웃하게 하여 임팩트를 약하게 해야 했습니다. 즉 란그도샤는 본래 일본어식이라면 '도란그샤', 적어도 '란도그샤'로 해야 합니다. 당사자는 도대체 무슨 짓을 한 걸까요. 이런 애매한 위치에 '도'가 오는 건 솜사탕 안의 일부분에만 하바네로를 섞는다거나, 아이돌 그룹의 백댄서 중 한 명을 대신하여 고릴라를 넣는다거나, 니시지바 역과 지바 역 사이에 '슈퍼게이트웨이 역'을 신설하는 것 같은 일로 밸런스가 매우 나쁩니다. 하바네로나 고릴라 선배나 슈퍼게이트웨이 역 자체가 나쁜 것이 아닙니다. 뭐, 슈퍼게이트웨이는 애초에 이름으로서 과연 괜찮은 걸까 생각하지만, 고릴라 선배는 숲속이라거나 동물원에 혼자 있었다면 아무런 위화감도 느낄 수 없었겠죠. 하바네로 또한 피클이나 볶음요리에 적당히 넣으면 진가를 발휘하는데도 불구하고 왜 솜사탕에 뒤섞으려고 생각한 걸까요. 도대체 당사자는 무슨 짓을 한 걸까요. 슈퍼게이트웨이 역 또한 니시지바 역과 지바 역 사이에 갑자기 넣는 것이 아니라, 디즈니리조트 라인 부근에 놓는다거나 나메가와아일랜드 역 옆에 두면 이렇게까지 이상하게 보이지 않았을 테죠. 뭐, 하지만 사실 지바 현 가쓰우라 시에 있는 나메가와아일랜드 역은 유원지 '나메가와아일랜드'가 2001년에 문을 닫았기에 JR소토보 선 '가즈사오키쓰 역'과 '아와코미나토 역' 사이에 갑자기 '나메가와아일랜드 역'이 출현한다는 기묘한 상황이 돼버린 상태입니다. 다만 세상에는 반대로 그런 걸 기뻐하며 일부러 탐방하러 다니는 인종도 있고, 현재는 JR소토보 선 나메가와아일랜드 역은 숨은 명소 같은 역으로서 일부 호사가들에게 사랑받는 듯하지만, 그렇다고 해도 역시 란그도샤에서 '도'의 위치가 이상하다는 점에 변함은 없습니다. '도'는 전술한 것처럼 일본어에서는 접두어, 영어로 치더라도 '-d'라는 접미어이기에, 한가운데에 아무렇지도 않게 놓으면 '캘리포니아롤을 처음 봤을 때' 같은 위화감을 느끼게 됩니다(일본의 초밥은 본래 김이 바깥으로 오게 말지만, 캘리포니아롤은 반대로 재료가 노출되기 때문-옮긴이). '란그도샤'라면 '도'가 있는 부분에서 일단 완결돼버리거든요. 일단 어느 곳에서 완결했음에도 뭔가 아직 남아 있는 것이라면, 차라리 남은 부분을 조금 더 길게 이어줬으면 합니다. 그런데도 '샤'로 끝나버리는 것이 언밸런스하다는 말이죠. '도'로 일단 끝났다면 이어지는 제2부도 조금 더 분위기를 살려서 '란그도샤이닝위저드', '란그도슈퍼스타', '란그도점보쓰루타' 정도까지 힘내줬으면 했습니다(전부 프로레슬링과 관련된 기술 이름이다-옮긴이). '도' 이후의 제2부만 '샤'로 끝내버리는 건 겐지 이야기의 우지 10첩(宇治十帖. 겐지 이야기의 후반부 열 권을 뜻하며, 앞부분과 비교할 때 다소 급하게 마무리 지은 인상이 있다-옮긴이) 같은 쓸쓸한 느낌이 있습니다. 아니 그보다 개인적으로는 우지 10첩의 마지막 부분은 작가가 연재에 지쳐서 도망친 탓이 아닐까 생각하지만, 실제로는 어떨까요. 한편, 그렇게 뒤를 늘리는 것도 싫다면 딱히 '도'에 집착할 필요도 없었으리라 생각합니다. 그냥 '란그샤'로 정했다면 이렇게 발음하기 어렵지도 않았을 테고, '도'에 집착하지 않고 '란그루샤'라거나 '란그우샤'여도 좋았을 터입니다. 당사자는 도대체 무슨 짓을 한 걸까요.

또한 '란그도샤'라는 발음을 기억하기 어려운 이유 중 하나로 '자기도 모르게 '란도'로 오해해버린다'는 점도 있습니다('란도'는 영어 랜드land의 일본식 발음-옮긴이). 일본인에게는 '란그도'라는 소리는 익숙하지 않은 반면, '란도'라면 디즈니란도, 건강란도, 두근두근 동물란도에 나메가와아이란도(앞선 문단에 언급한 '나메가와아일랜드'의 일본식 발음-옮긴이) 등 얼마든지 떠오르기에 자신도 모르게 '란도' 쪽으로 이끌려버립니다. 비슷한 현상으로는 '스튜어디스(스튜디어스?)', '에베레스트(에레베스트?)', '가르반조(간바루조?)'('가르반조garbanzo'는 스페인어로 병아리콩이라는 뜻. '간바루조'는 '힘내자'라는 의미의 일본어-옮긴이)' 등도 이에 해당합니다. 단어의 소리에는 각각 고유의 '인력계수'가 있으며, 이것이 작은 소리는 거리가 가까운 다른 소리에 의식을 빼앗겨서 변형돼버리거든요. 인력계수를 키우는 방법으로서는 '운을 밟는' 방법이 있으며, 이것을 최대한으로 이용하는 단어는 '진푼칸푼(횡설수설이라는 뜻. 본래 진푼칸ちんぷんかん이라는 단어지만, 운을 맞추기 위해 푼ぷん이 더해졌다-옮긴이)', '운눈칸눈(왈가왈부라는 뜻. 본래 운눈うんぬん이라는 단어지만, 운을 맞추기 위해 칸눈かんぬん이 더해졌다-옮긴이)', '이케이케돈돈(イケイケドンドン, 힘을 내서 나아가자는 응원의 문구-옮긴이)' 등 다수 존재하며, 일부분만 운을 밟는다고 해도 '니산카만간(二酸化マンガン, 이산화망간의 일본어 발음으로, 원래 가나의 민요가 일본어 동요로 변형되며 '리산사만간'이라는 발음이 됐지만 몬더그린 효과로 인해 일본인은 니산카만간이라고 듣기 쉽다-옮긴이)', **난바라반반**(ナンバラバンバン, 개그맨 난바라 기요타카가 유행시킨 말로, 자신의 이름과 팡파레 소리인 '반바라라반반'을 합성한 말-옮긴이)', **카리만탄시마**('칼리만탄 섬'의 일본어 발음으로, '가솔린 가득'과 발음이 유사하다-옮긴이)처럼 기억하기 쉬워집니다. '아세틸살리실산'도 '치루치루 미치루' 같아서 매우 시원스럽죠('치루치루 미치루'는 모리스 마테를링크의 《파랑새》에 나오는 주인공 '틸틸'과 '미틸'의 일본식 발음이며, '아세틸살리실산'의 일본어 발음은 '아세치루사리치루산'이다-옮긴이). 그렇다고는 해도 이번 후기, 나오는 단어가 조금 오래된 건 역시 '도'의 주술 때문일까요.

물론 방법은 그 밖에도 있습니다. 어떻게 하더라도 '란그도샤'의 나열을 바꿀 수 없다면 그곳은 바꾸지 말고 또 하나 간판이 될 만한 음을 앞에 더하면 됩니다. 무겁고 진하며 임팩트 강한 소리라고 하면 고릴라의 '고', 다이너마이트의 '다', 데시벨의 '데' 등이 있지만, 역시 여기는 '누'를 추천합니다.

'누ぬ'.

어떤가요. 이 끈적끈적한 느낌의 울림. 그리고 어딘가 심해생물 느낌의 정체불명감. 50음도 중에 가장 쓰임새가 적은 글자 중 하나로 여겨지며, QWERTY 배열 키보드에서도 가장 중심에서 먼 위치, 알기 쉽게 비유하면 지바 현에 있는

노다 시의 위치에 놓여 있는데, 그런 반면 '키보드의 시작을 장식하는 문자'로서 이색적인 임팩트를 지니고 있습니다(일본어 키보드에는 숫자 1 키에 '누'가 위치한다-옮긴이). '누에(전설상의 괴물로, 머리는 원숭이, 팔다리는 호랑이, 몸은 너구리, 꼬리는 뱀을 닮았다-옮긴이)', '누리카베(회반죽을 바른 벽-옮긴이)', '누라리횬(주로 유카타 차림을 한 노인 모습으로 그려지는 후두부가 큰 요괴-옮긴이)'처럼 '알기 어려운 것'의 두문자로 자주 사용되는 이유는 '누'라는 글자에서는 습한 느낌이 들고 형태가 정해져 있지 않은 데다가 끈적끈적한 울림이 있기 때문일까요. 아니면 두 번째 획이 빙글 휘감겨 마지막에 살짝 원을 만드는 무척추동물 느낌을 주는 겉모습 때문일까요. 그 점에서는 50음도 바로 옆의 '네ね'도 유망하지만 '네'는 첫 번째 획인 세로 막대가 똑바로 뻗어 있기에 약간 성실한 사람의 인상을 주며, 일주일에 한 번 열리는 정례회의 때 정도는 제대로 정장을 입고 사무실에 얼굴을 내밀 것 같습니다. 음운 면에서도 '누'가 첫 번째 글자로 오면 수수께끼의 임팩트가 생겨나 매우 잊기 어려운 단어가 된다는 점은 '누클레아리아'를 예로 들 필요도 없이 명백하겠죠. 그렇다고는 해도 '누클레아리아'란 정말로 수수께끼의 박력이 있네요. '누'여서 습한 느낌이 들면서도 '클레아'는 딱딱한 느낌도 들고, '리아'에서는 부드러운 느낌도 들기에 형태를 상상할 수 없습니다. '누 언제 클래, 이제 아가 아니야'처럼 어딘지 사투리처럼 들리기도 합니다. '누'에는 이 정도로 깊이가 있으며, 작가인 누카가 미오 씨 등 일본에는 '누' 애호가도 많은데 그들은 일본 전역에 '누'를 유행시키고 '네코'를 '누코'로 바꾸는 식으로 점차 다른 문자를 '누'로 침식하여 최종적으로는 히라가나를 '누'로만 채우려는 계략을 꾸미고 있으니 주의해야만 합니다(일본어로 '네코ねこ'는 고양이를 의미하며, 이를 인터넷 속어로 '누코ぬこ'라고 부르는 밈이 한때 유행한 적이 있다-옮긴이). 실제누누 그럴누 없누누 생각누누누, 의외누 판독가능누누누, 그렇게누누 곤란누누누 않누 가능성누 있습누누.

어찌 됐든 그만큼 '누'가 사랑받는다는 점을 생각하면 란그도샤를 누란그도샤로, 아니 여기는 조금 더 힘을 줘서 눈그도샤로 바꾸면 오히려 모두에게 환영받지 않을까 합니다.

눈그도샤 이야기를 했더니 지면이 가득 차버렸습니다. 후기입니다. 이 책을 손에 들어주신 여러분, 진심으로 감사드립니다. 저자인 니타도리입니다. 이 소설을 쓴 까닭은 저 자신도 대인기피증이기 때문입니다만, 어쩐지 사람들에게 그 사실을 말해도 아무도 믿어주지 않습니다. 왜일까요? 이런 식으로 주절주절 떠들기 때문일까요? 그러니까 분위기 파악도 못 하고 이렇게 주절주절 떠들기에 오히려 대인기피증이라니까요?

물론 이 책은 단순히 제가 대인기피증이기에 완성할 수 있던 건 아니며, 다양한 관계자의 활약 덕에 출판에 이르게 됐습니다. 가도카와의 담당자 T 님, I 님 무척이나 신세를 졌습니다. 감사합니다. 홍보를 위한 노동은 얼마든지 할 테니 꼭 저를 활용해주세요. 까다로운 문장상의 모순을 하나하나 찌부러뜨려주신 교정담당자님, 책의 '디자인'을 오롯이 도맡아주신 장정가 아라이 요지로 선생님 및 북디자이너 사카노 고이치 님, 감사합니다. 항상 의지하고 있습니다. 인쇄·제작업자님, 각 총판의 담당자님, 배송업자님, 언제나 신세를 지고 있습니다. 깊이 감사의 말씀을 드립니다. 가도카와 영업부 여러분, 언제나 졸작을 팔아주셔서 감사합니다. 본작도 잘 부탁드립니다. 그리고 전국 서점원 여러분, 신간을 평대에서 발견할 때마다 누후후, 우후후후, 하고 웃음이 새어나옵니다. 정말로 감사드립니다.

마지막으로 독자 여러분. 저도 이제 슬슬 신인 티를 벗게 됐지만, 그럼에도 돈이나 지명도보다 여러분이 읽어주시는 (읽어주신다고 망상하는) 일이 가장 큰 행복이라는 점만은 데뷔 때와 전혀 달라지지 않았습니다. 압도적으로 달라지지 않았습니다. 정말로 감사합니다. 은혜를 갚는 방법은 재미있는 작품을 계속해서 내는 일이라 생각합니다. 힘내겠습니다. 앞으로도 잘 부탁드립니다.

2019년 8월 니타도리 게이

문고판 저자 후기

    단행본 간행으로부터 2년이 지나, 시대는 완전히 '눈그도샤'로부터 '마토리초'로 바뀌었습니다. 사실은 '마리토초(maritozzo. 마리토쪼라고도 하며, 크림이 가득 들어간 이탈리아 전통빵-옮긴이)'지만, 자주 헷갈립니다. 이것도 단행본판 후기에 쓴 '소리의 인력계수' 탓입니다. 카르토초 등 '~토초'가 자주 쓰이는 이탈리아어에서는 '마리'+'토초'는 평소와 다르지 않은 자연스러운 흐름일 테지만, 일본어의 감각에서는 애초에 '마리토'보다는 '마토리'로 틀려버리기 쉽습니다(일본어에는 '~토리'로 끝나는 단어가 많다-옮긴이). 뭐, 그냥 일본에서는 '마토리초'여도 좋지 않을까요. 어차피 반 고흐를 '분 고오구'로 소개하거나(1921년, 화가 구로다 주타로가 일본에서 최초의 고흐 전기를 냈을 때, 이름을 현대식과는 다르게 기재한 적이 있다-옮긴이), '춧치춧치추리리리리리리'라는 화려한 멧새의 울음을 '잇피쓰케조쓰카마쓰리소로

(一筆啓上仕候, 격식을 갖춘 편지의 첫머리 문구. 일본에서는 새소리를 사람의 말소리로 바꿔 생각하는 문화가 있으며, 멧새의 울음소리는 그 대표적인 예다-옮긴이)'로 잘못 들을 정도로 대충대충인 국민성이니까요.

애초에 이 원고를 쓰고 있는 2021년 10월 현재, 이미 마리토초에는 '도라야키 마리토초'라거나 '호박 마리토초' 같은 것이 등장했고(도라야키 마리토초는 팬케이크 반죽으로 만든 빵으로 크림을 감쌌으며, 호박 마리토초는 우유 크림 대신에 호박 크림이 들어간 것이 특징이다-옮긴이) '딸기 몽블랑', '라이스 버거'처럼 형상 붕괴가 시작되고 있기에 슬슬 수명이 다해가는 것 같습니다. 수명을 맞이한 마리토초가 어떻게 될 것인지는 현재 학회에서도 세 가지 패턴의 예측이 이어지고 있으며, '소멸돼 잊힌다(병 샐러드 예측)', '메뉴 중 하나로 정착하고 은근히 계속해서 팔린다(티라미수 예측)', '실체로서는 소멸하고, 그저 뭔가에 뭔가를 가득 채웠고 〉 형태인 음식이라는 개념으로서 남는다(몽블랑 예측)'의 어느 것이 옳은지는 현대의 관측기술로는 아직 알 수 없습니다. 하지만 이 후기에서는 가능하면 간행 당시의 분위기를 기록으로 남기고 싶다는 마음에 '흘러가버리는 이 시대, 마리토초라는 이름의 음식이 분명히 있었다'라는 점만은 강조해 두고자 합니다.

그렇다고 해도 마리토초, 이렇게 말해서 좀 그렇지만 엄청나게 '머리가 나빠 보이는 음식'입니다. 만든 사람이나 먹는 사람이 그렇다는 말이 아니라 음식 자체의 머리가 나빠 보인다는 말입니다. 빵에 그저 크림을 채워 넣었을 뿐인 단순함은 물론이고, 명백하게 자신에게 채울 수 있는 크림의 한 계량을 이해하지 못한 느낌입니다. 소를 그대로 삼키려다가 죽는 뱀이라거나 피를 너무 빨아서 날지 못하게 된 모기에 가까운 것처럼 보입니다. 혹은 '아니, 제대로 사이에 끼워진 것도 아니고, 애초에 어떻게 먹어야 할지 생각 안 한 거 아니야?'라는 '스카이트리 버거 식의 음식(햄버거라는 이름으로 팔지만, 재료가 너무 많이 올려져 있어서 실제로는 햄버거처럼 한손으로 쥐고 먹을 수 없는 것으로 유명한 버거-옮긴이)' 또는 '부록이 너무 커서 평대에 놓을 수 없는 잡지'일까요. 어찌 됐든 많은 게 좋은 거 아니야? 수준의 인식으로 고안돼, 실제로 먹을 때는 붕괴해버려서 제대로 먹을 수 없는 산처럼 쌓인 참치회 덮밥이나 숙주를 너무 많이 담아서 면에 가 닿을 무렵에는 핵심인 면이 국물을 너무 많이 흡수해서 불어버린 메가 곱빼기 라면처럼 느껴집니다. 하지만 무엇이든 합리성과 효율성이 요구되며, 어째선지 무엇이든 합리성과 효율성을 요구하는 사람일수록 '나는 똑똑해'라고 말하는 듯한 의기양양한 얼굴을 하는 _{단순히 인색한 것 아닌가, 라는 경우도 의외로 많다} 타산적인 현대사회. 어찌 됐든 과잉이며 상식적으로 생각할 때 운용에 지장이 있는 선을 넘어서 채우고 채운 이 방식, 이 아무것도 생각하지 않는 느낌은 오히려 통쾌합니다. 복잡하고 까다로운 미스터리 책의 후기에 이런 내용을 쓰더라도 설득력은 전혀 없지만,

인간은 항상 머리만 쓰다 보면 견딜 수 없으니까요. 뭐 마리토초의 머리가 나빠 보이는 건 그저 단순히 '멍~ 하니 크게 입을 벌리고 있는' 비주얼 탓일지도 모르지만요. 입을 벌리고 있으면 바보처럼 보이는 법입니다. 인터넷에서 '큰입멍게'를 검색해보세요. 그 녀석이 머리가 좋아 보이는 일은 절대로 없다고 단언할 수 있습니다.

딱히 이 정도까지 극단적이지 않더라도 가령 큰 입을 벌린 채 통째로 삼키는 동물은 꼭꼭 음식을 씹어 먹거나 먹을 수 있는 부분만 세세하게 골라 먹는 동물보다 바보처럼 보이는 법입니다. 일단 씹지 않고(이가 없기에) 통째로 삼킨 후 소화하지 못한 건 나중에 토해내는 조류나 바닷물과 함께 화악 하고 전부 마셔버린 후 나중에 필요하지 않은 걸 뱉어내는 방식으로 식사하며 애초에 자신이 무엇을 입에 넣었는지조차도 파악하지 못하는 수염고래류 등 실제로는 꽤 똑똑한 동물도 있을 텐데 식사 풍경은 어쩐지 바보 같고 귀엽습니다. 그런 의미에서는 마리토초도 귀엽긴 하지만요.

자, 단행본판 후기에서는 란그도샤 외에 '누'에 관해 적었지만, 최근에는 '후ふ'가 신경 쓰입니다. 이 '후'는 뭔가 웃는 것 같지 않나요? 이건 '후후후후후'라는 웃음의 표현이 있기 때문이 아니라, 가령 그것이 없더라도 '후'라는 문자는 뭔가 웃고 있습니다. '이い'나 '미み'랑 비교해보세요. '후' 쪽이 명백하게 웃고 있죠? '옹ん'이나 '사さ'도 즐거워 보이기는 하지만 웃고 있지는 않습니다. '오を'라거나 '소そ'는 오히려 화를 내고 있고요. 하지만 '후'는 웃고 있습니다. 이것은 기묘한 일이죠. 아시는 것처럼 히라가나의 '후'는 한자의 '아닐 부不'를 간략화한 것으로서, '아닐 부'나 '후'는 '쓰(つ, 원래 한자는 고을 주州)'나 메(め, 원래 한자는 계집 녀女) 같은 상형문자가 아님에도 어째선지 웃음을 표현하는 '후'는 웃고 있습니다. 하지만 그렇다고 해도 '고을 주' → '쓰'는 조금 억지스럽지 않나요? '터럭 모毛' → '모も'라거나 '어조사 야也' → '야や'는 거의 그대로이고, '셀 계計' → '게け'나 '일찍 증曾' → '소そ'는 조금 너무 많이 축약한 거 아닌가 싶긴 해도 뭐 이해는 갑니다만, '고을 주州' → '쓰つ'는 역시 말이 안 되지 않나요? '몇 기幾' → '기き'나 '머무를 류留' → '루る'도 도대체 어떻게 된 일일까요? 붓의 진행 방향이 애초에 다르지 않나요? 당사자는 도대체 무슨 짓을 한 걸까요.

그렇기는 해도 그렇게 대충대충 약식의 형태를 만든 덕에 히라가나에는 뭐라고 설명할 수 없는 풍미가 있는 것도 분명합니다. 히라가나는 애초에 상형문자나 그 조합이었던 한자를 극한까지 간략화해서 만들어진 것이기에, 문자를 서로 구별할 수만 있으면 된다는 합리성 지향으로 만들어진 한글이나 설형문자에는 없는 수상한 공기를 빚어내고 있으며, 이 동그랗게 말린 느낌이라거나 꺄악, 으아, 라며 몸부림치는 느낌 등은 실제로 룬 같은 글자보다 마력이 있을 것만 같습니다당연하게도 룬 문자는 주술 외에도 일상에서 사용되고 있으며, 당시 사람에게는 그저 문자였다. 그것이 시대를 지나면서 '진귀한 고대문자'가 됐고, 어쩐지 독특한 분위기가 있었기에 '마력이 있다'는 설정이 덧붙여진 것이다. 유럽인에게 있어서의 한자, 일본인에게 있어서의 범자(산스크리트어)에 가깝다. 한 번쯤은 구두점도 괄호도 줄바꿈도 없이 가득 히라가나만 나열한 소설을 내보고 싶었지만, 조금 써본 결과 페이지 가득 틈새 없이 히라가나만 적힌 지면은 보다 보면 멀미가 났고 쓰는 도중에 게슈탈트 붕괴가 일어나 상하좌우의 구별이 없는 허무 공간을 헤매는 기분이 들기에 단념했습니다. 참고로 제 사인도 니타도리似鳥의 似라는 한자가 게슈탈트 붕괴를 일으키기 쉬워서, 사인본 등 대량으로 사인을 해야 할 때는 가끔 허공을 헤맵니다. 감사하게도 책이 나올 때마다 사인본을 만들 기회를 얻고 있지만, 이 책은 어떻게 될까요.

문고판 간행에 있어서도 많은 분께 신세를 졌습니다. 가도카와의 담당 I 님, T 님, 교정담당자님, 이번에도 감사했습니다. 또한 장정을 맡아주신 우에다 다테리 님 및 북디자이너 아오야기 나미 님, 문고화를 하면서 장정이 크게 달라졌기에 저자로서는 두 번 즐길 수 있네요. 인쇄 · 제작업자분들, 언제나 감사드립니다. 이번에도 잘 부탁드립니다.

그리고 이번 문고판이 나왔다는 점에서 보다 많은 분들이 읽어주시리라 기대하고 있습니다. 이 작품은 주인공의 멘탈도 콤팩트하기에, 문고판의 콤팩트함이 꽤 어울릴지도 모릅니다. 가도카와 영업부 여러분, 대리점 여러분, 전국 서점의 여러분, 언제나 신세를 지고 있습니다. 이번에도 잘 부탁드립니다.

참고로 이 책이 나오는 2021년 12월에는 데뷔 이래 최초로, 지쓰교노니혼샤 문고에서도 청춘 미스터리 《명탐정 탄생名探偵誕生》이 같은 달에 간행됩니다. 이쪽도 잘 부탁드립니다. 뻔뻔하게 타사의 책을 홍보하는 와중에 지면이 가득 차버렸습니다. 읽어주셔서 정말로 감사드립니다. 부디 이 책이 독자 여러분에게 즐거운 시간을 제공해드릴 수 있기를.

2021년 10월 니타도리 게이

Twitter: https://twitter.com/nitadorikei

Blog '무창계사' http://nitadorikei.blog90.fc2.com/

대인기피증이지만
탐정입니다

1판 1쇄 인쇄 2022년 11월 21일
1판 1쇄 발행 2022년 11월 30일

지은이 니타도리 게이
펴낸이 문준식
디자인 공중정원
제작 제이오

펴낸곳 내 친구의 서재
등록 2016년 6월 7일 제2020-000039호
주소 서울시 성북구 정릉로305, 104-1109 우편번호 02719
전화 070-8800-0215 **팩스** 0505-099-0215
이메일 mytomobook@gmail.com **인스타그램** mytomobook

ISBN 979-11-91803-11-2 03830